U0096324

中國新聞史研究輯刊

二 編

主編　方 漢 奇

副主編　王潤澤、程曼麗

第8冊

性別與職業：
民國時期女記者的身份認同（1919～1949）

馮 劍 俠 著

花木蘭文化出版社

國家圖書館出版品預行編目資料

性別與職業：民國時期女記者的身份認同（1919～1949）／馮劍俠 著 -- 初版 -- 新北市：花木蘭文化出版社，2014〔民 103〕

目 2+228 面；19×26 公分

（中國新聞史研究輯刊 二編；第 8 冊）

ISBN 978-986-322-815-8（精裝）

1.新聞記者 2.性別認同 3.女性

890.9208 103013286

中國新聞史研究輯刊

二 編 第八冊 ISBN：978-986-322-815-8

性別與職業：民國時期女記者的身份認同（1919～1949）

作 者 馮劍俠

主 編 方漢奇

副主編 王潤澤、程曼麗

總編輯 杜潔祥

出 版 花木蘭文化出版社

發行所 花木蘭文化出版社

發行人 高小娟

聯絡地址 235 新北市中和區中安街七二號十三樓

電話：02-2923-1455／傳真：02-2923-1452

網 址 http://www.huamulan.tw 信箱 hml810518@gmail.com

印 刷 普羅文化出版廣告事業

初 版 2014 年 9 月

定 價 二編 11 冊（精裝）新台幣 22,000 元

性別與職業：
民國時期女記者的身份認同（1919～1949）

馮劍俠　著

作者簡介

馮劍俠，女，1981 年 11 月出生於四川省達州市，2013 年 7 月從復旦大學新聞學院獲得博士學位。現任教於西南民族大學文學與新聞傳播學院。主要從事中國新聞史、性別與傳播、新聞專業主義等方面的研究，曾在《婦女研究論叢》、《中國出版》、《新聞記者》、《西南民族大學學報》等刊物發表學術論文數篇。

提　要

本書從「性別」與「職業」兩個維度出發，以 1919-1949 年間從事新聞業的女性爲研究對象，考察她們作爲女性的社會性別與作爲新聞從業者的職業角色之間的關聯及其張力，揭示五四以後新一代女性主體認同的生成與發育，以及她們在現代中國社會性別話語再生產中的能動性。由於這是一個在具體的歷史場景中展開並不斷變化的歷史過程，本書通過四個具有時代典型性的個案——五四後期的天津女星社、二三十年代《大公報》女記者蔣逸霄、三十年代中期南京、上海兩地的女編輯群，以及四十年代中期的上海女記者——來揭示不同歷史情境中女記者的自我認同與其職業實踐的關係。

研究發現，民國時期女記者在身份認同上存在兩種類型：性別意識主導的女記者抱持婦女解放的政治訴求，把自我解放和幫助其他婦女實現解放作爲人生價值的終極體現。從事新聞業是她們實現理想的途徑而非目的，其報刊實踐帶有爲婦女賦權的自覺意識和行動主義傾向；職業意識主導的女記者則幾乎沒有明確的女權訴求，也很少參與到與婦女問題有關的討論和行動中去，她們更加認同的是新聞業內普遍接受的職業規範和評價標準，以此作爲自我價值實現的標誌。不論是作爲女權話語的建構者、婦女運動的行動者，婦女生活的代言人，還是婦女解放的實踐者，女記者們在建構新的女性主體認同，以及賦權女性參與社會文化變遷中發揮了重要的作用，她們的職業實踐也給報紙帶來了新聞採編視角和題材內容上的變化，推動了民國時期新聞業的職業化進程。

我們須啓程遠征，趕在破曉之前

陸　曄

1980 年代，我在北京廣播學院念研究生。在恩師王振業、吳縵老師家裏，見到吳老師的母親，一位非常溫婉、優雅、機敏、睿智的美麗老人。我們叫她姥姥。一直聽說姥姥年輕時是一位地地道道的報人，跟邵飄萍先生一起共事過，不禁十分驚歎。也非常好奇民國女子從事新聞業是怎樣一番風景。記得曾在閒聊中問過姥姥幾次，都被她老人家輕描淡寫寥寥幾句略過，反而她會對我們的學業和生活一再叮囑。那時候我專注於電視實務，對歷史研究一向敬而遠之，甚至直到後來于復旦師從新聞史學大家甯樹藩教授攻讀博士學位，也從未想過要將女性在中國從事新聞業的歷史進行一番嚴謹的學術爬梳。許多年來，只有一兩次偶爾回京，探望王老師、吳老師夫婦，見到姥姥百歲高齡依然精神矍鑠，自然滿心歡喜，卻也未能有機會再問起姥姥當年辦報的艱辛與快樂。很多很多年過去了，姥姥駕鶴仙去，王老師也于三年多前離世，我卻在有關新聞專業主義的研究中，不時接觸到一些民國報人的史料，其中偶爾也會提及當時女性從事新聞業的種種。於是我總是會想起姥姥，不免唏嘘。

2011 年，我的博士生劍俠跟我說，論文開題，她想研究民國女記者的新聞實踐和她們的職業認同。我又一次想起姥姥，腦海裏浮現出她們這一代中國女性衝破男權藩籬、走出家門、開啓女性經濟自主人格獨立道路的波瀾壯闊。她們是中國第一代職業女性，爲女性的性別身份賦予了全新內涵。由於新聞業倡導新思潮、推動社會進步的巨大能量，致使女性從事新聞業具備了更加突出的意義。她們既是最早的女性職業實踐者，也是重新定義女性身份、表達女性主體訴求的話語建構者。她們的人生從此變成一場偉大的冒險——

面對舊時代、舊禮俗的無邊黑暗，她們從一成不變的傳統女性生存之境中突圍出來，去尋找新生活的可能性。就像托爾金在《魔戒》裏營造的那個世界，就像歌裏唱得那樣：「儘管路上風雨淩虐，我們須啓程遠征，趕在破曉之前，遠涉叢林，在高山之坡。」

這一研究的難度不僅在於一手資料極度匱乏，也在於有關中國記者職業化的相關研究幾乎從未涉及女性，可資借鑒的分析框架十分有限。論文寫作期間數易其稿，甘苦自知。劍俠從史料中打撈出民國女性從事新聞業的碎片，通過五四運動時期的天津女星社、二三十年代的《大公報》記者蔣淩霄、三十年代中期南京上海的女編輯群體、四十年代中期上海女記者群體，這四個不同歷史場景中的個案，勾勒出中國第一代女性新聞從業者及其職業新聞實踐的豐富面貌，呈現出女性記者的自我認同與職業實踐的複雜關係。劍俠在研究中關注的問題，之於今天推動中國社會的性別平等，依然具有重要的價值。

謝謝劍俠，做了這樣一件了不起的研究工作。姥姥們在破曉之前啓程，穿越孤山。今天的我們，依然在路上。

目次

緒　論

作爲現代性的重要表徵之一，女子職業問題在近代中國有著重要的意義。1902 年，針對中國經濟發展水平的落後，梁啓超提出了「生利分利」說，認爲國家實力的強弱，取決於生產者與消費者的多寡，「生之者眾而食之者寡」，則國富民強，相反，國家難逃貧弱的命運。在梁啓超看來，「婦女之一大半」都屬於「不讀書，不識字，不知會計之方，不識教子之法。蓮步妖嬈，不能操作」的「分利者」，不能如泰西女子「皆有所執業以自養」，難怪中國陷入貧弱境地〔註 1〕。因此，與反對纏足、女子教育等其他女權議題一樣，女子職業在保國強種的民族主義話語中獲得了合法性。

在素有「中國的啓蒙運動」之稱的五四時期〔註 2〕，新文化的倡導者們將

〔註 1〕梁啓超，新民說，鄭州：中州古籍出版社，1998：155～156。

〔註 2〕關於五四時期的起訖時間，狹義上指 1919 年 5 月 4 日發生的學生運動及其後數月，胡適和張奚若等認爲應該包括五四之前的新思想運動以及之後的幾年，也有學者認爲應該延長到 1925 年五卅慘案的發生。周策縱認爲五四運動是一個多面性的現象，難以做出嚴格的時間斷限。從思想文化改革的角度，他將五四時代理解爲從 1915 年《新青年》（《青年雜誌》）的發行，到 1923 年的中西文化論戰。其原因是五四時期的學生運動、罷工罷市、抵制日貨等運動的直接誘因是日本二十一條和山東決議案所燃起的愛國熱情，但更深層地受到新文化運動——知識分子提倡學習西洋文明，並希望能依科學和民主的觀點來對中國傳統重新估價，以建設一個新中國——的影響。本書採用這一時間界定，參見（美）周策縱，五四運動史，長沙：嶽麓書社，1999：6～8；王政指出，學者們根據價值觀和立場的區別來評價五四時期，保守的民族主義者和傳統派將其批判爲中國的一場災難，共產主義者將五四運動作爲世界革命的必經階段，自由主義者和西方學者將五四運動視爲中國的啓蒙運動。她認爲自由主義學者在重新評價五四運動的啓蒙傳統時將民主和科學凸顯爲五四的主題，忽略了自由主義的女權話語在塑造社會性別上的突出意義。參

婦女解放視爲他們改造中國文化從而實現民族復興的宏大工程中的基礎性環節之一，是社會平等與文明的體現，也是民族國家能夠進入現代世界體系的入場券。由此，在農耕文明和儒家文化基礎上衍生並承續數千年的性別角色和性別關係，遭到以「人的覺醒」爲標誌的現代思潮的質疑、批判和否定。婦女在「夫爲妻綱」的性別等級制度下被「壓迫」的種種「非人」遭遇——纏足、納妾、包辦婚姻、貞女節婦、性別區隔——常常被新文化論者用以證明儒家傳統的黑暗與殘忍。因此，中國要想成爲現代國家，婦女就必須得到解放並且享有人權，男性精英們「普遍將針對『婦女問題』的啓蒙式解決方法，理解爲現代立場的標誌，重新界定婦女的位置也成爲他們表達其現代性構想和現代性身份的重要途徑」〔註 3〕。

借助來自西方的文化資源，新文化論者嘗試著爲「覺醒」和「解放」了的中國女性建構起新的主體認同，爲「做一個人」而離家出走的「娜拉」成爲風靡一時的新女性形象〔註 4〕。在當時，新知識分子普遍認同的是只有在經濟自主的基礎上才可論及人格獨立，否則將如魯迅所說，娜拉出走的結果，「不是墮落，就是回來」〔註 5〕。因此，女子職業問題，與女子經濟自主和人格獨立相連接，被視爲「婦女做人的根本問題」和通向婦女解放的必經之路，從而賦予「職業婦女」這一女性身份以全新的現代蘊涵。

在當時向婦女開放的職業領域中，「新聞記者」是一個極爲特殊的職業類型。一方面，和所有的職業一樣，新聞業爲受過一定教育的知識女性實現經濟自主和人格獨立提供了實踐機會；另一方面，近代以來新聞業在鼓動新思潮方面的巨大能量——如戈公振所言，「自報章文體行，遇事暢言，意無不盡。因印刷之進化，而傳佈愈易，因批判之風開，而眞理乃愈見。所謂自由博愛平等之學說，乃一一輸入我國，而國人始知有所謂自由、博愛、平等。」〔註 6〕——同樣在婦女解放運動中體現出來，「因爲報紙是社會輿論的喉舌，國家政治經濟的監督，至於提倡一種事業，轉移風尚習俗，均有賴於報紙。甚至說與女同志

見 Wang Zheng. *Women in the Chinese Enlightment：Oral and Textual Histories*. Berkely，Calif：University of California Prss，1999：4～5。

〔註 3〕王政、賀蕭，中國歷史：社會性別分析的一個有用的範疇，社會科學，2008（12）：141～154。

〔註 4〕許慧琦，「娜拉」在中國：新女性形象的塑造及其演變（1900s～1930s），臺北：國立政治大學歷史學系，2003。

〔註 5〕魯迅，娜拉走後怎樣，魯迅全集（第一卷），北京：人民文學出版社，1956。

〔註 6〕戈公振，中國報學史，北京：中國新聞出版社，1985：146。

有密切關係的女權運動，如果沒有報紙的鼓吹和贊同，成就一定很難。」〔註 7〕

因此，較之以從事其他行業，女性從事新聞業擁有了更加突出的意義，即她們既是婦女解放的踐行者，又是女權話語的建構者，在現代中國社會性別的重新定義中扮演著積極主動的角色。雖然自晚清以來，知識女性的報刊實踐並不罕見，她們通過報刊提倡女子教育、表達女權訴求或鼓動女子參與政治實踐，嘗試著爲中國女性建構「女國民」、「女英雄」、「女傑」等新的女性主體身份〔註 8〕。但在五四以後，隨著女子教育的發展，越來越多的女學生們出於緩解經濟壓力、展示文學才華、表達女權或政治訴求、實現自我價值等多重動機，向大眾化的商業報刊投稿，或者兼職編輯，進而選擇以新聞業爲職業，她們的足迹遍及報紙、通訊社、文學性雜誌、綜合性期刊等多種媒介類型。總體而言，女性和新聞業的聯繫變得更加緊密了。

値得注意的是，五四時期同樣被視爲中國新聞業職業化理念、實踐、規範和制度的萌芽階段，體現爲倡導新聞本位、經濟獨立、客觀公正等職業理念，爭取職業地位的提升和行業的發展，開展新聞學教育、研究及出版學術刊物等〔註 9〕。而作爲新聞業「一切理論、行規、法則、技能、倫理」的最終體現，黃遠生、邵飄萍等職業記者的出現被視爲新聞職業化的重要標誌〔註 10〕。女記者的職業實踐同樣是新聞業職業化的一部分，她們進入大學新聞系接受專業教育，閱讀新聞學的書籍和期刊，加入新聞記者的職業團體；以更加職業化的方式去調查、採訪和報導不同階層婦女的眞實社會處境；同時，她們也積極拓寬職業活動的範圍，從婦女、兒童、家庭等軟新聞領域進入到向來由男性把持的政治、經濟、軍事、外交等硬新聞領域，爲了獲得重要新聞，她們不惜剪短頭髮、換上男裝，進入硝煙彌漫的戰場前線，寫下轟動一時的戰地報導，使得自身的公眾能見度越來越高。

〔註 7〕邵蕙英女士，一種高尚的女子職業：女記者，玲瓏，1932，2（72）：1013～1014。

〔註 8〕季家珍，歷史寶筏：過去、西方與中國婦女問題，南京：江蘇人民出版社，2011。

〔註 9〕黃旦，五四前後新聞思想的再認識，浙江大學學報（人文社會科學版），2000（8）：5～13；（澳）特里·納里莫，中國新聞業的職業化歷程——觀念轉換與商業化過程，新聞研究資料，1992（9）：178～190；Zhang Yong.*Transplanting modernity: Cross-cultural networks and the rise of modern journalism in China, 1890s-～1930s*.University of Minnesota，2006。

〔註 10〕李彬，中國新聞社會史，上海：上海交通大學出版社，2007：103。

然而，新聞業在傳統上仍然是一個男性化的領域。不論是歐洲，還是美國，早期從事新聞業的女性不僅鳳毛麟角，而且受困於自身「女性氣質」與新聞業「男性氣質」的矛盾〔註 11〕。而在二十世紀的中國，女性在新聞業內的角色期待同樣受到儒家倫理與性別制度的影響，無論是挑戰「內言不出」的性別規範參與論政，還是打破「男女大防」的性別區隔採寫新聞，她們的新聞實踐都無可避免地烙上了「性別」的印記，影響著旁人對她們的認知和評判。那麼女記者自身是如何理解、想像和表達自己的性別身份與職業身份？她們的自我認同與其報刊實踐之間有著怎樣的聯繫？她們在性別角色和性別關係的重新定義中扮演了怎樣的角色？本書擬以五四以後從事新聞業的女記者爲研究對象〔註 12〕，借助社會性別的理論框架，採用新社會文化史的研究路徑，考察她們作爲女性的社會性別與作爲新聞記者的職業角色之間的關聯及其張力，以此來探尋女性從事新聞業的社會文化意義，並從性別的維度增進對民國時期新聞史及中國新聞業職業化歷程的理解。

社會性別、女性話語與女記者的能動性

社會性別（gender）是女性主義理論中相對於生理性別（sex）的分析概念，認爲男女之間的差異不是由生理特徵的差異自然形成，而是由社會文化所規範的一系列群體特徵和行爲方式。針對傳統父權制觀念根據兩性生理上的差異斷定男強女弱、男尊女卑、男主女從的觀點，世界婦女運動的鼻祖、英國女權運動領導人瑪麗·沃斯通克拉夫特在《女權辯護》一書中提出了「社會塑造婦女」的觀點，成爲社會性別概念的萌芽。此後，西蒙·波伏娃在其重要著作《第二性》中提出了「女人並不是生就的，而寧可說成是逐漸形成的」的論點，對生物決定論和弗洛伊德主義關於婦女的解釋進行批判，呼籲女性拒絕社會和文化強加的框架，超越「女性氣質」的束縛。自 20 世紀 60 年代以來，

〔註 11〕Kinnebrock Susanne，Revisiting journalism as a profession in the 19th century: Empirical findings on women journalists in Central Europe，*Communications*. 2009，34（2）：107～124；Kimbrley Mangun，Should She,or Shouldn't She,Pursue a Career in Journalism? True Womanhood and the Debate about Women in the Newsroom,1887～1930, *Journalism History*.2011，37（2）：66～79.

〔註 12〕民國時期「新聞記者」一詞通常是廣義上的，指包括在報刊和通訊社的新聞從業者（Journalist）。按分工的不同，又有內勤與外勤的區別，內勤記者即編輯（editior），外勤記者即狹義意義上的記者（reporter）。參見：張靜廬，中國的新聞記者，上海：光華書局，1928：53～86；鄧紹根，「記者」一詞在中國的源流演變歷史，新聞與傳播研究，2008（1）：37～46。

隨著女性主義第二次高潮的到來，西方女性主義學者們提出了社會性別的概念。主張社會性別是社會建構的產物，本質上體現父權制社會中兩性之間的不平等的權力關係，並且作爲一種強大的意識形態影響著人們的生活模式以及個體的生活選擇。至此，社會性別成爲女性主義理論的核心概念〔註 13〕。

1988 年，美國後現代女性主義歷史學家瓊・斯科特將這一概念引入歷史學研究中，將它定義爲「下列兩大命題之間必要的聯繫：社會性別是基於所謂兩性差異之上的社會關係的一個構成因素；社會性別是凸顯權力關係的基本方法」〔註 14〕。在她看來，社會性別並不是反映男女之間某種固定的、自然的、生理上的差異（也即生理性別），而是「給這種差異賦予某種意義」，是一種由社會和文化建構起來的有關行爲舉止、性別角色的配置等觀念。瓊・斯科特認爲考察社會性別建構有賴於四個相關的因素：1）文化象徵的表述，即以什麼來象徵婦女及其產生的背景；2）規範性的概念，即宗教、法律、科學、教育和政治中如何解釋男性與女性、男性氣質與女性氣質的含義；3）社會組織和機構，例如家庭制度、勞動力市場、教育和政治制度在社會性別塑造中的作用；4）主體身份的歷史構成。此外，還要考察建構社會性別的知識話語是如何形成和維護了權力關係〔註 15〕。

瓊・斯科特對「性別」與「權力關係」的論述引發了中國婦女史學家高彥頤的極大興趣。在她看來，斯科特強調社會性別與政治關聯的想法特別適合中國，從戰國時期以來，「夫——妻」關係一直是「統治者——臣民」關係的一種隱喻，所有的政治權力都將其視爲一種範本。因此，社會性別歷史並非與政治歷史無關。同時，受到福柯「無中心的權力」——「權力在無數點中運行，它在各種不平等和流動的關係中互動」——以及布爾迪厄的「支配的權力」——即女性所行使的權力，是通過代理而獲得的有限度的權力，但它依然是眞實存在的——的影響，高彥頤強調從婦女自身的角度研究婦女的生活，將女性的主體經驗和自我表達置於分析的中心，從

〔註 13〕付翠蓮，社會性別概念再詮釋，荒林主編，中國女性主義（8），桂林：廣西師範大學出版社，2007：146～147。

〔註 14〕（美）瓊・W・斯科特，性別：歷史分析中一個有效範疇，李銀河主編，婦女：最漫長的革命：當代西方女權主義理論精選，北京：生活・讀書・新知三聯書店，1997：168。

〔註 15〕（美）瓊・W・斯科特，性別：歷史分析中一個有效範疇，李銀河主編，婦女：最漫長的革命：當代西方女權主義理論精選，北京：生活・讀書・新知三聯書店，1997：169。

而探尋儒家父權制的親屬關係和家庭關係何以運轉。基於上述理論框架，在對十七世紀江南才女文化的研究中，她對「五四」史觀指導下形成的婦女史「壓迫——解放」範式提出質疑，認為這種將中國傳統概括為封建的、宗法制的和壓制性的，婦女是落後的、依附的和受害的「臉譜化的舊中國受害女性理論建構」，是「新文化運動、共產主義革命和西方女權主義學說這三種意識形態和政治傳統罕見合流的結果」。在反思「五四」文化遺產的基礎上，高彥頤提出三重動態模式，即理想化理念、生活實踐和女性視角來研究婦女生活〔註 16〕。相似的，曼素恩同樣受到社會性別概念的影響，在她對盛清（十八世紀）時期才女文化的研究中，婦女被置於歷史的中心，將她們的書寫、日常實踐、自我感知與國家政策、婚姻市場和勞動力市場、學術品位和審美感覺等眾多因素結合起來，考察女性角色及社會性別關係得以產生的歷史過程〔註 17〕。

社會性別作為分析框架，有助於研究者發現中國婦女在社會變革中的能動性，尤其是十九世紀以來出版與報刊媒體的盛行，為發現女性的聲音提供了充分的史料支撐。研究者們注意到，在中國內外交困的十九世紀末，才女的書寫實踐開始面向公眾，她們借助報刊這一新興的傳播媒體發表對於政治和女權議題的看法。錢南秀分析了薛紹徽、康愛德、石美玉等參與維新變法的「賢媛」們如何借助《女學報》，就女學及女權問題與梁啓超等男性變法者進行協商甚至從女性立場提出批評〔註 18〕。季家珍（Joan Judge）考察 20 世紀早期留學日本的中國女學生，在其報刊實踐中如何修正中國女性的傳統遺產和挪用西方女傑的象徵資源，來為中國女性建構新的主體位置。她們在與日本的教育者和中國的男性國族主義者協商中捍衛中國婦女參與國族主義運動的權利〔註 19〕。夏曉虹對上海女學堂和《女子世界》雜誌的研究中，也發現在涉及女學、女權、纏足等性別議題上，來自女性的話語雖然微弱，但與

〔註 16〕（美）高彥頤，閨塾師：明末清初江南的才女文化，南京：江蘇人民出版社，2005。

〔註 17〕（美）曼素恩，綴珍錄：十八世紀及其前後的中國婦女，南京：江蘇人民出版社，2004。

〔註 18〕Nanxiu Qian，Revitalizing the Xianyuan （Worthy Ladies）Tradition ：Women in the 1898 Reforms, *Modern China* ，2003，29（4）：399～454.

〔註 19〕Joan Judge，Talent,Virtue,and the Nation:Chinese Nationalisms and Female Subjectivities in the Early Twentieth Century.*The American Historical Review*.2001，106（3）:765～803.

男性話語卻同中有異，因此，「就晚清女權思想史而言，女性自我意識的覺醒，實爲最有價值的成果」〔註 20〕。從上述研究來看，社會性別的理論框架有助於我們從女性的主體立場出發，來理解女記者的生活經驗、自我認同和主體言說，進而探尋女性在 20 世紀社會性別話語再生產中的角色。

以民國時期女記者爲對象的研究更爲豐富，但也存在明顯的局限：王政的 *Women in the Chinese Englightment：Oral and Textual Histories* 一書，將女性在社會變革中的能動性問題概括爲「救星誕生以前中國婦女在幹什麼？」她聚焦於政黨尚未建立其統治地位並主導婦女運動之前的歷史進程，即婦女行動主義的時代——五四時期（1915～1925）。通過對五個在五四時期中成長起來的中產階級職業女性的口述史，揭示出女性主體是如何在追尋民族獨立和自我解放的過程中吸納、傳播和踐行女權主義。曾主編《女聲》雜誌的王伊蔚是五個口述者之一，儘管她的編輯生涯前後加起來不足五年，但無論是她對過往的追溯，還是爲自己所寫的墓誌銘中，都始終圍繞《女聲》雜誌主編這個身份建構自己的生命故事。那麼，王伊蔚的自我認同是否代表了當時女性從事新聞業的普遍現象？

馬育新（Ma Yuxin）的 *Women journalists and feminism in China* 是英文世界第一部系統地研究 1898 到 1937 年間中國女性的媒介書寫的著作，作者考察了女報人在不同歷史時期的政治主張和女權議題，探討中國女權主義的多樣性、以及女權話語與國族話語的複雜關係。指出從晚清到抗戰前，女報人經歷了從政治性的儒家精英女性（political-minded Confucian gentry women）到職業記者的轉變，體現在她們的婦女期刊從代表精英階層的觀點發展到反映大多數婦女的需求〔註 21〕。由於她的研究目的是通過女報人的話語實踐來考察中國的女權主義，所以其研究並未涉及那些將自身置於女權議題之外的女性新聞從業者及其報刊活動。和馬育新一樣，張詠（Zhang Yong）對 19 世紀末至 20 世紀 20 年代女記者的研究也探討了女權話語與國族話語的關係，認爲女記者並非是男性製造的國族主義話語的簡單回響或補充，而是通過在女權主義和國族主義之間搭建必要的關聯，來賦予婦女刊物「爲」（for）婦女和「由」（by）婦女而辦的合法性，在男性主導的公共話語空間劃出一塊女性

〔註 20〕夏曉虹，晚清女性與近代中國，北京：北京大學出版社，1994：73。

〔註 21〕Ma Yuxin, *Women journalists and feminism in China（1898～1937）*，Cambria Press，2010.

專門的領地〔註22〕。

值得注意的是，上述研究幾乎都聚焦於在婦女報刊、尤其是雜誌中工作的女性，這是因爲當研究者的研究問題設定爲「女性如何表達女權主張」時，婦女雜誌因專業化探討婦女問題而成爲他們考察的中心。報紙和雜誌的區別，在戈公振看來，「報紙以報告新聞爲主，而雜誌以揭載評論爲主」，報紙的材料較爲一般，其評論也是「對於時事表示臨時的反映」；而雜誌的材料較爲特殊，其評論側重「對於時事之科學的解決」，因而雜誌「對問題自身之解決，是尤有卓識的」〔註23〕。因此，相比以女性爲目標讀者、專業化探討婦女問題的婦女雜誌，其他媒體類型——如商業化的報紙、通訊社和綜合性雜誌——中的女性從業者和女性話語容易被研究者們忽略，如李曉紅在考察民國時期知識女性的成長與大眾傳媒的互動關係時，著重考察的是《婦女雜誌》、《女聲》等婦女雜誌中的女編輯〔註24〕。儘管二三十年代男性主持的商業報紙也紛紛開闢婦女專欄或專刊，但有論者認爲在其商業邏輯的驅動下，「男性精英所創辦的商業報紙聘用女編輯來吸引讀者，讓她們在婦女專欄裏討論時尚、家庭和孩子問題，從而將婦女排除在政治話語之外，因此強化了公共領域中的主導和從屬的性別關係」〔註25〕。

但是已有少量研究表明，這種認爲商業報紙中的女性從業者缺乏言說空間的假設並不能成立，如侯傑、傅懿對1930年代《世界日報》專刊《婦女界》的解讀和李淨昉對1920年代《新民意報》旬刊《女星》的分析都表明，女性的主體言說也可以在男性主持的報紙中實現〔註26〕。此外，侯傑、曾秋雲在研究天津二三十年代職業女性生活狀態時，曾借助了《大公報》女記者蔣逸

〔註22〕Zhang Yong.Going public through writing:women journalists and gendered journalistic space in China,1890s～1920s，*Media,Culture & Society*,2007，29（3）: 469～489.

〔註23〕戈公振，中國報學史，上海：上海書店，1990：5。

〔註24〕李曉虹，女性的聲音——民國時期上海知識女性與大眾傳媒，上海：學林出版社，2008。

〔註25〕Zhang.Y,（2007）Going public through writing:women journalists and gendered journalistic space in China,1890s～1920s〔J〕，*Media,Culture & Society*,Vol.29（3）:469～489.

〔註26〕侯傑、傅懿，女性主體性的媒體言說——對20世紀30年代《世界日報》專刊《婦女界》的解讀，安徽大學學報（哲學社會科學版），2010（4）：103～109；李淨昉，公共空間的性別構建——以20世紀20年代天津《女星》爲中心的探討，鄭州大學學報（哲學社會科學版），2011（9）：101～109。

霄的《津市職業的婦女生活》系列採訪所留下的珍貴的女性口述材料，也充分肯定了她爲長期處於失語狀態的女性群體代言的歷史意義〔註 27〕。但目前學界對這些商業報刊中女性從業者的主體經驗與言說空間的研究都是非常匱乏的，如《大公報》蔣逸霄從事婦女新聞的採訪長達十年，是二三十年代著名的女記者、婦女團體和女權運動的積極分子，但目前對她的研究幾乎是一片空白，僅侯傑對其生平有過簡單的介紹〔註 28〕。因此，發掘和呈現這些湮沒在歷史中的女性新聞從業者的主體經驗，考察她們的自我認同、職業實踐與外部環境——政治經濟情境與媒介組織結構——的關係，正是本書力圖在既有研究基礎上加以創新之處。

女子職業、身份認同與性別化的新聞業

游鑑明指出，儘管中國在明清時期已有閨塾師、售貨員等女性職業，但從就業環境、待遇和工作性質上與現代職業婦女極爲不同，最大的差別是後者必須與男性往來，或者進入男性領域，她們的工作場域多在公共空間，從而改變了傳統女性在家庭之外的「不可見」〔註 29〕。二十世紀上半葉的中國，正是「新倫理與舊角色」並存的時代〔註 30〕，「男外女內」的性別分工、「男女大防」的性別區隔、「男主女從」的性別成見依然深深的烙印在絕大多數國人的意識深處。現代性與傳統性別規範之間的緊張，在五四時期關於何爲女子職業、女子適宜怎樣的職業等論爭中已初現端倪，二三十年代女子職業從話語走向實踐，現代的「新女性」應當以何種身份、角色和形象出現在公共及私人領域，持續引發熱烈的討論，這從三十年代和四十年代兩次關於「婦女回家」的討論可見一斑〔註 31〕。

已有諸多研究從社會史的角度討論民國時期職業婦女出現的歷史背景及其對生產、勞務市場的影響，考察她們在職場上的機遇與限制、職業實踐對她們傳統性別角色扮演的影響。如艾米莉・洪尼格以 1919～1949 年上海棉紗

〔註 27〕侯傑、曾秋雲，二十世紀二三十年代天津女性生活狀態解讀——以蔣逸霄《津市職業的婦女生活》系列採訪爲中心的探討，南方論叢，2006（2）：62～74。

〔註 28〕侯傑等，大公報歷史人物，香港：香港大公報出版有限公司，2002。

〔註 29〕游鑑明，序言，近代中國婦女史研究（臺灣），2006（14）：1。

〔註 30〕楊聯芬，新倫理與舊角色：五四新女性身份認同的困境，中國社會科學，2010（5）：206～219。

〔註 31〕范紅霞，20 世紀以來關於「婦女回家」的論爭，山西師大學報（社會科學版），2011（11）：8～12。

廠女工爲研究對象，在上海經濟社會生活的大背景下探討女工的生活狀況、工作情形、人際關係、家庭生活及參與勞工運動的過程及轉變〔註 32〕。陳雁對近代上海女性從業的歷史進程和工作狀況進行了全景式的概括，指出職業婦女群體的興起原因中，婦女解放的思想啓蒙固然重要，但根本原因還是經濟發展的需要，在她們的職業生涯中，雙重角色的衝突尤爲突出〔註 33〕。游鑒明考察日據時期臺灣職業婦女的群體生成、就業情況，職業與家庭生活的矛盾及衝突，以及職業中的性別歧視等議題，認爲職業婦女的出現是殖民政府同化政策與婦女主動走出家門雙向互動的結果〔註 34〕。何黎萍對民國時期婦女職業狀況進行了考察，以較爲詳實的資料表明在婦女的職業活動中，性別歧視、同工同酬、就業機會不平等、已婚婦女處於家庭和職業的兩難選擇等問題不同程度地存在〔註 35〕。侯傑、秦方以呂碧城、陳學昭、楊剛、彭子岡等《大公報》的女編輯和女記者爲例，揭示知識女性在中國的現代轉型中雙重角色的扮演〔註 36〕；夏一雪以林徽因、陳衡哲、袁昌英等現代學者型女作家爲例，認爲隨著婦女解放的發軔，中國現代知識女性體驗著前所未有的角色困境：爲母爲妻的家庭角色與自我實現的社會角色之間的矛盾衝突。她們通過對傳統賢妻良母觀的現代轉換，提供一種平衡兼顧的突圍策略〔註 37〕。

此外，也有不少研究是從新社會文化史的角度，把研究重心轉向符號和符號的象徵意義，通過考察社會輿論對職業婦女的討論和建構、職業婦女的自我呈現，來討論職業婦女的形象塑造、認同建構，從而揭示婦女從事職業的社會文化意義。如賀蕭分析了各種各樣對上海娼妓的敘述、記憶的文本，認爲形形色色的改革者和革命者圍繞娼妓業而引發的爭論，集中在「何爲現

〔註 32〕（美）艾米莉·洪尼格著，韓慈譯，姐妹們與陌生人：上海棉紗廠女工（1919～1949）南京：江蘇人民出版社，2011。

〔註 33〕陳雁，近代上海女性就業與職業婦女群體的形成，王政、陳雁主編，百年中國女權思潮研究，上海：復旦大學出版社，2005：346～363。

〔註 34〕游鑒明，日據時期臺灣的職業婦女，國立臺灣師範大學歷史研究所博士論文，1995。

〔註 35〕何黎萍，抗戰以前國統區婦女職業狀況研究，文史哲，2002（5）：163～168；何黎萍，解放戰爭時期婦女職業狀況考察，史學月刊，2003（1）：107～112；何黎萍，抗日戰爭時期國統區婦女執業活動研究，婦女研究論叢，2006（1）：51～55。

〔註 36〕侯傑、秦方，近代知識女性的雙重角色：以《大公報》著名女編輯、記者爲中心的考察，廣東社會科學，2005（1）：110～116。

〔註 37〕夏一雪，現代知識女性的角色困境與突圍策略——以陳衡哲、袁昌英、林徽因爲例，婦女研究論叢，2010（7）：80～86。

代的、因而也是可取的社會性別關係和性關係」這一焦點問題，呈現了「娼妓」話語中的現代性想像〔註 38〕。張金芹則以「另類的摩登」爲題，考察 1927～1945 年間上海舞女的公共形象如何在時人的不同言說和她們的自我應對中得以建構〔註 39〕。如連玲玲對上海女店職員和陳欣欣對廣州女招待的研究顯示，社會經濟條件的變化促成大量女性進入服務行業，由於與男性共事、以及直接面對男性顧客，她們挑戰了傳統性別秩序，也威脅到男性同事的工作權，導致爭議頻出，造成其性別認同與職業認同的衝突，她們通過塑造中立的職業身份來維護自己的職業權力〔註 40〕；孫慧敏對上海女律師的研究則表明，男性主導的上海律師公會主動提出解除律師業性別限制的要求，但女律師的加入並未改變律師業男性主導的性別格局，資歷深淺的她們不被民眾所信任，沒有太多機會提供法律援助。爲了打開知名度，女律師巧運用「性別」符號，在報紙廣告大作宣傳，勾起大眾的窺視欲望〔註 41〕；而張淑清在對女防癆員的研究中發現，這一職業強調耐心、愛心等女性特質，但女防癆員在照顧男性病患的同時還要維護自己的安全，性別特質與職業本身相背離。職場中上下級的權力關係讓她們被同性別的公衛護士宰制〔註 42〕。

上述研究都不同程度地強調結構性因素——國家政策、勞動力市場、家庭制度、教育體系等——是如何共同影響了民國時期職業婦女的工作和生活，圍繞其公共形象而展開的爭論顯示她們性別身份與職業身份之間存在不同程度的衝突，彰顯出民國時期現代性與傳統性別規範的矛盾與張力。此外，這些研究也揭示了職業女性群體的差異性，這主要取決於她們所從事職業的性質以及從業環境中的社會性別關係。正如漢娜・芭克所說，「兩性間的差異

〔註 38〕（美）賀蕭，危險的愉悅：20 世紀上海的娼妓問題與現代性，南京：江蘇人民出版社，2003。

〔註 39〕張金芹，另類的摩登：上海的舞女研究（1927～1945），華東師範大學碩士論文，2007。

〔註 40〕連玲玲，「追求獨立」或「崇尚摩登」？近代上海女店職員的出現及其形象塑造，近代中國婦女史研究 2006（14）：1～50；Angelina Y.Chin,Labor Stratification and Gendered Subjectivities in the Service Industuries of South China in the 1920s and 1930s:The Case of Nv Zhaodai，近代中國婦女史研究（臺灣），2006（14）：125～177。

〔註 41〕孫慧敏，民國時期上海的女律師研究（1927～1949），近代中國婦女史研究（臺灣），2006（14）：51～88。

〔註 42〕張淑卿，戰後臺灣的防癆保健員，近代中國婦女史研究（臺灣），2006（14）：89～121。

是在不同的時間、地點、文化、階級和種族間的一種社會的建構。所以，男性和女性之間的性別差異並不是固定不變的，而是持續不斷地被重新定義。……性別是一種意義體系，也是一種關係體系，它作爲一個核心的概念，指在不同性別的關係中分析女性，即在差異中研究差異。同時把『性差異』與社會文化連接在一起。」〔註43〕

那麼，新聞業中的性別結構和性別關係又是如何影響女記者的自我意識和職業實踐的呢？女性主義媒介學者凡・祖倫揭示出傳播業中的女性在身份認同建構上的複雜性：

> 社會性別不應該被構擬爲個人的固定屬性，而應該作爲主體在「建立」自我意識的連續過程中的一部分。人類的身份認同不能被視爲一成不變的，而是片面地和動態的，並且依賴於具體歷史語境中話語的特殊勾連（因此不能期待女性傳播者能生產出不同形態的產品）。相反，媒介組織中婦女獨特地位和經驗建構了不同表達形式的「婦女和專業」的認同方式，而且這些方式往往貫穿了一個「專業人士」和「主流文化所能定義的婦女」兩者之間的緊張關係。〔註44〕

身份認同（Identity）具有兩層基本含義：一是「身份」，指個人或群體的出身、特質、自我想像和社會地位；二是指認同，即個人或群體爲確證自己的社會身份而在文化上所做的追尋〔註45〕。這一概念最初源自米德和庫利對於自我是徹底的社會建構的深刻洞悉，「顯現於原初與後續的社會化過程，也見於個人在其一生中，是定義及重新定義自身和他人的持續社會互動過程」〔註46〕。正因如此，身份認同始終處於開放的、矛盾的、未完成和碎片化的狀態和過程中〔註47〕，「總是由記憶、幻想、敘事和神話建構的……

〔註43〕李宏圖，表象的歷史——當代西方新社會文化史概述，李宏圖、王加豐選編，表象的敘述：新社會文化史，上海：上海三聯書店，2003：6～7。

〔註44〕凡・祖倫（Zoonen，L.V.）女性主義媒介研究，曹晉、曹茂譯，桂林：廣西師大出版社，2007：85。

〔註45〕閻嘉「identity」，汪民安主編，文化研究關鍵詞，南京：江蘇人民出版社，2007：283。

〔註46〕（英）Richard Jenkins，王志弘、許妍飛譯，社會認同，臺北：巨流圖書有限公司，2006：29。

〔註47〕Hall，S., “The Question of Cultural Identity”, in S. Hall, D. Held and T.McCrew（eds.），*Modernity and Its Future*, Cambridge: Polity Press，1991.

是認同或縫合的不穩定點，而這種認同或縫合是在歷史和文化的話語之內進行的。」〔註 48〕

在女記者身份認同的建構上之所以會出現凡・祖倫所謂「專業人士」和「主流文化所能定義的婦女」之間的緊張關係，很大一部分原因應當歸結於新聞業的「男性氣質」（masculine）。性別氣質——包括男性氣質和女性氣質（feminine）——是人們對男性和女性在行爲、個性特徵等方面予以的期望、要求和一般看法形成的性別角色刻板印象，在語言實踐中得以表述和強化。男性氣質總是與雄心勃勃、大膽、爭強好鬥、具有攻擊性和性活動的主動性聯繫在一起，正如鮑布・康奈爾所說，它「不只是頭腦中的一個概念或一種人格身份，它也在世界範圍內擴展，融入組織化的社會關係之中。」〔註 49〕與之相對照的女性氣質，則總是與同情心、羞澀、溫柔、多愁善感和性活動的被動性相聯繫。在激進女性主義者看來，父權制社會用嚴格刻板的社會性別角色將婦女限制在消極狀態（有愛心、順從、共鳴、善於同情和讚許地回應、親切和友善），而使男人保持積極狀態（頑強、進取、好奇、雄心勃勃、有計劃、負責任、有獨創精神、富於競爭性）〔註 50〕。如 Kimbrley Mangun 對 1887～1930 年間在美國雜誌工作的女記者的研究表明，19 世紀的女性氣質特徵——純潔、虔誠、宜家和順從——被用來鼓勵或阻止白人婦女從事新聞業，以保護男性主導的新聞編輯室和抑制那些有進取心的女記者〔註 51〕。Joe Saltzman 指出，20 世紀人們關於女記者的想像中始終包含著一對矛盾：如何將作爲在新聞業成功基礎的男性氣質——冒險的、獨立的、好奇的、強硬的、雄心勃勃的、憤世嫉俗的、狂妄自信的、冷酷的——與憐憫的、體諒的、友愛的、母性的和充滿同情心的女性世界相結合，「整個二十世紀的女記者和女編輯都在努力克服這一中心矛盾，到今天戰爭仍在持續。」〔註 52〕

〔註 48〕（英）斯圖亞特・霍爾，文化身份與族裔散居，文化研究讀本，北京：中國社會科學出版社，2000：212。

〔註 49〕（美）R.W.康奈爾著，柳莉等譯，男性氣質，北京：社會科學文獻出版社，2003：38。

〔註 50〕（美），羅斯瑪麗・帕特南・童著，艾曉明等譯，女性主義思潮導論，武漢：華中師範大學出版社，2002：72。

〔註 51〕Kimbrley,Mangun，Should She,or Shouldn't She,Pursue a Career in Journalism? True Womanhood and the Debate about Women in the Newsroom,1887～1930,*Journalism History*.2011，37（2）：66～79.

〔註 52〕Joe Saltzman, Sob Sisters:The Image of The Female Journalist in Popular Culture,

那麼這一緊張關係是否在早期中國新聞業中體現出來呢？就目前文獻所及，沒有發現對這一問題進行探討的相關文獻。作爲一部系統性梳理中國近現代女性新聞從業者的專著，宋素紅的《女性媒介：歷史與傳統》一書中描述了女性從事新聞業的歷史過程，分析了她們成才的原因，將「採訪中容易接近被採訪者、文筆細膩善於細節和關注弱勢群體等女性色彩」作爲她們的特色之一〔註 53〕。然而論者卻並未闡明這種「女性色彩」是如何形塑的，是女記者「女性特質」的自然延伸？還是基於其女性意識的自覺發揮？抑或是媒介組織的人事策略？該書也沒有論及這一「女性色彩」在新聞業職業評價體系中的位置。

此外，在對民國時期新聞從業者及其職業認同的相關研究中，也同樣缺乏從性別視角出發的考察。如王敏在對 1872 年到 1949 年上海報人的社會生活的研究〔註 54〕、宋暉對 19 世紀末到 1927 年中國「現代意義上的記者」產生、發展與成熟的全景式描述〔註 55〕，以及樊亞平對從 1815 年到 1927 年間新聞從業者職業認同所做的個案研究中〔註 56〕，都看不到女性新聞從業者的蹤迹。因此我們無從知道，在從傳統到現代的時代轉型中，新聞業中的女性是否也曾經歷了男性報人遭遇的角色失調和認同危機？如果職業記者成熟的首要標誌是專職化（全日制）和持久化（終身性的），那麼女性從業者在成爲「職業記者」的過程中會遭遇怎樣的困難？

研究問題、方法與史料來源

在既有研究的基礎上，本書試圖從性別和職業這兩個主要維度考察民國時期女記者身份認同的形塑，以及她們的身份認同與其報刊實踐的關係。之所以以五四運動（1919）爲開端，是因爲正是在五四時期啓蒙話語構築了婦女解放與女子職業的合法性，同時伴隨五四以後女權運動的展開、女子教育的推進和新聞業的職業化進程，新聞記者成爲許多女學生的職業選擇。

---

http://www.ijpc.org/uploads/files/sobsessay.pdf,2003，下載時間 2012.9.12.

〔註 53〕宋素紅，女性媒介：歷史與傳統，北京：中國傳媒大學出版社，2006。

〔註 54〕王敏，上海報人社會生活（1872～1949），上海：上海辭書出版社，2008。

〔註 55〕宋暉，中國記者職業群體的誕生和初步崛起（19 世紀晚期～1927 年），中國人民大學博士學位論文，2004。

〔註 56〕樊亞平，發現記者：中國新聞從業者職業認同研究（1815～1927），中國人民大學博士學位論文，2009。

圍繞「女記者主體認同建構的歷史過程」這一核心關切，本書要回答的問題包括：是怎樣的歷史情境使得女性以新聞記者爲職業？社會政治經濟條件、時代思潮和新聞業的組織結構爲女記者提供了怎樣的機會，又設定了哪些限制？女記者們是如何理解性別與職業兼而有之的社會身份的？他人（包括男性同行、讀者和社會大眾）又是如何看待她們的？女記者的自我意識與其報刊實踐之間的關係如何？她們在民國時期性別角色和性別關係的重新定義中扮演了怎樣的角色？

在研究方法上，本書主要採用個案研究法。個案研究的方法是通過廣泛深入地考察某一類型的一個個案，來揭示同類個案的一些共同特徵或發展出新的理論或驗證已有的理論。儘管這一方法在普適性的追求上有不可避免的局限性，但卻在女性主義和社會性別研究中頗受青睞，被廣泛加以採用，這是因爲個案研究有助於記錄不同婦女的生活經驗，增進對女性個體經歷的理解，以及更好地把握女性與特定社會結構、過程及社會制度之間的關係〔註 57〕。「個案」可能是一個人、一個家庭，也有可能是一個群體、一家機構或者一個事件，取決於研究問題所指向的特定的社會現象。因此，筆者在個案選取時以人爲中心但不限於個體的人，而是以時間爲序，就某一具體的歷史時段內在女記者身份認同建構上具有典型性的特徵、問題和現象出發，來選擇適當的個案。

在設定了研究問題和研究路徑之後，筆者著重收集了以下幾類史料：

一、相關的報刊雜誌：包括女記者自身報刊實踐的成果，如她們所主編、參與編輯和採訪的報刊，如《新民意報・女星》、《婦女日報》、《京報・婦女周刊》、《婦女共鳴》、《女聲》、《婦女生活》、《女子月刊》、《上海婦女》、《申報》、《大公報》等；其他報導、討論女記者的各類報刊，如《中央日報》、《北洋畫報》、《海濤》、《東南風》等；以及女記者經常投書的報刊，如《婦女雜誌》、《國聞周報》、《讀者》、《現代婦女》等。從這些報刊資料中，既可以捕捉女記者職業活動的軌迹，也常常能意外地發現她們當時留下的自傳、回憶錄、日記、信件等資料。

二、女記者的傳記資料：包括在各類報章雜誌和文史資料彙編中公開發表、或以專著的形式出版的女記者自傳、傳記、回憶錄、作品集、書信和日

〔註 57〕劉建中，孫中欣，邱曉露主編，社會性別概論，上海：復旦大學出版社，2010：129。

記等，本書重點研究的女記者，如鄧穎超、蔣逸霄、陳學昭、陸晶清、石評梅、沈茲九、李峙山、談社英、彭子岡、楊剛、浦熙修、陳香梅等人都有不同程度的自敘文本留存於世，可以作爲研究的第一手文獻。此外，還有少量女記者的口述訪談記錄，如王政對三十年代女記者王伊蔚的口述史資料，筆者對四十年代女記者姚芳藻的口述採訪等。由於年代久遠，這些女性或已經去世，或湮沒於茫茫人海，爲筆者的尋訪帶來一定的困難。

三、有關女記者的檔案資料：除了報刊雜誌和傳記資料以外，大學新聞系、報社通信社、記者公會、政府統計公報等官方檔案中也保留著一些與女記者教育和職業經歷有關的材料，都可以作爲瞭解女記者職業狀況的依據。爲此，筆者查閱了上海市檔案館、天津市檔案館、北京市檔案館、成都市檔案館、重慶市檔案館、復旦大學檔案館的館藏文獻。由於戰爭的關係，各地檔案館中對 1945 年以後記者公會、報社通信社的檔案保存較多，可以獲得一些女記者的人口信息。此外，如復旦大學、中國新聞專科學校、民治新聞專科學校等學校檔案中比較連貫地記錄了歷年男女學生的註冊人數、比例等，但除中國新聞專科學校以外，很少有記錄女學生畢業後的情況。但這些資料仍顯示當時女性對接受新聞職業教育的積極，有助於我們理解她們對新聞業的認同度。

章節架構

除緒論和結論以外，正文分爲五章，具體篇章結構和主要內容如下：

第一章　在中國，知識女性面向公眾的報刊實踐可上溯到十九世紀末二十世紀初，如康同薇、裘毓芳等改良派閨閣賢媛，秋瑾、陳擷芬等留日女學生，唐群英、張漢英等女子參政權運動者都曾通過辦報來倡導女子教育、推動女權運動以及動員婦女參加政治行動，但是將新聞記者作爲一種女子職業加以介紹和大力倡導卻是在五四時期。本章試圖說明這一時期的婦女解放話語和關於女子職業問題的討論如何爲女性從事新聞業提供合法性和必要性，主要從三個方面展開：首先，以「人的覺醒」爲標誌的啓蒙話語，使從事職業成爲女性通往個人解放的必由之路；其次，檢視五四時期圍繞女子職業所展開的論述，考察其中所蘊含的現代性與傳統性別規範的內在矛盾；最後，考察人們（主要是男性的新聞學家和新聞從業者）如何認識和理解作爲一種女子職業的新聞記者。因爲普遍相信女性從事新聞業將有助於女權的擴展，他們鼓勵女性從事新聞業，同時也限定了女記者的職業範圍。

第二章　在五四愛國學生運動中，北京、天津、上海等城市的女學生、女教師們，在經歷了和男學生、男教師一樣走上街頭、當眾宣傳、公開抗爭、遭到驅逐甚至被捕入獄的非凡體驗後，她們第一次親身實踐並體會到了作爲現代公民的自由、平等與解放，以「先覺者」的姿態，組建女權團體、興辦婦女報刊、建構女權話語、發起女權運動，將爲更多婦女爭取自由與平等作爲自己的歷史使命。本章以天津女星社爲例，呈現這一時期女記者身份認同與報刊實踐的關係。首先描述女星社的骨幹成員「做一個人」的主體意識覺醒的歷史情境，以及她們結成團體和創辦報刊的經過；其次考察她們如何以「婦女啓蒙者」的身份期待，從自身經驗出發，建構基於性別平等的戀愛與婚姻觀念，召喚女性獨立自決的主體認同；正是從這一自我意識出發，女星社始終以報刊作爲聯絡同志、互通聲氣的平臺，構築起跨越性別、政黨、宗教和地域區隔的女權同盟，服務於 1920 年代的女權實踐。在她們身上，作爲記者的職業意識始終服務於「婦女啓蒙者」這一自我期待。

第三章　隨著婦女解放與女子教育的推進，二三十年代的各大城市中聚集了一批受過現代學校教育的女學生和女教師，她們成爲婦女報刊以及綜合性報刊的讀者、作者和編者的重要來源，女性的主體言說開始進入大眾傳媒的話語空間；與此同時，中國新聞業也出現了明顯的職業化發展趨勢，很多女學生對新聞業發生興趣，以新聞記者爲職業選擇，新記《大公報》第一位女外勤記者蔣逸霄即是如此。通過對其成長、求學、寫作以及從業經歷的考察，本章試圖說明女記者的身份認同如何與其職業實踐相互纏繞：正是在採訪和報導婦女新聞的日常實踐中，蔣逸霄萌生性別不平等意識，開始對婦女問題產生興趣；她以更加職業化的方式去採訪、調查和報導各階層婦女（尤其是職業婦女）的生活狀況，使女性的社會生活進入到公眾的視野。在蔣逸霄身上，婦女解放的政治訴求和新聞記者的職業意識共生共存、相互影響，構成其性別認同與職業認同的一致性。

第四章　1930 年代，以全球性的經濟危機與復古思潮爲背景，國民黨及國民政府動員各種力量來對婦女從身體言行到生涯規劃進行干預和規訓。在其政策的支持和鼓勵下，保守人士希望婦女回歸家庭，恢復男女有別、男外女內的傳統性別格局，以化解由於女權運動給性別關係帶來的巨大衝擊。儘管婦女解放運動的言論和行動的自主空間已大幅萎縮，但女記者們仍盡一切可能創辦婦女刊物，構建女性的公共話語空間，並始終立足於「做一個人」

的五四理想來召喚女性的主體認同。本章以上海、南京兩地三份婦女雜誌的女編輯們圍繞「新賢良主義」的論爭爲中心，考察她們如何重新界定現代女性「職業——家庭」兼具的社會身份。通過對論爭各方觀點的仔細梳理，本章揭示政治意識形態的分歧如何影響她們產生不同的身份想像和實踐路徑：改良者寄希望於家庭性別關係的改造，來幫助職業女性實現家庭與職業的角色兼顧，激進者相信唯有廢除私有制和家庭制度，女性才能以「社會人」的身份獲得眞正解放。

第五章　抗戰期間的特殊時局使女記者的職業範圍得以擴展，她們不再局限於採訪、報導和評論婦女問題，而是大量進入到時政、經濟、軍事、外交等傳統上由男記者所壟斷的硬新聞領域從事採訪和報導，並取得了不俗的成績。然而，這些進入男性世界的女記者們卻始終處於性別身份與職業身份的緊張與矛盾之中。本章聚焦於 1940 年代中期上海報刊中女記者的公共形象塑造，通過分析男性話語對女記者的建構和她們的自我陳述，認爲正是因爲出入於公眾場合、周旋於男性世界的職業特質，引發男性對性別角色重新定義的焦慮，女記者的性別特質（美麗的外表、靈活的交際、對男性的吸引力等）才會被刻意強調甚至污名化爲新聞界的「交際花」，而商業利益的驅動使得眾多媒體在女記者們的「性別」意義上大做文章，將女記者置於被觀賞和被消費的位置，更加深了這種緊張關係。因此，女記者積極主動地運用各種話語資源，強調自身作爲「無冕女皇」的職業角色所承擔的社會功能，塑造性別中立的職業形象，爲自身的職業權力而抗爭。

第一章　五四時期的婦女解放與女子職業問題

第一節　「人」的覺醒與女子職業問題的提出

陳獨秀在《新青年》的創刊號上，將近代歐洲的「解放歷史」歸納爲「破壞君權，求政治之解放也。否認教權，求宗教之解放也。均產說興，求經濟之解放也。女子參政運動，求男權之解放也。」而「解放」之意，則意味著擺脫奴隸地位，具有完全自由和自主的人格：「我有手足，自謀溫飽。我有口舌，自陳好惡。我有心思，自崇所信，絕不讓他人之越俎，亦不應主我而奴他人。蓋自認爲獨立自主人格。以上一切操行，一切權利，一切信仰，唯有聽命各自固有之智慧，斷無盲從，隸屬他人之理。」〔註1〕

女權能與政治、宗教與經濟並列，成爲歐洲之所以「解放」的標誌，顯然在新文化的倡導者們看來，婦女解放是社會文明與平等的象徵，也是民族國家能夠進入現代世界體系的入場券。而這種思想，與當時國家層面由北洋政府所制定和推行的一系列對婦女加以控制的復古政策形成了鮮明的對照：1914 年袁世凱政府頒佈的《褒揚條例》，規定「凡婦女節烈貞操可以風世者」，由大總統匾額題字並授予金質或銀質褒章；1916 年，北洋政府頒佈了《天壇憲法草案》，規定婚嫁要由祖父母、父母主持，從法律上確認包辦婚姻的合法性；從中央到地方，各種以「端肅風化」爲目的，對女性從身體、行爲到思

〔註 1〕陳獨秀，敬告青年，青年雜誌，1915，1（1）：1～6。

想進行控制的禁令舉不勝舉，當局對貞女節婦道德觀的鼓勵和宣揚，使得殉節女子的楷模也頻頻湧現。

因此，五四時期新文化的倡導者們將婦女問題作爲一個重要的突破口，以「歐美文明國家」的現代性爲參照，向這些復古政策的理論基礎——「三綱五常」、「三從四德」等儒家的倫理道德體系發起攻擊。陳獨秀痛斥儒家的三綱之說使「爲人子爲人妻者，既失個人獨立之人格，復無個人獨立之財產」，而綱常禮法強制許多「年富有爲之婦女」孀居在家，「身體精神俱呈異態」〔註 2〕；吳虞批判儒家以乾坤爲根據推演出的三綱，是封建社會訂立尊卑貴賤的虛妄之說，「三從七出之謬談，其於人道主義，皆爲大不敬，當一掃而空之……」〔註 3〕；陶孟和介紹歐美婦女運動的進展，強調「女子之自覺」與「自身之猛醒」的重要性〔註 4〕；周作人翻譯日本婦女運動先驅與野謝晶子的《貞操論》，指出貞操不能作爲一種道德標準，單方面地加諸婦女身上〔註 5〕。這一觀點迅速得到新文化論者的贊同，胡適和魯迅相繼對崇尚節婦烈女的貞操觀念展開攻擊〔註 6〕。

《新青年》在討伐封建舊道德如何摧毀婦女人格的同時，也嘗試建立新的道德倫理，並具體地探討中國婦女如何獲得獨立人格以達到「解放」的途徑，這些討論同樣借助了來自西方的文化資源，其中最爲鮮明的形象是挪威劇作家易卜生筆下的「娜拉」。1918 年 6 月《新青年》（第四卷第 6 期）推出「易卜生專號」，刊登了易卜生的《娜拉》（全，胡適、羅家倫譯）、《國民之敵》（部分，陶履恭譯）和《小愛有夫》（部分，吳弱男譯）三部戲劇，同時刊登了胡適的《易卜生主義》和袁振英的《易卜生傳》兩篇文章。在《易卜生主義》一文中，胡適著重表達了對傳統家庭制度的抨擊和對十九世紀歐洲個人主義的推崇，而《娜拉》近乎完美地體現了這兩點，劇末女主人公「我是一個人，一個同你一樣的人，無論如何我總得努力做一個人」的覺醒宣言和她爲「救出自己」而棄家出走的決絕行爲給予國人強烈的衝擊〔註 7〕。此後，

〔註 2〕陳獨秀，孔子之道與現代生活，新青年，1916，2（4）：1～7。

〔註 3〕吳曾蘭，女權平議，新青年，1917，3（4）：1～5。

〔註 4〕陶履恭，女子問題，新青年，1918，4（1）：14～19。

〔註 5〕與野謝晶子著，周作人譯，貞操論，新青年，1918，4（5）：386～394。

〔註 6〕胡適，貞操問題，新青年，1918，5（1）：5～14；魯迅（署名唐俟），我之節烈觀，新青年，1918，5（2）：92～101。

〔註 7〕因娜拉「離家棄子」的出走行爲與社會道德規範相牴觸，該劇在歐洲及日本曾引起許多批評，甚至爲配合當地社會可接受的尺度被迫修改結局才能順利

有關「做人」的吶喊，如「女子知道自己是『人』，才能自己去解放」〔註8〕、「男女既同是人，便該同做人類的事」〔註9〕、「因自己的『覺悟』，得尋著眞『人』的生活」〔註10〕等言論，充斥著當時的進步報刊中。

新思潮流風所及，知識女性的自我意識開始覺醒，尤其對於正在接受新式教育的年輕女學生而言，自由、平等、獨立地「做一個人」成爲她們最虔誠的信仰。天津直隸女師學生、覺悟社社員張若名的《「急先鋒」的女子》一文最能代表當時女青年對於女子解放的熱誠，她宣稱「女子解放從女子解放做起，不要等著旁人解放」，首先要進行「破除迷信形式的道德觀念」、「剷除男女心理生理不同的觀念」、「打破男女職業不平等的的觀念」的思想革命。她以女子解放的「急先鋒」自命，徵集同志結成團體，要具備如下的資格：第一不論男女，但眞有提攜女子心意的人；第二女子要有犧牲精神，敢於與社會風俗相背，能抵抗由於打破男女界限而招致的社會批評；第三要抱獨身主義，以提倡「女子解放」爲終身事業〔註11〕。

爲著「做一個人」，五四時期的「娜拉」們與舊式家庭和傳統觀念相抗爭，她們中的一些人雖成功地爭取到求學的權利，然而走出家庭、離開校園之後，女性能否立足於社會，眞正實現自立與解放？就這一問題，魯迅曾尖銳的指出，娜拉出走後，「不是墮落，就是回來」，「所以爲娜拉計，錢，——高雅的說罷，就是經濟，是最要緊的了。」〔註12〕李達也視經濟基礎爲婦女獲得獨立人格的先決條件，「女子若想求得一個不賣力不賣淫可謀生活眞正幸福，唯有發揮自己的經濟能力，求經濟的獨立」，女子若經濟獨立，則「男女間一切

上演。許慧琦認爲「易卜生號」之忠於原著，足以體現「五四時代反傳統意識的激烈性」，這並非當時社會已足夠進步使然，而是「具改革意識的知識青年，企圖超越中國變遷的速度，以先行者的姿態，爲人民想像出符合世界潮流標準的現代性，以打造具有個人獨立意識的現代化國家。」參見許慧琦，「娜拉」在中國：新女性形象的塑造及其演變（1900s～1930s），臺北：國立政治大學歷史學系，2003：72,110。

〔註8〕羅家倫，婦女解放，梅生編，中國婦女問題討論集，上海：新文化書社，1923：1～23。

〔註9〕雁冰，男女社交公開問題管見，婦女雜誌，1920，6（2）：1～4。

〔註10〕周恩來，覺悟，中共中央文獻研究室、南開大學編，周恩來早期文集（1912.10～1924.6）上，北京：中央文獻出版社，1998：474。

〔註11〕張若名（署名衫六），「急先鋒」的女子，覺悟，1920（1），楊在道編，張若名研究資料，北京：中國婦女出版社，1995：5～15。

〔註12〕魯迅，娜拉走後怎樣，魯迅全集（第一卷），北京：人民文學出版社，1956：269～271。

不平等的道德與條件，也可以無形消滅了。」〔註 13〕因此，沈鈞儒視女性經濟上的獨立自主爲「實是婦人種種問題中之根本問題」〔註 14〕。

那麼婦女如何才能實現經濟獨立？胡懷琛認爲應當從「教育」和「職業」入手，首先要讓女子和男子接受同樣的教育，獲得和男子擔任同樣職業的能力，才能眞正獲得自立〔註 15〕。白雲則將中國婦女缺乏「高尚之德，獨立之資」的根源都歸咎於「皆以無適當之職業，而成此依賴之風俗」。因此，「欲振吾國女子怯懦之風，養高尚之德，而求與男子享同等之權利者，捨擴充女子之職業，其何由乎？」〔註 16〕陳劍非更是言之鑿鑿地說：

> 婦女職業問題，是婦人做人的根本問題，什麼女權運動，參政運動，都是枝葉的，是次要的，不是重要的，想從根本上解決婦女問題，不如從職業上指導婦女，使婦女做實際的試驗，得有經濟的相當保證，什麼問題，方有解決的可能性。〔註 17〕

爭取男女平等的職業權也被當時的婦女團體和婦女刊物視爲婦女解放的重要內容而付諸社會實踐，如 1921 年上海中華女界聯合會在「改造宣言及章程」中提出：「在男女應有平等生存權的理由上，我們要求社會一切職業都許女子加入工作，並要求工錢與男子同等。」1922 年 8 月，北京女權運動同盟會在「宣言」中指出，「我們認爲職業上的平等，是取得經濟獨立的一條路徑，並是暫時救濟無產階級姐妹們生活上苦痛的一個辦法。經濟上不能獨立，仍然脫不出男權專制的家庭的絆鎖，即仍不能在社會上做一個獨立的人。」《婦女評論》在 1921 年 8 月的創刊「宣言」中也指出，「我們認爲現社會的一切問題有一個總歸結。這總歸結就是『胃的問題』，就是『食的問題』，就是『經濟問題』。這『經濟問題』四字的意義就是人人有勞動權，人人有生存權」，「女子應有絕對的自由勞動權，這就是凡女子要自謀生計時，任何人不能阻止伊。伊要進某項職業時，該職業不能拒絕伊。我們主張一切職業都要開放給女子，而且要和男子同等待遇。」〔註 18〕五四以後，女子職業教育迅速發展，女子

〔註 13〕李達（署名李鶴鳴），女子解放論，解放與改造，1919，1（3）：18～32。
〔註 14〕沈鈞儒，家庭新論，上海：商務印書館，1922：20。
〔註 15〕胡懷琛，女子職業問題，婦女雜誌，1920，6（10）：1～4。
〔註 16〕白雲，女子職業談，婦女雜誌，1915，1（9）：6～8。
〔註 17〕陳劍非，婦女職業問題的由來及其重要，京報・婦女周刊，1925（24）：4～5。
〔註 18〕轉引自王緋，空前之迹——中國婦女思想與文學發展史論（1851～1930），北京：商務印書館，2004：466～467。

實業機構紛紛創立，同時也出現爲爭取平等就業和同工同酬而組織的團體和抗爭活動〔註 19〕。

諸如此類視職業爲婦女走向獨立人格和平等地位的必由之路的觀點，曾在五四時期倡導社會改革的知識分子中獲得廣泛認同〔註 20〕，也對政黨和國家政策的制定和執行產生了深遠的影響〔註 21〕，此後的一個世紀中，「職業」始終是作爲衡量婦女解放程度的重要標尺而存在。

第二節　女子職業：概念、範圍與可能性影響

女子職業問題的產生，除了上文所述思想上受到西方天賦人權等現代觀念影響外，在實際的方面「是與一般勞動問題同樣受產業革命的影響」，家庭工業變爲大規模的工場工業、機械工業，使下層婦女迫於生計，不得不進入工場，造就了事實上的職業婦女群體〔註 22〕。儘管在這些來自西方現代生產、生活方式和價值觀念的衝擊下，新知識分子堅信「婦女之必參加社會生產事業，已成爲公認的金科玉律」〔註 23〕，但基於傳統性別分工之上的性別規範，卻依然發揮著強大的影響力，並引發人們關於何爲女子職業、怎樣的職業適合女子以及女子從事職業的利弊等問題的討論，不斷地修正或改變著人們對女子職業的認識與判斷，也影響著國家及政黨的政策制定和執行，因此這些討論直到今天仍有詳細考察的必要。

首先需要明確的是「職業」這一概念的內涵與變遷。從觀念史的角度出發，馬釗認爲「職業」一詞從古代漢語的「官職及士農工商四民之常業」或「分內應作之事」，發展到現代用以「指個人服務社會並作爲主要生活來源的

〔註 19〕蔣美華，20 世紀中國女性角色變遷，天津：天津人民出版社，2008：113～121。

〔註 20〕梅生編，中國婦女問題討論集，上海：新文化書社，1923。

〔註 21〕1923 年北洋政府農商部公佈女子興業獎章規則，對女子振興實業者給予獎勵。女子興業獎章規則，婦女雜誌，1923，9（5）：42；中國共產黨在 1922 年第二次代表大會通過了以爭取女工權益爲中心的《婦女運動決議》，1923 年 6 月第三次代表大會通過了《婦女運動決議案》，將婦女運動的範圍從勞動婦女擴展到職業婦女、知識婦女和資產階級婦女等；參見中國婦女運動歷史資料（1921～1927），北京：人民出版社，1986：68；國民政府成立後，於 1928 年召開的全國第一次教育會議就提出和制定女子職業教育綱領，杜學元，中國女子教育通史，貴陽：貴州教育出版社，1995：515。

〔註 22〕陳綬蓀編，社會問題辭典，上海：民智書局，1929：605～608。

〔註 23〕諶小岑，母親與女子職業，京報·婦女周刊，1925 年週年紀念特刊：31～32。

工作」，是 19 世紀中後期以來中西交流和新舊碰撞的產物，其誕生和演變過程與近代資本主義經濟發展和生產組織形式的更新密切相關，最爲直接的影響就是「去官僚化」和「工業化」，即逐漸脫離官僚體制下的官員品級和傳統的「士農工商」之分，帶上了西方資本主義工業經濟的烙印，特指生產性勞動（productive labor）和有償性工作（paid labor）。新的職業概念包含了工業革命以來勞動變革後的基本元素：勞動時間、勞動場所、勞動報酬、雇傭關係和勞動技能培訓。並且，「職業」還與當時社會、政治、性別和革命話語發生密切接觸，成爲一種話語體系，深刻地影響了人們對於婦女在經濟生活中的角色的認知〔註 24〕。

一、界定女子職業：生產性、有償性與階級性

晚清以降對中國婦女職業問題的討論，也正是從「生產性」和「有償性」這兩個源自工業經濟的評價標準出發，來審視中國婦女是否「生利者」開始的。西方傳教士林樂知將中國二百兆婦女盡數視爲經濟生活中的「無用之人」和「分利之人」〔註 25〕，將傳統上婦女所從事的家內勞動的價值和意義一筆抹殺。持相似觀點的是梁啓超，雖然他肯定「育兒女、治家計」也是一種「室內生利事業」，但由於中國婦女沒有文化（不讀書、不識字），缺乏科學知識（不知會計之方，不識教子之法）和強健的體魄（蓮步夭嬈，不能操作），加之中國的未婚女子不能如西國婦女一般從事「室外生利事業」，故而造成二萬萬婦女中，「分利者約一萬萬三千人」〔註 26〕。自此以後，伴隨著對婦女「不事生產，生利日少，分利日多」導致國家貧弱的批評而起的〔註 27〕，是社會上對於能夠「生利」的婦女職業的重視，這從當時婦女報刊熱衷於介紹各地從事紡紗、織麻、刺繡、蠶桑等職業的女工，和教育雜誌之提倡女子職業培訓學校中可見一斑〔註 28〕。隨著五四時期倡導女子職業的立足點從國家民族

〔註 24〕馬釗，女性與職業：近代中國「職業」概念的社會透視，黃興濤編，新史學（第三卷）：文化史研究的再出發，北京：中華書局，2009：21～56。

〔註 25〕林樂知撰，任保羅譯，論中國變法之本務（節錄），萬國公報，光緒二十九年（1903）正月號，載李又寧、張玉法主編，近代中國女權運動史料（1842～1911）（上），臺北：龍文出版社股份有限公司，1995：389。

〔註 26〕梁啓超，新民說·論生利分利（1903），鄭州：中州古籍出版社，1998。

〔註 27〕程佩清，安徽婦女之職業，婦女時報，1911，（5）：67～68。

〔註 28〕如由包天笑主編的《婦女時報》，在 1911 年第 1 期中「敬告全國女友或能調查各地女子之職業登諸婦女時報，以饗女界，實同人所歡迎也」，介紹蘇州及廣東鎮平縣的女工（第 1 期）、嘉定（1911 年第 3 期），無錫（1913 年第 9 期）、

轉向了個人自主，「有償的」職業更被視爲女子獲得經濟獨立的保障，「取得家庭裏男子一樣的教養期間（學習勞作技術）、取得社會上男子一樣的勞動機會、取得社會上男子一樣的勞作報酬、取得家庭裏丈夫一樣的處分權利」被當時的知識女性視爲爭取經濟自主的必經之路〔註 29〕。

五四時期的知識分子也開始按照「生產性」和「有償性」的標準，重新定義婦女的勞動，如陳問濤將婦女的勞動分爲四種：家庭勞作如烹飪浣洗等、手工農作如縫紉除草割麥、得工銀的勞作如工廠的女工、獨立生利的勞作如女商人女教員。在他看來，第一種勞動因爲「不生利」，是非生產性的，故而不算職業；第二種是依附於丈夫和父親的勞動，不過是「他人的生產機器罷了」，也不算職業；第三種和第四種既能生利，又可以獲得報酬，都可算是職業〔註 30〕。類似觀點在當時頗爲盛行，從而將婦女的勞動劃分爲生產性勞動和家務性勞動兩種，從事家務性勞動的婦女因爲不能增加家庭的貨幣收入，而逐漸被視爲經濟上的依靠者和性別關係的附庸，被視爲「依賴男子工作所得的生產物資來生活」的寄生蟲〔註 31〕，以「家庭婦女」的稱謂，區別於那些走出「內部的」家庭、進入「外部的」社會空間中去謀求經濟收入的「職業婦女」。

對於工業化的職業概念如何改變了勞動本身的定義，以及婦女與職業的關係，美國歷史學家珍妮・博厄斯頓（Jeanne Boydston）曾有精闢的論述：「工業革命之前，物質生活完全依託於個體家庭，生產、分配（包括家庭內部分配和家庭之間分配）、再生產（不僅包括生兒育女，還有更廣義的人類繁衍和生存）組成了一個單一的、彼此區分併不明確的統一過程。工業革命打破了這個統一體。將生產過程從家庭中分離出來，工業革命將社會分成了涇渭分明的兩個區域：一個是工作區域，本質上是經濟的，注重生產；另一個是生活區域，本質上是非經濟的，注重生理意義上的生產，即生殖。家務勞動屬

寧波（1914 年第 12 期）、天門（1916 年第 20 期）等地的女子職業狀況；此外，由陸費逵編輯，商務印書館出版的《教育雜誌》，曾對美國（1906 年第 1 卷第 2 期）、英國（1910 年第 2 卷第 7 期）女子職業教育的介紹，對無錫（1913 年第 5 卷第 8 期）、福建（1916 年第 8 卷第 8 期）、廣東（1917 年第 9 卷第 9 期）、浙江（1917 年第 9 卷第 10 期）等地女子職業學校的介紹等。

〔註 29〕春華，經濟獨立問題的我見，梅生編，中國婦女問題討論集（二），上海：新文化書社，1923：4，8。

〔註 30〕陳問濤，提倡獨立的女子職業，婦女雜誌，1921，7（8）：7～11。

〔註 31〕婦女職業和職業婦女：女子經濟獨立之重要，玲瓏，1932（78）。

於後者範疇內的勞動。」因此，「在兩百年的時間裏，婦女的家庭勞動逐漸喪失了在美國經濟生活中被認可的地位。殖民地時期的『賢內助』因對家庭繁榮的貢獻而備受珍視，但這一形象逐漸被取代，在新的形象裏，妻子和母親變成了『依靠者』（dependent）和『不事生產的人』（non-producer）。社會不再廣泛認同婦女之於家庭的物質價值，傳統上講，婦女對經濟資源的分配有一定的發言權，可是現在不復存在了。同時，婦女也喪失了作爲從事生產勞動的社會成員的社會地位。」〔註 32〕這一歷史進程也同樣發生在 19 世紀末 20 世紀初的中國社會。

隨著五四後期馬克思主義的傳播，階級概念也引入到對女子職業的考察中，如陳問濤在定義婦女職業之時，就注意到了職業婦女內部的階級分野。在他看來，女工是爲生計所迫而勞作，受到資本家的壓迫和剝削，雖同樣具備「生產性」和「有償性」，仍未能完全發揮女性的獨立性與主體性。相比之下，教師、醫生、商人等智識階層所從事的職業，最具有獨立性，應大力提倡〔註 33〕。而在此之前，已有論者將女子職業區分爲「高尚職業」和「一般職業」兩大類，前者如「保姆、教師、醫師、看護婦、翻譯、書記、新聞記者、小說著述」等需要較高的文化素養，「不可以普通人任之」；而後者即一般工人所從事，如「縫紉、浣洗、育蠶、刺繡、烹飪、織布、紡棉、紡紗、制草鞭」等，無需太多智識〔註 34〕。

事實上，19 世紀中葉上海開埠以來，中外資本家所建立的紡織廠、火柴廠等就已經吸納了不少農家女子入場工作。五四時期，因爲女工工價低廉，「普通男工每天應得五六角錢，而女工僅不過兩三角而已」，所以在「紡紗廠、絲廠、絲襪公司、煙草公司等差不多完全是用女工」〔註 35〕。如若加上到中產以上家庭當姨娘、奶媽者，甚至在娛樂行業從事歌女、舞女、女伶乃至妓女者，其數量要遠遠超過在醫療、文化、教育、行政等機構擔任所謂「高尚職業」者。僅從生產性和有償性而論，這些女工的確已經獲得了職業，但她們是否就實現了經濟自主乃至人格獨立呢？一些知識分子對此深表懷疑，他們

〔註 32〕Jeanne Boydston（1990）,Hom and Work:*Housework,Wages,and the Ideology of Labor in the Early Republic*.New York:Oxford University Press，轉引自馬釗，女性與職業：近代中國「職業」概念的社會透視，黃興濤編，新史學（第三卷）：文化史研究的再出發，北京：中華書局，2009：21～56。

〔註 33〕陳問濤，提倡獨立的女子職業，婦女雜誌，1921，7（8）：7～11。

〔註 34〕白雲，女子職業談，婦女雜誌，1915，1（9）：6～8。

〔註 35〕陳綬蓀編，社會問題辭典，上海：民智書局，1929：605～608。

看到資本主義摧毀農村的家庭手工業後，導致處於社會下層的婦女，「忍不住飢寒交迫，不得不投入工場去工作，籍以領取勞動的報酬，以補助自己的家庭經濟」，她們雖有職業，但仍在資本家的壓迫下過著奴隸般的生活，並沒有眞正實現解放，所以第一要務仍然是男女勞動者攜手推翻私有財產的經濟制度〔註 36〕。因此，從階級性出發，職業婦女內部又被分爲第三階級（資產階級）的職業婦女和第四階級（無產階級）的女工〔註 37〕。

二、何種職業適宜女子？女性氣質與性別規範

正如前文所述，五四時期呼籲向女子開放的職業主要是面向受過一定教育的知識階層，然而就何種職業適宜女性這一問題上，傳統性別觀念中關於女性氣質的界定依然深深地影響著人們的判斷。杜芳琴指出，西周禮制的典籍形成了一種與自然和社會人事一致的性別等級和價值、氣質屬性的完整論述：尊卑、貴賤、動靜、剛柔、健順等早已先天地賦予了男女夫婦，連帶主從、外內、強弱等一系列的男女雙重標準，建立了以「別」爲範疇的性別等級和位置的二元劃分，以此限定了女子「主中饋」的職事範圍和「靜、順、柔」的性別氣質，經過孔子和弟子及其綿綿不斷的再傳弟子們的解讀和再闡釋中得以延續和強化〔註 38〕。儘管儒家倫理在五四時期遭遇挑戰和質疑，但基於男尊女卑的性別制度和男外女內的性別分工基礎上的社會性別規範，早已滲透和融入人們的社會生活，成爲一種穩定的文化積澱，發揮著持久的影響。

當時思想頗爲進步的《民國日報》副刊《覺悟》上，曾刊登了一篇題爲

〔註 36〕王警濤，女子經濟獨立問題，梅生編，中國婦女問題討論集（二），上海：新文化書社，1923：9～13。

〔註 37〕第三階級論和第四階級論來自日本婦女運動家山川菊榮，陳望道、田漢、李漢俊等都接受這一理論，其核心觀念是認爲第三階級（資產階級）的婦女運動恢復「因爲伊是女人」而失掉的權利，目標是男人；第四階級（無產階級）是爲破除「因爲伊是窮人」而受到的不公平待遇，目標是資本家。參見陳望道，我想，新婦女，1920，4（3）、（4）：2～3；田漢認爲第三階級的女子對第四階級的女子利害根本不同，雖然同性，好像相斥；第四階級的女子和第四階級的男子利害相同，雖然異性，轉有同病相憐之妙。田漢，第四階級的婦人運動，少年中國，1919，1（4），轉引自中華全國婦女聯合會婦女運動理事研究室編，五四時期婦女問題文選，北京：生活·讀書·新知三聯書店，1981：32～34。

〔註 38〕杜芳琴，父系制延續與父權制建立：夏商周婦女與社會性別，杜芳琴、王政主編，中國歷史中的婦女與性別，天津：天津人民出版社，2004：159。

《女子職業問題》的討論文章，作者開篇即以「什麼『三從四德』、『賢妻良母主義』，都將從根本上打破。不論男女，一同到社會上做『人』應當做的事業」的倡議來表達他對女子職業的支持。但是，在他給女子以具體的職業建議中，除了織襪、縫紉等傳統手工業外，極力推薦女子從事的職業首先是醫生，因爲「女子性情，大多溫和仔細，而醫生又非精細不可，所以女子學醫，在本能上看，比男子強得多。而中國的習慣，女子有許多病情，不肯和男子說明，如果關於身體上的考察，更是寧死不肯的。」所以爲「二萬萬女同胞的性命，就不能不希望有多數女子精研高深的醫學了」；其次則是教員，也是因爲「女子具有溫和精細的天性，很能使學生於不知不覺中與伊接近，染得許多優美的行動和思想。」此外，仍是「因爲性情溫和精細」，產婆、看護婦、銀行公司商店店員、幼稚園育嬰堂孤兒院和其他社會慈善事業都可以爲女子所從事〔註 39〕。

在向中國婦女介紹職業的過程中，對美國和歐洲的職業婦女狀況的介紹，屢屢作爲中國女子職業可資借鑒的參照〔註 40〕，如白雲在介紹泰西女子所從事的職業後，就中國之情況，提出「合於女子性情又適於我國今日之需求者，保姆、教師、醫師、看護婦、翻譯、書記、新聞記者、小說著述者」，其中，「以教師、醫師、畫師爲最宜，教師之中尤以小學教師爲有益，蓋小學爲教育基礎，必思想精密性情溫和者爲教師，易見成效，是誠無過於女子也。醫師女子較方便，尤其兒科，蓋女子之性情適於兒童，又每與之聚處，易爲診察，此女子之所以宜於醫師也。美術之爲用，怡和性情，培植德本，女子爲之最宜。」但是，泰西各國女子所從事的律師、官吏等職業，「有不能合於我國習慣之處，且不合於女子之性情，無需亟亟謀之也。」〔註 41〕

正如人們所提倡的，自清末到五四，基礎教育和醫護工作都是知識階層婦女所能從事的主要職業，其原因正如上述兩段引文所分析的，是因爲女子具有「思想精密」、「性情溫和」等特質，而這種對於女子特質的認識仍是由傳統女性的職務而來的。最爲明顯的例證，是從事教育工作的女性，通常都

〔註 39〕羅豁，女子職業問題，民國日報・覺悟，1920，7（13）：1。

〔註 40〕檀香山的職業婦女，婦女雜誌，1931，17（6）：63～65；美國的職業婦女，婦女雜誌，1924，10（6）：916～921；美國女子職業之發展，教育與職業，1923，（48）：14；（英）李喬沙，劉麟生譯，歐戰中之婦女職業及戰後之問題，婦女雜誌，1917，3（7）：9～12。

〔註 41〕白雲，女子職業談，婦女雜誌，1915，1（9）：6～8。

在最底層當家庭教師、小學老師或幼教老師，甚至有人呼籲完全以女子擔任小學教員〔註 42〕，但能夠進入大學或高等研究機構者，猶如鳳毛麟角。女醫生在當時也不多，且多集中在婦科及兒科，更多女性是在醫院中擔任護理工作。因此，不難理解當時的女子教育（包括職業教育和初高等教育）都非常重視家事科目，將之視爲女子職業的來源或準備〔註 43〕，使得人們所認可的女子職業依然離不開家事延伸的範圍。

就外在客觀環境來說，婦女解放的呼聲雖高，女子職業也有一定的拓寬，但是一般人的心理，對女子外出工作仍然抱著懷疑和輕視的態度，認爲女子當在閫內主中饋，不應當拋頭露面，尙且不說「生長在富家，養尊處優的千金小姐，又有誰願意出來幹什麼工作呢？」〔註 44〕居於社會下層的勞動婦女對此也深信不疑，「她們認爲女子要去賺錢是件羞恥事，除非家庭經濟實在不能維持生活，她們是絕不會去找職業的。一因女人一向所作的事都很下等，不是工廠女工，便是家庭女僕，二因男人覺得讓妻女拋頭露面去賺錢吃飯，是最丟臉的事（當然幫助家裏種田是例外），女子也就受他們思想所影響，不願從事職業。」〔註45〕因此，由女子經營的天津華貞女子工商業所門前，「往往有許多人把著看」〔註 46〕，大埠尙且如此，更勿論在風氣保守的內地城市或小城鎭裏，許多師範畢業的女性，原抱著一腔熱誠去從事教育工作，但當地民眾常常投以異樣的眼光，有些人受不了而離開〔註47〕。

三、家事與育兒：女子職業的利與弊

民國初年對於女子職業的討論，無論贊成與否，均以爲職業爲家事之補充，可以「自食其力，而男子亦得舒家室之負擔，此其利益之顯著者也」，但對女子職業欲「藉此脫離家庭、提倡獨立」，則至爲不滿。如錢智修盡數列舉了女子從事家外職業的弊端，對於家族而言，「損夫婦之感情」、「廢育兒之責任」、「減親子之關係」；對於社會而言，女子從事職業可能導致整體上「傭金

〔註42〕劉，義務教育責在婦女議，婦女雜誌，1915，1（6）：5～7。

〔註43〕潘昌豫，以家事教育爲中心女子之職業學校，教育與職業，1917，(81)：45～49。

〔註44〕曾淹，女子職業與玩視女性，鐵報，1930 年 6 月 30 日。

〔註45〕陳涵芬，北平北郊某村婦女地位，燕京大學法學院社會學系學士畢業論文，1940：50。

〔註46〕清揚，女子職業問題，婦女日報，1924 年 1 月 26 日。

〔註47〕寧人，狹的籠，婦女雜誌，1924，10（6）：950～953。

之低落」，由於經濟上能支撐生活而導致的「不嫁主義（獨身主義），必滔滔日盛」，以及從事職業的女子嗜好金錢，造成「自然美性之損害」。〔註 48〕對於錢智修的意見，徐斧言一一加以辨析，指出職業利大於弊，能夠改變女子「抹脂傅粉，徒爲男子之玩物，裹足株守，都成社會之蟊賊，不能自立，仰人而食」的寄生生活，能發揮女子能力之所長（如繅絲）；即使女子在職業場所「與男子相角逐」，也是「促進文明之一好機能」；但就家事方面，他的立場與錢智修毫無二致，他所謂之女子職業，是讓女子在「家庭責務之外，絕無空費之時間」，並非以職業爲其分內之事，因而對於倡導脫離家庭以求個人獨立的說法，也認爲「斷斷不可」〔註 49〕。

隨著五四時期知識分子對個人自由、平等、獨立的張揚，和對儒家倫理道德的抨擊，傳統家庭制度倍受質疑，反而成爲女子職業必須提倡的原因：

> 反對職業的人以爲婦女有了職業，家庭將因此破壞，對於最重要的母職，更是不能顧到，這是反對婦女就職業的最有力的一說。但我們如果要主張維持家庭，先要明白家庭對於我們有益還是有害。像我國現在的家庭，因襲舊來專制的遺風，妨礙個性的發展，阻止社會的進化，有什麼維持的必要？而家庭制度中最大的弊端，猶在男主女奴一端。婦女如果有了職業，一定可以逃出奴隸的待遇，那時所組織的家庭，不是要比現在更加高尚嗎？至於母職，我們要曉得爲母是婦人天然的本能，絕不會因職業的緣故而薄弱。所以婦女如果能夠在職業上發揮她的才能，得到經濟的獨立，一定比現在更有益於母職的。〔註 50〕

在女性的職業和母職關係問題上，來自西方「先進」國家的經驗再度成爲參照，提倡母性優先的愛倫凱（瑞典）和泰倍爾（美國）等〔註 51〕、提倡

〔註 48〕錢智修，女子職業問題，東方雜誌，1911，(9)：4～7。

〔註 49〕徐斧言，女子職業問題之商榷，婦女時報，1912，(9)：8～14。

〔註 50〕Y.D.職業與婦女，梅生編，中國婦女問題討論集（二），上海：新文化書社，1923：21～27。

〔註 51〕如瑟廬，愛倫凱女士與其思想，婦女雜誌，1921，7（2）：21～27；愛倫凱女士的著作，教育雜誌，1922，14（9）：9；瑟廬，愛倫凱的兒童兩親選擇觀，婦女雜誌，1923，9（11）：31～35；吳覺農，愛倫凱的母權運動論，婦女雜誌，1923，9（1）：74～79，黃石，愛倫凱的母性教育論，婦女雜誌，1924，10（5）：741～747；克士，泰倍爾女士的婦女職業觀，婦女雜誌，1924，10（6）：890～895；

職業優先的紀爾曼（美國）和須林娜（南非）等人的思想和著作被介紹和引進〔註 52〕，並作爲理論依據，被參與這一問題的討論者頻頻引用。此外，西方婦女對此問題的個人經驗也被介紹給國人，如在 1923 年的《婦女雜誌》上，陳諒介紹了來自美國 Literary Digest 雜誌所搜集的美國著名婦女對職業婦女能否兼顧家事等問題的討論書，在 250 封意見書中，陳諒挑選並翻譯了持正反兩方觀點的共 67 人的意見和個人經驗。在文章結束之時，譯者特意強調美國社會對婦女「不因職業而廢家事」的普遍肯定，並對中國的婦女讀者說：

> 討論的時機是到了！而且這又是對於婦女這樣的重要的問題啊！政府是全不可靠的，一切團體是不能代爲設法的。男子們縱然有十分的同情，也不能說得親切周到，這是婦女的問題——全婦女的問題，所以任何婦女應該參與討論：一個婦女能夠同時治家而且任職麼？〔註 53〕

但是在當時，參與這一問題討論的論者仍以男性知識分子爲主。他們的態度和立場和陳諒相似，幾乎都將家事與育兒作爲婦女天經地義的職責，而且只是女性的職責而非男性的職責，他們並不質疑傳統家庭勞動分工模式，而是將女性同時承擔家庭勞動與職業勞動視爲理所當然。在此前提下，亟待解決的是婦女如何平衡家庭與職業之間關係的問題。強調母性重要的人，多主張婦女在婚前可從事職業，婚後應該放棄職業照顧家庭；強調職業重要性的人，主張用家務社會化來減輕職業婦女的負擔，紀爾曼的「旅館式家庭」學說即爲其中一種，茅盾曾大力介紹：

> 紀爾曼是主張一種旅館式的家庭，各份人家的伙食，不須自備，只要公買一副大竈，燒好後派人分送到各家，或大家走來，在一間大飯堂內會食，也可以。清潔衛生等事也可由各家的總帳內公支，不須一家一家分開，多了麻煩；此外更要有個屋頂花園，有個乳兒房，幼稚園，用最有學識經驗的乳母或教師管理。這樣，家務自然減少，婦女盡有時間爲社會服務。就是那些管理公廚管理公共清潔事宜的婦女們——自然不一定是婦女——也是個獨立的勞工，不復

〔註 52〕喬峰，紀爾曼及須林娜的婦女職業運動觀，婦女雜誌，1923，9（1）：80～86；此外，可參見易家鉞，婦女職業問題，上海：泰東圖書局，1922。

〔註 53〕陳諒，婦女職業問題：美國著名婦女們對於本問題的討論，婦女雜誌，1923，9（2）：35～39；9（3）：51～61。

是家庭的奴隸了。〔註 54〕

劉半農也曾就中國的實際提出過相似的設想，他以自己居住的街道上人口比例——約五十戶人家，每戶婦女二人——來計算，如果這五十戶人家聯合起來：

1、開設公共教養所一處，撫育全街各户五歲以下的兒童，約需婦女十人（至多十五人）。

2、開設幼稚園一處，教育全街各户五歲以上、七歲以下的兒童，約需婦女五人（至多八人）。……

3、開設包飯所一處，供給全街各户的飯食，約需婦女七人（至多十人）。

4、開設洗衣作坊一處，代替全街各户洗衣，約需婦女六人（至多八人）。

5、開設成衣鋪（兼修補舊衣）一處，代替全街各户料理衣服，約需婦女十人（至多十二人）。

6、設公共女僕四人至八人，專司全街各户的清潔衛生，兼送信購物諸瑣事。

照這樣計算，對於五十家人家生活上需用的婦女，不過四十二人，至多也不過六十一人；在總數一百人裏扣算，就能移出五十八個（最少也有三十九個）空人來。這五十八個人，倘能悉數到社會上去做事，中國的社會事業，斷斷不是現在的煙鬼面目。……便是那在本街上做事的四十二人，也已有了職業，也已對社會上盡了個應盡的責任，脫離了「長期賣淫」的恥辱了。〔註 55〕

雖然這些對家務社會化的設想非常美好，也具有一定的可操作性。但正如時人所說，家事社會化「必須在工業非常發達，把大部分家庭婦女吸收人社會工作場所的時候，方顯出重要」，「工業建設的猛進發展，與婦女參與社會工作者的日見增多，是促使『家事社會化』成爲現實的二種主力。後者使這種新事業成爲迫切的需要，前者則給與這種新事業以實現的可能」。而在當時社會情況下，這種主張根本沒有全面實現的可能〔註 56〕。

〔註 54〕茅盾，家庭改制的研究，原文載：民鐸，1921，2（4），茅盾全集（第 14 卷），第 190～191 頁。

〔註 55〕劉半農，南歸雜話，新青年，1918，5（2）：117～130。

〔註 56〕孟如，家事社會化，東方雜誌，1932，29（5），轉引自余華林，女性的「重塑」：民國城市婦女婚姻問題研究，商務印書館，2009：174。

與此同時，也有一些激進的知識分子提出廢除家庭、兒童公育的主張，要把女子的地位完全社會化。如 1920 年向警予在《女子解放與改造的商榷》一文就尖銳地指出，家庭制度，無論是封建大家庭，還是資本主義的小家庭，都是以「女治乎其內」的原則，使女子「受丈夫的委託做他家庭的常駐委員而替他專理衣食住養老育兒諸瑣務」，受家庭牽累而無法從事社會工作，實現眞正的自我價值。所以「家庭制度不打破，女子是終不會解放的」。至於育兒這項「女子的本能」，是「一般女子所必不可免，而亦必不能免的」，但「已解放的女子，絕對沒有時候去養育兒童」，所以她認爲「兒童公育」是解決這一悖論的最佳途徑〔註 57〕。五四時期知識分子間還爆發了一場關於兒童是否應該公育的論戰，贊同者認爲兒童公育是實現婦女解放最重要的途徑：

(1) 女子須與男子受同等之教育，備有同等之智識。由小學以至大學，男女均須同校。破除向來以「良妻賢母」爲唯一標準之女子教育。

(2) 智識既備，生計自廣；然後可以脫離男子之羈絆，爲社會服一切職務；

(3) 男女既能各謀生計，夫婦當以分居爲常法，合居爲例外，破除固有之家庭形式。

(4) 婦人問題最難解決之點，在於既生育之後。今研究婦人問題者，對於兒童，若無相當之良法以處置之，則婦人問題終無徹底解決之一日。良法爲何？吾以爲兒童公育是也。

論者對「兒童公育」的設想，是「酌定每若干人口之間，於是當地方設一公共教養兒童之區」，其中應包括「胎兒所」、「哺乳所」、「幼稚園」、「小學校」、「兒童圖書館」、「兒童醫院」等，由「體格壯健、常識完備、秉性親切爲合格」之人擔任教養人才。其資金之來源，由父母以財力多寡按比例繳納助金，極貧者可免除助金。他認爲只有這樣，才能將婦女從「終身埋首於生育中饋之職務」中解放出來。〔註 58〕但同時也有人對兒童公育以強烈的反對，如楊效春堅信「家庭是人類組織社會的起點」，而「兒童公育便是破壞家庭，破壞家庭便是使社會散漫！不安！擾亂！退化！」〔註 59〕這一觀點，

〔註 57〕向警予，女子解放與改造的商榷，向警予文集，長沙：湖南人民出版社，1980：14～24。

〔註 58〕沈兼士，兒童公育，新青年，1919，6（6）：563～567。

〔註 59〕楊效春，非兒童公育，梅生編，中國婦女問題討論集（六），上海：新文化書社，1923：7～13。

遭到惲代英的質疑，引發二人的持續論戰，沈雁冰、俞頌華、邵力子等人先後加入討論中〔註 60〕。其實，無論贊成與否，以當時的社會經濟水平而論，兒童公育僅僅是一種解決問題的設想。不少職業婦女還是要負擔繁重的家務和育兒工作，不僅自身心力交瘁，且由於影響工作效率而屢屢發生被辭退的情況〔註 61〕。

由於擔心結婚影響工作，獨身主義之風逐漸在知識女性階層中流行。據蕭乾的回憶：「我在燕京大學讀書時，就注意到那裡的女教授大都是獨身的（冰心是僅有或不多見的一個例外）。原來婦女一結婚，立刻就喪失教書的資格。那時協和醫院的護士學校有一項極不近人情的規定，學員不但在學習期間，甚至畢業後若千年內也不許結婚，否則立即取消護士資格」〔註 62〕。與蕭乾此語相互佐證的是一項對著名女子高等學府金陵女子大學的調查，其結果顯示該校 1919～1927 年畢業生計 105 人，結婚成家者僅 17 人，占總數 16%，餘下 84%的畢業生都成爲「老小姐」〔註 63〕。

儘管有論者認爲「社會上有獨身的女子，未嘗不是社會的進化，並不是什麼可悲的現象」〔註 64〕，但五四時期對獨身主義可能帶來對兩性關係危害的批評也不絕於耳，「自獨身主義之片面解釋彌漫以來，一般女性，頓起變化，世界上於是發生了一種『第三性』的人。和藹、溫順、美、愛、富於同情心等，本來是女性的特長，所以男子在家庭之外，感受煩悶、抑鬱，沒趣的時候，一入家庭，得著女性的安慰，便可暢快怡悅如常。所以女性是調和陶冶男性的良劑。可惜晚近以來，女性已從和藹、溫順、美、愛、富同情等美德離開，而漸向自慢、倨傲、剛愎、冷酷、忍心這方面去了。」尤其對獨身女

〔註 60〕惲代英，駁楊效春《非兒童公育》；楊效春，再論兒童公育；惲代英，再駁楊效春君《非兒童公育》；楊效春，答惲代英君再駁非兒童公育；雁冰，評兒童公育問題——兼質惲楊二君；頌華，兒童公育問題的我見；力子，兒童公育問題的注意點。參見梅生編，中國婦女問題討論集（六），上海：新文化書社，1923：13～74。

〔註 61〕如北平燕京大學對於女教職員的規定，無論服務時間長短及效率高低，結婚之後立刻失去職位。如夫妻雙方均在該大學任職，妻子不得支薪水。詹詹，關於女子職業的幾種論調，生活，1930，5（26）：423～426。

〔註 62〕蕭乾，從「娜拉出走以後怎麼辦」至今，中國青年，1982，（11）：16～17。

〔註 63〕江文漢、魯學瀛、徐先祐，學生婚姻問題，婦女雜誌，1929，15（12）：2～25。

〔註 64〕周建人，中國女子的覺醒與獨身，梅生編，中國婦女問題討論集（五），上海：新文化書社，1923：82～86。

性放棄「創造理想的濃味的家庭，教養優秀的子女」這一「天職（duty）」的行爲大加鞭撻〔註 65〕。

第三節　新聞記者：「一種高尚的女子職業」

「新聞記者」也是時人從「泰西女子」所從事職業中挑選出來認爲適宜中國女子的職業類型之一，除了有助於受過一定教育的女性尋求經濟自主和人格獨立以外，女性從事新聞事業還被視爲有助於女權運動的進一步推進：「因爲報紙是社會輿論的喉舌，國家政治經濟的監督，至於提倡一種事業，轉移風尚習俗，均有賴於報紙。甚至說與女同志有密切關係的女權運動，如果沒有報紙的鼓吹和贊同，成就一定很難」，從這個意義上而言，「女記者，不特是一種最合女子的高尚職業，而且對於女子地位之提倡解放，也有很大的影響。」〔註 66〕尤其是隨著女子參政權的漸次普遍、女性在社會中的地位提升、參與社會活動的女性增加以後，「一切對於女性之利害意見有深切的理解與同情的新聞或批評，當更覺需求迫切」，而「對女性最理解之女性記者，也當因女權之擴張而更伸張。」〔註 67〕然而，比較歐美女記者流傳於中國的種種事迹和新聞學者對於中國女記者的角色想像，不難發現對時人對於中西女性氣質和性別規範的不同理解依然發揮著重要的影響。

一、歐美女記者的中國傳說：勇敢、獨立與冒險精神

胡適在北京女子師範學校的演講——《美國的婦人》中，開篇談到在陶孟和家的一場晚宴上，他遇見了一位代表幾家報館、即將前往俄國調查採訪的美國女記者，「這位女子不過三十歲上下，卻帶著一種蒼老的狀態、倔強的精神」，顯得和同坐的來自中國和英國的三對夫婦不同，胡適猜測她作爲一個女子，敢於「單身走幾萬里的路，不怕辛苦，不怕危險，要想到大亂的俄國去調查俄國革命後內亂的實在情形」，正是具有了一種「自立」的精神：「做一個賢妻良母何嘗不好，但我是堂堂的一個人，有許多該盡的責任，有許多

〔註 65〕李宗武，獨身問題之研究，梅生編，中國婦女問題討論集（五），上海：新文化書社，1923：67～75。

〔註 66〕邵蕙英女士，一種高尚的女子職業：女記者，玲瓏，1932，2（72）：1013～1014。

〔註 67〕孫懷仁編，新聞學概論·婦人記者，上海申報新聞函授學校講義（1931～1936），出版信息不詳。

可做的事業，何必定須做人家的良妻賢母才算盡我的天職，才算做我的事業呢？」〔註 68〕

由於胡適並未引用這位女記者的片言隻語，他的理解是否是她的心聲為未可知。但正如胡櫻的研究所指出的那樣，在構建民族文化身份的現代性焦慮中，晚清民初的「新女性」形象在中西各種話語與實踐的糾纏混合下得以浮現，而「茶花女」、「蘇菲亞」、「羅蘭夫人」等西方女性形象作為「異國的她者」，在本土化生產、流傳和移植的過程中，往往成為塑造中國新女性的主體認同時的「催化劑」〔註 69〕。胡適借用這位女記者的故事，正是為了倡導「超於賢妻良母的人生觀」的新女性氣質，即鼓勵女性走出家庭的束縛，從事公共事業，發展獨立自信的主體人格。這並非偶然現象，彼時歐美女性從事新聞業者，其流傳於中國的事迹中，幾乎總是和勇敢、獨立、堅毅、機智等品質聯繫在一起。如《繁華》雜誌上曾報導過一位歐洲女記者：

> 歐洲女學發達，女新聞記者日多。上次巴爾幹戰事，諸從軍記者中有愛衣拉女士者，姓伯蘭布爾克氏，為荷蘭人，得土軍許可，躬往戰地，過君士坦丁時曾攝一影。數日間傳遍歐洲。女士喜騎馬，精槍術，又能文學，英姿颯爽，見者莫不稱之巾幗鬚眉也。〔註 70〕

同一時期《婦女時報》所報導的另一則女記者新聞更為傳奇：「美國亨沐爾拔尼州發行之弼茲拔尅日報記者愛迦女士八月二十五日乘阿波丸抵橫濱。愛迦女士年六十四歲，鶴髮童顏，精神矍鑠，謂人曰余周遊世界也已九次云云。」〔註 71〕《大公報》也曾轉載英國《每日電訊報》所寫女記者強安娜（Anna Louise Strong）由寧夏至庫倫橫跨戈壁沙漠的旅行遊記，並對其「壯遊」大為讚歎〔註 72〕。十九世紀末美國著名女記者百利（內莉・布萊）如何喬裝暗訪瘋人院及環遊世界的傳奇故事也被新聞界中人津津樂道〔註 73〕。儘

〔註 68〕胡適，美國的婦人，新青年，1918，5（3）：213～224。

〔註 69〕（美）胡纓著，翻譯的傳說：中國新女性的形成（1898～1918），南京：江蘇人民出版社，2009：4。

〔註 70〕華韻梅選譯，海天閨語：從軍之女記者，繁華雜誌，1915，（6）：87。

〔註 71〕周遊世界之女記者，婦女時報，1916，（20）：102。

〔註 72〕美國著名女記者之壯遊，大公報，1928 年 10 月 15 日，第 2 版。

〔註 73〕內莉・布萊（1864～1922），伊麗莎白・科克蘭筆名，1870 年代在普利策《世界報》任記者。參見：黑牛，美國的女記者，新聞雜誌，1937，2（2）；黎民，報人活動：美國女記者的活動，新聞學報，1940，（2）。

管「新聞記者採訪新聞，本爲極艱苦之職務」，然而澳洲女記者卻不畏艱辛與困難，出色地完成了全部工作，還獨立創辦自己的報紙，頗爲《婦女共鳴》編者所讚揚：

> 最近有女新聞記者克利哥麗小姐（Miss Leonore Gregory）者，曾往澳大利亞山林中，終日與礦工牧人相聚一處，凡二年之久，現已歸歐洲。安抵倫敦，而當渠在澳大利亞時，堪稱最有毅力之新聞記者云。……渠實爲《海灣報》（Gult News）之『編輯』、『採訪』、『廣告員』種種於一身任之，終日無瑕。……兩年前，克利哥麗小姐自舊金山出發，到處考察，冀在澳洲境內，自己創辦新聞紙一種。……館中一切事物，雖大半由女士一人主持，然亦井井有條。故與女士熟識者，大都稱爲新聞界之特出人才。〔註 74〕

二戰期間，歐美女記者在戰地報導上的傑出表現也在國內新聞界廣爲流傳，如法國女記者塔布衣夫人之善於報導和分析歐洲外交局勢〔註 75〕、波蘭女記者率先報導德國進兵萊茵河的消息〔註 76〕，德國女記者阿貝克的戰地採訪記〔註 77〕，以及紐西蘭女記者威金生採訪徐州會戰遇險等〔註 78〕。從這些故事中，不難發現和女教師、女醫生、女護士和女職員等其他女子職業相較，新聞工作所需要的獨立、自主與冒險精神，意味著對傳統性別界限更爲激進和革命性的突破，滿足了新知識分子對自立、自信、自強的新女性氣質的想像，在西方女記者的中國傳說中被反覆加以強調和凸顯。

二、記者職業適宜於中國女子：耐心、細緻與女界記事

然而，在同一時期很多知識分子和新聞學者看來，記者職業之適宜於中國女子，卻與獨立意志和冒險精神無關，主要是因爲「女子心是很細的，富

〔註 74〕最有毅力之女記者，婦女共鳴，1932，1（9）：7。

〔註 75〕法國女記者塔布衣夫人（Tabouis）。以國際報導著稱，1935 年在巴黎《勞工報》上揭露英國外相，1937 年又把德意參加西班牙內戰的眞相全盤披露，並在捷克被侵佔前一周預言捷克的嚴重危機。被譽爲「國際輿論權威」。女記者哈布夫人：爭氣的女人，婦女生活，1937，4（1）：22～23；塔布衣夫人著，曹文楠譯，一個法國女記者的信仰，戰時記者，1940，(2～3)：21；段雨譯，塔布衣夫人的自述：一個女記者的成名記，婦女月刊，1941，1（1）：26～28；孝莊，世界上最有權威的女記者塔布衣夫人，廣西婦女，1943，3（7）。

〔註 76〕烈山，德國一位波蘭女記者，公教周刊，1937，8（40）。

〔註 77〕德意志之女記者：比法戰線從軍手記，三六九畫報，1940，5（13）。

〔註 78〕女記者威金生脫險，戰時記者，1938（1）。

於整理力，男子的創造力比女子強，但整理力不及女子。根據上面的原則，女子對於文學、歷史、新聞事業比較適合個性，應該從事這類職業」〔註79〕。尤其是有一定學問的知識階層的女性而言，新聞記者是能發揮她們「天然之文藝性質與想像力」，所以從事編輯是「較爲得宜」的〔註80〕。申報新聞函授學校的教師孫懷仁，爲女記者所下的定義是「指那爲編輯部中一員而擔任一般記事之收集或編輯整理，或擔任婦人兒童欄之編輯調查事務的婦人」。但在他看來，女記者們「往往不能自由徹底地發揮其才能，這因爲其中存了一個重大障礙——即母性愛，而記者之職業與母性愛是極不能兩立的。」他認同女性的首要職責仍是照顧家庭：

> 我不願年輕的女性破壞了愛與結婚之誓約，或放棄了家庭與自己的愛兒以進入新聞界。女性第一必要的是溫和的家庭。誠然，新聞記者雖然是一種可以把所欲言者，訴之於公眾，以牽動年青人們的工作。但眞之愛與溫和的家庭，可以打消此新聞之魅力而有餘。〔註81〕

儘管「女性的生理的體質與母性愛」被視爲女性從事新聞業的主要妨礙，但報館方面「對於婦女記者的需要頗爲殷切」，其原因是「用她們來編輯報紙上的婦女、家庭、兒童、文藝、美術各欄是最適宜的」，如海外有名的報紙均設有由婦女記者編輯的婦女欄，「對於一般婦女的思想生活教養上有很大的貢獻」〔註82〕。新聞學家任白濤以歐美等報業發達者爲例，「彼地之報紙，多闢家庭欄，或於社內設婦女部，每日割若干面積之篇幅，專載女記者手出之評論記事」，而從事這些工作的女記者「實爲家庭社會之益友，年少子弟之良師，且於他方面長其特殊之勢力焉」。認爲英美新聞業的進步，正是得女記者之力，她們「與男記者執同一之業務，且於某範圍之活動，其功能常超乎男記者之上」，其原因在於「如關於文學、美術等類文字之述作，乃至家庭、婚姻等類事項之探索」等方面，男記者不如女記者優良，「女記者之筆致多纖麗，觀察多明細，應接多親和故也」〔註83〕。

總體而言，五四以後人們對於中國女性在新聞業內的角色設定，體質論、

〔註79〕楊崇皐，女子職業指導，婦女月報，1935，1（8）：3～6。

〔註80〕伍超，新聞學大綱，上海：商務印書館，1925：69。

〔註81〕孫懷仁編，新聞學概論·婦人記者，上海申報新聞函授學校（1931～1936）講義，出版信息不詳。

〔註82〕婦女記者，婦女雜誌，1937，17（3）：75～77。

〔註83〕任白濤，應用新聞學（第三版），上海：亞東圖書館，1928：16。

母職論，以及「男主外女主內」、「男女授受不親」等傳統性別規範的影響仍然十分明顯，因此居於編輯室內的內勤工作，較之以奔走於社會、與男性相競爭的外勤工作而言，更爲符合人們對於女性的角色期待。伍超的看法就頗具代表性，他認爲女性「冒風雪於深宵，作險阻之踽行，以從事百般社會之訪問，就其體質論之，甚不適當」，即便女性勉強爲之，「非惟不能與男記者競爭，且恐易於喪失婦女之尊嚴，是乃女記者不及男記者之處，此係天然之缺陷，非人力所能補救也。」〔註84〕

即便是倡導女性從事採訪工作的人，也主要是從便於接觸女性被訪者的角度出發，將女性採訪的範圍設定在婦女兒童和家庭事務中，如1920年代曾任上海《時報》駐歐特約通訊員的女記者李昭實在公開演講中，呼籲報館聘請女訪員，「中國十餘年來，南北各大報，亦有聘請文字優良之女主筆。然採訪一職，女界中咸拘於成見，觀望不前。有女主筆而無女訪員，新聞稿件，仍不免枯偏。近年來上海各種事業，漸能容納女子，男女間社交亦已公開，似不妨追蹤歐美，使女子投身報界，以謀發展」，對於聘用女記者有何利益，她以歐美各國新聞業爲範例，列舉了以下四點：

> 一、歐美各國女子地位較高，如民政長，女議員均有，有時男子因種種隔膜，未能向女子方面採得消息，有女記者則較有把握。
>
> 二、歐美人士對女子極爲重視，遇有重要會議，男子欲遍訪全權代表，極感困難，而女記者周旋其中，能得較好之成績。
>
> 三、除此勞資對抗之日，婦女界洞悉民間疾苦最深，有女記者能祥舉其苦。
>
> 四、兒童教育及嚴禁娼妓等問題，與女界關係密切，女權越發達，此等事業越有進步。」〔註85〕

任白濤始終堅定地支持女性從事採訪，尤其「女權之勃興，顯係時日之問題」，因而「報紙上女界記事之需要，亦愈迫切，以男記者處理女界之記事，非惟不能如女記者之親切有味，且往往持輕薄態度，招致女界之怨怒，貽新聞社以損失。」〔註86〕1935年阮玲玉事件中男記者之表現，恰好證明女性從事採訪的重要性：

〔註84〕伍超，新聞學大綱，上海：商務印書館，1925：69。
〔註85〕轉引自任白濤，綜合新聞學，上海：上海書店，1941：510。
〔註86〕任白濤，應用新聞學（第三版），上海：亞東圖書館，1928：17。

「（女性）採訪記者的稀少，乃是男性中心社會所建築的牆壁太牢固、太高大了。因此，有好些新聞——如阮玲玉自殺等社會新聞——若是派女記者去採訪，定可得到直截了當的、清清楚楚的結果。只因一般男性記者或許對於這種帶有『異性』臭味的事件感著特別的興趣，遂爭先恐後的去採訪，結果不但弄不明白，反而鬧出笑話，惹出是非！要之，女性報人對於現今的新聞事業至少是同男性報人同樣重要的。」〔註 87〕

本章小結

五四時人熱烈討論的女子職業問題是中國現代性的重要表徵之一，它既是思想上受西方現代思潮影響而產生「人格的個人自覺的結果」，也是受資本主義生產方式衝擊而產生的實際現象〔註 88〕。彼時大多數知識分子在論述「職業」時，都受到工業化、公共化、資本化的勞動生產模式的深刻影響〔註 89〕，以此確立的「有償性」和「生產性」標準，不但使傳統中國婦女的經濟角色被一筆抹煞〔註 90〕，同時也使在儒家家國同構的倫理體系中擔負「主中饋」之責的婦女家內角色，轉變爲激進話語中的「寄生蟲」與「長期賣淫者」，亟待拯救和解放。

五四時期倡導婦女解放的話語主體，依然是熱心於「全盤改造社會」的男性知識分子，婦女問題與個性解放一樣，都被他們視爲達到這一終極目標的必要手段〔註 91〕。他們固然能夠關懷和同情女子的處境，爲她們出謀劃策，尋求解放之道，爲此展開重重論辯，但他們未必能眞正超越性別藩籬地去理解和體會由於女性的性別角色扮演而導致的種種問題（如家務勞動、節育、生育、婆媳、妯娌、溺女、娼妓等），並對導致兩性不平等關係中的男性責任予以足夠的自我批判，因而在他們的論述中，傳統性別角色和性別關係的刻板成見依然左右著他們對女子職業的認知。他們所期待的新女性不但能從事

〔註 87〕任白濤，綜合新聞學，上海：上海書店，1941：523。

〔註 88〕陳綬蓀編，社會問題辭典，上海：民智書局，1929：605～608。

〔註 89〕馬釗，女性與職業：近代中國「職業」概念的社會透視，黃興濤編，新史學（第三卷）：文化史研究的再出發，北京：中華書局，2009：21～56。

〔註 90〕關於傳統中國婦女的經濟角色，可參見李伯重，多視角看江南經濟史，北京：生活·讀書·新知三聯書店，2003：269～314。

〔註 91〕甘陽，自由的理念：「五四」傳統之闕失面——爲「五四」七十週年而作，劉青峰編，歷史的反響，香港：三聯書店有限公司，1990：143。

職業獲得經濟獨立，還要能夠承擔家庭責任、發揚母性，同時保持「和藹、溫順、美、愛、富於同情心」等傳統美德。

在眾多的女子職業中，新聞業的特殊性是極其明顯的：首先，自 19 世紀末以來，新聞業就已成爲現代思潮輸入、碰撞和擴散的中心，在「提倡一種事業，轉移風尚習俗」上發揮了突出的作用，女權運動即爲一個鮮明的例證〔註 92〕。因此，人們普遍相信女性從事新聞業，能夠更好的理解女性、代表女性，有助於女權的擴展。其次，其他現代女子職業——如醫生、教師和手工業者——雖然也是男性控制的職業領域，但其職業性質符合女性的家庭技能和傳統美德（如耐心、細緻）而倍受推崇。儘管從事新聞工作所需要的獨立、自主與冒險精神，高度契合知識分子對自立、自信、自強的新女性氣質的想像，但同時也意味著對傳統性別界限更爲激進和革命性的突破。因而在五四以後倡導女性從事新聞業的男性話語中，一方面不斷津津樂道於西方女記者果敢堅強的職業行爲，另一方面，具體到中國語境時，新聞業中與傳統女性氣質——如內部的、細緻的、文藝的——相契合的內容又被突出地加以強調，內勤編輯因而被視爲最適宜女性的職業角色。即便贊同女性從事採訪者，也將其採訪範圍設定在婦女、兒童、家庭等「女界事務」中。

圍繞婦女解放與女子職業，男性話語中充滿矛盾，這並不奇怪。正如許慧琦所言，五四時期「由兩性（尤其是男性）、而非女性主導女子解放運動，很容易引致（以男性爲本的）人性壓倒女性的論述走向，淡化了男女差異的重要性」〔註 93〕。男性知識分子爲女性所設計的解放方案——以做一個超越了性別差異的抽象的「人」爲解放的目標，以唯物主義的經濟基礎決定上層建築爲解放的路徑（從事職業——經濟獨立——人格自主）——在受其影響而覺醒並加以實踐的女性身上，會發生怎樣的故事？帶來怎樣的問題？作爲女性利益代言人，女記者是如何理解、并參與塑造女性的新身份的？這正是以下四章需要探索的問題。

〔註 92〕邵蕙英女士，一種高尚的女子職業：女記者，玲瓏，1932，2（72）：1013～1014。

〔註 93〕許慧琦，「娜拉」在中國：新女性形象的塑造及其演變（1900s～1930s），臺北：國立政治大學歷史學系，2003：136。

第二章　「宣傳女子自救自決的思想」：作爲啓蒙者的天津女星社

民國九年的夏天，天津直隸第一女師的畢業生鄧穎超順利地找到了人生的第一份工作——北京高等師範附屬小學的教員。幼年喪父的她，一直與母親相依爲命，靠母親做家庭教師的微薄所得維持生計，一想到五載求學，終於可以賺取薪資奉養母親，鄧穎超無比高興地動身赴京。然而，工作卻並不如她想像的那般美好，每天「當那一輪紅日尚未從雪濤般的海波裏升上來的時候」，她就得起床趕到學校，七點到十二點是監管全級五十個學生溫習功課；午餐是必須在教室裏與學生同吃的，「以便監管一切」；飯後上課到下午三點；課後處理諸多校務，如計算學生勤惰、填寫各種表冊、改學生作業、監管在校午餐學生的飯帳，以及預備次日教學用具，通常五點以後才能下班。遇上開每周一次的校務會議，就得留下審查教科書，七點多才能回家。每到月底，還要整理學生該月的勤惰情況、檢查學生體重及每個學生的生活狀況、品行優劣填入校方通知書內送至家長。

這樣一來，每天除了吃飯睡覺，難得一兩個小時的休息，星期日也常常搭進去補辦校事。而每月三十五元的薪資，除去車費、房費、雜用、伙食等各種開銷，只夠自己一個人用。加上北京的教育經費缺乏，拖欠教師工資三五個月是常有的事，屢受「斷炊之苦」的鄧穎超痛苦地發現，謀到職業的自己非但不能奉養母親，反而要母親寄錢來接濟自己。任教一年半後，她毅然辭職投考北京留美女子預備學校的商業銀行簿記班，預計將來做銀行職員。爲著生計，她一邊學習一邊在北京第七女校兼職授課，三個月下來，忙得食不寧、睡不安，精神身體日漸損壞，她才明瞭人們所鼓吹的「工讀主義」只是紙上談兵。就在這時，傳聞天津創辦女子商業銀行，先傳習二十名女生，預備開行時聘用，爲著這個「改圖別業的好機會」，鄧穎超立即趕回天津，學了三四個月，花了上百元，銀行仍遲遲未能開設，面對經濟的困窘，鄧穎超只得重作馮婦，在達仁女校做起了小學教員〔註 1〕。

達仁女子小學成立於 1921 年，由北京同仁堂樂氏家族第十二代子孫、天津達仁堂創始人樂達仁（1877～1947）獨資開設，聘請的是天津著名教育家、長期在南開中學和直隸第一女師任教的馬千里（1885～1930）做校長。馬千里從五四以來就擔任天津各界聯合會領導人，此時又兼任天津平民教育促進會副幹事長和中國紅十字會天津分會幹事長，自己創辦和主持了一份日報《新民意報》，事務非常繁忙，但試辦一所新型的女子學校是他多年以來的夢想，他慨然許諾只要樂達仁不干涉校務，他願意不拿工資出任校長〔註 2〕。學校創辦後，馬千里向他在女師的得意門生們——鄧穎超、李峙山、王貞儒、馮梅先、許廣平等——發出了任教的邀約。

此時，在上海的李峙山（1897～1939）正忍受失業的煎熬。李峙山生於河北鹽山一個書香世家，是家中獨女，自小頗得父母寵愛，把她當做兒子養，連爲她取的名字「毅韜」都極具男孩兒氣。在她十五歲那年，她向父母提出要去天津讀書，學成後將像兒子一樣盡供養父母之責。爲支持她的學業，父親賣掉家中僅有的十畝薄田，舉家遷往天津，送李峙山入直隸第一女師就讀〔註 3〕。李峙山深知這學習機會的來之不易，在校期間念書極爲用功，除了「因爲纏過足、從小沒有高聲唱過歌」而體育科、音樂科成績不好以外，其餘功課都名列前茅，以總排名第二的成績於 1918 年順利畢業〔註 4〕。她在女師的附小和其他學校任課，同時兼任家庭教師，每月可得四五十元，不但實現自力更生，也能贍養父母。然而隨愛人諶小岑〔註 5〕來到上海以後，雖然

〔註 1〕鄧穎超，工讀的失敗，婦女雜誌，1924，10（6）：959～964。

〔註 2〕馬翠官，達仁女校與天津婦女解放運動，中共天津市委黨史資料徵集委員會、天津市婦女聯合會編，鄧穎超與天津早期婦女運動，北京：中國婦女出版社，1987：601。

〔註 3〕「社會人」自述·李峙山，申報·婦女園地，1934 年 12 月 30 日，第 17 版。

〔註 4〕諶小岑，憶峙山，孫競宇等主編，津門史綴，上海：上海書店出版社，1992：167。

〔註 5〕諶小岑（1897～1993），湖南安化人，1917 年考入天津北洋大學，五四期間擔任《北洋大學日刊》經理兼記者、天津學生聯合會會計，與周恩來等人一同

他月入過百，但自己語言不通、人事不熟、找不到工作，又剛生了第一個孩子，只能依賴愛人爲生，這使她精神上頗覺痛苦，於是和愛人商議，兩人帶著孩子離開上海回到天津。諶小岑一時沒有工作，僅靠李峙山在達仁女校任教每月有二十八元進款，不足以維持一家三口和奶媽的生活，他們常常借債度日〔註6〕。

儘管物質匱乏，但年輕人聚在一起共事總是快樂的，尤其又都是曾經一同戰鬥過的同志，她們常常共同緬懷在天津直隸第一女師讀書時的光輝歲月。這所學校始建於1906年，原名北洋女子師範學堂，是清政府頒佈「新政」仿照歐美教育制度、爲培養有知識的賢妻良母而創辦的。學校設有家政、縫紉、烹飪、園藝、手工、修身等課程，以「三綱」、「五常」的倫理規範，要求學生遵守婦德規範，對女學生的日常生活更是嚴格管制〔註7〕。但因爲師範類學校不收學費，膳食和其餘費用也都低廉，畢業後通常都能順利謀到教職，故而對家庭經濟狀況中下的女生頗有吸引力〔註8〕。正是在這裡的學習、工作和抗爭的共同經歷，鄧穎超、李峙山和劉清揚等同志，從自我覺悟開始，走上了創辦報刊以喚起婦女覺悟的道路。

第一節　覺悟：女星社的緣起

鄧穎超一直記得，五四運動爆發時，她才十六歲。北京學生火燒趙家樓、怒打賣國賊的消息傳到天津後，天津各大中學的男生們沸騰了，很快組織「天津學生聯合會」響應北京。雖然女師的學生也躍躍欲試，但被保守的校方所阻撓，未能加入該會〔註9〕。隨後，女師學生郭隆眞率聯絡各級同學組織代表

成立覺悟社，1920年十月與張太雷成立天津第一個社會主義青年團小組，1921年2月經李大釗介紹到蘇聯駐中國外交機構主辦的「華俄通信社」當翻譯，9月調上海任分社中文部主任，1922年元旦與李峙山結婚。諶超岑，愛國知名人士諶小岑先生，陳義初編，安化文史資料（第3輯），1986年12月。

〔註6〕峙山，生活難的苦悶，婦女雜誌，1924，10（6）：1011～1016。

〔註7〕梁岫塵，五四前後的直隸女師，中共天津市委黨史資料徵集委員會、天津市婦女聯合會編，鄧穎超與天津早期婦女運動，北京：中國婦女出版社，1987：553～554。

〔註8〕杜學元，中國女子教育通史，貴陽：貴州教育出版社，1995：506。

〔註9〕鄧穎超，「五四」運動的回憶，中共天津市委黨史資料徵集委員會、天津市婦女聯合會編，鄧穎超與天津早期婦女運動，北京：中國婦女出版社，1987：533～534。

會，與中西女中、嚴氏女中、貞淑女中的學生代表一起，成立了「天津女界愛國同志會」，選舉已從女師畢業的劉清揚（1894～1977）和李毅韜爲正副會長，鄧穎超、郭隆眞、王貞儒、馮梅先、張嗣婧、許廣平等都是其中的積極分子。她們喊著「懲辦賣國賊」、「拒簽凡爾賽條約」等愛國口號，衝破校方的阻撓，走上街頭，或參加集會請願、遊行示威，或當眾演講、走訪家庭，向民眾傳播愛國主義和男女平等的思想。鄧穎超年齡雖小，但膽子頗大，當其他女同學還羞於在公開場合講話時，她激情澎湃的演說已有十足的感染力，因而與郭隆眞一道被選爲演講隊隊長，帶著女學生們到各宣講所、民教館、集會地和居民家中進行愛國宣傳〔註 10〕。她們也辦報紙，通過文字宣傳增強愛國運動的力量，蔣雲、許廣平、徐淩影等編輯的《醒世》周刊儘管經費困難、印刷粗糙，仍然廣受歡迎〔註 11〕。

五四期間，婦女解放運動隨之而起，「男女平等」、「反對包辦婚姻」、「社交公開」、「戀愛自由」、「大學開放女禁」、「各機關開放任用女職員」的呼聲高漲，女學生不僅宣傳這些觀念，同時也實踐著「男女平等」與「社交公開」。起初，因擔心男女混雜招致社會輿論的批評，女學生中頗有不贊成與男學生合作的。但在參與學生運動的過程中，男女學生的邊界事實上被打破了，一些學生骨幹提出把男女同學分別組織的學生聯合會合併，共同工作。12 月 10 日，天津男、女學校合組新的學生會聯合會，各校學生代表出席者達五百多人。女師學生張若名任大會主席，發表演說稱新學聯的成立是「天津男女解放的起點」，此後要「本著奮鬥的精神、進化的精神，同男女互助互助的精神，與黑暗勢力相鬥」〔註 12〕。鄧穎超後來回憶在新學聯的工作中，「男女同學間的相處是極其自然坦白的，工作上是相互尊重平等的，大家一心一意忙著救國、忙鬥爭，在工作上競賽，女同學不肯後人。……男同學中的積極分子受了新思潮洪流的激蕩，重男輕女的思想也被大大的打破了，對女同學都很尊

〔註 10〕魏士如，回憶「五四」時期的演講隊，中共天津市委黨史資料徵集委員會、天津市婦女聯合會編，鄧穎超與天津早期婦女運動，北京：中國婦女出版社，1987：552。

〔註 11〕蔣雲，回憶《醒世》周刊，中共天津市委黨史資料徵集委員會、天津市婦女聯合會編，鄧穎超與天津早期婦女運動，北京：中國婦女出版社，1987：559。

〔註 12〕益世報，1919 年 12 月 11 日；時報，1919 年 12 月 16 日；參見：中共天津市委黨史資料徵集委員會、天津市婦女聯合會編，鄧穎超與天津早期婦女運動，北京：中國婦女出版社，1987：85～89。

重的。在工作的責任上，都是平等擔當。」〔註 13〕

「覺悟社」就是應男女青年合作工作和互助學習的要求而組織起來的〔註 14〕。1919 年 9 月 16 日，經周恩來倡導，20 名男女學生骨幹在天津草廠庵學生聯合會辦公室舉行覺悟社成立大會，共同組建學生運動的領導核心。覺悟社社員的姓名對外不公開，而用抽籤的辦法，在 50 個號碼中取名，用以作爲通信的代號或發表文章的筆名。如周恩來的「伍豪」（5 號）、諶小岑的「施以」（41 號）；鄧穎超化名「逸豪」（1 號）、郭隆眞化名「石珊」（13 號）、劉清揚化名「念吾」（25）、張若名化名「衫陸」（36）、張嗣婧化名「衫棄」（37）。李毅韜抽到 43 號，化名「峙山」，並一直沿用終身。覺悟社的活動以學習和討論新思潮爲主，也邀請李大釗、蔣夢麟、羅家倫、周作人等新文化運動領袖到社演講交流，出版了一期《覺悟》雜誌。三個月後，由於周恩來、郭隆眞、劉清揚等社員到法國勤工儉學，鄧穎超、張嗣婧等社員畢業後分散各地而解散。

經過五四運動的洗禮，女學生們作爲「人」的主體意識已經被喚醒，她們第一次親身實踐並眞切地體會到了自由、平等與解放。五四以後，各大城市以女學生和女教師爲主體的女權團體——如上海的女界聯合會，北京女子參政協進會、女權運動同盟會，天津的女權請願團、女權運動同盟會直隸支部等——相繼成立，掀起了新一輪爲爭取女子教育權、參政權、婚姻自主權等其他法律權利的女權運動〔註 15〕。當 1923 年初，原覺悟社社員鄧穎超、李峙山與諶小岑再度在達仁女校聚首時，他們決心延續昔年覺悟社的精神——「因自己的『覺悟』，得尋著眞『人』的生活。由己及人，漸漸可以達到人人『覺悟』的境界。」〔註 16〕——爲廣大婦女的覺悟和解放做點什麼。他們關於成立婦女團體，出版婦女刊物的計劃得到一向開明、進步的馬千里校長大力支持，同意由他的新民意報社印刷，刊物也隨《新民意報》發行。4 月 2 日，

〔註 13〕鄧穎超，「五四」運動的回憶，中共天津市委黨史資料徵集委員會、天津市婦女聯合會編，鄧穎超與天津早期婦女運動，北京：中國婦女出版社，1987：537。

〔註 14〕劉清揚，有關天津五四運動和覺悟社的一些情況，中國人民政治協商會議天津市委員會文史資料委員會編，天津文史資料選輯（總第 103 輯），天津：天津人民出版社，2004：5。

〔註 15〕談社英，中國婦女運動通史，南京：婦女共鳴社，1936：95～138。

〔註 16〕周恩來，覺悟，中共中央文獻研究室、南開大學編，周恩來早期文集（1912.10～1924.6）上，北京：中央文獻出版社，1998：473～474。

李峙山、鄧穎超、王貞儒、馮悟我、王南羲、胡傾白、顧峻霄、趙景深、諶小岑等人在新民意報社開會，宣告成立女星社，擬出版以討論婦女問題爲宗旨的旬刊《女星》，由李峙山任總編輯〔註 17〕。

女星社延續了覺悟社時期男女合作的傳統，其簡章規定入社成員不分男女，必須「對婦女運動有熱烈感情，志趣與本社宗旨相合、能履行本社社規」者，由兩名社員介紹，經全體社員通過，就可以正式接納爲會員；「對於本社宗旨表示深刻的同情，也願遵守本社社規，經社員一人介紹或自行函告本社的」，經全體大會通過，可稱爲社友，有建議權而無表決權；社員或社友中「有玩弄、侮辱、摧殘女性的心理及事實，有狎妓事實，假本社名義在外招搖，每月大會連續三次不到」者，經社員一人以上告發，全體大會通過，則取消其社員或社友資格。女星社的經費來自募捐，社員和社友均有設法籌備的責任。〔註 18〕

女星社舊址

〔註 17〕研究婦女問題之團體出現，大公報，1923 年 4 月 5 日。

〔註 18〕女星社的簡章，女星，1923 年 5 月 20 日。

女星社成立後，職員結構上曾有過三次調整，最初的情形不詳，第二屆設有：

總務部：書記鄧穎超（女），會計趙達（女）、錢曾敏（女）
交際部：李濂祺（男），庶務王卓吾（女）、杜鳳年（女）
出版部：編輯李峙山（女）、顧峻霄（男），發行王南義（女）、何雪（男）
教育部：王卓吾（女）、鄧穎超、張穎芳（女）、李峙山
圖書部：馮悟我（女）

此外尚有周達（女）、周毅（女）、諶小岑（男）共十五人。〔註 19〕女星社成立一年後，進行了改組，由原來的四個部調整爲四個委員會：

總務委員：委員長鄧穎超，書記何雪、庶務會計錢曾敏；
出版委員會：委員長馮悟我，編輯周毅、諶小岑，發行顧峻霄；
教育委員會：委員長李峙山，委員杜鳳年、張穎芳；
社會服務委員會：委員長王貞儒，委員王南義、陳學榮、李濂祺。〔註 20〕

這時，女星社社員已發展到二十餘人，包括 1923 年秋從法國回國的劉清揚等。他們都是天津文化教育界的知識分子，除達仁女校教師外，還有王南義、張穎芳、陳學榮等南開女中學校的學生，以及《新民意報》編輯、分別主編副刊《星火》和《朝霞》的顧峻霄和趙景深（男）。此外，女星社在全國徵集社友，1923 年 10 月中旬，在本埠和上海、太遠、北京、長沙、保定等地發展社友二十餘人，「他們對於女星旬刊的推銷和稿件上，都盡過很多的力」〔註 21〕。

女星社成立後的主要活動首先是出版以「宣傳女子自救自決的思想」爲宗旨的《女星》旬刊〔註 22〕，於 1923 年 4 月 25 日正式作爲《新民意報》的副刊出刊。《女星》十六開本，以白話和新式標點行文，橫向排版，每期四版，每旬逢五齣版。《女星》的主編是李峙山，負責答覆讀者來信，鄧穎超負責審閱稿件，諶小岑擔任發稿、校對、發行等事務，內容都經過三人共同研究決定〔註 23〕。《女星》旬刊每期發行七百六十分，另加印一千份，

〔註 19〕女星社第二屆職員表，女星，1923 年 10 月 5 日。
〔註 20〕本社第三屆職員表，女星，1924 年 5 月 5 日。
〔註 21〕本社社員社友的聯歡大會記，女星，1923 年 10 月 15 日。
〔註 22〕女星社的簡章，女星，1923 年 5 月 25 日。
〔註 23〕諶小岑，關於《女星》和《婦女日報》，中共天津市委黨史資料徵集委員會、

分寄給全國報刊、團體和朋友〔註 24〕。從第四期起，分別在北京、南京、上海、武昌、長沙、廣州、杭州、奉天、開封、重慶、濟南等地指定一到五個代派處。到 1923 年 6 月，外地代派處共 17 個〔註 25〕。與此同時，《女星》與北京、上海、杭州、南京、廣州等城市二十種報刊建立了交換關係〔註 26〕。《女星》旬刊出至三十六期，從三十七期起以周刊的形式附於《婦女日報》發行。

《婦女日報》的發起，緣於 1923 年原覺悟社成員、中國共產黨早期黨員劉清揚從法國回天津後，與鄧穎超、李峙山、諶小岑一起商議，認爲「普通的報紙多半是男子的專有品，對於婦女的痛苦，不能深刻的描寫」，因而有必要在《女星》的基礎上再出一份討論婦女問題的日報，作爲「婦女訴苦的機關」〔註 27〕。經過籌備，在劉清揚的三哥、時任《新民意報》經理的劉鐵庵的支持下，1924 年 1 月 1 日，《婦女日報》正式創刊，這是當時中國唯一一份討論婦女問題的日報。成立之初，劉清揚任該報總經理，李峙山任總編輯，鄧穎超、周毅任編輯員〔註 28〕。4 月 15 日，因劉清揚奉中共北方區委書記李大釗之命南下，總經理由鄧穎超代理，後來，因爲鄧穎超忙於達仁女校的教學及其他社會工作，在六月底與劉清揚、周毅聯名發表聲明，辭去該社職務〔註 29〕，此後該報編務主要由李峙山和諶小岑二人負責〔註 30〕。《婦女日報》係四開小報，豎向排版，每日一張，銷路逐漸增加，有了廣告收入後，他們訂了二十幾份外地的大報，把所有反映婦女問題的新聞和文章剪輯下來，同時進行了幾次徵文，討論家庭問題和教育問題，有了更多的讀者群。出版至是年七月，「銷路二千餘份」，到八月底「銷額已過三千」〔註 31〕，這已是當時極爲可觀的成績了。但「直接訂報的太少，廣告也不多，所以每月

天津市婦女聯合會編，鄧穎超與天津早期婦女運動，北京：中國婦女出版社，1987：587～590。

〔註 24〕殷子純，天津女星社及其主要活動，中共天津市委黨史資料徵集委員會、天津市婦女聯合會編，鄧穎超與天津早期婦女運動，北京：中國婦女出版社，1987：386。

〔註 25〕本刊外埠代派處一覽，女星，1923 年 6 月 5 日。

〔註 26〕已與本刊交換的各種刊物，女星，1923 年 6 月 5 日。

〔註 27〕發刊詞，婦女日報，1924 年 1 月 1 日。

〔註 28〕婦女日報職員表，婦女日報，1924 年 1 月 1 日。

〔註 29〕劉清揚、鄧穎超、周毅啓事，婦女日報，1924 年 7 月 3 日。

〔註 30〕本報特別緊急啓事，婦女日報，1924 年 8 月 5 日。

〔註 31〕讀者諸君請注意，婦女日報，1924 年 8 月 27 日。

都須賠四五十元」〔註32〕。1924年8月以後，由於《婦女日報》對第二次直奉戰爭進行報導並刊登文章抨擊軍閥而遭到種種壓力，加之經濟困難，《婦女日報》於10月1日停刊，隨報發行的《女星》周刊也隨之而輟，前後共出版了五十七期。

女星社的另一項主要活動是開辦婦女補習學校，在《女星》第一期上，李峙山解釋了辦補習學校的緣起，是鑒於「一般不負改造責任、不顧人道主義已婚的男青年，受了戀愛潮流的鼓蕩，多半很冒失地將不令他們滿意的妻拋棄」，女星社同人發現這些被丈夫拋棄的舊式女子背負舊禮教下人們的蔑視、親友的指責和經濟的壓迫，遭受極大的痛苦，「飲恨而死的，十有八九」，所以想要創辦一個「被棄婦女補習學校」，爲她們「授予一些生活的技能和相當的常識，尤注意於反抗舊禮教的訓練」〔註33〕。後來，《新民意報》經理劉鐵庵將自己所辦的天津第一婦女補習學校交由女星社接辦，所收學生也從救濟「被棄婦女」擴展到「失學婦女」，爲她們「授以相當知識及淺近技能，使其自謀生活」〔註34〕。

女星補習學校成立後，李峙山任校長，鄧穎超任教務長，女星社社員擔任教師，校址就設在河北大馬路達仁里李峙山家中。先後招收兩期學生，分甲乙兩種授課，乙種學制一年半，開設國語、作文、珠算、筆算、習字、技藝、音樂、尺牘、婦女常識、家事簿記等課程；甲種學制一年，在乙種的基礎上增設地理、歷史、理科大要、商業簿記、簡單教授法等課程。規定凡三十五歲以下、十五歲以上婦女可爲乙種學員，甲種學員則需本校乙種畢業或具有國民四年級程度的水平〔註35〕。第一期共招收四十人，多是中上層有一定經濟能力的失學婦女〔註36〕，到1924年4月時，學生逐漸增多，「講堂上已容不下了」，還有人陸續前來聽課〔註37〕。7月，第一期甲種班七人畢業，其中一人留校任教，三人繼續升學，三人由學校介紹到天

〔註32〕韓文軒君來函，婦女日報，1924年7月19日。
〔註33〕峙山，一個緊急的提議，女星，1923年4月25日。
〔註34〕女星第一補習學校成立，女星，1923年7月5日。
〔註35〕天津女星第一補習學校簡章，女星，1923年7月5日。
〔註36〕因該校每學期收學費六元，曾有讀者投書表示質疑，認爲是「貴族式」的。李峙山回答天津中下資產沒有來讀書的，來該校讀書的都是經濟較充足的婦女，每月一元的學費並不困難。峻岑，對於女星學校的質疑，女星，1923年7月25日。
〔註37〕隨便談談，婦女日報，1924年4月13日。

津國貨售品所擔任店員〔註 38〕。第二期學生是在 1924 年 7 月 1 日到 8 月 15 日暑假期間招收，共三十人。是年 5 月，女星社又以下層家庭婦女爲對象，創辦了「女星星期義務補習學校」，一律不收學費，由女星社社員義務授課〔註 39〕。

不論是辦報還是辦學，女星社都面臨經費上的困難，募捐成了常有的事。出版《女星》旬刊之前，預算每月至少需要常設經費三十元，女星社就在《新民意報》上發起募捐啓事〔註 40〕；《女星》遷至《婦女日報》出版後，尙欠新民意報印刷費二十二元六角，經社員大會決議，由社員每人分攤一元，並向社友及社外募捐〔註 41〕；女星第一補習學校雖收有學費，但和支出相抵，每月尙虧空 26 元，又向劉鐵庵等名譽校董募款〔註 42〕；女星社社員還曾排練新式話劇《一念差》和《新聞記者》，在天津北馬路國貨售品所上演，爲女星補習學校募捐〔註 43〕。

此時女星社社員的經濟情況也不佳，鄧穎超在達仁女校擔任初級班級任，學生四十多人，每星期任課十七小時，可得薪金三十四元，工作極其忙碌，「每日除了上課，還得改作文、習字、筆記、預備功課，處理校務……幾無休息的時間，加以有時要到婦女日報社及與同志創辦的女星第一補習學校服務，參加婦女運動及社會運動，忙累萬分。」然而，「這些事業皆是我所願意作的，故精神上仍感到快樂。」〔註 44〕李峙山編輯《女星》和擔任女星第一補習學校校長，都沒有薪金，收入所得「是在女星學校擔任了幾個鐘點，按照鐘點領薪」，連同在達仁女校上課的收入，「一共每月可得三十五元，工作時間每日平均有四小時」。1924 年以後，她每周連女星補習學校，共擔任十二個鐘點的功課，每月有二十元五角的收入。但「最近因爲《婦女日報》事很忙，又退到七個鐘頭，每月只有十元半的收入，只能維持我自己的飯費和

〔註 38〕女星學校甲種第一班畢業式紀事，婦女日報，1924 年 6 月 30 日。

〔註 39〕王貞儒，女星社及其活動，中共天津市委黨史資料徵集委員會、天津市婦女聯合會編，鄧穎超與天津早期婦女運動，北京：中國婦女出版社，1987：585。

〔註 40〕女星社募捐啓，新民意報・星火，1923 年 4 月 19 日。

〔註 41〕女星社六月常會記，女星，1924 年 6 月 2 日。

〔註 42〕記者，女星第一補習學校開校記事，女星，1923 年 9 月 5 日

〔註 43〕女星社扮演新劇募捐，華北新聞，1923 年 11 月 10 日，中共天津市委黨史資料徵集委員會、天津市婦女聯合會編，天津女星社（婦女運動史資料選編），北京：中共黨史資料出版社，1985：19。

〔註 44〕鄧穎超，工讀的失敗，婦女雜誌，1924，10（6）：959～964。

零用。」而《婦女日報》的編輯工作雖每月有十五元至二十元的收入，但「因該報經濟困難，有時拿不出，不能算一定的收入。」〔註45〕

第二節　啓蒙：女星社的自我期待

給社團和刊物命名「女星」，是鄧穎超的主意，寓意著以「實地拯救被壓迫婦女、宣傳婦女應有的革命精神、力求覺悟女子加入無產階級的革命運動」爲宗旨的女星社，將如同明亮的星星，爲在暗夜中掙扎的女界照明前進的方向和路徑〔註46〕，他們視自己爲婦女解放先覺者和啓蒙者的角色期待，由此可見一斑。那麼他們究竟是如何理解婦女的處境？又爲婦女構想了一個怎樣光明的未來？婦女又要如何才能得到解放、重塑自我？他們的種種設想，在素有中國的啓蒙運動之稱的五四時期，和其他的——在此之前和與此同時的——啓蒙者相較，有著怎樣的差異與類同？

一、舊家庭：女子受苦的根源

女星社成立之初，曾在《新民意報》副刊《星火》上刊載啓事，以無比沉痛的口吻表達辦刊的緣起：「朋友們！大概你們都知道，占人類的一半而又最苦的，就是婦女。每年爲忍受家庭的壓迫，親戚的欺凌，以致投水、自縊、吃毒藥而死的，不知有多少。但這種情形，就我們所見，並不是辦幾個濟良所所能救濟的，實非鼓動大多數的女子起來打破現在的經濟制度與社會組織不可……」〔註47〕而在一切經濟制度和社會組織之中，他們認爲除了「有產階級的掠奪」外，「舊禮教與男系家庭制度的壓迫」，使得「女子所受的痛苦還倍於勞動者」，這種種痛苦讓他們時時感受，良心不安〔註48〕。而中國婦女向來的蒙昧與麻木，「對於政治、經濟、社會狀況及關於女子的一切問題，素不關心」的現狀使女星社同人認爲有必要「關於女子問題，做些帶刺激性的鼓吹，以引起伊們的注意。」〔註49〕

「帶刺激性」的鼓吹，首先就是向讀者揭示婦女所受到的苦難，尤其是舊婚姻和舊禮教對於婦女的摧殘。爲此，他們在《女星》上表示要向讀者「多

〔註45〕峙山，生活難的苦悶，婦女雜誌，1924，10（6）：1011～1016。
〔註46〕金鳳，鄧穎超，杭州：浙江人民出版社，1996：72。
〔註47〕女星社募捐啓，新民意報・星火，1923年4月19日。
〔註48〕發刊詞，女星，1923年4月25日。
〔註49〕發刊詞，婦女日報，1924年1月1日。

徵集關於女子處在現地位及婚姻問題所受痛苦的實事報告，與婦女勞動界的消息」〔註 50〕，此外注意從各地的報刊上搜集各界婦女痛苦的事實，予以大量的報導和評論。《女星》設有「時事雜感」一欄，登載了多篇婦女被惡勢力所害的具體事例：如第二期的《一個自蹈水火的女子》、第五期的《一個罪惡婚姻底成功和懺悔》、第六期的《杜月芬之死》、第八期的《舊禮教演成的悲劇》等。《婦女日報》則特設有「中國女子地位寫眞」、「各地瑣事」、「婦女勞動界」等欄，所報導的女性受欺壓、淩辱的事例更多，內容也加更觸目驚心。

僅 1924 年 2 月的 21 天中，經《婦女日報》編者收集而披露報導的「多妻慘劇 15 起，殺妻 4 起，打妻及虐媳 9 起，犧牲於不自由婚姻的 8 起，離婚 4 起，販賣女子 9 起，賣女 5 起，犧牲於早婚的 2 起，賣妻的 1 起，姦淫的 5 起」〔註 51〕，合計共 62 起；3 月，除了上海某紗廠被燒死女工六十多人、燒傷多人及保定女二師學生被校方毒打這兩件「整體欺壓、踐瀆女子的慘劇」外，還有被丈夫虐待的 19 起，被婆婆虐待的 25 起，犧牲於各種惡制度下的總共 80 多起〔註 52〕。此外，《婦女日報》轉載天津本地報紙內容的「天津新聞」一欄中，諸如「舊禮教又逼死了一個」、「服毒身死兩女子」、「一個女學生的慘死」、「一女竟賣兩家」、「婚期尋短見」、「逼妻爲娼」、「逃跑一個兒媳、打死一個女兒」、「童養媳被虐潛逃」、「婢女失戀自殺」……等消息，日必數則〔註 53〕。這些關於婦女的苦難敘事，都在證實女星社關於「中國婦女地位過於低微，壓迫重重」的觀察。〔註 54〕

從表面上看來，女星社把舊禮教與舊家庭視爲婦女受苦的根源，不過是新文化運動的老調重彈〔註 55〕，然而這些問題之所以能持續引發女星社同人

〔註 50〕本刊的第十期，女星，1923 年 7 月 25 日。

〔註 51〕婦女日報，1924 年 2 月 29 日。

〔註 52〕婦女日報，1924 年 3 月 30 日。

〔註 53〕殷子純，天津女星社及其主要活動，中共天津市委黨史資料徵集委員會、天津市婦女聯合會編，鄧穎超與天津早期婦女運動，北京：中國婦女出版社，1987：391～392。

〔註 54〕半年回顧，婦女日報，1924 年 6 月 30 日。

〔註 55〕有論者認爲，將封建大家族視爲禁錮人的靈魂、摧殘人的生命的牢籠，必將遭到青年人的奮起反抗，是貫穿整個新文化運動的主旋律之一，以此邏輯來描寫和控訴舊家庭罪惡的作品數不勝數。相應的則是鼓勵青年男女從家庭中覺醒、反抗甚而「出走」，去追尋作爲個人的主體價值，「娜拉」等來自西方文學作品的形象被跨文化挪用和轉換。邵寧寧，牢籠抑或舟船——20 世紀中國文學中「家」的形象演變，西北師大學報（社會科學版），1999（9）：75～

的強烈共鳴，是因爲悲劇發生在他們身邊，而且在那些接受和認同新文化的所謂「新女性」的身上——她們都接受過多年的新式教育、擁有能自力更生的職業、曾經是熱心學生運動和女權運動的積極分子——但是依然逃不脫舊家庭的「魔掌」，在家庭中喪失獨立的人格、向上的精神、健康的體魄甚至寶貴的生命。昔日女師同學、覺悟社社員、女權運動同盟直隸支部會員張嗣婧（覺悟社代號 37，化名衫棄）的死最讓她們感到這一問題的嚴重性。

據鄧穎超所作《張嗣婧傳》記載〔註 56〕：張嗣婧是直隸安肅縣人，三歲喪父，有兩姊一兄，三歲隨祖母和母親讀書，九歲入該縣女子小學讀書時，與同學劉蘭如要好，劉父見她聰慧，便託人向張家爲其子提親。因劉家也是「書禮之家」，張嗣婧母兄便憑著「媒妁之言」爲她定下婚約，「於是嗣婧不幸的人生，也就從此時開幕了」。張嗣婧十二歲時，劉父到天津教育廳任科長，把張接到天津，送女子師範附屬小學讀書，每日在劉家住宿，然而「日用飲食，概與劉家不同，常常不得一飽」，加之所住房間寒冷潮濕，常常受涼，雙腿患病，幾乎不能行走，回家醫治一年之久才告痊愈。此後張嗣婧考人女子師範，移到學校住宿，此時的她「頗發奮求學，所以幾年來學業的成績，都列於最優等。再加上伊那溫柔謹厚能忍的個性，處師長、處同學、處他人，都是非常的誠厚謙和；無論遇到什麼事情，伊總是寧願自己吃點虧，受點委屈，決不願與人過意不去，或說伊不好的」。然而這種性格「固是伊的優點，然也確是伊受痛苦的源泉含恨而死的大原因了。」

1920 年春，張嗣婧與已經患上羊角瘋的未婚夫結婚，此時離她畢業還有半年，雖得劉父許可繼續入學，但在家庭中已經開始了兒媳婦的生涯——像傭人一樣服侍婆婆、丈夫和大小姑。次年冬天，張嗣婧懷孕產女，期間和產後備受婆婆虐待，「幾次欲自殺而未能」，此後，她就「漸漸地生起病來，並且病的很複雜」。這時張嗣婧已經從女師畢業，以教書的工資供自己的衣食日用，但依然無法從被虐待的狀態中解脫。幾個月後，張嗣婧再次懷孕，每天面對更加繁重的家務、工作和婆婆的責罵，「在這種情形下，伊每次見著好友

79；海青，傷逝：對民國初年新女性形象的一種解讀，楊念群主編，新史學（第一卷）——感覺・圖像・敘事，北京：中華書局，2007：58～111。

〔註 56〕以下關於張嗣婧生平，均來自穎超，張嗣婧傳，女權運動同盟會直隸支部特刊（第三期），1923 年 5 月 23 日，收入：中共天津市委黨史資料徵集委員會、天津市婦女聯合會編，天津女星社（婦女運動史資料選編），北京：中國黨史資料出版社，1987：66～73。

時，除了炯炯的目光、慘白枯瘦的面孔呆呆相對外，餘無一語」。產後，張嗣婧「臉腫得非常厲害，幾令人看見不認識」，婆婆捨不得錢請醫生，隨便買了兩付藥來吃，反而加重了她的病情。

當朋友們去探望病重的張嗣婧時，她「說不出一句話來，只有一滴一滴眼淚，從眼中流了出來，用哭不成聲的慘調，代表伊無限的傷心。她在病極沉重的最後五日內，不能進一點水米。睡也睡不著，具氣覺短促，心、肺、胃、肝……各部均覺膨脹，在身腔裏狹迫得難過。難過極了的時候，便以手去抓她的胸部，令人慘不忍睹。」1923 年 3 月 24 日，年僅 21 歲的張嗣婧被病痛折磨而死，她的死狀尤爲淒慘恐怖：「無知無覺地睡著，腹部高高地突起，黑灰色消瘦的面孔，雙目未曾閉緊，舌頭留在唇外，用牙齒緊緊地咬著，無聲無息的伊在那暗淡無光的屋裏靈床上……」

張嗣婧的死讓鄧穎超等昔日同窗好友無比痛心與悲憤，她們決定爲她開會追悼〔註 57〕。追悼會設在天津天緯路女師範的禮堂裏，講臺上放置鮮花，牆壁的正中央掛著張嗣婧一個半身相，上面用紅墨水寫著一排大字「參加今天追悼會者，應該有些新覺悟！」〔註 58〕她們試圖通過悼詞、追悼歌、祭文、挽詞、演講，使人們認識到舊家庭制度如何「以買賣式的婚姻，斷絕她一生的幸福」〔註 59〕，更重要的是藉此喚起女性的反抗意識：

追悼歌：

舊禮教舊家庭害殺不少姊妹們，哀我同志嗣婧竟被摧殘，含恨以犧牲，憤極痛呼！姊妹們努力速往前進！勿畏縮！勿因循！奮鬥犧牲！勿再如嗣婧！〔註 60〕

挽詞：

歎犧牲在舊婚制下者，比比皆是。
惜奮鬥於惡社會中的，寥寥數人。（女星社）
嗣婧竟消極犧牲，致念一載光陰，徒供哭泣

〔註 57〕女權同盟直隸支部開評議會議決追悼張嗣婧，華北新聞，1923 年 4 月 2 日。
〔註 58〕追悼會的一個縮影，女星，1923 年 6 月 5 日。
〔註 59〕女權同盟直隸支部特別啓事，新民意報・星火，1923 年 4 月 7 日。
〔註 60〕追悼歌，原載《女權運動同盟會直隸支部特刊》（第三期），中共天津市委黨史資料徵集委員會、天津市婦女聯合會編，鄧穎超與天津早期婦女運動，北京：中國婦女出版社，1987：265。

我儕誓努力奮鬥，使兩萬萬姊妹，得慶重生（女權運動同盟會直隸支部）

家庭制度不推翻，婦女焉能解放？

社會階級需打破，我等才得自由。（覺悟社）

滿地是荊棘，只要大家努力，今天痛苦有何用？

那處無惡魔，若是我們懦弱，後日光明不可期。（新民意報社）

這場追悼會的情景，非常類似1919年11月30日在北京女子高等師範學校爲該校學生李超所舉行追悼會。李超是廣西蒼梧人，死於肺病，時年二十三、四歲。由蔡元培、胡適、李大釗等知名學者，羅家倫、康白情、張國燾、黃日葵等北大學生以及女界名流吳若男等爲她發起的追悼會，是北京學界的一個重要的公共事件。李超同樣被視爲「以受家庭之迫害，憂憤而死」〔註61〕，「不幸受家庭之虐待，橫被摧殘」〔註62〕。在胡適爲她所做的《李超傳》中，將她的死因歸結爲一心求學，但因爲沒有家族財產的繼承權，承受巨大的經濟壓力而導致長期抑鬱，藉以抨擊舊家庭和舊禮教不將女子當做後嗣的不公。胡適並不認識李超，《李超傳》的寫作也很少情感介入，而是用社會考察的方法將女性問題化的一次嘗試。而李超的追悼會，正如參與者王光祈所說，是新文化運動者們「借個題目向舊家庭社會作一種示威運動。」〔註63〕

但張嗣婧和李超不同，她求學之路頗爲順利，一直是自食其力的職業女性，她積極參加學生運動，參與組建覺悟社，「並非甘爲一個落伍者」〔註64〕，她符合新文化運動先驅所構想的新女性的大部分特徵。然而她在婚姻中所遭遇的不幸，令和她共同學習、工作和奮鬥過的同志無比悲傷，鄧穎超在《張嗣婧傳》中傾注了強烈的情感，讀來令人動容；在追悼會上，當昔日的同學朋友爲她唱起追悼歌時，全場哭聲一片，鄧穎超一直流著眼淚宣讀完祭文〔註65〕。因而這場追悼會，不僅是示威與控訴，也是在緬懷逝去的朋友，以及反思女性自身的

〔註61〕女高師追悼會預聞，晨報，1919年11月15日。

〔註62〕李超女士追悼大會啓事，晨報，1919年11月23日。

〔註63〕海青，傷逝：對民國初年新女性形象的一種解讀，楊念群主編，新史學（第一卷）——感覺・圖像・敘事，北京：中華書局，2007：58～111。

〔註64〕穎超，張嗣婧傳，女權運動同盟會直隸支部特刊（第三期），1923年5月23日，收入：中共天津市委黨史資料徵集委員會、天津市婦女聯合會編，天津女星社（婦女運動史資料選編），北京：中國黨史資料出版社，1987：66～73。

〔註65〕追悼會的一個縮影，女星，1923年6月5日。

問題——面對不幸遭遇時意志的薄弱和反抗精神的缺失。

在追悼會的演講中，鄧穎超毫不客氣地指出，「張嗣婧的死，是死於舊婚姻制度，經濟制度，黑暗家庭的壓迫，生育前後的失調養，和伊沒有奮鬥革命的精神。」面對視女子為「父母的私有財產、丈夫的私有玩物、翁姑的牛馬奴隸」的文化與制度，她鼓勵女同胞們要勇於與之對抗，向一切舊禮教下產生出來「蔑視女子人格、剝奪人權的婚姻制度」下「攻擊令」。因此她大聲疾呼「姊妹們！你們現在若已訂婚的，且是父母代辦的，你們當起來反抗奮鬥，要打破什麼『三從』『四德』『名教』『好女不事二夫』等等殘殺女子個性和人格的惡觀念，提出退婚，解除婚約。千萬不要猶疑遷就，喪失你終身的幸福。應繼之以革命，總期達目的而後已。」〔註66〕另一個演講者李峙山則將批判的矛頭指向女子教育的缺陷，認為一個受過五年師範教育，有知識、經濟也能獨立的女性，卻無法應付環境而死，是女師大教師未能加以援助和正確引導之故〔註67〕。

女星社時期的鄧穎超

張嗣婧是死了，可女星社同人悲哀地發現，她並非個例。許多曾經天真無邪、活潑可愛的同學，在結婚以後從身體到思想都被舊家庭所腐蝕，「她們的太太的臭味，少奶奶的體態，被家庭氣病了的憔悴的摸樣，對待自己婚姻所發的不滿意和傷心語，都深深地鐫入我的腦裏不能忘記。更叫我對造成這種情形的惡家庭和舊婚制，愈加憎惡」。〔註68〕舊家庭給少女身體帶來的摧殘更讓人觸目驚心，一位被逼迫出嫁的女孩因「哭泣過甚，鬱氣積得太多，遂在伊的雙眼球上，生了一層白膜，瞳人也散大到看不清東西了；近來更常常的難過，不能睜開，牽得腦子也不舒服，到最厲害的時候，簡直不能寫字了」，

〔註66〕穎超，姊妹們起喲，中共天津市委黨史資料徵集委員會、天津市婦女聯合會編，鄧穎超與天津早期婦女運動，北京：中國婦女出版社，1987：274～277。

〔註67〕峙山，張嗣婧與天津女師範，中共天津市委黨史資料徵集委員會、天津市婦女聯合會編，鄧穎超與天津早期婦女運動，北京：中國婦女出版社，1987：277～279。

〔註68〕穎超，受了婆婆教訓的一個同學，女星，1923年7月25日。

這與從前那個「志氣很活潑」、「勇敢助人」的她形成了鮮明的對比。〔註 69〕在女星社同人看來，這些悲劇固然有女性自身意志薄弱、由於「感情太深與顧慮太多」而甘心降服於惡勢力下的成分，但那些宣言以「改造環境」爲己任的同志們沒有努力宣傳和及時地施予援助，「不敢辭其咎」。因此，「願意就我們能力所及，給他們以相當的援助，使他們能享受眞正戀愛的愉快，增進他們對於人生的樂趣與努力於打破惡勢力的勇敢心。」〔註 70〕

二、重構戀愛與家庭觀念

五四前後，幾乎所有新式知識分子都投身於家庭改革的熱潮，一方面抨擊傳統大家族制度壓抑個人自由、摧殘個性發展，另一方面積極介紹西方家庭理論，建構新的家庭觀念。加本特的《戀愛之理想》、愛倫凱《新性道德論》、倍倍爾的《現代結婚生活》、叔本華的《戀愛之哲學的思考》等書籍常常作爲時人想像和塑造新式婚姻與家庭的話語資源〔註 71〕。其中以瑞典婦女運動家愛倫凱的影響最大，吳覺農曾有言「現在凡是談婦女問題的，沒有一個不在這偉大的女思想家思想的支配下。」〔註 72〕鄧穎超也是愛倫凱的信徒，曾援引她的經典論述——「結婚應該以戀愛爲中心的，有戀愛的結婚，是道德的。無戀愛的結婚，無論法律上的手續怎樣完備，也是不道德的。」——來證明包辦婚姻「強迫毫無愛情、毫不相識的兩個人去度過共同生活」不道德，「在男子方面，與強姦有何分別？在女子方面，與賣淫有何差異？」〔註 73〕

在鄧穎超看來，婚姻的唯一合法性基礎是自由的戀愛，而理想中的戀愛則應來源於兩個獨立自主的個體之間「純潔的友愛、美的感情的漸慢濃厚、個性的接近、相互的瞭解、思想的融合、人生觀的一致……」，而不是因著「金錢的誘惑、情勢的逼迫、色相的喜好、感情的衝動……」她特別強調「理智的判斷」在戀愛中的重要性，而這正是青年男女容易忽略的。所以父母、教師和熱心研究社會問題的人都應該爲他們進行「人的訓練、戀愛的指導、

〔註 69〕穎超，經濟壓迫下的少女，女星，1923 年 9 月 15 日。
〔註 70〕鄧穎超，宣言——爲衫棄的死，覺郵，1923 年 4 月 6 日。
〔註 71〕任白濤輯譯，近代戀愛名論，上海：亞東圖書館，1927。
〔註 72〕吳覺農，愛倫凱的自由離婚論，梅生編，中國婦女問題討論集（第 5 冊），上海書店，1989：39。
〔註 73〕穎超，姊妹們起喲，中共天津市委黨史資料徵集委員會、天津市婦女聯合會編，鄧穎超與天津早期婦女運動，北京：中國婦女出版社，1987：274～277。

性的教育」〔註 74〕。李峙山也認爲「金錢勢力」和「皮毛才學」都是不可靠的，只有經過理智地審視和確認雙方有相同的人生觀和相適的個性後才能得到美滿的戀愛〔註 75〕。

在戀愛與婚姻問題上，她們不僅是新觀念的建構者，也是實踐者，最爲著名的莫過於鄧穎超與周恩來之間伴侶兼戰友的婚姻關係。據鄧穎超晚年回憶，舊式婚姻一直讓少女時代的她「對婚姻抱著一種悲觀厭惡的想法」，堅信「一個婦女結了婚，一生就完了」。每當上學的路上遇到結婚的花轎，她就會情不自禁地「覺得這個婦女完了」。因此當她在覺悟社遇到周恩來，聽說他也主張獨身主義時，還引以爲同志。覺悟社的活動中，她和周恩來接觸較多，但「彼此之間，都是非常自然的，沒有任何別的目的，只是爲著我們共同的鬥爭……我們建立起來的友情，是非常純正的。」當周恩來赴法勤工儉學後，兩人在通信之間增進瞭解和感情，也樹立了共同的革命理想——爲共產主義奮鬥，並在通信三年後正式「定約」，直到周恩來歸國，鄧穎超從天津來到廣州相會，1925 年 8 月，「我們就很簡單地，沒有舉行什麼儀式，住在一起」，開始了兩人幾十年風雨與共的婚姻生活〔註 76〕。

劉清揚的行爲則更加徹底，她曾堅決解除了父親在她幼時爲她定下的婚約，在參加五四運動的過程中結識了同爲積極分子的張申府，彼時張已經歷了兩次包辦婚姻，生了三個孩子〔註 77〕。在他們一同前去法國勤工儉學的航船上，劉清揚首先向張申府示愛，到了巴黎後兩人開始同居，並將這種同居關係保持了二十八年之久。從法國回來後她住在張家，「起初像一個侍妾，但我們對這全不介意」〔註 78〕。作爲當時極少數女黨員之一，劉清揚始終爲中國共產黨的革命事業和全國的婦女運動四處奔走，而張申府也一直陪在身邊〔註 79〕。從行爲到言語，劉清揚都在挑戰傳統的婚姻觀念，尤其是對性道德的雙重標準發起攻擊：

〔註 74〕穎超，錯誤的戀愛，女星，1923 年 5 月 5 日。

〔註 75〕峙山，怎樣才可以得著美滿的戀愛？女星，1923 年 8 月 15 日。

〔註 76〕鄧穎超，從西花廳海棠花憶起，中共中央文獻研究室周恩來研究組編著，周恩來（1898～1976），四川人民出版社，2009：258～260。

〔註 77〕（美）舒衡哲著，李紹明譯，張申府訪談錄，北京：北京圖書館出版社，2001：84。

〔註 78〕（美）舒衡哲著，李紹明譯，張申府訪談錄，北京：北京圖書館出版社，2001：72。

〔註 79〕李德珠，「中國人」、「人」和「女人」——從社會性別視角審視劉清揚的三重身份，王政、陳雁主編，百年中國女權思潮研究，上海：復旦大學出版社，2005：172～186。

> 男女既同是人，男的有人性，自然女的也一樣是有人性。那麼，男的既有性的要求，女子也自然有性的要求，並沒有什麼稀奇可怪，但爲什麼男的有了性的要求，就可任其自由滿足，而女的有了性的要求，就當隱忍呢？……我想稍有腦筋能思想的人，也當知在男權社會中，這樣萬難的、片面的舊道德風尚，實當破除，萬無存留的餘地！〔註 80〕

五四時期的社交公開、戀愛自由、結婚自由和離婚自由被視爲獨立人格的體現，是知識分子爲改造中國文化傳統、使之步入現代世界的重要環節，因而原本私人性的家庭和婚姻成爲熱門的公共議題被加以討論。女星社編輯常常採用「公共議題與私人經驗相結合」的表達策略〔註 81〕，使女性從男性話語中的被言說者轉變爲言說的主體。

THE LADIES STAR

中華郵政特准掛號認爲新聞紙類

新民意報附刊　第十二期　一九二三，八，一五。

通信處：天津大經路五昌里十一號女星社。每旬逢五出版。

定價：每份銅元二枚，郵寄大洋兩分，半年大洋三角，全年大洋五角。

——本期目錄——

(一)怎樣才可以得着美滿的戀愛？
(二)女工生活的縮影
(三)伊爲什麼死
(四)兩個婚姻問題

怎樣才可以得着美滿的戀愛？

峙山

「戀愛」的名詞到中國以後，很快的普遍在受過教育的青年們腦海裏。並且很快的起了反應，就是躍躍欲試的想去享受戀愛生活。然對於戀愛的意義，戀愛的永久性，……反而忽略。因此近幾年來，戀愛成功而且美滿的得着充分愉快的人寥寥無幾，而陷於戀愛的悲哀，演出種種慘劇的卻不勝其數。我可以大膽的說一句話：「世界上最甘蜜最愉快的莫如美滿的戀愛；最悲哀最痛苦的也莫如戀愛的失敗。」「你看那一對一對的美滿戀愛者，他們心坎的愉快溢乎捨外，一舉一動都表示他們戀愛的愉快，到處都留他們微笑的波痕，怎麼不使人羨慕他們是世界上的幸運者呢！你再看那稍一不慎，到了愛情破裂，因而自殺的，這又是何等痛苦而可怕的事啊！不自殺就是終日悲痛，毫無生活樂趣，這又是怎樣悽慘的人生啊！

我們人是逃痛苦追愉快樂的，所以「怎樣才可以得着美滿的戀愛？」這個問題就不可不研究了。在討論美滿的戀愛以前，須先談談不幸的戀愛發生的原因。

—1—

〔註 80〕清揚，「貞操」與「節婦」，婦女日報，1924 年 3 月 6 日。

〔註 81〕李淨昉，公共空間的性別構建——以 20 世紀 20 年代天津《女星》爲中心的探討，鄭州大學學報（哲學社會科學版），2011（9）：101～109。

李峙山曾經與讀者分享過自己婚姻與家庭觀念的形成與轉變經過：她自幼目睹社會對女子的不公正以及包辦婚姻中翁姑對兒媳的虐待，就發誓終身不嫁留在父母身邊做「兒子」照顧他們。師範教育既使她具備了自食其力的能力，又讓她「享得了五年的自由生活」，更不願意侍奉翁姑、操持家政了，自由和獨立的體驗更讓她堅定獨身的願望。然而受到五四時期人道主義啓蒙思想的影響，她意識到要做「自然」的自我，「凡是自然的，就是好的，不自然的，就是壞的」，而一味堅持獨身未必自然。她認定人要有打破陳規陋俗的勇氣，不必壓抑自己，而是要以自然的方式滿足自己的情感需要。「我盡可以按我設想的合乎自然的法子去結婚，很可以不入家庭，很可以不侍奉翁姑，很可以仍做我父母的兒子，和盡力社會事業。」在參與五四運動中，她和覺悟社男社員諶小岑因「環境、人生觀……大略相同、個性上也沒有什麼衝突」而逐漸走到一起，「由友誼變爲戀愛者」。1922 年，27 歲的李峙山與諶小岑開始了共同生活，他們沒有舉行婚禮，沒有受到男方父母的控制，甚至沒有一個固定的家，而是輾轉於廣州、香港、上海、天津等地從事社會活動〔註 82〕。

通過分享自己的經歷，李峙山希望女子要敢於自我革命，擁抱自由戀愛的新道德，實踐獨立自主的新生活。但她並非一味地支持自由戀愛，尤其當自由戀愛對不幸深陷包辦婚姻的已婚女子造成傷害時。1923 年 4 月 1 日，李峙山和諶小岑參加了好友徐穎溪與姚作賓的新式婚禮，新娘徐穎溪是天津女權同盟會的副主席，在發言中強調自己是勇於衝破包辦婚姻，與姚作賓情投意合的自由戀愛。作爲婚禮發言人，儘管李峙山用了「愛是萬能的」來包容這對新人，但她對姚作賓的元配充滿同情，對姚棄元配妻子不顧而另娶的行爲直言不諱地加以批評，並建議這對新人對她給予生活上的幫助〔註 83〕。

李峙山常常從女性立場出發，結合自己實踐自由戀愛的經驗來給讀者以建議。一位讀者致信《女星》，說自己不知從何處著手，才可以「發生戀愛」？李峙山回信建議他首先是要立定人生觀，選定一生的事業，然後朝向目標進行，在與有著相同事業目標的男女青年討論、研究、互助中瞭解彼此，同性朋友可以成爲莫逆之交，異性朋友則有可能逐漸發生愛情，過上眞正的「人」的生活〔註 84〕。這基本上可視爲她和諶小岑戀愛過程的抽象化。女讀者馬淑

〔註 82〕李毅韜，我的婚姻觀念的變遷，新民意報・星火，1923 年 3 月 20 日。
〔註 83〕峙山，在徐姚結婚時的講話，女星，1923 年 4 月 25 日、5 月 5 日。
〔註 84〕關於戀愛問題的討論，女星，1923 年 10 月 5 日。

貞因同時被兩位男性追求而陷入「猶疑不決」中，致信《女星》問：

> 他們二人的學問、品行、經濟是我素日所深知的，A 某和 B 某學問相若無幾，A 某品行乖張，B 某則是端正；A 某經濟充足，B 某則非常艱難。我想，若與 A 某結婚呢，恐他行爲不端，反失去了人生的幸福；若是與 B 某結婚呢，恐爲經濟窘迫，反於生活上大受打擊。

李峙山則鼓勵她充分運用婚姻自主權，從被選擇轉變爲主動選擇，以此扭轉女性在婚姻中的被動局面，甚至鼓勵她按自己的要求去改變男性：

> 你這問題當以愛情爲主，A 某和 B 某哪個愛你深刻些，你便和哪個近。如果 A 某愛你的程度能爲你犧牲一切，能以你的嗜好爲嗜好，換言之就是你能左右他，那末，你和他接近的結果，就能將他的品行改正到你所希望的境地。〔註 85〕

李峙山始終都在嘗試著重新界定家庭中的性別角色與性別關係，建構和傳遞更爲現代的婚姻觀念。如她點評天津某地表彰爲夫殉節的女子「節凜冰霜」的新聞：「妻子殉夫本是件觸乎個人愛情的事，我們是無法阻止的。但中國卻對於這些多方獎勵……這不是殺人又是什麼呢？」〔註 86〕在點評一則社會新聞——婆婆畢孟氏毒打兒媳劉氏，並逼她爲娼——時，李峙山質問劉氏之父：「爲什麼這樣不愛女兒，寧使伊酷受苛刑而不願使伊提出離婚？」對劉氏丈夫孟繼增，「爲什麼也絲毫不疼愛劉氏，爲什麼既是終身的伴侶一點感情也沒有？」〔註 87〕具有現代意義的新詞彙——如個人愛情、離婚、愛、終身伴侶——被她用來重新界定家庭中夫妻、父女的關係，藉以凸顯舊式婚姻的不合理。李峙山使用同樣的話語策略來重新定義翁姑和媳婦的關係。

杜芳琴指出，中國傳統社會的父系制度在周代得以確立後，男娶女嫁的從夫居家庭制度強調的是婦女對雙方父系家族的貢獻，首先是夫家，其次才是父家；評判婚姻成敗的標準，也是對家族的禍福利弊，而不是當事人尤其婦女的利益、幸福與感受〔註 88〕。因此，在奉周禮爲典範的儒家倫理體系中，媳婦是婦女最重要的身份之一，《禮記・內則》有「婦事舅姑，如事父母」的

〔註 85〕兩個婚姻問題，女星，1923 年 8 月 15 日。

〔註 86〕峙山，嗚呼節凜冰霜，女星，1924 年 6 月 24 日。

〔註 87〕峙山，十天內天津的兩件慘案，新民意報・女星，1923 年 8 月。

〔註 88〕杜芳琴，父系制延續與父權制建立：夏商周婦女與社會性別，杜芳琴、王政主編，中國歷史中的婦女與性別，天津：天津人民出版社，2004：140～141。

規定，班昭的《女誡》把「事舅姑」作爲婦女在家庭中最重要的工作；而作爲「七出」之一，「不孝翁姑」對傳統婦女而言是最嚴重的罪行，可以被合法地離棄；如若翁姑去世，兒媳應戴重孝，「服斬衰之喪三年」〔註 89〕。

李峙山質疑這一套制度安排和倫理規範，她認爲，人與人之間的自然關係或是基於血統的，如父母子女、兄弟姐妹，或是基於感情的，如夫婦、朋友，或是基於共同意志，如革命家。翁姑和兒媳之間既不存在血統，也無所謂感情和共同意志，然而禮教規定兒媳須向翁姑盡的孝敬義務，比其親生子女更加嚴密。這種「極不自然而缺乏根據」的關係之所以形成，不過是「男子戰勝了女子，拿女子作俘虜品的一種待遇……不但讓她們作我自己的奴隸，還要她們侍奉我的父母及全家，以表示我的威權」。因此，「承認有翁姑，就是承認永遠被男子征服，就是承認永遠是男子的俘虜品，就是承認永遠爲男子全家的奴隸！」〔註 90〕她堅持要破除翁姑兒媳之間這種片面的義務關係，兒媳對翁姑應該止於對朋友的父母一樣，稱呼他們爲「伯父伯母」，才屬於自然關係的範圍。同時她也反對女子結婚後仍冠以夫姓，認爲「某太太」、「某奶奶」、「某嫂子」的稱謂，意味著將女子人格一筆抹殺，將女子視爲「男子的俘虜品、所有物、奴隸」。當她與諶小岑結婚後，一個朋友喊她「密西斯諶」，她與那人拍桌大鬧，說「你不僅蔑視我的人格，並且蔑視所有女子的人格」，還就此問題發表文章公開表明態度，此後，再也沒有朋友敢這樣「蔑視」她。〔註 91〕

有論者指出，雖然五四時期激進的男性知識分子攻擊傳統的家庭體系，但他們很少挑戰婚姻和家庭作爲政治和社會體系的中心這一假設，也並不懷疑女性在家庭中所扮演的傳統角色，只不過希望以西方式個人主義的小家庭取代中國傳統大家庭〔註 92〕，並且熱衷於以科學的家政觀念來規訓女性成爲現代小家庭中的賢妻良母〔註 93〕。《女星》編者的立場顯然不

〔註 89〕峙山，打破翁姑兒媳的關係與應取的步驟，女星，1923 年 6 月 5 日。
〔註 90〕毅韜，覺悟的女子快來打破翁姑兒媳的關係，女權運動同盟會直隸支部特刊，第 3 期，1923 年 5 月 23 日。
〔註 91〕峙山，打破翁姑兒媳的關係與應取的步驟，女星，1923 年 6 月 5 日。
〔註 92〕陳文聯，沖決男權傳統的落網——五四時期婦女解放思潮研究，長沙：中南大學出版社，2003：211。
〔註 93〕游鑒明，《婦女雜誌》（1915～1931）對近代家政知識的建構：以衣食住爲例，走向近代編輯小組，走向近代：國史發展與區域動向，臺北：臺灣東華書局，2004。

同，她們既批判大家庭制度對女性的傷害，也從維護女性權利的立場質疑小家庭制度，認爲「大家庭拿女子關在屋裏做牛馬，小家庭拿女子騙在屋裏當鳥雀。無論大家庭，小家庭，都沒有女子的地位，都不會拿女子當『人』看待。」所以她們認爲男人和女人都應該到社會上工作，享受同樣的自由和快樂，「脫離家庭，走到人的世界上呼吸新鮮空氣，就是今日女子革命急務」〔註 94〕。即便是組建了小家庭的李峙山，也明確表示不會放棄工作，也不會獨自承擔家政的職責：「因爲我是一個做革命事業的女子，當然無暇來做管家婦；所以他必須願意同時和我操作臨時家庭中的一切瑣碎事宜。」而且，「因爲女子對於兒女已盡了生育的責任，所以我希望他對於子女盡養育和教育的責任。」〔註 95〕

第三節　聯絡同志：以報刊服務女權實踐

作爲婦女解放的啓蒙者和踐行者，女星社同人最初是想將《女星》旬刊作爲聯絡機關，「藉此聯絡些女子運動的同志，濃厚我們的勢力」〔註 96〕，在積累了數月的編輯經驗後，他們對於報刊如何服務於女權實踐有了更進一步的理解，在《婦女日報》的發刊詞中表達爲：首先，《婦女日報》要成爲全國婦女運動者的意見和婦女運動消息的彙集地，以方便「做系統的討論和研究」；其次，《婦女日報》要成爲婦女運動者的聯絡機關，擔負「互通消息」的職責；第三，作爲一份爲婦女創辦的報紙，《婦女日報》要能對「政治、經濟、社會狀況及其變化的概略，作簡要而有系統的記載；關於女子問題，做些帶刺激性的鼓吹」，以喚起婦女讀者的注意；第四，男性掌握的報紙不能深刻描寫婦女的痛苦，所以《婦女日報》要成爲「婦女訴苦的機關」；最後，在以男子爲主體的社會中，《婦女日報》還要成爲向一切束縛女子的制度、法律和禮教發起攻擊的陣地。〔註 97〕

一、喚醒讀者，構築編讀網絡

喚醒男女讀者的女權意識，是女星社辦報以服務於女權運動的第一要

〔註 94〕海冷，一舉手的感想，女星，1923 年 5 月 5 日。
〔註 95〕峙山，我的理想伴侶與實際伴侶，女星，第 32 期，1924 年 3 月 6 日。
〔註 96〕發刊詞，女星，1923 年 4 月 25 日。
〔註 97〕發刊詞，婦女日報，1924 年 1 月 1 日。

務。李峙山認爲「編者——作者——讀者」應該達成一種相互幫助和平衡制約的關係，編者不但要指出那些急需解決的社會問題，而且有責任爲讀者出謀劃策，對讀者遇到的具體困難給予切實的指導和幫助。作者應就具體問題發表理性的意見，避免不理性的互相謾罵，而讀者作爲報紙的朋友，有權對編者和作者進行監督〔註 98〕。因此，在她主編《女星》時，非常重視與讀者的互動，常常以「女星的話」、「本刊第 XX 期的話」、「本刊的第 X 期」等標題公開回應讀者的建議，呼籲「希望讀者來同我們合作！」〔註 99〕還應讀者的要求，兩次發起徵文，討論如「伴侶選擇」、「怎樣才能達到社交公開的目的」、「我的戀愛結婚的經過」等話題〔註 100〕。

《婦女日報》承繼了《女星》的風格，在創刊號上就表達了對男女讀者來稿的歡迎，預備在第四版開設「自由論壇」供讀者發表對於婦女運動及現社會種種的意見，也歡迎「未必盡與本報宗旨相同的文章」；此外還歡迎一切與婦女問題相關的講演、討論、批評，各地女子教育、職業、生活、婚嫁習俗等調查報告，文藝作品和兒童作品等〔註 101〕。幾天後，《婦女日報》就收到並刊發了讀者於月英的建議，她希望該報文字淺近，以便認字不多的讀者理解，要多刊載有趣的新聞和育兒常識。李峙山採納了這一建議，但解釋說該報要爲從事婦女運動的人提供理論指導，所以不能所有文章都淺近〔註 102〕。郭隆眞和張若名則從法國致信，建議《婦女日報》要多報導無產階級婦女的生活情形，以引起中產階級婦女的同情〔註 103〕。

除了不同階層、不同地域的女讀者外，爲包辦婚姻所苦、對婦女解放問題感興趣的男讀者也不在少數，他們也常常致信女星社編輯發起或參與討論。1923 年 6 月，南京讀者秉一寫信給《女星》，稱自己因早年喪父、因母命難違接受了包辦婚姻，但妻子未曾受過教育，生活在一起非常痛苦，只得以外出求學的方式逃避婚姻。但他知道這並非長久之計，詢問有什麼辦法可以從中解脫。收到信後，李峙山認爲他的問題有解決的辦法，但沒有立即答覆，

〔註 98〕 毅韜，我對於《星火》的期望，新民意報・星火，1923 年 1 月 12 日；轉引自李淨昉，公共空間的性別構建——以 20 世紀 20 年代天津《女星》爲中心的探討，鄭州大學學報（哲學社會科學版），2011（9）：101～109。

〔註 99〕 本刊的第十期，女星，1923 年 7 月 25 日。

〔註 100〕 本刊的第二次徵文，女星，1924 年 5 月 26 日。

〔註 101〕 這一塊地方，婦女日報，1924 年 1 月 1 日。

〔註 102〕 於月英給本報社的建議，婦女日報，1924 年 1 月 4 日。

〔註 103〕 兩個旅居法國朋友的信，婦女日報，1924 年 3 月 23 日。

而是向讀者徵求意見〔註 104〕。這封信發表後，女星社接到三位讀者的回信，爲他出謀劃策的以男性讀者居多，或是堅決主張秉一離婚，或是建議他以互助的精神感化和教育他的妻子。相比之下，李峙山與女星社同人討論後的意見綜合，卻更多從女性立場出發，希望他體諒妻子的現實處境並非源自「自身的罪惡」，而是「社會環境與舊禮教所給伊們的」，她只知忍受而不知反抗或脫離，已經是一種慘劇，而她在秉一離家的三、四年中一直過著孤單寂寞的生活，也承受著很大的痛苦。因此建議他在離婚前考察妻子的個性，分析其缺點是天生的還是環境造成的，如果是後者應該帶她到城市受教育，或介紹可以當模範的女性朋友給予引導〔註 105〕。對此，長沙讀者峻岑批評女星社同人缺乏勇氣，認爲離婚是解決問題唯一的辦法。李峙山從女性立場加以解釋：「實因秉一君的妻是未受過教育的女子，不能自己謀生，很難再找到戀愛者的緣故。……在現在社會女子的地位非常可憐，不得不如此顧忌。」〔註 106〕

除了戀愛與婚姻問題外，《女星》和《婦女日報》也就女子教育、女子參政問題、職業問題、廢娼和節制生育等女權議題進行討論，從而構築起編讀之間的公共空間與交往網絡，以此塑造集體認同並且相互支持。1924 年 8 月 11 日，李峙山在《女星》上刊登了來自四川宜賓李一超（即後來的抗日英雄趙一曼，原名李坤泰，1905～1936）的求援信，她喪父母七年，哥哥控制了家產，以「女校風氣不好」、「多數女生在學內、私自懷胎」、「師生苟合」等理由，拒絕送她上學，而自己每日嫖賭，也不肯爲她買書，還計劃讓立誓終身不嫁的李一超結婚。李峙山將個人意見寫信給她後，又將此信公開發表，請讀者爲她想辦法〔註 107〕。此後，女星社收到了三十餘封讀者來信，李峙山刊登了其中的七篇，北京讀者張萍英希望由女星社援助她脫離家庭，再幫她籌款求學。南京讀者希平爲她推薦北京王嘉孚女士的工讀學校，並建議女星社也組織一個工讀團體來幫助那些爲求學而逃脫包辦婚姻的女子。另一個南京讀者一農建議李一超到女星補習學校或《女星》報館找份工作，他自己願意每年援助李一超十元錢，寄給女星社轉交，並爲她提供英語學習講義，以及輔導她的數學和物理〔註 108〕。

〔註 104〕秉一君要解決的一個問題，女星，1924 年 6 月 15 日。
〔註 105〕峙山，秉一君問題的解決法，女星，1924 年 7 月 5 日。
〔註 106〕峻岑，對於女星學校的質疑，女星，1923 年 7 月 25 日。
〔註 107〕在家長式的哥嫂下生活的李一超女士求援，女星，1924 年 8 月 11 日。
〔註 108〕援助李一超，女星，1924 年 8 月 25 日。

對於讀者來說，女星社是他們值得信任的朋友，也是他們尋求指引和幫助的地方，女星社同人也用他們的報刊和社會關係爲讀者提供切實的支持。千金小姐周仲錚與舊家庭爭取求學權的故事在當時的天津可謂轟動一時。周仲錚是民國財政總長周學熙的侄女，不折不扣的「名門閨秀」，從小母親爲她穿耳、纏足，家裏聘請家庭教師爲她教授國文和英文，但不允許她走出家門去學校讀書。婚姻更是不能自主，父親以《女四書》、《列女傳》訓誡她三從四德、從一而終。自從周仲錚偷看《新民意報》的《女星》旬刊後，她的思想開始發生變化，決定奔向新生之路，於是她寫信給李峙山尋求幫助。

在一個秋日，按照李峙山的計劃，周仲錚趁父母去祖父靈堂哭喪之際，「打了一個小包，包上幾件衣服、三百塊大洋和峙山的信」，第一次逃出禮教森嚴的家庭，來到「大光明」電影院最後一排的第三個位置上與李峙山「接頭」。李峙山給她穿上布衣、換了頭飾，安排她去北京，住進覺悟社社員李炯如的家中。彼時李炯如在北京大學聽課，16 歲的周仲錚在她家見到了久仰的李大釗，李炯如又通過胡適安排周仲錚寄居在基督教女青年會兩月有餘。在此期間，周仲錚通過《新民意報》與父親公開抗爭，爲自己和姐姐要求學習自由和婚姻自由，終於達成協議，得以進入天津女師學習。此後，周仲錚經常去達仁女校訪問她的恩人。在她眼中，李峙山「是個意志堅強、頭腦清晰、勇於判斷、勇於奮鬥、勇於助人的一個青年革命家」，帶著她走窄街小巷，向平民婦女講婦女問題。而鄧穎超「是個善於辭令、能說、能寫、能演講的熱烈革命家，我每次到她房間去，總是看到琳琅滿桌，不是她自己的手稿，便是周恩來由法國給她寫的信。」她跟著她們去參加遊行示威，也爲《女星》和《婦女日報》寫文章。畢業後，周仲錚進入男女合校的南開大學學習，後來留學法國、德國，取得文學和美術的雙博士學位〔註 109〕。

女星社社員借助報刊的輿論影響力來維護婦女的合法權益，並與侮辱婦女的不良社會現象做鬥爭。在二十年代初的天津，由於社交公開的倡導和女子教育的興盛，婦女尤其是女學生出入公共空間的機會大增，而一些

〔註 109〕周仲錚，我與女權運動同盟會直隸支部及女星社的來往，中共天津市委黨史資料徵集委員會、天津市婦女聯合會編，鄧穎超與天津早期婦女運動，北京：中國婦女出版社，1987：590～593。

男子則在馬路上公然尾隨、戲弄和侮辱女學生，被稱爲「河北黨」、「拆白黨」，曾有讀者寫信給報刊反映這一醜陋的社會現象〔註 110〕。女星社社員也遭遇了河北黨式學生的騷擾：1924 年 1 月 4 日下午，李峙山、鄧穎超、魯自然、張心明、周之濂等人去直隸省教育會參加會議。在河北檢察廳門口，兩個河北黨式男學生嘻嘻笑笑地攜手走來，故意向一個女生身上撞了一下，又緊緊地跟隨在後面。接來下兩天中，每逢她們前去參會，此二男必定坐在旁邊，「露出種種醜態」，散會後又尾隨其後。社員們決定給他們一頓教訓，讓他們知道女子不是可以欺侮的。6 日下午，此二人故技重施，這時李峙山快步逼向二男，質問他們的姓名，發現他們是法政學校的學生。其中一人名李興華，問李峙山「貴姓？」李峙山告訴他：「我是《婦女日報》的記者」，他們慌了，當即想逃走。善於拳術的張心明一拳把李興華打得彎下了腰。當警察上來詢問時，李興華企圖坐洋車離開，被憤怒的女生拉了下來。

此後李興華的朋友來調解，希望此事不要登報，被李峙山拒絕，將這一事件的始末詳細登載在《婦女日報》上〔註 111〕，引起了讀者的熱議，一位讀者寫信批評李興華等人侮辱女性，連帶使天津男學界蒙羞〔註 112〕。李興華也因此而被法政學校開除，惱羞成怒的他以毀壞名譽的罪名將《婦女日報》總編輯李峙山告上法庭〔註 113〕。次日，李峙山對此發表評論，先是說明最近三十年來河北黨造成的危害，表明女星社同人正是想用公開其眞姓名的方式加以懲戒，最後她呼籲：

> 我以爲教訓河北黨的責任，不是我一人的責任，亦不是達仁女學校同事們的責任，實在是全天津教育界的責任。他既然敢告狀，可見他的惡焰很大。我們最好乘這個機會，聯合起來撲滅他。不然他們必更加囂張起來，以後則女學生無論怎樣受他們的侮辱，亦不敢教訓他一下。最後更希望教育廳與警察廳交涉一下，使警察隨時保護女學生才好。〔註 114〕

〔註 110〕河北黨與社交公開，新民意報・星火，1923 年 4 月 18 日；婦女界的大障礙，婦女日報，1924 年 1 月 7 日。
〔註 111〕我們大教訓河北黨式的學生之經過，婦女日報，1924 年 1 月 9、10 日。
〔註 112〕看了河北黨式的學生之感言（摘），婦女日報，1924 年 1 月 14 日。
〔註 113〕河北黨竟告狀，婦女日報，1924 年 1 月 28 日。
〔註 114〕峙山，怎樣處置河北黨，婦女日報，1924 年 1 月 29 日。

接著，女星社同人根據刑事律二百八十四條猥褻罪反告李興華，此案開庭時，有兩百多位女子前往法院旁聽，庭上她們不但出示人證，還聘請了律師，《婦女日報》都進行了追蹤報導〔註 115〕。

二、聯絡同志，構建女權同盟

以《女星》和《婦女日報》爲聯絡機關，鄧穎超、李峙山等「覺悟」的知識女性與那些同情、支持女權運動的男性知識分子展開對話、協商與合作，構建起一道跨越性別的女權同盟。

自晚清以來，男性知識分子就扮演著中國女權運動啓蒙者的角色。在他們看來，國家的存亡依靠全體民眾的積極參與，而占人口半數的婦女，卻纏著小腳、無知無識、終日隅於家庭之中，這正是國家貧弱的根源。纏足致使婦女體弱，以致種弱；目不識丁則缺乏謀生能力，而成「分利之人」，也無法養育健康的下一代，這些顯然都不利於中國的強盛。因此，如何解放和教育傳統的婦女，使她們成爲符合現代民族國家需要的「國民之母」，成爲世紀之交男性知識分子最爲關心的性別議題。不論是康有爲、梁啓超從保國強種的高度推行廢纏足和興女學運動〔註 116〕，還是從金天翮等人從國家興亡的角度倡導女權〔註 117〕，他們對於女性和性別議題的討論大多雜糅著由於西方現代性所引發的男性焦慮、恐慌與自戀等複雜情緒〔註 118〕。因此，婦女解放通常被他們視爲實現如現代性、民主和民族主義等政治目標的手段；與之相反，出於對婦女痛苦的切身體會和深刻反思，女性的女權主義者往往視婦女解放爲最終目的〔註 119〕。

〔註 115〕李興華控告案成立，婦女日報，1924 年 2 月 17 日；河北黨有罪名，婦女日報，1924 年 2 月 19 日；李興華被告開審祥志，婦女日報，1924 年 2 月 27 日；李興華案昨又開庭，婦女日報，1924 年 3 月 16 日。

〔註 116〕康有爲，大同書，北京：古籍出版社，1956：126；梁啓超，倡設女學堂啓，飲冰室文集之二，載李又寧、張玉法主編，近代中國女權運動史料（1842～1911）（上），臺北：龍文出版社股份有限公司，1995：561。

〔註 117〕愛自由者金一，女界鐘（節錄），中華全國婦女聯合會婦女運動歷史研究室編，中國婦女運動歷史資料（1840～1918），北京：中國婦女出版社，1991：167。

〔註 118〕參見王政、陳雁主編，百年中國女權思潮研究，上海：復旦大學出版社，2005；Louise Edwards（2000）,*Policing the Modern Women in Republican China*,Modern China,26:2,115～135。

〔註 119〕馬育新，李峙山 20 世紀 20 年代在天津的女權活動，張樂天、邱曉露、沈奕雯主編，女性與社會發展——復旦大學第三屆社會性別與發展論壇論文集，上海：上海社會科學院出版社，2008：75。

作爲「婦女訴苦的機關」，《女星》和《婦女日報》也鼓勵那些同情婦女處境的男性「代女性發聲」，將其對女性生活的觀察和認識表達出來，如來自鎮江第六中學的陳紹希講述了表妹杜月芬在包辦婚姻下抑鬱而死的不幸經歷〔註 120〕，於宗德講述了一位身爲童養媳的親戚程鳳珠的故事〔註 121〕。那些與女星社女社員共同生活和工作的男性社員，對婦女問題的認識更多了一些來自生活實際的體會，這使他們對婦女解放的態度也有所轉變，這在諶小岑身上體現得尤爲明顯。

和大多數男性知識分子一樣，諶小岑也有通過倡導婦女解放來實現社會改革的理想。如在他所寫的《婦女運動的途徑》一文中，他首先列舉了當時流行的三種爭取女權的方案：第一，強調通過女子教育提高女性的智識；第二，重在爭取女性在法律上與男性享有平等的權利和地位；第三，動員婦女直接投身無產階級的社會革命運動。接著他分析了三種方案所存在的問題，承認「婦女問題將必在無產階級革命成功後才能完全解決」，但軍閥政府未推翻以前，無產階級革命離成功還十分遙遠，「婦女運動實有單獨進行之必要」，因爲經過婦女運動的訓練，有階級覺悟的女青年就可以引導婦女參加革命工作，使得「關於婦女方面的宣傳、組織等，也容易一些」〔註 122〕。可見他所提倡的婦女運動也有「運動婦女」——即通過動員和訓練婦女參加革命——的成分〔註 123〕。但他在與女星社同人密切接觸的過程中，也認識到比動員婦女參加革命更重要的是幫助她們解決切身的問題：

> 天津女子受教育者雖頗不乏人，但因受教育大半爲頑固思想的餘唾，而能得機會受教育的女子，又大半爲閨閣小姐。致伊們雖畢業於學校，尚不知己身爲何物者，實占多數。因此伊們對於一生幸福關鍵的婚姻問題，亦不知重視，聽父母兄弟爲之代辦。我們因眼見許多受教育女子，因婚姻問題之未得正當解決，以致陷入牢籠式的大家庭，終日處於翁姑、大小姑與丈夫威權磨折之下，終其身爲一家奴婢者太多。

〔註 120〕陳紹希，杜月芬的死，女星，1923 年 6 月 15 日。
〔註 121〕於宗德，被翁姑虐待而自殺的程鳳珠，女星，1923 年 6 月 25 日。
〔註 122〕小岑，婦女運動的途徑，女星，1923 年 5 月 25 日、6 月 15 日、25 日。
〔註 123〕「運動婦女」是大革命期間國共兩黨共同的策略，Christina K.Gilmartin(1995), *Engendering the Chinese Revolution:Radical Women,Communist Politics,and Mass Movements in the 1920s*,Berkeley:Universtiy of California Press.

正因如此，諶小岑贊同鄧穎超、李峙山等女性社員將婚姻與戀愛問題作爲婦女解放的重點議題加以討論，「人或以本刊談『戀愛』的文章太多，我們以爲猶少，蓋以本刊所已發表的談『戀愛』的文章，還沒有談到十分透徹處！」〔註 124〕

而承擔了《女星》的發行工作的男社員何雪，對社會上流行的「女子的活動能力究不如男子」的說法加以批評，他的認識同樣來自在女星社的工作經歷——「如本社的女社員中的幾位健將，伊們的活動性，的確是站在本地婦女界的塔尖，和伊們接觸的女人，被同化了一樣」——因此，他認爲她們完全有能力勝任婦女解放的時代使命，並且他堅信「婦女運動者，應婦女界爲主的運動，才能覓得眞正的婦女運動」，即使「有表同情於婦女運動」的男子參加，也應是從旁「協助」，這種收益終究不如「婦女自身的運動」〔註 125〕。

從這些男性社員的片言隻語中不難發現，雖然他們依舊不同程度地保持了作爲婦女啓蒙者的自我期待，但通過和女星社的女社員們共同生活、學習和工作，他們對女性的處境和體驗有了更深入的同情與理解，對女性的潛能和自主性也有了更多的尊重和欣賞，這些都使他們更能夠以平等互信的態度對待女性，從而構築起眞正跨越性別區隔的女權同盟。

其次，女星社社員們的女權活動也不僅限於天津一地，而是積極地聯絡北京、上海、廣州等地的女權運動者，與他們一道構築起跨越地域、政治傾向和宗教信仰的女權同盟，《女星》和《婦女日報》成爲他們相互呼應、彼此支持的言論平臺。《女星》創刊不久，就和上海《民國日報》的《婦女評論》、杭州的《婦女旬刊》、廣州的《新婦女》、北京女權運動同盟會的《女權特刊》等二十家報刊建立了交換關係〔註 126〕。《婦女日報》出版後第二天，就刊登了中國共產黨婦女部部長、主編上海《民國日報》的《婦女周報》的向警予爲該報所寫的文章，讚揚它能養成婦女「政治的常識」和「社會的關心」，視之爲「中國沉沉女界報曉的第一聲」，希望《婦女日報》能成爲「全國婦女思想改造的養成所」〔註 127〕。1924 年夏天，第三國際派駐廣東的代表鮑羅廷夫的夫人到天津時，還邀請鄧穎超、劉清揚、李峙山三人照了張相片，刊登在蘇

〔註 124〕小岑，本刊第十九期的話，女星，1923 年 10 月 25 日。
〔註 125〕何雪，活動性與婦女，女星，1924 年 5 月 12 日、19 日。
〔註 126〕已與本刊交換的各種刊物，女星，1923 年 6 月 5 日。
〔註 127〕向警予，中國婦女宣傳運動的新紀元，婦女日報，1921 年 1 月 2 日。

聯的報紙上〔註 128〕。

關於女星社的政治傾向，鄧穎超曾明確表示，「女星社成立的時候，天津還沒有黨組織，也沒有團的支部，因爲團支部是 1924 年 1 月成立的……而女星社是在 1923 年成立的，所以黨、團組織對女星社沒有任何直屬或隸屬的關係。」〔註 129〕但早在 1920 年 11 月由李大釗在覺悟社和新生社的基礎上組建天津第一個社會主義青年團小組時，女星社的主要成員——鄧穎超、李峙山和諶小岑——就已經接受馬克思主義思想，成爲青年團的早期團員；劉清揚也在 1921 年在法國加入中國共產黨，是最早的女黨員之一，因此女星社的主要成員都是青年馬克思主義者。但女星社也與基督教的女權組織和國民黨的女權運動積極分子保持密切的往來與合作。如 1923 年 6 月 17 日，上海女權運動同盟會領導者之一、基督教女青年會幹事程婉珍到天津，女星社全體社員和部分社友在社址開會歡迎，王南羲致開會詞，諶小岑介紹程婉珍事略，鄧穎超介向她介紹了女星社的活動情況，程婉珍讚揚《女星》在內容上「專研究實事，不尙空談，尤爲難得」，並介紹她們上海紗廠女工的工作狀況。此後，女星社社員也與她交流了天津女工的處境，共同探討如何組織團體，爲女工謀福利〔註 130〕。

1924 年夏，中華教育改進社在南京開會，李峙山等女星社員前往參加，結識了上海女權運動同盟會宣傳股主任、國民黨黨員談社英〔註 131〕，雙方初見之下，「莫不以爲相見恨晚」。會議結束後，談社英在她主編的上海《中華

〔註 128〕諶小岑，關於《女星》旬刊和《婦女日報》，中共天津市委黨史資料徵集委員會、天津市婦女聯合會編，鄧穎超與天津早期婦女運動，北京：中國婦女出版社，1987：590。

〔註 129〕鄧穎超同志談天津女星社，中共天津市委黨史資料徵集委員會、天津市婦女聯合會編，天津女星社（婦女運動史資料選編），北京：中共黨史資料出版社，1985：1。

〔註 130〕趙景深，歡迎程婉珍紀略，女星，1923 年 6 月 25 日。

〔註 131〕談社英（1891～1978），江蘇無錫人，早年畢業於上海南洋女子師範學校，1912 年經張默君介紹加入國民黨、神州女界協濟社，負責編輯《神州女報》。1922 年參與籌建上海女權同盟會，任《中華新報》的《婦女與家庭》主編，直至 1926 年該報停刊。1925 年與張默君、朱其慧等發起組織中國婦女協會。1927 年先後加入東前政治部婦運委員會、上海市黨部婦運委員會、上海婦女團體統一會，負責宣傳與總務。1931 年代表上海市婦女團體列席國民會議。1933 年後參與發起南京市婦女文化促進會、首都女子學術研究會以及首都婦女力爭刑法同盟會等，1934 年後從事新生活運動宣傳工作。談社英自傳，秦孝儀主編，革命人物志（第 22 集），臺北：中央文物供應社，1977：401～403。

新報》的《婦女與家庭》欄中向南方女界宣傳《婦女日報》：

欲求婦女運動普遍及各地，喚起一般人之注意與瞭解，捨有專門女子出版之新聞紙不爲功。……環顧國內，女子專門日刊，殊不一見，固爲一般女界所引爲憾事者。李峙山、鄧穎超女士等，爲北方女權運動之健者，有感於此，不避艱困，特創婦女日報於天津南市，於女界各種新聞記載詳盡，而於婦女運動消息尤特別注意。出版數月，聞銷路甚廣，惟南方女界知者尚鮮，未免猶宣傳不周耳，爰爲介紹。注意女界消息者，必以先睹爲快也。〔註132〕

1924年4月，劉清揚離開天津，聯絡南方各地的婦女團體，一方面「成精神的團結，事業的攜手，然後促全國婦女運動的發展」，另一方面則有意推廣《婦女日報》，「大家襄助著，能使內容精彩、材料豐富，銷路得以推廣」，並將上海、廣州等地婦女運動的狀況報告給天津的同志。據她透露，向警予曾計劃以上海爲全國婦女運動的中心，把《婦女日報》作爲全國婦女運動的機關刊物移到上海出版。劉清揚與天津同人商議後，認爲上海人生地疏，將會難見成效而作罷。但劉清揚始終視《婦女日報》爲全國婦女運動「消息互通、精神團結」的總機關，「並希望各地團體能再有婦女周刊或旬刊的出版物，以便互通聲氣」〔註133〕，因此她們對於各地的婦女刊物抱有熱情的期待。因此得知湖南女子參政同盟會以張淑和爲籌備人、擬出版同名的《婦女日報》後，女星社同人非常高興：

在本報出版之前，我們曾告訴社會上，「我們的能力，雖然非常薄弱，但頗希望有了這樣一個出版物做引子，能使中國婦女運動的同志們都起來注意宣傳」。我們的意思是因爲相信我們自己能力不夠，不配出版一份日報。但又因爲看見中國女子太沒有說話的地方，所以想出個「拋磚引玉」的方法，先創辦一種試試。知道國內各處姊妹們對於婦女運動的熱忱，自然不會弱於我們，必將有繼起者……昨天得長沙一個朋友的來信，知道湖南女子參政同盟會，已開始籌備組織一婦女日報……張女士在法國留學多年，研究經濟學，甚有心得，對於婦女運動，尤具熱心……這是多麼可喜的消息啊！〔註134〕

〔註132〕談社英女士對本報之譽言——轉錄上海中華新報，婦女日報，1924年8月2日。
〔註133〕劉清揚，清揚的報告，婦女日報，1924年5月22日。
〔註134〕歡迎長沙的婦女日報，婦女日報，1924年2月12日。

中國共產黨成立後，十分重視婦女解放問題，把它作爲中國革命運動的重要組成部分。在 1922 年中共第二次全國代表大會上通過了《婦女運動決議》，提出「婦女解放是要伴著勞動解放進行」的口號，高度重視女工權益的爭取和保障；1923 年 6 月第三次全國代表大會通過了向警予起草的《婦女運動決議案》，提出在婦女運動中建立統一戰線，「引導占國民半數的女子參加國民革命運動」〔註 135〕。此後，國共兩黨建立聯合戰線，按蘇聯模式動員工人、農民和婦女參加國民革命。改組後的國民黨在第一次全國代表大會通過了「於法律上、經濟上、教育上、社會上確認男女平等之原則，助進女權之發展」的宣言〔註 136〕，並於 1924 年 1 月 31 日成立了由國共兩黨的女黨員組成的中央婦女部，由何香凝擔任部長。中國的婦女解放運動從此被納入到政黨的領導和組織中。女星社同人則自覺地將女權運動納入到政黨政治革命的議程中，爭取能夠在更大範圍的婦女中發揮影響〔註 137〕。

女星社所辦刊物的讀者對象以城市知識分子爲主，但對勞工問題、尤其女工的處境十分關注，上海華明襪廠女工饒餘生曾致信《女星》，希望多刊登勞動女子的生活狀況，李峙山回信給予積極的響應，表示「女子勞動狀況，因沒得著材料，所以未曾在本刊上發表過，希望先生約同先生的朋友多向我們投稿」，爲此專開一欄「是不成問題」的〔註 138〕。1922 年 1 月 17 日，湖南勞工運動創始人黃愛、龐人銓被軍閥殺害。在他們被害兩週年之際，女星社召開紀念集會，《婦女日報》刊登了《我們爲什麼紀念黃龐》一文，李峙山重新刊發了她在 1923 年所寫的紀念文章《一・一七告中國女子》，強調中國被壓迫的人們除了一般的勞動者以外，還有女同胞也是無產

〔註 135〕中國共產黨第二次全國代表大會文件，1922 年 7 月；中國共產黨第三次全國代表大會文件，1923 年 6 月，參見中國婦女管理幹部學院編，中國婦女運動文獻資料彙編（1918～1949），北京：中國婦女出版社，1987：49、61。

〔註 136〕中國國民黨第一次全國代表大會宣言（節選），1924 年 1 月 30 日，中華全國婦女聯合會婦女研究所、中國第二歷史檔案館編，中國婦女運動歷史資料・民國政府卷（上），北京：中國婦女出版社，2011：54。

〔註 137〕王政認爲雖然政黨領導的婦女解放運動比五四時期女權主義運動在更大範圍內影響了婦女的生活，但它最終關閉了婦女在黨國體系中自覺活動的社會空間。從名稱上她將由中央婦女部領導的群眾運動叫婦女解放運動，以區別於五四時期中產階級自發的女權運動。參見：Wang Zheng. Women in the Chinese Enlightment：Oral and Textual Histories.Berkely，Calif：University of California Prss，1999。

〔註 138〕一個女工的信，女星，1923 年 6 月 25 日。

階級的組成部分，今後的婦女運動「要和勞動者攜手」。鄧穎超還寫了一首小詩《復活》紀念他們。此外，上海紗廠女工爲反抗資本家壓迫，先後於1922年8月、1923年6月、1924年2月、6月爆發四次罷工，在長達一年的罷工風潮中，女星社報導了紗廠女工鬥爭的情況，給予她們聲援。1924年春，鄧穎超、王卓吾、李濂祺等社員還深入天津各大紗廠調查和研究工人狀況，向他們宣傳革命道理，啓發女工們的階級覺悟。此外，他們還積極參與收回閘權、紀念「五四」與「五七」、參加反帝國聯盟開展廢約鬥爭、聲援北洋大學學潮等由天津地方黨、團領導下的反帝反軍閥鬥爭。第二次直奉戰爭爆發後，女星社還發起組織以喚醒婦女、抨擊軍閥爲宗旨，以「謀促敵前兵士母或妻之覺悟而招返其子或夫」爲主要內容的「中國婦女彌兵會」。〔註139〕

1924年10月，《婦女日報》和《女星》因政治和經濟上陷入困境而停刊。是年底，馮玉祥發動北京政變，請孫中山和談，全國革命形勢日趨高漲。爲歡迎孫中山北上，女星社成立天津「女界國民會議促進會」。次年鄧穎超受通緝，被派往廣州，李峙山和諶小岑則南下湖南，參加國民革命，此後女星社逐漸停止活動。

本章小結

天津女星社和五四後期各地女權運動風起雲湧之際出現的眾多女權團體一樣，其骨幹成員都是在五四愛國學生運動中的積極分子，在經歷了走上街頭、當眾宣傳、公開抗爭、遭到驅逐甚至被捕入獄的非凡體驗後，她們眞切地體會到了作爲現代公民的自由、平等與解放，並將爲更大範圍的婦女爭取自由與解放作爲自己的歷史使命。儘管組織團體和創辦報刊是當時女權運動者用以「交換知識、團結勢力」的常用手段，但女星社同人創辦的一報（《婦女日報》）一刊（《女星旬刊》）被公認爲對女權運動最能有「切實之認識」，在當時旋起旋滅的婦女報刊中也算「較爲長壽者」〔註140〕，因而是這一時期最有代表性的團體和刊物。

〔註139〕中共天津市委黨史資料徵集委員會辦公室，鄧穎超等人創辦的女星社及其主要活動，中共天津市委黨史資料徵集委員會、天津市婦女聯合會編，天津女星社（婦女運動史資料選編），北京：中共黨史資料出版社，1985：497～513。

〔註140〕談社英，中國婦女運動通史，南京：婦女共鳴社，1936：95。

通過對女星社報刊活動的考察，不難發現女星社同人之從事報刊編輯，並非如新文化運動中的男性知識分子所倡導的，是爲了實現個人經濟獨立和人格自主的目的。李峙山和鄧穎超深信經濟獨立的重要性，但不完全是受新文化的影響，而是她們作爲家中獨女對父母贍養之責的自覺承擔，婦女解放話語強化了她們這一認同，使她們更加珍視自己的獨立職業。但她們的收入來源仍是依靠教書所得，編輯工作非但不能爲她們經濟收入，反而使她們不得不縮減課時、減少收入，甚至拿出自己並不寬裕的薪水支撐報刊的出版。她們之所以願意這樣做，是因爲編輯報刊能實現她們喚醒女性自我覺醒、推動婦女解放這一人生「事業」，因而值得用「職業」的物質所得來「倒貼」無酬的編輯工作〔註 141〕。

和五四時期倡導家庭革命的男性知識分子一樣，女記者也把封建家庭視爲女性受到壓迫的根源，但她們並不完全迷信男性知識分子提出的「接受教育——尋求職業——經濟獨立——人格自主」這一解放邏輯，因爲她們親身體驗到的發生在新女性身上的悲劇，如張嗣婧之死，使她們深切感受到女性自我意識和反抗精神的重要性。因此，她們不僅通過女權主義的話語實踐來召喚女性獨立自決的主體意識、建構基於性別平等的戀愛與婚姻觀念；還充分利用報刊的話語權，與侮辱和欺負女性的不良現象相抗爭；並且對那些勇於反抗舊家庭、舊制度和舊觀念的男女青年以具體的指導和實際的幫助。同時，她們作爲女性的性別意識，使她們在看待兩性關係上更能從女性的立場出發，如對五四時期婚戀自由等新思潮中被丈夫拋棄的舊式女子充滿同情，爲她們申辯，並創辦補習學校幫助她們自謀生路。

在女星社籌辦學校、出版刊物、展開女權運動的過程中，男性的社員和讀者對女性的處境和體驗有了更深入的理解，對女性的潛能和自主性也更爲尊重和信任，從而構築起建立在平等互信基礎上、跨越性別區隔的女權同盟。同時，女星社成員大多是早期共產黨員和共青團員，馬克思主義的政治立場使她們開始關注下層勞工、尤其是女工的生活處境，並積極主動地與來自不同政治立場、地域和宗教信仰的女權主義者結成同盟，通過報刊互通聲氣、相互支持，推動女權運動。

〔註 141〕「社會人」自述·李峙山，申報·婦女園地，1934 年 12 月 30 日，第 17 版。

第三章　「做婦女的代言人」:《大公報》蔣逸霄的職業意識

1936 年夏天的一個黃昏，江蘇省無錫縣的九華山下、芙蓉湖畔，一個名叫陳墊的小山村的渡口，迎來了它一天中最爲喧嘩的時刻，從縣城返回的渡船緩緩地停靠，船夫放下手中的搖櫓，跳下船來，將船頭的繩索牢牢地繫在木樁上。此時，性急的乘客早已三三兩兩走出船艙，一邊和岸邊等候的親人和乘涼的鄉鄰們打著招呼，一邊不待渡船停穩就急急地往船下走。蔣逸霄是最後一個走出船艙的，撲面而來炊煙的氣息、環繞於耳熟悉的鄉音，使她一路顛簸的疲憊頓時滌蕩一空。她拎著自己的小皮箱，小心地下船，向自己家的方向走去。一路上，認識的鄉鄰們都朝她拘謹地笑，而新近嫁到村裏的小媳婦們，都拿驚異的眼光打量她，孩子們則乾脆一路跟著，看這個剪著短發、戴著眼鏡、穿著皮鞋、拎著皮箱的女先生，就像「外鄉國裏去的外國人」一樣。

蔣逸霄太熟悉這樣的眼光了，自從她十六年前離家求學後，每次回來都能招來這樣好奇的圍觀。陳墊實在是個蔽塞的小鄉村，合計不到三百戶人家，和江南的大多數村落一樣，村民們世代以農爲業，靠著天賜的豐饒物產和辛勤的勞作耕耘，過著與世無爭的寧靜日子。村子裏在外面讀書的男子都很少，女子就更不必說了。蔣逸霄不但能到無錫、北京、天津的「外洋學堂裏讀著洋書」，大學畢業以後還就職於天津《大公報》館，以新聞記者的身份，過著自給自足的都市職業女性生活，走出了一條與以往鄉間女孩完全不同的人生道路。正因如此，她的大名，在村裏堪稱無人不曉〔註 1〕。這一切是如何發生

〔註 1〕根據其自述推測，蔣逸霄出生於 1902～1903 年左右，本章關於其少年時代的

的呢？本章以蔣逸霄對自己人生故事的自傳式敘說（autobiographical narrative）爲基礎，對她進行一項生命史的考察〔註 2〕，以此來理解在二三十年代的中國，一個女記者的個體生命力量是如何與特定的歷史條件和社會環境相互作用的，其自我認同是如何在事件與經歷中得以形塑的，同時通過她來觀照同時代的其他女性從業者和彼時的新聞業。

第一節　求學與寫作：一個女記者的成長

在蔣逸霄的自敘中，她生長於無錫境內一個本來頗爲富裕而後來中落破敗的家庭，其祖上在太平天國之後曾經營商業，很是積蓄了一點錢，置辦了田地房產，在鎮上算是大戶人家。父親是村裏少有的讀書人之一，生性慈祥懦弱，雖然繼承了祖上的遺產，但做任何生意都虧本，到她十二三歲的時候，家庭已經十分暗淡淒慘，只是在表面上勉強支撐。和大多數傳統讀書人一樣，父親是「女子無才便是德」遺教的絕對信仰者，所以並不贊成蔣逸霄讀書。然而母親對她卻非常疼愛，尤其在一連生了幾個兒子之後，對這唯一的幼女視若掌上明珠。蔣逸霄九歲那年，母親把她送到家裏的私塾裏，希望她「能認識幾個字，記一筆日用帳，看得懂一封信，免得將來受人欺侮蒙蔽而已」。在私塾中，蔣逸霄讀了四書、禮記、女孝經、幼學句解、唐詩三百首等書，最喜歡唐詩和孟子，「對於列女傳裏所記述的一般割鼻削髮的貞女烈婦，總覺

經過除了標注之外，均參考自：蔣逸霄，本報記者的自敘記，大公報，1930 年 10 月 10 日、11 日、13 日；以及蔣逸霄，職業婦女的自白，申報，1936 年 8 月 2 日，第 22 版。

〔註 2〕生命史研究（life history）源自 19 世紀末人類學家對美國印第安文化的研究。他們對歷史事件中的重要參與者，或個人之生命歷史足以代表爲時代或族群之縮影者，或有特殊經驗、特殊專長的生命史皆相當重視。1970 年代後這一方法在敘述性、脈絡性和歷史性方面的價值受到重視。透過生命的書寫可以瞭解個人主體形成的結構性因素，經由生活回顧（life review）、傳記書寫的解構過程，個人重新認識自己，肯定自我生命價值，在生命回顧過程中重新獲得力量，而能積極改變自己的命運，發揮潛在的生命力量，有助於女性擺脫男性爲主的知識體系與價值觀，因而成爲女性主義和社會性別研究的重要方法。生命史研究關注的是個體的生命歷程（life course），生命歷程可以被定義爲一個生命從生到死的過程中一連串事件與經驗，以及和這些事件互相影響的一連串個人狀態與情境遭遇。生命史不同於傳記，它並不限於某一段或整體生命歷程，而是根據研究的目的對生命中的焦點和主題加以選擇、分析和闡釋。參見：侯豔興，上海女性自殺問題研究（1927～1937），上海：上海辭書出版社，2008：175～177。

得有些矯揉造作，不很自然，但也很欽佩有義勇之氣」，最不喜歡班昭的《女誡》七篇，覺得她「把女子束縛得簡直一點自由也沒有」，但她對於讀書的興趣就這樣萌發起來。

十一歲那年，母親不再讓她讀書，改爲教她針線活，預備著將來做人家媳婦。但蔣逸霄「性不近此」，一拿起針線，「好似心理抱著許多冤屈」。常常背著母親，一個人關著房門，躺在床上看小說，「什麼三國、岳傳、萬年青、白蛇傳、紅樓夢以及西廂記等等，不管看得懂看不懂，都看得津津有味」。其中，「《紅樓夢》和《西廂記》是從大哥的書箱裏偷出來的，其餘的書都是自己在鎮上的小書鋪裏買來的」。母親見她如此懶於針線，擔心她這樣鎮天拿著書，什麼事情都不會，將來怎麼去做人家媳婦？此時城市中風氣漸開，女學堂開辦後，已有女性通過教育而自立自足，母親在聽說了「城裏的女子，有些在洋學堂裏當教習的，一個月也可以掙上二三十塊錢」的新聞後，覺得這是個辦法，便抱著「你讀書自己掙錢，免得鄉間的鄰居們都要說笑我生了這樣一個什麼也不會做的女兒」的心思，在蔣逸霄十二歲那年的秋天，送她到無錫縣城裏的濟陽女子高等學校入讀。

蔣逸霄當然十分高興，剛上學那會兒，叔母跑去問母親：「安安進了高等學校，那裡面的學生，一定都坐著高凳子，家裏要不要爲她做一把高一點的椅子送去？」母親也莫名其妙，於是寫了一封信去問她，還在信封上貼了一張印花當做郵票，郵局按規定向蔣逸霄罰款，這件事足見家鄉的閉塞，也更加激發了她對外面世界的渴望。然而，對於母親送蔣逸霄到外面讀書，父親十分生氣，兄嫂更是異常嫉妒。幸好在第二年的夏天，蔣逸霄就考上了無錫縣立第二女子師範學校，一切都是官費，自己只需每年準備幾十塊錢零用。這筆用費，純粹由母親爲她私下籌劃，父兄才無話可說。

1919 年，蔣逸霄師範畢業，已具備小學教員之資格，但那時的她非常心高氣傲，「覺得學無所長，將來絕不能在社會上成名立業，所以立定志向要繼續升學。」恰逢中國第一所國立女子大學——北京女子高等師範學校宣告成立〔註3〕，蔣逸霄瞞著家人，向一個朋友借了一百塊錢，偷偷地到上海去投考，

〔註 3〕該校前身是 1908 年設立的京師女子師範學堂，1912 年更名北京女子師範學校，1917 年籌備改組女子高等師範，1919 年才改稱爲北京女子高等師範學校，設文科、理科與實學科三門，學制四年，其中預科一年、本科三年。陳元暉主編，璩鑫圭、童富勇、張守智編，中國近代教育史資料彙編·實業教育 師範教育，上海：上海教育出版社，2007：1061～1062。

考上後又偷偷的跟著三個同學一起到了北平。等到母親得到消息時，她已經成爲女子高師的學生，遠在千里之外了。雖然捨不得女兒，母親依然爲她籌劃費用，按時郵寄。

蔣逸霄感念母親對她求學的默默支持，而對於父親的反對，少年時的她曾不以爲然，任由「升學的欲念，一步步的在引誘我走向理想的光明的道路」，甚至寫信給父母表達求學之決心：「不爲反哺之鳥，而作離巢之燕，不知我者或將謂爲忤逆不道，然女之所以忍於出此者，固不遠大之計在也。」然而經過十多年的人事歷練之後，她再想起父親勸阻她的那些話——「繫在柳蔭下的小羊，在那綠草如蔭的牧地上，雖不免怨恨著那條無情的繩，把它們緊緊地縛住，但是在那狼虎要來噬食的時候，畢竟有一個負責保護的牧童。飄泊在湖上的小船，停著櫓、横著槳，固然是十分逍遙、十分自在，但是一旦狂風驟雨，陡然而來，便不免傾覆之虞。」〔註4〕——才深深體會到父親的憂慮與關愛。父親去世以後，每當念及自己當年爲著理想，「使我母親淒咽父親抑鬱」，蔣逸霄就深深地後悔，然而子欲養而親不在，「這一種莫名的苦痛，將永遠永遠葬在我的心底」。1936 年 4 月，《大公報》在上海開設分館，她也隨之遷滬，安頓停當後，她就立刻動身將母親接到身邊加以照料，以盡孝心。

與傳統大家庭的關係，一直是考察近現代知識女性成長歷程中一個繞不過去的話題，論者多強調多子女傳統大家庭對女性施予的性別歧視如何激發她們的反抗精神，以及因爲女性身份在求學過程中遭遇的艱難〔註5〕。在蔣逸霄的個案中，儘管重男輕女的傳統思想也曾爲她的求學帶來困擾，但母親的寵愛和經濟支持幫助她完成了心願，表明在傳統家庭制度中，女性並非都是毫無自主權力和經濟能力的。更重要的是，此時外部環境和評價標準的悄然變化，如女子教育和女子職業帶來的示範效應，以及國家推行的近乎免費的師範教育，也爲她擺脫「嫁人」這一傳統女性的唯一宿命，以及開啓新的生活方式提供了機會和途徑。

但是，成爲一個新聞記者仍然出乎蔣逸霄的預期。在她中學畢業之時，正逢五四運動後不久，年輕的學子們正熱情洋溢地擁抱「德先生」和「賽先生」，她也不例外。雖然自小的性情是喜歡文學，但在「科學報國」的氛圍中，蔣逸霄還是選擇了北京女子高等師範學校的數理系，想對社會有一些「切實

〔註4〕逸霄，離恨天涯遠，國聞周報，1927，4（6）：1～4。

〔註5〕夏一雪，「文」「學」會通——現代學者型女作家研究，山東大學博士學位論文，2010。

的貢獻」。然而北京女子高等師範本身是一個「經過劇烈的新舊鬥爭，隨著社會發展成長起來的，其沿革異常複雜」的學校〔註6〕，始終與五四以後風雲激蕩的社會變遷保持著密切的關聯，從 1919 年到 1926 年的七年間它曾八易校長，廢立改並不斷更替，爲各種緣由而舉行的罷課更是頻頻發生〔註7〕。蔣逸霄入讀才一年，就發生了教員索薪罷課的事，她覺得在此地升學無望，第二年便來到天津，轉入南開大學理科就讀。

南開大學是著名教育家張伯苓（1876～1951）和嚴範孫（1860～1929）於 1919 年創辦的私立大學，設有文科、理科、商科，第一屆有教職員 18 人、學生 96 人，並沒有招收女學生。隨著五四以後男女平等教育的呼聲日高，繼 1920 年夏北京大學同意王蘭、鄧春蘭等九名女生以旁聽生身份入校學習、開大學男女同校之先河以後，南開大學也於 1920 年秋季招收了第一名女學生，到 1922 年時全校已有學生 316 人，其中女學生 26 人〔註8〕，蔣逸霄就是其中之一。

在南開求學的五年是蔣逸霄記憶中最美好的時光，雖然遇到秋風乍起的時候，想起「在熱氣蒸騰、紅甲盈盤，兄嫂團集的桌上」，母親如何概歎女兒的不在身邊，她的鄉愁會油然而生，使她「深悔當年雄心的誤人」。但當三五個同學好友相邀，持蟹賞菊、飲酒談天，思鄉的情緒便一掃而空〔註9〕。蔣逸霄的學生生活過得「愉快而浪漫」，有一次，一個朋友要動身去英國留學，臨行前約了她和其他幾個男女同學一同去北京郊外的西山遊覽，此時直奉戰爭打得不可開交，南口一帶烽火連天，但這些「生死攸關的國家大事」，被沉迷於山色風光的他們「忘在了九霄雲外」〔註10〕。蔣逸霄回憶那時候的自己：

> 年輕很輕，對於人世一點沒有認識，血管裏流的是沸騰的熱血，腦筋裏裝的是美妙的幻想，凡是理想所及，總以爲自己只要有勇氣，能夠努力向前走，決不至於不會成爲事實……那時候自己抱負很高，說的誇大一點，眞有『方今天下，舍我其誰』之慨。對於學習

〔註6〕華林，女師大的沿革，中國人民政治協商會議全國委員會文史資料研究委員會編，文史資料選輯，第 97 輯，北京：文史資料出版社，1985：190。

〔註7〕王翠豔，女子高等教育與中國現代女性文學的發生，北京：文化藝術出版社，2007：41。

〔註8〕華午晴，伉乃如，十六年來之南開大學，王文俊，南開大學校史資料選（1919～1949），天津：南開大學出版社，1989：3～4。

〔註9〕逸霄，一片殘秋零落情，國聞周報，1926，3（45）：1～4。

〔註10〕逸霄，也把幽情喚起，國聞周報，1926，3（39）：1～5。

> 文科，研究些空虛的理論，寫幾篇無稗實用的文字，很看不起，覺得那樣救不了中國的貧弱。學了化學呢？我要發明多少日用品，開辦工廠自己製造，不但自己能獲利，而且還可以抵制舶來貨，爲國家挽回不少外溢的金錢。在我發了財以後，我就可以創辦許多有益於社會的事業……這樣一個理想的樂園，建造在我那時的飄渺空虛的心意中，使我永遠很高興而且很感趣味的在大學中苦心攻讀了化學四五年。

儘管如此，「x、y與阿莫尼亞的臭氣」並沒有磨滅蔣逸霄對文學的熱愛，她反而堅信無論是誰，都應在文學、音樂、美術三科中，「至少對於一科發生很濃厚的興味，才可以調和精神上的枯寂，不然，鎮天在那現實的人生道路上度生活，未免太枯燥了。」〔註 11〕故此她也選修了很多文科的功課，常常閱讀和寫作。1924 年 3 月，南開大學成立了學生會，於次月開始出版《南開大學周刊》，蔣逸霄在上面發表了一篇描寫女學生生活的文章，「在一個男女同學的學校中，男學生最喜歡知道女學生的生活狀況」，因而「引起了全校同學極大的注意」；後來她又爲女同學參加學校的紀念會，編導了一齣獨幕劇《和平之神》，博得了全校同學的一致讚譽，使她成爲聞名南開的校園才女〔註 12〕。

1926 年，蔣逸霄從南開大學畢業，並沒有找到與化學相關的工作，才意識到「那不可捉摸的現實社會，總是有種種的牽制，使我不能照我的理想去做」。爲了維持生活，她在河北省立水產專科學校和弘德中學任教，所授功課也大部分是國文，小部分是數學。她頗不甘心於這種「埋頭於粉筆黑板之間」的刻板的教書生活，「我的寄託既不能付之於事業，便只有發之於文字了」，恰逢服務於《大公報》館的南開同學杜協民〔註 13〕，邀請她爲《國聞周報》「寫點文藝的稿子」〔註 14〕，她便欣然答應，「我就把自己的經歷，以及耳聞目見

〔註 11〕逸霄，也把幽情喚起，國聞周報，1926，3（39）：1～5。

〔註 12〕蔣逸霄，本報記者的自敘記，大公報，1930 年 10 月 11 日。

〔註 13〕1926 年吳鼎昌、胡政之、張季鸞合組的新記公司接手《大公報》，於 9 月 1 日復刊，此時編輯部中只有張季鸞、何心冷、杜協民三人，杜協民是南開大學第一屆畢業生，經濟學家何廉的學生，經人介紹入國聞通訊社，負責經濟新聞、體育新聞。參見吳廷俊，新記《大公報》史稿，武漢：武漢出版社，2002：49。

〔註 14〕《國聞周報》是胡政之主持的國聞通訊社所辦的一份綜合性時事周刊，於 1924 年創辦，1937 年停刊，出刊至 14 卷，每卷 50 期，發行量最多時每期 1.5 萬份，是當時出版時間最久、發行量最多的新聞周刊。其內容主要有一周簡評、時事論文、一周間國內外大事述要、外論介紹、一周大事日記、文藝、書評、新聞圖片、國際諷刺畫、時人會志等。1926 年新記《大公報》出版後，《國聞

於別人的事實，略加剪裁渲染，寫成了幾十篇短篇小說和一冊印成單行本的長篇愛情小說《綠箋》〔註15〕。此外，她也為《國聞周報》寫了一些新詩和散文，如《把我的心兒給你》(1926年第3卷第46期)、《寄碧落黃泉一故人》(1926年第3卷第37期)等。隨著這些作品的發表，蔣逸霄已然成為天津文藝界的一個新秀，《國聞周報》也將她與另外兩名女記者淩曉舫、李鏞冰一起向讀者作重點推介，稱讚她們「於文藝作品，極多貢獻」〔註16〕。

文藝作品以外，蔣逸霄也在《國聞周報》上發表了許多譯作，其中有文學性的如《海底旅行記》(1926年第3卷第42期、第43期)、《媽的寶物》(1928年第5卷第15期)；有自然科學類的，如從遺傳學角度解釋生育問題的《子女的選擇》(1928年第5卷第29～49期)；也有社會科學類的文章，如《服飾的研究》(1927年第4卷第14～21期)等。可見此時的蔣逸霄，正如她自己所說，「是一個具有多方面興趣的人，可以說對於什麼學問都喜歡涉獵一點，而對於什麼學問都沒有精髓的研究」〔註17〕。

蔣逸霄

《大公報》的副刊也是蔣逸霄早期發表文藝作品的地方。1926年9月1日，吳鼎昌、胡政之、張季鸞三人在復刊《大公報》時，將《國聞周報》編輯何心冷(1897～1933)從上海調入天津，負責副刊《藝林》及本市新聞的採編。初創時期的《藝林》，在內容上堪稱龐雜：「除掉長篇短篇小說、和有趣味的詩詞、筆記戲劇電影的批評、奇奇怪怪的消息之外，還加些流行的時裝，或是社會的寫真」，「國家大事固然要說說，就是里巷間的瑣事也許談談，只要是和天津大多數人有關係的事，便免不了要說上幾句」，總之，其目的是讓「讀者看

周報》隨之遷津，與國聞通訊社一起成為《大公報》的附屬事業。參見王鵬，國聞通訊社·《國聞周報》·《大公報》，大公報一百週年報慶叢書·我與大公報，上海：復旦大學出版社，2002：302。

〔註15〕蔣逸霄，從外勤到內勤，婦女生活，1937，5(1)：26～27。

〔註16〕女記者(照片)，國聞周報，1927，4(1)：1。

〔註17〕蔣逸霄，從外勤到內勤，婦女生活，1937，5(1)：26～27。

了覺得報紙的確和自身有密切的關係」。為了吸引女性讀者的注意，幾乎每期《藝林》都設有婦女的流行頭飾、服裝妝容、鞋襪配飾等內容，由何心冷之未婚妻李鐫冰以繪畫和簡短文字加以介紹。此外，《藝林》也刊登了許多女作者的來稿，如臧華雲女史的詩詞遊記、純姍女士的散文與影戲介紹等。

11 月 25 日，蔣逸霄的抒情新詩《芙蓉》發表在《藝林》中，三天後（28 日）她以短詩《冬夜兀坐》，書寫自己在冬夜裏獨處室內的淒涼心境：

斗室中，是寂靜而無聲息，
只黯然兀坐，對一燈明滅。
窗外新月，映著庭中的殘雪，
清明皓澈，
只照不見我寸腸中的千結。
淒傷的心弦，
隨著臨窗的蕉影而微顫。
當年諧和的音調，
依稀繚繞在耳邊，
只而今，而今成了過去的陳迹。
我從沒有去怨恨過人一點，
因為生命，本來是秋風裏迴旋舞的落葉。
只，撫今追思，
滿懷悲緒將何遣？
除非在夢裏，遽遽幻成了個蝴蝶。

蔣逸霄的寫作得到《藝林》主編何心冷的賞識，但何心冷更多地鼓勵了她「對於各項社會問題的研究與發表議論」的興趣，她開始從情感化的、私人化的個人寫作，轉向對社會中不同階層女性處境的觀察和描寫，如在小說《曼麗姑娘》（1927 年 3 月 3～10 日）中，她將舊家庭中舊式兒媳的悲劇刻畫得細緻入微，令讀者為之「一掬同情之淚」〔註 18〕。此後，蔣逸霄描寫奶媽痛苦生活和不幸遭遇的《心底裏的哀音》也在何心冷主編的另一個綜合性副刊《銅鑼》（1927 年 3 月 30～31 日，4 月 1～2 日）上連載。

1927 年元旦，《大公報》推出了第一個專門性副刊《白雪》，是由幾個愛好文學的青年成立的「白雪文藝協會」所編，蔣逸霄是其中骨幹，他們借用

〔註 18〕阿也，曼麗姑娘的馬後炮，大公報，1927 年 3 月 13 日，第 8 版。

《大公報》的版面刊登自己的文學創作，希望用文學來抨擊這個「醉惡的世界」，反映「人民的悲哀」，同時希望像「白雪」一樣純淨的社會降臨人間。《白雪》第一期上就刊登了蔣逸霄爲南開大學 1926 班畢業遊藝會所做的獨幕劇《幕後》，反映臺前風光的舞臺小姐幕後的辛酸故事；此後又刊登了她寫的反映矛盾於新舊兩種婚姻觀念的青年之短篇小說《躊躇》（2 月 12 日），並連載她的愛情小說《綠箋》（2 月 19 日）。但是，由於白雪文會的會員們各有事務纏身，不能專注於文學創作，從 2 月 27 日起，蔣逸霄決定「把白雪周刊獨立的名義取消」〔註 19〕。

1927 年 2 月 11 日，《大公報》繼《白雪》之後推出第二個專門性副刊《家庭與婦女》，以指導讀者造就美滿戀愛與幸福家庭爲宗旨，「我們是希望女子明白她們自身的地位，明白她們所擔負家庭間的責任和社會有什麼關係。」〔註 20〕《家庭與婦女》先是半月刊，後改爲周刊出版，其內容範圍廣泛，除了家政常識，生理健康知識、兒童教育問題、女界名流故事、婦女流行服飾等內容外，也常常展開青年擇偶問題、女子教育、職業與體育等問題的討論，先後由何心冷和蔣逸霄等人主編，直到 1930 年停刊〔註 21〕。

在這兩年間，蔣逸霄一邊擔任教師，一邊爲《大公報》和《國聞周報》撰稿和編輯，爲此後正式成爲《大公報》記者奠定了基礎。1928 年 9 月，隨著國民革命掀起的婦女解放浪潮，各地紛紛成立婦女協會，組織婦女運動，《大公報》開始重視婦女界新聞，「而由女人去採訪女人的消息，或者可以少一點隔膜，於是近水樓臺，就把我由周報的工作而掉爲日報的工作」。〔註 22〕當時，《大公報》館中編輯部有四人，即編地方新聞的許萱伯、編本市新聞的曹谷冰、編副刊《小公園》及電影周刊的何心冷、編經濟新聞和教育新聞的杜協民，本市外勤記者只有採訪婦女新聞的蔣逸霄與採訪社會新聞的張遜之〔註 23〕。

在《大公報》採訪新聞的經歷徹底改變了蔣逸霄的人生軌迹，她深深的迷上了「千變萬化的報人生活」，認爲新聞工作滿足了她「對於一切事情本無

〔註 19〕白雪會啓事，大公報，1927 年 2 月 27 日，第 8 版。

〔註 20〕我們的旨趣，大公報・家庭與婦女，1927 年 2 月 11 日，第 8 版。

〔註 21〕吳廷俊，新記《大公報》史稿，武漢：武漢出版社，2002：87。

〔註 22〕蔣逸霄，從外勤到內勤，婦女生活，1937，5（1）：26～27。

〔註 23〕據 1928 年入大公報的孔昭愷的回憶，參見孔昭愷，舊大公報坐科記，北京：中國文史出版社，1991：3。

常性」的天性，使她不僅徹底與學了五年的「xy」和「阿莫尼亞」告別，也逐漸放棄了呆板而不自由的教師工作，全心全意投入到新聞事業中去。對於「自信力很強，凡事喜歡直接痛快地明瞭它的眞相」的蔣逸霄而言，從事採訪可以「實際地看到下層勞苦群眾以及富裕者的相反生活，社會內層的詳細情況，從好奇心出發而能使我不隔膜著社會生活」，使她決心要以自己對於現實的「盡情暴露」，「以供改革推動社會之責任的人們參考」〔註 24〕。

自視「思想比較複雜一些」的蔣逸霄，在對待戀愛和婚姻問題上一直比較消極，「既不能安於現實生活，便無論處在怎樣美滿、怎樣幸福的環境裏，也未能能感覺出來它的美滿幸福來」，因此，「人世間所謂的美滿幸福，在我只是認爲一個臆想的幻覺」。正是出於這樣的人生觀，儘管她聲稱自己並不是一個獨身主義者，但一直未婚，並且非常享受自己作爲單身職業女性的生活：

> 我現在每天的工作是這樣，在早上七點鐘鬧鐘把我叫醒以後，便在被窩裏把僕人送來的當天的報紙約略的翻閱一過，在匆忙之間，自然只可看看幾個標題。然後披衣下床，從事梳洗，喝上一杯牛奶，便匆匆坐車到校。在自己分內上看一兩點鐘課以外，有時還得代理請假的教員上課。其餘的時間，或到各教室去觀察視察教員上課的情形，以及各處的清潔秩序，或在辦公室治理來往文書以及其他業務。這樣一直到下午三四點鐘，然後回家，稍事休息，便出去爲報館從事調查工作，回來還得寫稿子。但也有時候，調查非一次可以完成，必須連去調查幾次，才能得到圓滿的結果，在這樣的情形下，調查回來，便不必就寫稿子，於是在晚餐後可以有幾個小時的餘暇。有時一二友人過訪，便坐著閒談，有時出去看電影，或聽大戲。在沒有友人過訪和不出去看電影聽大戲的時候，便爲《國聞周報》寫一些稿子，或和遠處的朋友寫著幾封信。普通總是十點鐘就睡。我有一個習慣，便是在就睡以前，非拿著一本書或一張報紙披覽到兩眼朦朧的時候，不能安然入夢。在那時間所看的東西，除了報紙以外，就是小說雜誌，或關於討論社會及婦女問題的一切書籍。這幾天正在看一本馬克思的經濟學識概論，因爲我進來感覺到我對於政治經濟的常識太缺乏，所以很想涉獵一些關於這類的智識。到星期六的下午和星期日，大半的時間，忙著爲報館做工作。因爲有時學校事務紛繁或應酬忙碌的時候，

〔註 24〕蔣逸霄，職業婦女的自白，申報，1936 年 8 月 2 日，第 22 版。

> 不能按日爲報館做工作，便不能不在這空閒的時間裏補償過來。在這正常的工作以外，每星期四還請趙松聲先生教我畫山水一小時，星期日上午，由一位笛師教我唱一二段崑曲。我並不是希望我對於圖畫唱曲所有深造，不過在這裡面可以求得一種心靈上的安慰，藉此可以消卻許多無謂的煩惱。〔註25〕

從蔣逸霄的自敘來看，她對自己的狀態無疑是非常滿足的，儘管也遭遇了一些挫折，但她對社會非常感恩，「覺得像我這樣一個學識淺薄，毫無作爲的女子，居然還能在社會上占得一席立足之地，使我得遂平生所抱自食其力之志，還不能不說是社會的特別優待於我。」1936年4月《大公報》上海版創刊後，她來到上海，繼續從事外勤採訪，並和王文彬一起擔任本市新聞版編輯〔註26〕。1937年7月7日抗戰爆發後，《大公報》內遷，上海版於12月15日停刊，蔣逸霄因爲要照顧母親便留在了上海，曾與姜平一道主編《上海婦女》（1938.4～1940.6），直到抗戰結束後她又重返《大公報》上海版擔任編輯。

第二節　讀者、編者與記者：女性與1920年代的新聞界

受五四新文化運動的影響，在1920年代的北京、上海、天津等城市，像蔣逸霄這樣通過文學創作與報刊結下不解之緣的女學生還有很多，廬影、蘇雪林、馮沅君、石評梅、陸晶清、許廣平、呂雲章等中國現代女性文學的第一批作家都有相似的經歷，她們在實踐新詩、小說、話劇等新文學體裁的過程中結識同道好友，組建相對固定的校園文學社團，並在報刊上發表自己的文學作品，從而使自身突破狹小的校園空間而轉化成爲社會文化的組成部分〔註27〕。這種現象的出現，是女子教育的推進與二十年代新聞業職業化進程共同作用的結果。

早在十九世紀末，如《申報》等商業化的報紙就已經將女性作爲想像中

〔註25〕蔣逸霄，本報記者的自敘記，大公報，1930年10月13日。
〔註26〕王文彬，上海《大公報》工作瑣記，新聞研究資料（第17輯），北京：中國社會科學出版社，1983：192。
〔註27〕王翠豔，女高師校園文學活動與現代女性文學的發生，中國現代文學研究叢刊，2005（5）：178～196。

的讀者對象，將女性讀報視爲時尚和現代的行爲象徵〔註28〕。隨著戊戌以來提倡女子教育和婦女解放，男性報人更是有意識的通過創辦婦女刊物，或在自己主持的綜合性報紙中開闢婦女專刊或專欄，加入到婦女問題的討論中。在他們看來，由男性撰稿討論女子問題，難免有「越俎代言，慮不切當」之處〔註29〕，「既名爲女子周刊，其著作人自應大多爲女子，不然則是男子周刊，未免名不副實……」〔註30〕但他們的想法常常很難如願，如包天笑主編《婦女時報》時向婦女界徵集作品，但當時「女學方有萌芽，女權急思解放，眞能提起筆來，寫一篇文章的人，確實難得的。」名門閨秀的詩詞作品固然大受歡迎，由男性寫作而以妻女名義發表稿件的行爲「早已有之，亦無足怪」〔註31〕。

造成這一尷尬狀況的主要原因，是時人所公認的「女學不發達」。在中國，儒家傳統婦女教育最爲重視的是婦女的道德修養、言行舉止和家務能力（即四德：婦德、婦容、婦言、婦工），通過《列女傳》、《女誡》、《女孝經》、《女論語》等書籍和彈詞、戲曲等通俗教育形式加以推行，絕大多數婦女沒有接受文化教育的權利。只有極少數出生於文人士紳、貴族官宦等精英階層家庭的女性，能通過良好的家庭教育擁有同時代大多數男性所不及的才華。但是，在「男不言內，女不言外；內言不出，外言不入」的儒家性別規範的限制下，才女寫作很少涉及政治性題材，而是以情感性和私人性的內容爲主，大多在男性親屬圈中流傳。在 19 世紀末 20 世紀初中國陷於內外交困之際，才女開始面向公眾，通過創辦和編輯報刊，參與到女子教育、男女平權以及國家民族現代化等政治性議題的公開討論中，成爲中國最早與新聞業發生聯繫的女性。但是，這些來自「學者——文人」家庭的精英階層知識女性，並不是爲了經濟目的而辦報，也很少有人能全職和長時間地從事報業。同時，由於中國絕大多數女性受教育的範圍和程度有限，早期女性報刊活動的影響力仍局限在精英階層中。

報刊與更廣範圍的女性發生聯繫亟待女子教育的發展。十九世紀中後期

〔註28〕Barbara Mittler, *A Newspaper for China? Power, Identity, and Change in Shanghai's News Media, 1872～1912*, Harvard University Asia Center，2004：248.

〔註29〕《新青年》記者啓事，新青年，1919，6（4）：封二。

〔註30〕發刊詞，益世報・女子周刊，1920 年 10 月 30 日，轉引自姜緯堂、劉寧元主編，北京婦女報刊考（1905～1949），北京：光明日報出版社，1990：143。

〔註31〕包天笑，釧影樓回憶錄，北京：中國大百科全書出版社，2009：494。

傳教士開辦教會女校以來，中國現代女子教育開始萌芽，戊戌維新時期國人開始自辦女學堂——上海經正女學（1897），此後如上海務本女學（1901）、愛國女學（1901）、周南女學（1905）等私立女子學校紛紛創辦。在 1907 年清政府將女子教育納入學制，制定和頒佈《女子師範學堂章程》及《女子小學章程》後，全國各大中城市幾乎都設置了女子學校。與此同時，「女子無才便是德」的傳統觀念遭到越來越多開明家長的摒棄，在 20 世紀初出生的女孩經歷了這一社會變革，她們不但免於纏足之苦，還能進入現代學校接受教育，有的甚至遠赴異國他鄉留學深造。

辛亥革命後女子教育持續發展，據「中華教育改進社」的調查統計，1909 年全國女學生占學生總數 0.7%，1912～1917 年間約在 4%～5%之間，1922 年則上昇至 6.32%，人數增加了三倍〔註 32〕。隨著五四以後大學開放女禁，女子接受高等教育的機會和途徑大大增加，1931 年的統計數據顯示，全國大學生共 38，977 人，女生 4，535 人，占 11.64%〔註 33〕；此時小學中女生人數 130 萬，占學生總數的 14%；中學女生人數 3 萬，占總數的 13%；各類師範學校女生 9 萬餘人，占總數的 24%；各類職業學校中女生約十萬人〔註 34〕。如果再加上已經畢業的學生，此時接受過各種層次教育的女性人口約二百萬〔註 35〕。讀書識字人群的增長對報刊業的發展有極其重要的作用，不僅保證讀者群的穩定增長，而且可以不斷產生爲媒體撰稿的新生力量。大學教授、中學教員、大學生，甚至高年級的高中生，都成爲報刊投稿的主力軍。他們爲媒體撰稿的深層動力來自他們對新思想的積極吸收和熱情傳播，以及參與政治運動的熱情。五四以後，學生大量投入到各種政治和社會運動，途徑之一就是創辦和利用各種報紙、雜誌發表文章〔註 36〕。

女學生也不例外，她們既是各種婦女刊物的目標讀者，也是它們重要的撰稿人來源。如商務印書館的《婦女雜誌》（1915～1931），被許多學校視爲女學生的課餘讀物。在該刊十七年的歷史中，除了胡彬夏和楊潤餘曾短暫主

〔註 32〕朱經農，教育大辭典，上海：商務印書館，1933：1052。

〔註 33〕第一次中國教育年鑒（丙編），上海：開明書店，1934：20～21；轉引自杜學元，中國女子教育通史，貴陽：貴州教育出版社，1995：522。

〔註 34〕程謫凡編，中國現代女子教育史，上海：中華書局，1936：138，145。

〔註 35〕呂美頤、鄭永福，近代中國：大變局中的性別關係與婦女，杜芳琴、王政主編，中國歷史中的婦女與性別，天津：天津人民出版社，2004：443。

〔註 36〕王潤澤，北洋政府時期的新聞業及其現代化（1916～1928），北京：中國人民大學出版社，2010：23。

持編務以外，其主要編輯人都是男性，但作爲讀者的女學生和女教師，同樣參與了該刊內容的生產，如響應雜誌發起的討論和徵文，陳述自己閱讀的經驗、感想和建議，將自己的圖畫、照片等寄至雜誌發表，充分表現出當時受教育的女性對閱讀婦女刊物的熱衷〔註 37〕。

除專業化的婦女報刊以外，二十年代許多男性主持的政黨報紙、商業報紙、宗教報紙等也紛紛開闢面向女性讀者的婦女專刊。這些婦女專刊在內容上比較多元，除了向女讀者介紹家政、育兒、健康等常識以外，也刊登女作家的文藝作品，組織和發起諸如教育、職業、參政等婦女問題的討論〔註 38〕。向女作者徵稿，或者邀請女教師、女學生擔任編輯，成爲這些男性報人常用的策略。

1920 年代京津滬開設婦女專欄的日報（名字黑體者爲女性）

刊　名	刊期	出版時間	地點	主編	主要內容
時報・婦女周刊	周刊	1919.3～1921.6	上海	（江蘇第一女子師範學校校長）**張默君**	婦女問題
晨報・婦女問題	日刊	1919.5.4～1920.2.19	北京		婦女問題
民國日報・婦女評論		1921.8～1923.5	上海	陳望道、沈雁冰、邵力子、**楊之華**	婦女問題
益世報・女子周刊	周刊	1920.10.30～1922.2.10	北京	（北京女子高師學生）**蘇雪林**、**劉靜君**、**周沁秋**等	文藝作品、婦女問題
中華新報・婦女與家庭		1922.8～1926.1	上海	**談社英**	婦女問題
時事新報・現代婦女		1922.9～1923.9	上海	婦女問題研究會和中華節育研究社	婦女問題
民國日報・婦女周報	周刊	1923.8～1926.1	上海	邵力子、**向警予**	婦女問題
新民意報・女星	旬刊	1923.4.5～1924.9	天津	（天津達仁女校教師）**鄧穎超**、李峙山、諶小岑	婦女問題

〔註 37〕關於《婦女雜誌》的讀者和影響，參見宋素紅，女性媒介：歷史與傳統，北京：中國傳媒大學出版社，2006：109～111。

〔註 38〕婦女問題即關於怎樣把婦女從政治的、經濟的、社會的各種束縛中解放出來，獲得與男子完全平等的地位的問題，包括婦女的參政問題、法律問題、教育問題、職業問題、勞動問題以及母性保護等。參見杜君慧，婦女問題講話，上海：新知書店，1936：1。

京報・婦女周刊	周刊	1924.12.10～1925.12	北京	（女師大附中教師）石評梅（女師大學生）陸晶清	新聞、文藝與婦女問題
世界日報・婦女界		1925.4～	北京	張友鸞	新聞、文藝、家庭常識
世界日報・婦女與文學	周刊	1926.1.18～3.29	北京	北京平民大學鬻箂文學社，田印川	婦女文學
世界日報・婦女周刊	周刊	1926.4.6～1926.11.9	北京	平大鬻箂社、成冰女士	婦女問題、文藝、紀實
世界日報・薔薇	周刊	1926.11.16～1934.2.19	北京	陸晶清、石評梅、袁君珊、廬影	婦女問題、文藝
大公報・家庭與婦女	半月刊 周刊	1927.2.11～1930	天津	何心冷、蔣逸霄	婦女問題、家庭常識
河北民國日報・副刊		1928~1931	北京	陸晶清	文藝作品、婦女問題

資料來源：姜緯堂、劉寧元主編，北京婦女報刊考（1905～1949），北京：光明日報出版社，1990；上海婦女志出版委員會，上海婦女志，上海：上海社會科學院出版社，2000；中共天津市委黨史資料徵集委員會、天津市婦女聯合會編，鄧穎超與天津早期婦女運動，北京：中國婦女出版社，1987。

北京《益世報》的《女子周刊》的編者和撰稿人全是來自北京女子高等師範學校的學生，主編之一的蘇雪林在近一年的時間裏，頻頻變換筆名，以「每月寫兩三萬字」的產量支撐著《女子周刊》的正常出版〔註 39〕。北京女子師範大學學生石評梅和陸晶清在成爲編輯之前已在《晨報》副刊、《文學旬刊》、《語絲》等刊物上發表新詩，是小有名氣的校園作家和詩人新秀。1924年 11 月，邵飄萍的《京報》想徵求「有組織的社團」編輯出版幾種不同性質的周刊，希望由女學生來編輯《婦女周刊》。北京大學男學生歐陽蘭便邀約石評梅、陸晶清組成文學團體薔薇社，接下了《婦女周刊》。1925 年歐陽蘭退出，由石評梅、陸晶清二人負責。在編輯過程中，稿源嚴重缺乏，儘管陸晶清「交遊廣、四處貢獻材料者多」〔註 40〕，但《婦女周刊》內容上仍以女師大學生的文藝作品居多。此外，《婦女周刊》組織過幾次關於婦女參政、廢娼運動、獨身主義等婦女問題的討論，吸引了許多男性作家投稿；在 1925 年夏天女師

〔註 39〕王翠豔，女高師校園文學活動與現代女性文學的發生，中國現代文學研究叢刊，2005（5）：178～196。

〔註 40〕許廣平致魯迅，兩地書（第十八封），魯迅全集（第 11 卷），北京：人民文學出版社，2005：66。

大驅逐楊蔭榆的風潮中，石評梅作爲親歷者，提供了許多從學生的視角對事件進行的詳盡報導〔註 41〕。

女性與大眾傳媒的結緣，有助於她們在離開家庭、走出校園之後實現經濟獨立，構建起公共交往網絡，並從中獲得認同與支持，與蔣逸霄同爲《大公報》女記者的陳學昭從中受益頗深。1923 年，年僅 18 歲的陳學昭從上海愛國女學校畢業後，陷入失業的窘境，困守在家。時值《時報》刊有徵文通告，題目是當時議論得頗爲熱烈的「我所希望的新婦女」，她寫下同名文章投寄該報，獲第二名被刊登出來，除五元稿費外，陳學昭還接到《時報》主筆戈公振的信，鼓勵她多向《時報》投稿。此後，陳學昭開始向《時報》、《語絲》、《京報》副刊、《婦女雜誌》、《嚮導》、《文學周報》等刊物投稿，在文字往來中結識了魯迅、孫伏園、章錫琛、周建人、沈雁冰、瞿秋白、楊之華等報刊主編，還參加了《京報》副刊主編孫伏園爲答謝作者而舉行的宴請，成爲當時上海報刊編輯出版文化網絡中的一員。1926 年，沈雁冰介紹她去《民國日報》編副刊，因她「覺得做編輯工作很刻板」而未成。在此期間她除了斷斷續續的教書以外，經濟上全靠稿費所得。1927 年她將數年間發表的文章結集出版，以版稅籌足路費，來到法國留學。此時的陳學昭再度陷入經濟困窘之中，被正在歐洲公辦的戈公振所知，便介紹她擔任天津《大公報》的駐歐特派記者，每周只需發一篇通訊，每月薪水 120 元。陳學昭回憶當時「每個銀元可以換十個法郎」，而每日生活需 10 個法郎，加上房租開銷，每月的日常所需僅 500 法郎，因此《大公報》的薪水可以換得 1200 個法郎，「已經很夠我用了」〔註 42〕。

許多女學生有過報刊編輯的經歷後，對新聞事業發生濃厚的興趣，走上職業新聞人的道路，徐淩影（1904～2006，北京人，原名徐蘭，字淩影，自名徐芀）的經歷頗具代表性：作爲清代科學家、中國近代化學先驅徐壽的曾孫女，徐淩影祖上三代都是自然與軍事技術等領域的科學家，與報刊業毫無關聯。1917 年，她考入天津女師，五四期間參加了天津女界愛國同志會的活動，與許廣平一起主編《醒世》周刊，還嘗試用白話文與新式標點辦了一份名叫《群眾》的小冊子，由此對新聞產生興趣，萌生念新聞專業的想法。此時的中國新聞學的專業教育才剛剛起步，繼 1918 年北京大學新聞學研究會和 1920 年上海聖約翰大學報學系之後，第一個國人自辦的新聞學系——北京平

〔註 41〕漱雪（石評梅），女師大慘劇的經過——寄告晶清，京報・婦女周刊，1925，（37）：4～7。

〔註 42〕陳學昭，陳學昭文集・天涯歸客，杭州：浙江文藝出版社，1998：10～35。

民大學報學系——於 1923 年正式成立，聘請北大新聞學教授徐寶璜任系主任，北京新聞通信社社長吳天生、《京報》社長邵飄萍等任教授。徐淩影進入報學系學習，成爲該系 8 位女學生之一，得到邵飄萍等名記者的指導，1924 年孫中山北上時，她曾在湯修慧的帶領下以《京報》記者的身份赴碧雲寺採訪〔註 43〕。在校期間，她還和幾個同學一起爲《河北日報》主編了一份以短文、小品爲主的《爛漫》周刊，作爲新聞實踐的基地。1928 年，徐淩影從平大畢業，在天津《商報》編輯副刊《雜貨店》，兼做外勤記者，曾赴青島採訪全國運動會，同時還爲《大公報》、《益世報》、《北洋畫報》撰稿〔註 44〕。

汪競英畢業照

新聞學的大學教育培育了女學生作爲新聞記者的職業意識，她們又從自身的女性視角出發，來思考如何推動新聞業朝向更加職業化的方向發展。和徐淩影同時在平民大學報學系學習的汪競英，曾被《北洋畫報》稱讚爲「能文詩，嫻音樂，長交際，將置身新聞界中，極有希望之人才」〔註 45〕，在她所寫《新聞社營業之我見》一文中，她認爲「以報紙事業爲終身職務之決心」的人往往在當時的政治社會環境中不能如願，其原因是報業在經營上始終不能做到自主，導致記者不是官迷就是腐敗，「此實我日夜所疚心者也」。汪競英堅信「銷路與廣告實爲新聞事業之生命」，爲此，她認爲報紙應該重視培養女性讀者，並提出具體的策略，如在報紙上設一「化裝部」，專載男女最近之化裝消息，「因女子好裝飾，不願閱報者猶多，若有化裝消息，或可引誘其閱報之動機。」她建議平津等地的報紙，可以「在上海聘一二女記者，擔任報告最流行之服飾，尤宜注重女子方面之衣、裙、鞋、髻、以及各色化裝消息，加以精緻之繪圖或照相，並加以做法之說明，何種顏色，以何種材料製作爲合宜，愈詳愈妙，時時在報紙上之一角發表其一部分」。這樣做不但「使時髦女子與愛美

〔註 43〕散木，亂世飄萍：邵飄萍和他的時代，廣州：南方日報出版社，2006：224。
〔註 44〕周少華，世紀老人徐淩影，傳記文學，2008（3）：85～94。
〔註 45〕景景，女記者，北洋畫報，1927 年 7 月 13 日。

少年有非天天購一份報看看不可之要求，久而久之，養成習慣，雖醉翁之意不在新聞，然無論如何，總可使彼等識幾個字，知一二件國家社會事也」，在報紙方面可補助銷路，「一方面又可與商家接洽，言明辦法，在化裝新聞上加注某種材料何處有售，以某處爲佳，或最廉價」，「有百倍於普通廣告之效用」。在她看來，「此種利益均霑，八方無害之辦法，吾人何樂而不爲？且操此種手段去辦報，於記者人格無損，良心無喪，較之受人津貼、意見由人者爲何如？」〔註 46〕

有研究者認爲，1920 年代「男性精英所創辦的商業報紙聘用女編輯來吸引讀者，讓她們在婦女專欄裏討論時尚、家庭和孩子問題，從而將婦女排除在政治話語之外，因此強化了公共領域中的主導和從屬的性別關係」〔註 47〕。從女性主義的角度來看，商業報紙將女性視爲消費者的經營策略消解了婦女解放的政治意義，但身爲女性的汪競英對這一問題的看法，顯然並未採取女性主義的立場，而是以報紙的經濟獨立、記者的職業操守、服務於（女性）讀者的實際需求等新聞職業化命題爲出發點，如果聯繫這一時期徐寶璜、邵飄萍等人致力於通過新聞學教育來推行職業化新聞思想的實踐，可見正是新聞專業教育使汪競英更容易形成職業新聞人而不是女權主義者的自我認同。

儘管當時能有機會接受新聞學專業教育和從事新聞採編的女性堪稱鳳毛麟角，但她們積極利用公開演講、發表文章等方式與職業團體中的男性成員交流自己的學習心得和從業體會，強調女性新聞從業者對於新聞業發展的重要意義，「專門研究報學而得學位」的張繼英和「著聲於外交界」的李昭實即是如此〔註 48〕。二人同爲上海聖瑪利亞女校的高材生，張繼英畢業後考取清華庚款留學資格，赴美國密蘇里大學新聞學院學習，是中國女子留學美國而獲得新聞學碩士學位的第一人。在她留學期間，她就撰文批評中國的報紙被男性所控制，並未能眞正理解婦女的處境和狀況，認爲只有女記者才能眞正代表女性的利益，才能恰當地報導那些涉及女性的新聞

〔註 46〕汪競英，新聞社營業之我見，黃天鵬編，新聞學名論集（第 2 版），上海：聯合書店，1930：227～230。

〔註 47〕Zhang.Yong，Going public through writing:women journalists and gendered journalistic space in China,1890s～1920s〔J〕，*Media,Culture & Society*,2007，29（3）:469～489.

〔註 48〕黃梁夢，新聞記者的故事，上海：上海聯合書店，1931：31。

〔註49〕。1925年她學成回國，曾先後擔任上海國民通訊社、南京通訊社及美國合眾社之南京特派員，兼任燕京大學新聞系教師〔註50〕。

1919年，李昭實與任中國駐巴西、美國、奧地利等國公使的丈夫王一之結婚後，和丈夫一起遊歷歐美各國，兼爲上海《時報》、《申報》等撰寫國外通訊，其作品命意高雅，詞句典麗，被時人稱讚爲「今之謝道韞曹大家」〔註51〕，1927年出版的《新聞學刊》創刊號上對她有極高的評價：

> 數年前余於晨報嘗讀署名昭昭者之巴黎通信諸稿，深喜閱讀，而苦未知其爲誰氏也。聞紅葉師稱述上海時報國慶增刊，始悉爲女士手筆。據其自述，則嘗漫遊歐美，參觀名報館；近得之師友譚雲，女士係閩籍，留泰西有年，精湛外文，其先人仲可先生，文學名家，故女士國學造詣極深。時王一之先生亦以記者聞於時。健筆各抗，志同道合。巴黎蜜月時，數做通信於滬報。回國後，以高貴之家世，未從事『吃墨汁』生涯，惟嘗做通信於京滬各報，時又讀其佳作焉。〔註52〕

李昭實是國際新聞記者會的會員，也對新聞學研究頗有興趣，每遊歷到一個城市，必定訪問當地報館，收集當地報刊。1925年李昭實夫婦回國後不久，就參加了上海新聞記者聯歡會的聚餐，將他們多年搜集的歐美各國發行之日報雜誌圖畫周刊，及南洋華僑與英屬土人發行的定期刊物編訂成《西報叢箋》，「陳列以供同志觀覽」〔註53〕，同時李昭實還向嚴獨鶴、嚴諤聲、潘競民等三十餘名上海新聞記者聯歡會的會員發表演說，介紹了各國報館記者在國際聯盟會議中的表現〔註54〕。此後，遠東通訊社又邀請李昭實夫婦演講，汪英賓、朱義農、潘公弼、戈公振等數十人到會聽講，李昭實在演講中指出中國「南北大報亦有聘請文字優良之女主筆，然採訪一職，女界中咸拘於成

〔註49〕Chang,E.J.(i.e.Zhang,J.Y.)(1923)'Chinese Women's Place in Journalism',Chinese Students's Monthly 18:50～5，轉引自 Zhang.Yong，Going public through writing:women journalists and gendered journalistic space in China,1890s～1920s〔J〕，*Media,Culture & Society,*2007，29（3）：469～489.

〔註50〕李秀雲，留學生與中國新聞學，天津：南開大學出版社，2009：240。

〔註51〕鵲，人物小志，申報，1925年5月26日，第12版。

〔註52〕蕙，新聞學刊，1927，1（1）：38～39。

〔註53〕記者會明日午聚餐，請王一之君李昭實女士演說，申報，1925年7月11日，第15版。

〔註54〕記者會昨日之聚餐與演講，申報，1925年7月13日，第15版。此後，李昭實將演講內容寫成文章《聯盟會中之新聞記者》，載於黃天鵬編，新聞學刊全集，上海：光華書局，1930。

見，觀望不前」，然而「有女主筆而無女訪員，新聞稿件仍不免偏枯」，因此應當鼓勵女性投身新聞採訪，才能將如婦女參政、兒童教育、嚴禁娼妓等與婦女界切身有關的新聞有全面周詳的報導〔註 55〕。

作爲一種由新聞業組織的社會化的信息搜集行爲，「採訪」是現代新聞業的職業標誌〔註 56〕，與新聞來源是否豐富、途徑是否暢通、源頭是否客觀公正等關係到新聞業質量和信譽的衡量標準息息相關，因此，現代新聞機構通常以自採新聞的比例和獨家報導的多寡來作爲體現其實力的重要指數。在 1920 年代，隨著邵飄萍、胡政之、陶菊隱、顧執中等一批以新聞採訪著稱的記者聲名鵲起，擔任採訪工作的外勤記者逐漸受到重視，「上海各報館，如《申報》、《新聞報》、《時事新報》等都添設新聞採訪部，聘外勤記者數人，專司採訪本地新聞之職，有必要時也常派往外埠去採訪特種新聞，但這也是幾家有錢的報館能如是而已。」〔註 57〕

然而，李昭實所倡導的婦女新聞在當時並沒有被公認爲一種獨立的新聞類型。據戈公振的概述，二十年代各大報紙刊載新聞的主要類型有政治新聞（內訌、內閣、議會、外交、生計、和議），經濟新聞（公債、實業、勞動、物價、交通、稅務、金融、財政），文化新聞（教育、演講、戲劇），社會新聞（窮困、遊藝、土匪、集會、訴訟、慈善）和罪惡新聞（殺傷、偷騙、搶奪、煙賭）等〔註 58〕。它們在不同報紙上的編排方式和所佔比重略有差異，如《申報》以要聞、國內新聞、本埠新聞及副刊專刊爲序，《大公報》則是以要聞、經濟新聞、本埠新聞（或稱經濟新聞）及副刊專刊爲序。政治新聞、經濟新聞和社會新聞所佔比重最大。由於婦女被廣泛地排除在政治經濟領域之外，與婦女有關的議題——如女子教育、慈善救濟、禁娼等——主要體現在文化新聞和社會新聞中；同時，報館和通訊社也很少設有專職婦女新聞採訪的外勤記者。因此，作爲專司婦女新聞採訪的女記者，蔣逸霄的採訪實踐就顯得彌足珍貴，可以使我們看到女性採訪記者的出現給新聞業帶來的變化，以及這種前所未有的工作經歷帶給女記者怎樣的個人體驗。

〔註 55〕新聞家演講紀，申報，1925 年 7 月 19 日，第 14 版。

〔註 56〕劉麗，中國報業採訪的形成——以《申報》（1872～1895）爲例，上海：復旦大學博士學位論文，2009。

〔註 57〕張靜廬，中國的新聞記者和新聞紙，上海：現代書局，1932：32。

〔註 58〕戈公振，中國報學史，上海：商務印書館，1928：210～215。

第三節　記者與婦女代言人：採訪實踐中的身份意識

爲了對比女記者的採訪實踐給新聞內容上帶來的變化，筆者查閱了 1928 年 9 月蔣逸霄擔任外勤記者之前《大公報》的女性新聞。總體而言，女性在《大公報》的新聞報導中存在嚴重的再現匱乏和負面再現。前者體現在《大公報》的新聞報導中很少出現女性的身影，僅就 1926 年 9 月 1 日至 12 月 31 日這六個月的統計來看，以女性爲報導主體的新聞僅 22 則，月均報導不到 4 則〔註 59〕。少數女性的名字會被提及——如 1927 年 11 月蔣介石與宋美齡結婚時，《大公報》曾刊登宋的照片、介紹宋的家庭背景——但並非作爲記者的採訪對象和消息來源。

其次，即使女性能夠成爲新聞事件的主角，也主要是在本埠新聞版所登載的社會新聞和犯罪新聞中，與兇殺、拐騙及兩性糾紛聯繫在一起，其消息來源主要是救生局、警察局、法院等。這些新聞中的女性要麼是懦弱無能的受害者，要麼是荒淫無恥的悍婦，整體上以負面形象爲主，是獵奇、消遣和道德譴責的對象。如《無名女屍案》(1927.10.17)、《少女被拐》(1927.12.21)、《法庭記事·狗檳榔的童養媳》(1928.2.15)、《妓女被虐投所》(1928.3.1)、《法庭旁聽記·孀婦再醮惹風波》(1928.3.11)、《蕩婦淫奔案中之命案》(1928.4.4)、《淫婦畏罪破鏡重圓、男子慈悲不咎既往》(1928.4.5)、《再醮婦悍潑筆禍》(1928.5.22)、《法庭旁聽記·乞兒強姦處女》(1928.5.23)、《少女殉情》(1928.6.1) 等。從這些新聞標題中，我們不難發現的是，儘管《大公報》以其對新聞及版面的重視成爲當時「最爲進步、編輯最佳的中文報紙」〔註 60〕，但它依然帶有強烈的男性中心意識。事實上，這種現象在當時非常普遍，在

〔註 59〕具體新聞條目有：蘇俄女外交家調任墨西哥，9 月 10 日；殉夫，9 月 23 日；婦女節制會拒毒計劃，9 月 26 日；女青年會拒毒運動，9 月 28 日；女校長藏女學生，9 月 28 日；女校長之談話，9 月 30 日；參與閱兵式之夫人團，10 月 12 日；上海將有女子專門大學，10 月 18 日；女界兵災救濟會，10 月 20 日；相驗三屍均女性，10 月 28 日；領回瘋婦，10 月 28 日；全美轟動之風流皇后，11 月 17 日；社會罪惡寫眞·誘良爲娼，11 月 17 日；整飭女校·取締女生規則七條，11 月 18 日；二女生慘死案，11 月 25 日；三一八案之犧牲者魏士毅女士之哀榮，11 月 25 日；丁淑靜女士昨在青年會演講，12 月 6 日；可憐翠紅死得慘，世間老鴇都該殺，12 月 17 日；女青年會施賑濟貧，12 月 23 日；北京最近之女權運動，12 月 29 日、30 日；一女怎能許兩家，12 月 30 日；虐待媳婦者何多，12 月 30 日。

〔註 60〕林語堂著，王海、何洪亮譯，中國新聞輿論史，北京：中國人民大學出版社，2008：109。

媒體競爭更爲激烈的上海，社會新聞中對女性的負面再現的程度更爲突出，魯迅就曾對這些記者的職業倫理有過辛辣的嘲諷：

> 上海的有些介乎大報和小報之間的報章，那社會新聞，幾乎大半是官司已經吃到公安局或工部局去了的案件。但有一點壞習氣，是偏要加上些描寫，對於女性，尤喜歡加上些描寫。……案件中的男人的年紀和相貌，是大抵寫得老實的，一遇到女人，可就要發揮才藻了，不是「徐娘半老，風韻猶存」，就是「豆蔻年華，玲瓏可愛」。一個女孩兒跑掉了，私奔或被誘還不可知，才子就斷定道，「小姑獨宿，不慣無郎」，你怎麼知道？一個村婦再醮了兩回，原是窮鄉僻壤的常事，一到才子的筆下，就又賜以大字的題目道，「奇淫不減武則天」，這程度你又怎麼知道？〔註 61〕

當代女性主義媒介研究提供了大量證據表明，新聞在總體上反映了男性對於現實的觀點，「從根本上而言是男人對女人說話……新聞是男人的世界」，女性在新聞報導中無法得到充分再現至今仍是一個全球性的問題〔註 62〕。在 1920 年代的中國，已有男性新聞學者意識到性別差異在新聞報導中的重要性，如任白濤在 1928 年出版的《應用新聞學》中就強調報紙上應該有更多的「女界記事」，即增加婦女界新聞的比重，而且最好由女性從業者加以報導，因爲「以男記者處理女界之記事，非惟不能如女記者之親切有味，且往往持輕薄態度，招致女界之怨怒，貽新聞社以損失。」〔註 63〕

新聞學者的倡導是否對《大公報》產生影響爲未可知，但據蔣逸霄的自述，《大公報》之所以重視婦女新聞，還是源於國民革命成功後婦女運動的高漲。近代以來，中國的婦女運動「每次發展與消沉，多隨革命運動而升降」，辛亥革命、五四運動和國民革命三個時期出現過婦女運動的高潮，但和「婦女本身感革命潮流而推動」的辛亥和五四時期不同的是，國民革命時期的婦女運動是與政黨政治結合在一起的。從 1923 年起，國共兩黨都將婦女解放納入政黨的政治目標中，在各級黨部組建婦女部，開始有組織、有綱領的動員婦女投身政治革命和婦女解放運動。隨著 1927 年國民黨在形式上統一了全國，並成立了南京國民政府，各地國民黨婦女部紛紛成立婦女協會，發行婦

〔註 61〕魯迅，論「人言可畏」，且介亭雜文，北京：中國文史出版社，2002：268。
〔註 62〕陳陽，協商女性新聞的碎片：20 世紀 90 年代以來中國媒體裏的國家市場和女性主義，西安，陝西人民出版社，2006：14。
〔註 63〕任白濤，應用新聞學（第三版），上海：亞東圖書館，1928：17。

女刊物，組織婦女運動。由於得到政黨和國家的支持，這一時期婦女協會也得到了警察局、法院等國家機關的配合，「一切之家庭糾紛被壓迫的痛苦，均有此等團體處理調解，無形中有執行法律之地位。」〔註 64〕婦女運動無論在組織的嚴密性、範圍的廣泛性和執行的有效性上都具有了前所未有的影響力。正因如此，當 1928 年 8 月底天津市婦女協會開始籌備，《大公報》當局意識到此後婦女新聞在本地新聞中的重要性，爲方便採訪起見，把蔣逸霄從內勤編輯轉爲外勤記者。

蔣逸霄報導天津市婦女協會成立大會

一、採訪婦女協會

9 月 6 日，蔣逸霄的照片出現在《大公報》的《婦女與家庭》欄中，編者以「蔣逸霄女士，江蘇無錫人，畢業於本埠南開大學，耽好文藝，現爲本報外勤記者」加以隆重介紹。蔣逸霄的採訪路線主要是天津市婦女協會、婦女救濟院、婦女文化促進會等婦女團體和機構，其內容主要刊登在《大公報》的「本埠新聞」版。一部分新聞是關於婦女協會日常工作的動態消息，如《天津市婦協昨開成立大會》（1928.9.12，第五版，頭條）、《婦協昨日兩度開會》（1928.9.24，第五版）、《婦女協會籌備婦女平民補習學校》（1928.10.2，第

〔註 64〕談社英，中國婦女運動史概要，婦女共鳴，1942，11（1）：2～7。

七版）、《婦協新事業之發軔》（1928.11.20，第七版，頭條）、《婦女協會力爭立法權》（1928.11.28，第五版）、《婦女救濟院參觀記》（1929.2.14，第九版，頭條）、《婦女救濟院今日舉行週年紀念》（1930.2.1，第十一版，頭條）等。

更多的新聞則是來自婦女協會接到的被壓迫婦女請求救濟、以及婦女協會施予援助的相關報導。天津市婦女協會成立時擬定的主要工作綱領有八項——（1）喚起本市未覺悟的婦女，參加解放運動；（2）組織並領導本市已覺悟的婦女，實行婦女解放的工作；（3）領導本市婦女，參加國民革命；（4）領導本市婦女促進全國婦女運動；（5）要求並督促中國國民黨，實行其關於婦女運動決議案；（6）解除本市被壓迫婦女的痛苦；（7）增進本市婦女的智識和技能；（8）普及婦女教育。〔註 65〕——但從《大公報》的報導來看，執行得最具成效的是第六條，即援助和救濟被壓迫婦女。爲此，婦女協會專門成立了婦女救濟院，以及爲詳細調查天津市婦女情況的婦女苦痛調查股，但調查尚未開始，「便有許多受壓迫受苦痛的婦女，自己到婦協去請求援助，婦協爲適應這種請求起見，便將調查股改爲婦女苦痛援助委員會，聘請幹事及法律顧問，專事接收訴苦案件。」〔註 66〕蔣逸霄的新聞大多來源於此。

這些婦女訴苦案件中，既有受了鴇母虐待、託辭看電影私自逃出來的妓女，因不能生兒子、被討了小老婆的丈夫遺棄的太太，也有被婆婆無理虐待敲打的童養媳，被吸鴉片的主婦、用燒紅的煙杆燙得遍體鱗傷的婢女，以及受人誘騙被賣入妓院而設法跳出火坑的鄉下少女……對於剛出校門的蔣逸霄來說，這些「形形色色，無奇不有」的人間慘劇，「是以前在學校裏、書本上所沒有見過，也從沒有知道過的。」採訪這些「可憐蟲」的經歷也給她帶來極大的觸動，「你只需跟她們說『我要把你的經過的事情寫出來登在報上，使別人看了以後可以想法來救濟。』她們就會把你當做一個大救星、大恩人般看待，有時還會在你不備的當兒，噗一聲跪倒在你面前，像對一尊菩薩似的磕頭。」〔註 67〕

懷著對這些不幸婦女的同情，蔣逸霄以如實記載的方式，將她們的自我敘述的痛苦經歷加以發表，這些故事常常出現在《大公報》本埠新聞的頭條

〔註 65〕談社英，中國婦女運動通史，南京：婦女共鳴社，1936：197。

〔註 66〕蔣逸霄，天津婦協救濟科一年來的工作，大公報，1929 年 9 月 12 日，第 13 版。

〔註 67〕蔣逸霄，從外勤到內勤，婦女生活，1937，5（1）：26～27。

或中心等顯著位置，占到整個版面的四分之一到二分之一不等，如《婦女協會援助花玉紅脫離火坑》（1928.9.25，第六版，頭條）、《涉訟兩年之母女雙被拐騙案》（1928.9.26，第六版，頭條）、《女性的痛苦・丈夫寵妾，被棄婦生活堪憐》（1928.10.7，第六版，頭條）、《婦協委員苦口婆心勸導妓女脫離苦海》（1928.11.21，第六版，頭條）、《因不堪婆母虐待，要求組織小家庭》（1929.1.11，第九版，頭條）等。這類新聞報導的數量極多，如 1929 年的 1～2 月的 50 天中就刊載了 49 條，平均每天都有。在新聞的編排上也非常突出，通常是多重標題，均以加大字號、字體加黑、加框加點等方式予以突出，如 1929 年 1 月 22 日第九版的頭條新聞（如圖）：

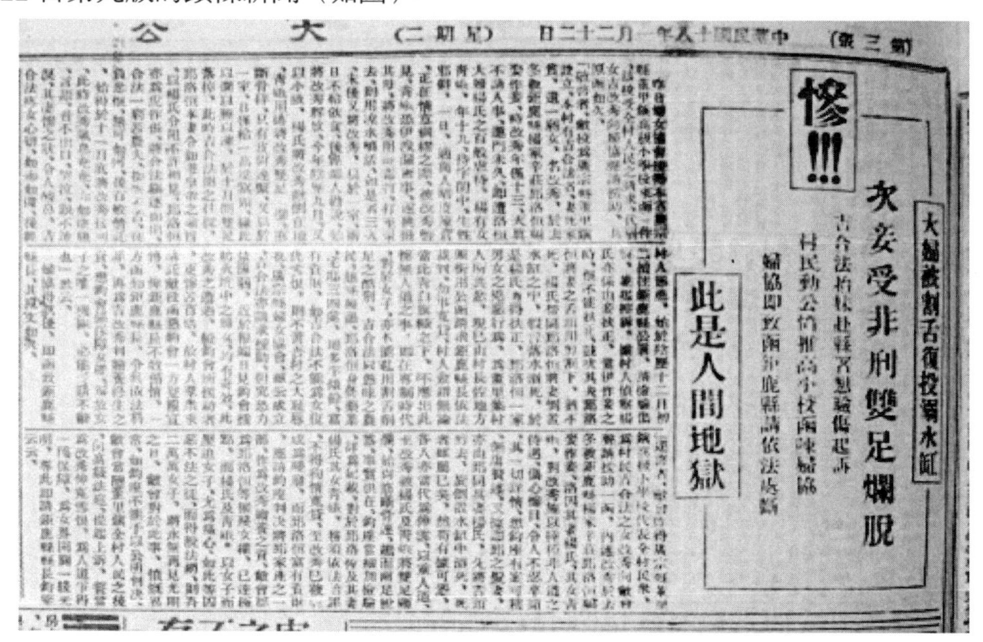
慘!!!

大婦教割舌復投溺水缸

妾受非刑雙足爛脫

此是人間地獄

這篇報導是關於婦女協會收到來自河北省廣宗縣董里鎮小學校的一封求助函，講述該村十三歲的少女改秀被洛家騙去做妾，遭到洛妻楊氏和妹妹的殘酷虐待，「用磚將改秀雙足敲爛，筋斷骨碎，只有皮尚連繫」，同時揭露楊氏由妾扶正，此前曾「鼓吹其夫將妻之舌用剪割下，倒置水缸之中，假言落水」等罪行，由婦女協會致函該縣縣長督促其依法審理，爲改秀申冤。

這些淒慘離奇又極具社會警示性的故事通過《大公報》的詳細報導，在讀者中口耳相傳，進一步擴大了婦女協會和婦女救濟院的影響，使得更多的受害婦女前往求助。如天津某鴉片煙鋪的兩個煙客在談論《大公報》報導婦女協會如何救濟婦女的新聞時，被兩個受騙賣身煙捲鋪的妓女聽見，她們設法逃離煙捲鋪，來到婦女協會求助〔註 68〕；一個賣入妓院十二年的妓女，在舉目無親的天津「雖欲自求掙脫，而苦於歸宿無從」，偶然聽人談及《大公報》所載婦女協會如何救濟受難婦女，便偷偷跑出妓院，到婦女協會求助〔註 69〕。

正是在婦女新聞的採訪實踐中看到的和聽到的活生生的悲劇，使蔣逸霄產生了強烈的性別不平等意識，她開始對婦女們「苦痛發生的原因」產生了興趣，想要根據自己掌握的種種事實，「再做詳細研究的結論」。1929 年 9 月，她以婦女協會救濟科（由苦痛委員會改組）一年來接到的者一千八百多個訴苦的案件爲資料，分爲「因不堪公婆丈夫虐待提出離異、受婆母或大姑小叔虐待、寡婦受人欺凌、妓女受領家虐待、使女受主人虐待」等六大類，將其中較有代表性的，列舉其姓名、年齡、虐待者及虐待情形，刊登在她所主編的周刊《婦女與家庭》上，從 9 月 12 日到 12 月 26 日，以四分之一到整版不等的篇幅，共刊登了七次。最後，根據這些材料，她總結了婦女苦痛的原因，除了「中國社會組織及經濟制度的缺陷」和「男女在法律上以及在兩性道德上的不平等」以外，她特別強調娼妓制度和蓄婢制度的罪惡：

> 我對於娼妓及婢女兩種女子的生活，更發生了很深刻的感想。我親耳屢屢聽著妓女訴說她們的生活，眞覺得心酸不忍卒聞。屈服在鴇母的勢力之下，行動不得自由，一若鴇母有無限權力，可以獨自規定青樓憲法，可以任意剝奪妓女自由。一日之間，晨妝甫罷，就得做那無爲的非出於心願的應酬，擾擾終日，至夜深始得休息，甚至撤宵不得一刻安寧。而皮肉換來的金錢，窯主百般設計剝削，使她們經濟上絕對失去自由，於是身體上的自由也永遠得不到。所以她們的生活，是地獄的生活，是機械的生活，是奴隸的生活，她們所受的虐待，比較在家庭間受丈夫公婆小叔虐待的婦女更深一層，因爲她們在身體的自由以及物質上飽受剝削以外，還得勉強賣笑，勉強著她的皮肉，任意受人蹂躪，而且還要受社會上的輕侮蔑視。〔註 70〕

〔註 68〕逃出了煙花秘窟，大公報，1929 年 1 月 12 日，第 9 版。
〔註 69〕婢是賣品妓是玩物，大公報，1929 年 2 月 25 日，第 10 版。
〔註 70〕蔣逸霄，從婦協救濟科一年來的工作所得的感想，大公報，1929 年 12 月 26 日，第 13 版。

蔣逸霄逐漸從文藝愛好者轉變爲女權運動者，體現在這一時期她在《國聞周報》上發表的文章中，文學作品已經絕迹，更多的是與婦女運動有關的譯作，如《百年來的生育節制運動》（1929 年第 6 卷第 27～29 期）、《五十年來美國大學女學生的變遷》（1929 年第 6 卷第 48～50 期）、《美國十年來婦女參政運動的演進》（1931 年第 8 卷第 7 期）等。同時，她成爲婦女協會的骨幹成員之一，開始研究婦女問題和婦女運動史。在 1931 年天津婦女文化促進會「三八」紀念會的一次演說中，她總結了從戊戌政變以來婦女運動的經過，認爲從戊戌到辛亥是中國婦女運動的第一階段，但那時婦女的自覺，「不過是對於國民地位的自覺，而對於自身的種種問題，並無任何覺悟」；從辛亥到五四是中國婦女運動的第二階段，女權主義者對於女子參政權的爭取是她們「有心革命」的體現，既有理想也有行動，但限於少數上等階級的婦女，將男女平等誤以爲是兩性的爭鬥而失去了多數男子的支持，同時缺乏系統的組織和連貫的主義；五四到北伐是第三階段，「在政治外，更注意到其他問題」——如關於女子貞操、教育、財產繼承和兩性平等問題——因此，「這才算到了眞正的 Feminism」。就她的親身經歷來看，她肯定第三階段「有組織、有力量、能注意到整個的婦女，並且有一定的宗旨和目標」，但實際上婦女的權益如何得到保障將是此後婦女運動努力的方向。〔註 71〕

二、採訪職業婦女

在日常新聞實踐中，蔣逸霄的性別意識被激發，對婦女問題發生興趣，但她對婦女解放運動的看法，同樣受其作爲記者的職業意識所影響，堅信婦女問題「是必須要從調查暴露的方面入手，知道了病根，才可對症下藥。」因此，她以職業記者的方式去採訪、調查和報導婦女的生活狀況以及其中所暴露出來的問題，「有人或以爲那太瑣碎，但或者正是爲需要詳細知道的人所歡迎也說不定。我願冒昧地做人家的代言人，很忠實地寫出各種職業婦女們內心的呻吟聲」〔註 72〕。

自五四以來，「職業」就被視爲通往婦女解放的必經之路，然而婦女在從事職業的過程中會遭遇怎樣的問題和困難？經濟獨立的職業女性是否眞正實現了自我解放？卻很少有人做深入的調查，在蔣逸霄看來，脫離事實來談論

〔註 71〕蔣逸霄，三十年來中國婦女運動的演進，國聞周報，1931，8（11）：1～6。
〔註 72〕蔣逸霄，職業婦女的自白，申報，1936 年 8 月 2 日，第 22 版。

婦女解放就是在不切實際的「唱高調」，因此她在 1929 年的夏天深入裕元紗廠調查女工的生活概況，在其調查報告的序言中，她闡明了自己對女子職業和婦女解放問題所持的立場：

> 在歐美各國，自從產業革命發生後，不幸的下級社會的婦女，失去了家庭工業的生產機會，不得不走到工廠裏去賺點最低的工資，以爲糊口之計。一方面依然要管理家務，養育兒女。表面上說起來，這一階級的女子，似乎得到了經濟獨立的機會。但在實際上，不僅沒有得到眞正的經濟獨立，而在家庭的壓迫之外，又加上了一重資本家的壓迫。在工業落後的中國，固然還不是普遍的現象，然而大城市中，工業比較發達的地方，畢竟有一部分婦女，已經捲入這經濟的漩渦之中。記者久已蓄志，想把這一階級的婦女的生活狀況，切實調查一下，把一切情形，貢獻社會，以爲將來改良她們生活的參考。……我希望關心婦女問題的同志們，能夠因著我這篇殘缺不全的報告，而引起對於她們的生活切實加以調查的興味，大家聯合起來，共同合作，將來能夠得到一個有系統有條理的報告。〔註 73〕

這篇報導在 6 月 27 日、7 月 4 日、7 月 18 日分三次刊登，詳細報導了裕元紗廠女工的工作條件、工資和育兒情況，受到了讀者的肯定，一位署名「惠爾強」的讀者來信說：「逸霄女士：前次見你大作，十分欽佩你能在這酷暑的時候，下這番功夫將她們工作的狀況和廠方待遇赤裸裸的發表在社會中，使社會明瞭她們的辛苦，知道她們的需要，這樣偉大的工作，令人十分敬佩。」〔註 74〕緊接著，蔣逸霄又前往寶成紗廠採訪，以《寶成紗廠女工生活概況》爲題，分別在 8 月 1 日、8 月 8 日的《婦女與家庭》欄刊登。在報導中，她詳細介紹了女工的工作狀況、廠房及宿舍等工場設施，以及工資福利等。對於廠方向她所介紹的女工有一個月的全薪產假的說法，她還特地分別向女工和工會求證，最後證實女工是有一個月的產假，但期間工資減半。1930 年冬，蔣逸霄還調查了無錫五家絲廠的工作環境、工人待遇和工會運行情況，分兩次刊發在《國聞周報》上〔註 75〕。

〔註 73〕蔣逸霄，裕元紗廠女工生活概況，大公報，1929 年 6 月 27 日，第 13 版。
〔註 74〕通信：關於裕元紗廠女工生活概況，大公報，1929 年 7 月 18 日，第 13 版。
〔註 75〕蔣逸霄，無錫絲廠女工的生活狀況，國聞周報，1930，7（49）：1～6；（50）：1～3。

在當時，《大公報》所有記者的新聞報導和特寫欄都不署名，唯有蔣逸霄的調查報導會署名「蔣逸霄」或「逸霄女士」〔註 76〕，足見報社當局對蔣逸霄的調查報導的重視，把她作爲《大公報》的一大特色而重點推出。而眞正讓她在三十年代的新聞界和婦女界中聞名的，則是她在天津（1930）和上海（1937）兩地《大公報》上所做的職業婦女系列報導。由於兩次報導的形式和過程高度相似，在此僅對天津職業婦女訪問記做詳細考察。

1929 年 6 月 27 日，蔣逸霄曾在《婦女與家庭》的刊頭旁發佈稿約，徵集「天津女工生活狀況、天津女子職業調查」的稿件，然而應者寥寥。於是從 1930 年 2 月 8 日起，由蔣逸霄自己採寫的「津市職業的婦女生活」開始陸續在《大公報》的本市新聞版刊載，持續到同年的 12 月 10 日，共介紹了 57 位天津職業婦女的工作和生活狀況〔註 77〕。在緒言中，蔣逸霄陳述了這一系列報導的緣由，

> 職業平等，固然不是女子求得經濟獨立的唯一方法，然而女子能得相當的職業，便可得到經濟獨立的機會，而擺脫了許多桎梏束縛，這是誰也不能加以反駁的。記者因爲感覺到婦女職業和婦女經濟獨立以及婦女解放問題的關係的密切與重要，所以自今日起，對於天津的職業婦女，切實加以一番調查。〔註 78〕

蔣逸霄所定義的職業婦女，是那些從事一定的社會勞動並以自己的勞動作爲全部或部分生活來源的人，其範圍非常廣泛，既有受過中高等以上教育的社會局、市黨部、土地局、婦女協會、法院、銀行、救濟院等機關女職員，也有教師、醫生、電臺播音員、畫家等自由職業者，更多的則是處於社會下層的產業工人如女工，以及在服務性行業中從事生產勞動的傭人、奶媽、歌女、鼓妓、賣解女郎，甚至包括三姑六婆（接生婆、女巫、女星相家、相婆）等傳統女性職業的從業者，在系列採訪的最後，蔣逸霄在《本報記者的自敘記》中採訪了自己。

〔註 76〕周雨，大公報人憶舊，北京：中國文史出版社，1991：31。

〔註 77〕蔣逸霄的報導也爲今天婦女史研究者提供了彌足珍貴的歷史資料，南開大學歷史系教授侯傑曾以此爲藍本透視二三十年代天津職業婦女的生活狀況，但在他文章中僅提到了 55 個被訪者，參見：侯傑、曾秋雲，二十世紀二三十年代天津女性生活狀態解讀——以蔣逸霄《津市職業的婦女生活》系列採訪爲中心的探討，南方論叢，2006（2）：62～74。

〔註 78〕蔣逸霄，津市職業的婦女生活・緒言，大公報，1930 年 2 月 8 日，第 13 版。

蔣逸霄「津市職業的婦女生活」系列報導

標　題	時　間	家庭背景	教育背景	工作概況	收入情況
縫窮婦	1930年2月8日	丈夫、兒子拉車，收入甚微		縫紉衣服	不固定
上等家庭的傭婦	1930年2月9日	丈夫早逝，家道衰落	出身書香門第	繡花、縫補衣服、陪太太打牌	工資5元，零錢較多，年入約五六百元
一個幸運的傭婦	1930年2月11日	九歲定親，丈夫墮落，經常打架		在救濟院院長家當女僕，傭工之餘學習	每月7元，主人供其讀書
雙重壓迫的傭婦	1930年2月12日	丈夫打罵，帶女兒投奔婦女協會		救濟院廚房傭工，燒飯	沒有收入，僅供食宿
保姆式的傭婦	1930年2月18日	因丈夫在法國學校當廚男而到外國人家做保姆		帶小孩	20元
最舒適的一種傭婦	1930年2月21日	在公館和妓院當女僕		收拾屋子、洗茶杯、掃地、洗衣服	每月少則十幾元，多則四五十元
奶娘之痛	1930年2月15日	15歲出嫁，丈夫安居樂食，家裏困難至極，孩子寄養		帶小孩	每月十幾元
介紹職業的女店主	1930年2月24日	丈夫不能賺錢，還需供養公公婆婆		介紹女傭等工作	向主人和雇工各收一部分傭金
市黨部女職員	1930年2月26日	家庭美滿，母親及哥嫂均工作	中西女校畢業，正在上海萬國函授學校文科學習	抄寫呈文訓令等	每月35到60元
社會局職員	1930年3月1日	丈夫任職社會局、自由結合，感情很好	湖北女子師範畢業，後到中央政治學校學習	批閱報紙，剪貼重要信息	每月30到40元
專門接生的陳姥姥	1930年3月3日	家傳接生，丈夫兒子都在賺錢		接生	一次1到4元不等

婦女救濟院的訓育主任	1930年3月5日	幼年喪父，母親教讀，十六歲出嫁，丈夫公婆已死，養育兩個女孩	保定二女師附小畢業，大名女子第五師範畢業	監督和訓導救濟院救濟的婦女	
永記的女理髮師	1930年3月7日	與理髮店老闆同鄉		爲顧客倒茶、遞煙、披衣服、掃地	每月12元，食宿店裏
裝神說鬼的女巫生活	1930年3月8日			治病、消災解禍、四處游說、幫別人燒香等	進香一次一元，少則銅子200
搓搓洗洗，她終日爲人忙	1930年3月10日	丈夫在火車站當苦工，夫妻感情甚好		洗衣	一天三毛多錢
領導孩子的女教師	1930年3月11日	獨身	北洋女子師範	看管孩子、帶他們做遊戲	每月25元
女子商店的店員	1930年3月13日	兩個練習生分別9歲和12歲，其餘13歲到44歲不等	除兩個練習生外，其餘均小學畢業	售貨	最高者每月26元，其餘15元，學徒只有七元
女子刺繡學社一斑	1930年3月15日	母親帶著女兒和兒媳開設學校	龍亭刺繡專科畢業，上海蘇州的各刺繡專門學校	教人刺繡、出售繡品	每月八九十元左右
鼓妓的生活	1930年3月16日	父母享譽盛名，全家從事鼓妓演藝生活		北京、天津、南京等地來回奔波唱戲	不固定，每場20元到40元不等
女子圖畫學校教員	1930年3月17日	獨身，自己贍養母親	圖畫專門學校畢業	指導別人畫畫	每月30元
一位女產科醫生	1930年3月20日	與丈夫同行，家庭美滿幸福	婦嬰醫院學醫	接生	每月150元至300元
純女性的皮革商店	1930年3月23日	三十二歲，已生育了兩個孩子，照顧店務的同時兼帶三歲的小女兒		接待顧客，管理進出的貨品錢財，算賬	

百歲公司工頭徐太太	1930年3月21日	工人家庭，丈夫原是工頭，已去世			每月11元
一位治病的女大夫	1930年3月25日		上海中醫學校		收入不定但夠零用
賣紙花樣子的婦人	1930年3月27日	丈夫腿不方便，與兒子靠賣紙花維生		賣紙花	平均每天賺一百個子兒，有時連本錢也賺不回來
皮革商店的交際員	1930年3月30日	父親原來供職軍界，後來失業，家中尚有兩個弟弟、兩個妹妹，放棄學業賺錢養家	小學畢業	售貨及在小學擔任體操教員	商店月薪六元，小學月薪十八元七角
一位遊行的鼓妓	1930年3月31日	自幼因父親去世被姑媽租出去學唱大板戲，26歲才贖身		唱鼓詞	每場賺一二毛
富有藝術天才的塑像家	1930年4月3日	四十一歲，與兩個女兒一起工作		製作和出售人物塑像	每年可做五六千元的買賣
無線電臺的放送員	1930年4月7日		北平上學	播放唱片、新聞、行市等	每月35元左右
耍玩意的小姑娘	1930年4月10日	從小隨父親學藝		每天去三個茶園賣藝	每天六元，包場的歌舞樓每月八十元
鼓妓的生活內幕	1930年4月12日	17歲，原被逼為暗娼，後投身婦女協會			
加藤洋行的女職員	1930年4月16日	小家庭，無子女，與丈夫感情融洽	婦女協會高等補習學校畢業	接洽出售印刷機並印刷資料	每月26元

一個被迫自立的苦婦女	1930年4月17日	丈夫因外遇不問家事，並把她賣給別人，偷跑回來唄丈夫通打，請求婦女協會援助		倒線	一天兩毛
遊藝場的女職員	1930年4月21日	父親雙腳不能行走，靠她與母親和姐姐賺錢		出售食品等	每月工資六元，每賣食品一元可得一毛
女澡堂的女堂倌	1930年4月25日	丈夫不能謀生，全靠自己維持全家生活		洗澡搓背	每月20元左右
看管遊藝場廁所的婦人	1930年4月28日	丈夫去世，兒子要上學		看廁所	收入甚微
教育局的女職員	1930年5月3日	丈夫月入50元，夫妻感情融洽	北平女子高等師範畢業	處理公文、管理各校的行政事宜、到各校調查等	每月100元
服務銀行界的女子	1930年5月8日	丈夫厭倦政界工作在家休息，雇一老媽子帶小孩	中西女學畢業，入法國學校學習	儲蓄、整理賬目	每月30元
軍衣莊的女工	1930年5月12日	家境困難		釘扣子	每天44到72枚子兒不等
水利委員會的科員	1930年5月15日	長女，有養家之責	北平女子高等師範畢業	整理報紙、書籍、打印相關資料	每月120元
地方法院的女職員	1930年5月17日		經考試錄取	抄寫判決書	每月13元
歌女正月裏	1930年5月19日	前夫去世，與一個老師相依爲命		沿門唱歌	每天三十個子兒
擺小攤子的老婦	1930年5月22日	和丈夫各守一個小攤子		賣生活日用品和食品	一天賺兩三毛
紡羊毛的老婦人	1930年5月24日	丈夫生病，有兩個兒子需她養活		整天不停地搖著紡線	收入甚微，不是每天都有，有時要飯

國貨陳列所的看守生	1930年5月25日	家庭生活由父親供給，不用養家	曾在私立明星中學讀書	招待前來參觀的人	每月20元
女星相家悟眞女士	1930年5月26日	一家母子四人，自己看書學得這門技藝養活一家人		占卜與批命	每天十幾元到二十幾元
憑三寸不爛之舌（相婆）	1930年6月5日			批說人家富貴壽夭	
北票煤礦公司女打字員	1930年6月9日	父親在營口公安局任職	曾在營口日本人所辦打字機製造公司附設的打字養成所裏學習	打字	每月三十元到四十元之間
於皮鞭下磨練出來的兩位賣解女郎	1930年6月16日	十二三歲，世代賣藝		上午練習，下午賣藝	每天兩三元，周末七八元
救濟院院長張人瑞	1930年9月4日	自幼得父母疼愛，求學艱苦	北平女子高等師範畢業	救濟窮苦婦女，主持女子補習班	
無標題（婦協委員屈利亞女士）	1930年9月9日		香山慈幼院職業師範畢業	開會，救助窮苦婦女，辦理補習學校	每月20元左右
一位善於宣傳的女畫家	1930年9月15日	掙錢維持自己和母親生活	上海專門藝術學校	夠維持自己和母親生活	
見解高超的女店員	1930年9月23日	和丈夫一起從上海到天津工作	上海培成女學	畫畫、做小廣告、經營女子化妝品和日用品	每日五六十元
經濟完全獨立的倪女士	1930年9月29日	父兄均工作	正在女子師範大學英文系學習	抄寫文件、兼任書會會計	每月50元
一個女伶的身世談	1930年10月4日、5日	包辦婚姻，夫妻同行，經常吵架		中原公司唱戲	每天2元
本報記者的自敘記	1930年10月10日、11日、13日	獨身	南開大學	採訪、兼在中學任教	

一位女碩士的紹介	1930年12月9日、10日	父親津浦鐵路局局長，單身	南開大學，美國俄亥俄州立大學碩士	河北女子師範訓育主任、班大夫醫院化驗

蔣逸霄一再向讀者強調她是在如實記錄、客觀報導，「把她的生活狀況，就我個人見聞所得抱著客觀的態度很忠實地寫下來，至於從事這種職業的女子的本身有無不合之處，或顧客本身對於那般女子有無不正當的地方，我不必加以主觀的批評」〔註79〕。誠然，她的採訪記稱得上「有聞必錄」：在文章的開頭，她通常會介紹是經由何種途徑認識這位職業婦女、在什麼時候及地點訪問了她；接著會描述採訪對象的長相、衣著和工作環境；等到進入正題時，則常常以兩人的對話錄，或第一人稱自敘的方式，詳細到近乎瑣碎地介紹被採訪者的成長經歷、教育情況、從業動機、職業狀況和婚姻與家庭的情形；此外，她還隨身帶著相機，給職業婦女們拍攝照片，與採訪記一同刊發。

但在蔣逸霄的採訪記中，她的性別意識仍然時時流露出來，使她的敘述中帶有強烈的同情或批評。例如她在描述賣解女郎賣藝的詳細經過後，評論說「她們所獻的身手，在旁觀者看來，或者以為十分輕易簡單！然而這簡單輕易的身手，卻練習在萬千皮鞭的毆擊下。我看著她們屈身蹲伏之態，我彷彿看見了她們長跪在那教師所執的皮鞭的威脅之下；我看著那兩杯貯滿的清水，我幾如看見了她們在哀哭呼號之中所流的苦淚。」〔註80〕她描述在遊藝場賣食品的十四歲女孩工作時的情形——「當她走過的時候，（男顧客）故意在她腳上踐踏一下，於是她很嬌憨地向他罵著幾聲，他似乎覺得這是無上榮幸，兩眼眯成一條線，向著她好像其樂無窮地看。」——忍不住評論：「好在她年紀還小，決不能把『性的引誘』『吸引顧客』這種種罪惡加在她的身上。她受著環境的驅使，和傳統思想的支配，當然不能不遭人這樣侮弄。她又何嘗敢抵抗，而且她也決沒有想到這應當加以抵抗。」〔註81〕

通過採訪職業婦女，使蔣逸霄「瞭解不少婦女們就業的艱難和半途輟業的內在情況，更看得出婦女問題不是單純的、片面的，它是整個社會問題中一個重要的部門。」這進一步強化了她對自己雙重身份——職業記者與婦女

〔註79〕蔣逸霄，津市職業的婦女生活・遊戲場的女職員，大公報，1930年4月21日，第13版。

〔註80〕蔣逸霄，津市職業的婦女生活・由皮鞭下磨煉來的兩位賣解女郎，大公報，1930年6月16日，第7版。

〔註81〕蔣逸霄，津市職業的婦女生活・遊戲場的女職員，大公報，1930年4月21日，第13版。

代言人——的認同，即通過採訪、調查和報導掌握社會內層的詳細情況，瞭解婦女問題的現狀及產生原因，同時又能以自己對於現實的揭露「以供改革推動社會之責任的人們參考」。採訪婦女新聞、研究婦女問題、從事婦女運動的三者合一，使她對自己的人生充滿意義感，因此，「單就訪問天津職業婦女生活狀況一項而說，即工作了一年多沒有懈怠。每日在十字街頭跑來跑去，不管是和煦春風，或者酷熱太陽暴雨的夏日，或者伴著蕭蕭的落葉以及踏著寒冷的冰雹，我總是一年四季興致濃厚地度著日子。我自己知道我對於一切事情本無常性，但從事這個每天都是千變萬化的報人生活，確是唯一嗜好的獲得」〔註 82〕

本章小結

本章講述的是一個女記者的生命史。從其自述來看，蔣逸霄的成長歷程堪稱幸運，雖然重男輕女的父親曾反對她求學，但由於母親的寵愛和堅持，以及此時外部環境的逐漸開放（如女子職業的示範效應和近乎免費的師範教育），使「不愛女紅愛讀書」的她能夠走出一條不同於傳統鄉間女孩的人生道路：離開家庭和故鄉，輾轉於千里之外的無錫、北京、天津等地獨自求學；以抒寫女學生的情感和生活在校園文藝圈內立足，並因此與大眾傳媒結緣，進而以記者爲終身職業。

蔣逸霄的故事並非個例。晚清以來的女子教育在 1920 年代已經取得顯著成果，北京、上海、天津等大城市中聚集了一批受過現代的學校教育、對文學和政治充滿參與熱情的女學生和女教師，她們成爲報紙和雜誌的讀者、作者和編輯的重要來源，在報刊活動中實現經濟獨立、構建公共交往網絡，並從中獲得認同與支持；與此同時，新聞業的職業化進程也使得報刊更加重視女性讀者的實際需求和女性經驗的公共表達，不論是邵飄萍、任白濤等倡導新聞職業化的男性新聞學者，還是李昭實、張繼英等有過歐美新聞學和新聞業經驗的女性從業者，都強調女性學習新聞學和從事新聞業之於新聞實踐的重要意義。總而言之，二十年代末的女性與新聞業之間的聯繫變得更加緊密和廣泛。

作爲最早從事外勤採訪的女性從業者之一，蔣逸霄的身份認同與其採訪

〔註 82〕蔣逸霄，職業婦女的自白，申報，1936 年 8 月 2 日，第 22 版。

實踐相互纏繞。通過對她求學和早期寫作經歷的細緻梳理，筆者並未發現早年的她對婦女問題有格外關注，五四運動給她留下的最大影響是「科學報國」這一最終沒有實現的理想。毫無疑問，蔣逸霄對於性別不平等的深切體認是在《大公報》的採訪實踐中萌生的，採訪使她接觸到從前在象牙塔中聞所未聞的那些人間慘劇，在替婦女們訴說痛苦的同時，她開始對造成納妾、蓄婢、娼妓、婆媳等婦女問題的原因產生好奇，開始有意識地研究婦女問題和從事婦女運動。然而和其他的女權運動者不同，蔣逸霄看待婦女問題的方式始終帶有記者的職業視角，即重視事實的調查和揭露，不論是對紗廠女工的調查報導，還是職業婦女訪問記，蔣逸霄對於「客觀態度」、「忠實記錄」的癡迷，讓沉默者開口，替無聲者發言，讓普通婦女的自我表達進入公眾的視野，在一定程度上改善了女性在新聞中的再現匱乏和負面再現等問題，也爲後來者研究當時職業婦女留下了珍貴的歷史記錄。對蔣逸霄個人而言，新聞記者的職業既符合她的個性特徵，也能夠實現她「代婦女發言」的性別主張，因此在她身上性別認同和職業認同較爲契合。

此外，值得一提的是蔣逸霄職業軌迹的變化，也與彼時的政治環境與《大公報》經營策略息息相關。正是在政黨、政府和社會的共同推動下，二十年代末婦女運動無論在組織的嚴密性、範圍的廣泛性和執行的有效性上都達到前所未有的程度。《大公報》敏銳地把握了這一時代潮流，將婦女新聞作爲本地新聞版重點包裝和突出強調的內容。從蔣逸霄的採編實踐來看，她在《大公報》中無疑享有較大的自主空間，如在婦女協會、婦女救濟院等報社分配的條線新聞之外，她可以自主選擇和決定婦女新聞的報導內容，她的長篇調查報導和研究報告也能在《家庭與婦女》欄中盡數刊登，這爲我們發現二三十年代非婦女報刊中女權話語的言說空間提供了一個例證。

第四章　定義婦女角色：女編輯與「新賢良主義」之爭

1935 年 1 月 4 日，在長鳴的汽笛聲中，從杭州開往南京的火車緩緩停靠在上海火車站，站臺上人頭攢動、煞是熱鬧。李峙山放下手中的雜誌，伸直了腰，向窗外張望。人群中，一個熟悉的「特大號身材的巨頭」，如鶴立雞群吸引了她的視線，那不正是南開大學校長張伯苓老先生嗎？

在中國教育界，張伯苓的鼎鼎大名，可謂無人不知。他早年曾入讀北洋水師學堂，是嚴復的高足。甲午戰敗後，他親歷了日本接收山東那一喪權辱國的場面，從此決心教育報國。1904 年他與嚴範孫在天津創設私立敬業中學堂（南開中學前身），經過二十多年不懈地耕耘，張伯苓以此為基礎建立起從小學到大學的南開系列學校〔註 1〕。同為服務教育界之人，李峙山早在 1915 年就認識了張伯苓，那時他在她所就讀的天津直隸第一女子師範學校代理校長，次年由齊璧亭接任後，張伯苓就卸職了，但與他同時到女師擔任學監的妹夫馬千里卻留了下來，對李峙山等人從事女權運動襄助甚大。

火車就要開動了，張伯苓上了車，李峙山迎頭招呼他：「張先生！好嗎？好久不見，您還認得我嗎？」

「好久不見，認得認得，從哪裏來？」張伯苓微笑著回應她。

〔註 1〕包括 1907 改名的南開中學、1919 年的南開大學，1923 年的南開女子中學，1928 年的南開實驗小學，參見：劉國新、賀耀敏、劉曉等，中華人民共和國史長編（第 7 卷・人物卷），天津：天津人民出版社，2010：388。

「請坐！請坐！我從杭州來。」李峙山一邊回答，一邊請他和同事們就坐。

「啊！我們昨天也從杭州來，航空學校舉行畢業典禮，南開學生有三十多人在那裡學航空，我最小的兒子也是這次畢業。」張伯苓坐下，很高興地對她說。

李峙山和張伯苓拉起了家常，這位已經六十多歲的老人，滿面紅光、精神矍鑠、極爲健談，看上去不過五十齣頭。和天底下所有父親一樣，一談起膝下四個兒子的成就，就滔滔不絕。令李峙山驚訝的是，雖然張伯苓是教育名家，但在孩子的教育上完全沒有用過心，都是「沒有入過學堂」的張太太一手教育出來的。言談間，張伯苓對太太多年以來和睦公婆、教養子媳、操持家務上的功勞讚不絕口，還決定在舊曆年正月二十日（1935 年 2 月 24 日）兩人結婚四十週年之際開一個茶會，「把我內人的生平、以及我們的結合，家庭的樂趣，向親友們報告報告。」聽到這裡，李峙山乘機要求張伯苓將紀念日上的演講令人記下，寄給她正在編輯的《婦女共鳴》雜誌，「以做讀者的模範」，張伯苓欣然答應〔註 2〕。

時光過得很快，張伯苓夫婦四十週年紀念會如期舉行，李峙山未能參加，但收到了由天津新聞界著名的記者夫妻——吳秋塵與徐淩影〔註 3〕——所寫來的報導，以生動之筆法，詳盡地敘述了紀念會籌備和舉行的經過，張伯苓在紀念會上的演講，以及張伯苓夫人治家四十年的經驗和成績。讀完這篇報導，李峙山「覺得這一對雖是舊式婚姻制中產生的，但他們這四十年如一日的甜蜜生活，卻使我們在自由戀愛婚姻下吵嘴甚至於離婚的現代青年們慚愧！」〔註 4〕於是，她以《一對舊式婚姻中的模範夫妻》之名，將這篇報導刊登在《婦女共鳴》第三期和第四期上。

出乎李峙山預料，這篇報導立即引起了上海婦女雜誌《女聲》半月刊的

〔註 2〕山，張伯苓先生車中漫談，婦女共鳴，1935，4（1）：43～46。

〔註 3〕吳秋塵，本名吳隼，1926 年自北京平民大學報學系畢業，是邵飄萍的得意弟子，1920 年代聞名北方新聞界的「平大三鳥」之一（餘者《世界日報》總編輯張友鸞、《世界晚報》《世界日報》主編左笑鴻）。畢業後任天津《商報》採訪部主任，還在《益世報》、《北洋畫報》等供職。徐淩影 1928 年從平民大學報學系畢業後與吳秋塵結婚，併入《商報》服務，1930 年辭職，在南開女中任國文老師，不時爲報刊寫稿，也是天津婦女文化促進會的骨幹之一。參見生活縮影·吳徐淩影夫人，大公報·婦女與家庭，1934 年 3 月 11 日。

〔註 4〕記者，一對舊式婚姻中的模範夫妻，婦女共鳴，1935，4（3）：44～52。

批評，在 5 月 15 日出版的第 3 卷第 13 號上，署名「茜」的作者毫不留情地說：「張伯苓先生這種捧老婆的盛舉，只不過是叫女子回家庭回廚房去的另一種鼓吹方法、宣傳方法。但他這種方法，是由走江湖賣搽瘡膏和萬應丹的老漢們那裡學來的——這是一面宣傳，一面有貨色給人看的。」〔註 5〕

《女聲》是李峙山非常欣賞的婦女刊物之一，不僅是因爲和《婦女共鳴》一樣，其主編和主要撰稿人都是女性，更因爲它「時代的認識、活潑的姿態、幽默的面容、俏麗清脆的調子」而讓人喜愛。李峙山每次收到《女聲》，總是一口氣讀完，常因它僅有二十頁的篇幅而遺憾，「好比很好吃的東西，不到幾口就把它吃完了，眞有不滿足似的」。因此，《女聲》對自己和她向來尊敬的張伯苓「刻薄」到近乎謾罵的批評，讓她有些無法接受，於是她坐下來，認認眞眞的寫了篇回應文章《不算回嘴》，刊登在六月出版的《婦女共鳴》的第一頁上〔註 6〕。

很快，7 月 31 日出版的《女聲》上，署名「宇晴」的作者再度做出回應，再次指責李峙山鼓勵婦女回到家庭，「做家庭的奴隸、傀儡、賢妻良母」〔註 7〕。兩個回合下來，李峙山發現在「婦女回家」與「賢妻良母」的關係上，必須要做更深入的討論，她便在 9 月出版的《婦女共鳴》刊發了一則「『賢良』問題專號徵文啓事」，希望讀者參與討論：

> 「賢良」二字，在婦女刊物上，自然一下就會想起「賢妻良母」的概念來。不過，伴此賢妻良母而來的另一平行概念——賢夫良父——卻被人忽視了。單從賢妻良母來說，這個問題是最早討論過，中間沉寂過，最近又熱鬧起來了。贊成的似有理由，反對的也有理由，但不得一個要領，因爲這賢良的責任偏偏壓在婦女的肩頭。
>
> 本刊認爲若把那另一平行概念「賢夫良父」配合討論起來，則原則上是基於男女平等，我們是能贊成的，因爲不賢夫與不良父，不賢妻與不良母到底不是社會需要的。討論的範圍是男女兩方如何才會達此「賢良」的目的，怎樣能夠得上「賢良」，這可以說是在沉悶的問題中另尋一條柳暗花明的途徑，我們希望各作家，不分性別，

〔註 5〕茜，談張伯苓先生捧老婆，女聲，1935，3（13）：17～19。
〔註 6〕峙山，不算回嘴，婦女共鳴，1935，4（6）：1～2。
〔註 7〕宇晴，從批評與謾罵說起——再答《婦女共鳴》，女聲，1935，3（17）：5～7。

共抒己見，賜我們多量的鴻文大作，使此問題得到許多新的提供以備社會人士的採納。

（一）題目：a，賢夫賢妻的社會意義；b，賢夫賢妻的必要條件；c，賢妻良母與賢夫良父；d，爲什麼應該做良父良母；e，爲什麼應該做賢妻賢夫；f，一個賢妻良母的素描（過去不合理的和現在可做模範的）；g，奴隸性的賢妻良母，h，男女對於家庭的共同責任。

（二）截止日期：從即日起至十月三十日止

（三）篇幅以每篇三千字爲限

（四）報酬每千字二元至五元

（五）通信處：杭州學士路三十四號李峙山收〔註8〕

同時她還將徵文廣告寄給《女聲》，希望《女聲》的編者、作者和讀者能參與討論〔註9〕。這果然引起了《女聲》主編王伊蔚的關注，在《女聲》社舉行的「婦女問題座談・過渡時期的家庭婦女問題」中，她特意將《婦女共鳴》「賢良專號」列入討論議題〔註10〕。作爲《女聲》編委會成員之一的淩集熙也寫文章應徵《婦女共鳴》〔註11〕，發表自己對「賢良問題」的批評意見。

1935年11月《婦女共鳴》「賢良問題」專號登出時，《女聲》已經因經費困難和政治壓力停刊。但同樣是李峙山頗爲欣賞的另一份婦女刊物——沈茲九主編的《婦女生活》——卻對《婦女共鳴》的這場討論大加批評，主要編輯人之一的羅瓊嚴厲指出，「賢妻良母」是封建勢力對婦女的壓迫的體現，李峙山和《婦女共鳴》所提倡的「新賢妻良母主義」，不過是「舊賢良主義的『借

〔註8〕峙山，答宇晴君——婦女回家庭與賢妻良母的探討，婦女共鳴，1935，4（9）：48～50；《婦女共鳴》在南京出版，因1934年起諶小岑在浙贛鐵路理事會任職秘書和鐵道部勞工科科長，李峙山隨之定居杭州。

〔註9〕婦女共鳴月刊徵文，女聲，1935，3（20）：9。

〔註10〕婦女問題座談・過渡時期的家庭婦女問題，女聲，1935，3（21～22）：17～20。

〔註11〕淩集熙，生平信息不詳，中華婦女節制會會員，1935年1月曾編輯《中華婦女節制會年刊》；蟻社社員，並在上海婦女界救亡協會工作，1939年6月，與陳鶴琴、陳選善、許德良等發起成人義務教育促進會，以「普及教育、發揚愛國精神」爲宗旨，前後辦學11所，入學工人、失學青年和家庭婦女5000人，淩集熙在該會任副幹事，負責具體工作。參見：淩集熙，成人義務教育促進會，中共上海市委統戰部統戰工作史料徵集組編，統戰工作史料選輯（第2輯），上海：上海人民出版社，1983：132。

屍還魂』」，仍然是「用賢良的美名，想把婦女驅回家庭中去過她們的奴隸生活」，因此必須加以反對〔註 12〕。這樣尖銳的批評引起《婦女共鳴》作者「蜀龍」的極大不滿，她忍不住爲李峙山辯護，認爲《女聲》和《婦女生活》對《婦女共鳴》的批評是「不團結」這一「女性的弱點」的體現，「比如甲婦女團體有所主張，雖然很合理，乙婦女團體想方設法也得攻擊他，丙婦女團體也是會攻擊他。乙丙兩團體按理既站在同一戰線上攻擊甲婦女團體，伊們該會聯合起來一致行動罷？不！一查內容，乙和丙仍然彼此各有門戶之見的」。〔註 13〕

從「張伯苓捧太太」到「新賢良問題專號」，三份婦女刊物之間長達一年的爭論都圍繞「賢妻良母」展開，它何以成爲 1930 年代女編輯和女作者們意見分歧的焦點，呈現出如此褒貶不一的面向？李峙山和《婦女共鳴》所極力建構的「新賢良主義」有著怎樣的內涵？而反對者又是如何來理解和加以反駁的？透過這場圍繞「妻子與母親」這一組最基本的女性角色歸屬的論爭，有助於我們瞭解三十年代的女編輯們是如何理解、想像和界定恰當的性別角色和性別關係的。

第一節　「賢妻良母」與 1930 年代的時代氛圍

一般說來，「賢妻良母」代表一種婦女形象，而「賢妻良母主義」則代表著一種思想〔註 14〕。歷史學者呂美頤曾對「賢妻良母」概念的產生和流變做過梳理，「賢妻」、「良母」集中體現中國傳統社會對「婦職」和「母職」的最高要求與行爲規範，體現著傳統文化人倫關係中的宗法等級觀念、價値取向和性別分工。但把二者聯繫起來形成一個概念並在社會上流行，則出現於 20 世紀初，盛行於日本的「賢母良妻主義」進入中國並與中國傳統女子規範一拍即合〔註 15〕。

〔註 12〕羅瓊，從「賢妻良母」至「賢夫良父」——讀《婦女共鳴》賢良問題專號以後，婦女生活，1936，2（1）：59～67。

〔註 13〕蜀龍，讀了「從賢妻良母到賢夫良父」以後——參看本年一月份的《婦女生活》，婦女共鳴，1936，5（2）：35～38。

〔註 14〕夏蓉，20 世紀 30 年代中期關於「婦女回家」與「賢妻良母」的論爭，華南師範大學學報（社會科學版），2004（6）：39～46。

〔註 15〕呂美頤將這一問題分爲三個階段，晚清維新人士對「賢良」內涵的重新界定、新文化運動中的再認識、抗日戰爭時期對賢妻良母主義的論爭，她認爲這一

「賢母良妻主義」是日本在明治維新時確立的女子教育宗旨，是基於「國家主義的良母主義」，即政府為了實現富國強兵的目的，將培養優良母親作為女子教育的首要目的，在具體方略上實行男女分別教育、輕視女子智育、重視女子的家庭實用技術和精神修養等〔註 16〕。這一女教思想深為清末維新派知識分子所認同。在他們看來，明清以來盛行的「女子無才便是德」、「勿道學問，惟議酒食」的舊式女教導致了「女學衰，母教失，愚民多，智民少」〔註 17〕，是國家羸弱的根源。要想國家強盛，必須培養「上可相夫，下可教子，近可宜家，遠可善種」的「國民之母」〔註 18〕。由此，他們為「賢妻良母」注入的時代內涵是：女子應具有相應的知識和技能，能夠成為男子的賢內助，並且擔任母教之責，以服務於「強國善種」的民族主義目的。此後維新人士以此為方針掀起了興辦女學的高潮，並得到國家政策的支持。1907 年清政府將女子教育正式納入國家教育體系，以「講習保育幼兒方法，期於裨助家計，有益於家庭教育」為辦學宗旨，旨在培養於國於家皆為有利的「賢妻良母」〔註 19〕。同時走出國門赴日考察和留學的知識女性，也大多選擇入讀由下田歌子創辦、以培養良母賢妻為宗旨的實踐女學校〔註 20〕。

「賢母良妻主義」在日本成為國家和社會共同認可的女性行為規範〔註 21〕。儘管中國官方——無論清政府、北洋政府還是國民政府——都奉「賢妻良母

論爭反覆發生，是因其涉及到婦女解放的實質問題，即女性的歸屬是「固守家庭還是回歸社會」這樣一個兼具理論性和實踐性的問題，從辯證唯物主義的婦女解放觀出發，她仍然贊同「賢妻良母」是中國封建時代和半封建半殖民地時代塑造女性的模式，應該被摒棄。呂美頤，評中國近代關於賢妻良母主義的論爭，天津社會科學，1995（5）：73～79。

〔註 16〕張德偉、徐蕾，日本儒教的賢妻良母主義女子教育觀及其影響，東北師大學報（哲學社會科學版），1996（4）：88～92。

〔註 17〕鄭觀應，致居易齋主人論談女學校書，盛世危言（第二卷），轉引自：中華全國婦女聯合會婦女運動歷史研究室編，中國婦女運動歷史資料（1840～1918），北京：中國婦女出版社，1991：83。

〔註 18〕梁啓超，倡設女學堂啓，飲冰室文集之二，載李又寧、張玉法主編，近代中國女權運動史料（1842～1911）（上），臺北：龍文出版社股份有限公司，1995：561。

〔註 19〕劉王立明，中國婦女運動，上海：商務印書館，1933：78～81。

〔註 20〕謝長法，清末的留日女學生及其活動與影響，臺北中央研究院近代史研究所編，近代中國婦女史研究，1996（4）：63～79。

〔註 21〕李卓，中國的賢妻良母觀及其與日本良妻賢母觀的比較，天津社會科學，2002（3）：102～125。

主義」爲女子教育的正統〔註 22〕，但在社會輿論上對「賢妻良母」的質疑和批評卻從未停止過。尤其在倡導天賦人權、男女平等的女權話語中，「賢妻良母主義」顯得極爲可疑。1909 年，男性女權主義者陳以益發表《男尊女卑與賢母良妻》一文，指出既然男子教育「不以賢夫良父爲目的」，那麼以賢母良妻爲教育原則，「猶教婢女以識字耳，雖有若干之學問，盡爲男子所用」，和男尊女卑的謬論毫無差別，仍是將女子視爲「男子之高等奴隸」，絲毫沒有平等和平權可言。所以他呼籲女子「勿以賢妻良母爲主義，當以女英雄豪傑爲目的。」〔註 23〕事實上，陳以益極爲欣賞的「鑒湖女俠」秋瑾，正是拋棄賢妻良母之責直接獻身民族國家的女英雄典範〔註 24〕。

對「賢妻良母主義」的質疑和批判在「重新估定一切價值」的五四時期達到頂峰〔註 25〕，胡適在北京女子師範學校的演講《美國的婦人》中，提出了著名的「超於良妻賢母的人生觀」：「我是堂堂的一個人，有許多該盡的責任，有許多可做的事業，何必定須做人家的良妻賢母，才算盡我的天職，才算做我的事業呢？」值得一提的是，胡適並非反對「賢妻良母」本身，而是希望以「超於良妻賢母」的人生觀，「來補助我們的『賢妻良母』的人生觀」，「定可使中國產出一些眞能『自立』的女子」〔註 26〕。

但在五四以後，伴隨著對新知識分子對儒家倫理規範損壞「個人獨立自尊之人格」的揚棄〔註 27〕，「賢妻良母」這一延續數千年的女性角色規範，逐漸變成了「做一個人」的女性角色期待的對立面，每逢有論者爲「賢妻良母」

〔註 22〕民國政府成立後，將「母性主義」作爲女子教育宗旨，認爲女子對社會最大貢獻在於「幼兒之保育、兒童之教養」以及「良好家庭之建設」，因此課程設置上偏重家事和傳統婦女道德修養；國民黨第三次全國代表大會的決議中規定「男女教育機會平等」的同時強調女子教育要「注重陶冶健全之德性」、「保持母性之特質，並建設良好之家庭生活及社會生活」。參見蕭海英，賢妻良母主義：近代中國女子教育主流，社會科學家，2011（8）：41～47。

〔註 23〕陳以益，男尊女卑與賢母良妻，女報，1909 年第 1 卷第 2 號。

〔註 24〕陳以益（1889～1962），又名陳勤，別署志群，因十分敬重秋瑾，將自己的筆名署爲「如瑾」。江蘇南潯人。1906 年在上海認識秋瑾，曾與之商討《女子世界》和《中國女報》合併事項。他曾參加《女子世界》編務，1907 年爲紀念秋瑾創辦《神州女報》，1909 年 1 月發刊《女報》，編《越恨》，彙集秋案史料，作爲《女報》增刊。張蓮波，中國近代婦女解放思想的歷程（1840～1921），鄭州：河南大學出版社，2006：127。

〔註 25〕胡適，新思潮的意義，新青年，1919，7（1）：5～12。

〔註 26〕胡適，美國的婦人，新青年，1918，5（3）：213～224。

〔註 27〕陳獨秀，一九一六年，青年雜誌，1916，1（5）：1～4。

辯護時，即刻便引來反對者的駁斥，認爲「賢妻良母」將女性的職分設定爲妻子和母親，限制了女性從事職業和其他社會活動的可能性〔註 28〕。尤其在女性主編的刊物上，論者多一邊倒地反對「賢妻良母主義」。如劉清揚在其主編的《婦女日報》上強調「一個女子所能作的事，並不止於妻與母；一個女子所應作的事，也不止於妻或母；一個女子所願意作的事，更不止於妻與母。」女子教育偏偏以培養賢妻良母爲宗旨，顯然是「對於奴隸，口口聲聲必忠必忠的意思！這乃是最不可容受的。」〔註 29〕在石評梅、陸晶清主編的《京報・婦女周刊》上，也有論者刊文指出「賢妻良母」是舊禮教強加給女子的片面責任和道德，必須加以剷除。因爲從平等的原則來看，只有夫妻有愛情、且丈夫對妻子好，妻子才能做他的「賢妻」；而「良母」就如同一道枷鎖將女性拴住，使「育兒」成爲其唯一的天職，妨礙了女性去追求自己的獨立人格〔註 30〕；同時她們還討伐教育部當局推行「賢妻良母主義」，是「完全整個毀滅我們女子在二十世紀上競爭當『人』的工作，只是蜷伏在男子的威權下，用『溫和安靜』、『文質彬彬』、『至可敬愛』的種種女子的枷鎖，去獻媚男子、迎合男子，將來博個賢妻良母的頭銜。」〔註 31〕

1933 年 9 月 13 日，上海《時事新報》以「婚嫁與女子職業」爲題，刊出林語堂在上海中西女塾的演講稿，指出「出嫁是女子最好、最相宜、最稱心的職業」，立即引發熱烈的討論，一時間，要求婦女回家、倡導賢妻良母的口號在全國各地蔓延開來〔註 32〕。「最近的中國論壇，忽然因賢妻良母起了小小的波動！杭州《婦女旬刊》提出中國婦女應向哪兒跑的問題，雲南《民國日報》、揚州《省報》、上海《大晚報》，都曾經爲了這問題引起對立的爭辯。」〔註 33〕五四時期被質疑爲對立於「做一個人」的女性解放目標的「賢妻良母」，在 1930 年代中期再度引起討論與熱捧，與當時從外到內、由上到下力倡傳統、高揚母性的社會文化背景有密切的關係。

〔註 28〕如屠哲隱，賢妻良母的正義——爲「賢妻良母」四字辯護，及光義，良妻賢母主義的不通，婦女雜誌，1924，10（2）：363～365。

〔註 29〕清揚，賢妻良母之是非，婦女日報，1924 年 1 月 3 日。

〔註 30〕文娜，打破「賢妻良母」主義，京報・婦女周刊，1926，（86）。

〔註 31〕孤鴻，賢妻良母的女子教育，京報・婦女周刊，1925，（41）：2～3。

〔註 32〕范紅霞，20 世紀以來關於「婦女回家」的論爭，山西師大學報（社會科學版），2011（11）：8～12。

〔註 33〕力行，漫談些賢妻良母問題，女子月刊，1935，3（3）：3795～3796。

一、西方「婦女回家」論的影響

近代以來，隨著西方的器物、制度、思想等一一滲入到中國社會，從物質到精神層面無所不包，不論清末的中體西用，還是五四的全盤西化，西方發達國家始終被國人視爲中國現代化進程的參照和目標，處在社會進化的最前端，婦女解放也不例外，人們大多相信西方婦女的社會地位從理論到行動上都超前於中國。但是，正如許慧琦所言，「儘管英法美等過婦女在二十世紀前三十年的法律地位與社會參與，與前一世紀相較已有長足的進步，但基本上這些社會既有的性別分工觀念，仍未受到太大的挑戰。婦女的出路，始終受到國家政策、社會規範、經濟需求的影響與引導。」〔註34〕一到非常時期，婦女辛辛苦苦爭取而來的職業權利和活動空間常常遭到剝奪和擠壓。

歐美女權運動的高峰出現在第一次世界大戰中，戰爭將婦女大量推向公共活動領域，從事各類以往爲男性專屬的工作。戰時經驗凸顯出女性獨立的尊嚴與自主的能力，深刻地影響到婦女的社會地位。然而一旦戰爭結束，嚴重損失人力與男丁的歐洲各國——德國、法國、意大利、西班牙、捷克、奧國、瑞典、愛爾蘭等——陸續制定獎勵婚姻和鼓勵生育的措施，營造出一股要求婦女放棄職業、回歸家庭，承擔「賢妻良母」之責的輿論氛圍，對婦女運動予以極大的打擊〔註35〕。其中尤以推行獨裁統治的法西斯國家爲甚。墨索里尼直言「婦女應該守在家裏，做一個好主婦，好妻子，好母親，如果她在這方面盡了責，那就是等於對國家盡了責了，如果她有餘暇，那她也不妨在互助協會中出點力，不過必須在不疏忽她本責的條件之下去做。」〔註36〕1933 年希特勒掌權後，爲求增殖人口，解決經濟恐慌與失業問題，開始大力鼓吹「結婚是女子唯一的眞正職業」，「家庭爲婦女的樂園」〔註37〕，並嚴格執行「三 K 主義」——德語孩子、廚房和教堂三字中的第一個字母——的婦女政策，尤其限制婦女就業，如對三十五歲以下婦女，若其丈夫或父親有某種最低限度的薪給，可供她維持生活，便禁止她從事任何職業，使得不少德國婦女只能領取結婚津貼，將職位讓位給男子，回到家庭〔註38〕。

〔註34〕許慧琦，一九三〇年代「婦女回家」論戰的時代背景及其內容——兼論娜拉形象在其中扮演的角色，東華人文學報（臺灣），2002（7）：99～136。
〔註35〕孫昌樹，德國獎勵結婚的原因，女子月刊，1934，2（4）：2324～2328。
〔註36〕碧雲，論墨索里尼之獎勵生育，女聲，1935，3（11）：5～6。
〔註37〕碧雲，德國賢妻良母制的復活，申報·婦女園地，1934 年 5 月 20 日，第 19 版。
〔註38〕佩曾，希特勒統治下的婦女，婦女共鳴，1935，4（6）：43～45；孫昌樹，德國獎勵結婚的原因，女子月刊，1934，2（4）：2324～2328。

在二三十年代世界性的經濟蕭條中，不但法西斯獨裁國家力倡母性，不少民主國家也施行號召或引誘婦女回家的策略。美國社會主流輿論塑造的女性形象以賢妻良母的家庭主婦爲主，且成功的讓許多女大學生結婚後選擇待在家中，以做個能用科學方法治理家庭、養兒育女的全職主婦爲榮。英國也曾發生以「教男孩是男教員的責任、女教師不能使男學生的能力盡量發揮、男教員失業人數的增多」等理由來排斥女教員的運動〔註 39〕。

與此同時，伴隨著世界性的經濟蕭條，中國一步步捲入經濟恐慌的漩渦中。面對全球性的經濟困難，西方國家的「婦女回家」論被不少中國知識分子視爲可資借鑒和學習，他們站在男性中心的立場，認爲婦女讓出職位回歸家庭，不僅可以解除男子失業危機，並能給外出工作的丈夫帶來溫暖與安慰。如李賦京就贊同德國奉行的「賢妻良母主義」女子教育，「說起德國女子在家做事的能力，可說就像一頭牛，但事罷之後，換起新裝，坐在鋼琴上的時候，卻是另一種態度。所以她們的丈夫從外面做事回來，一到家中，就感到愉快，心裏的煩悶早已忘去一半。」因此，他勸告中國的婦女，「無論如何女子總是女子」，養育孩子就是爲社會服務盡責任，「其他的都是次一等的」，除非生活逼迫著不得已，沒有必要出去與男子爭奪飯碗〔註 40〕。

二、新生活運動與崇尚母性

這一股世界性的「婦女回家」風潮，與國民黨及國民政府日趨保守的婦女政策和性別意識形態相契合。南京國民政府所制定的婦女政策，具有兼受西潮和傳統影響、既進步又衛道的特性，這與國民黨在北伐時期推行的婦女解放運動相比，有相當程度的落差〔註 41〕。表現在國民政府成立後，

〔註 39〕玉白，談英國排斥女教員運動，婦女月報，1936，2（3）：1～3。

〔註 40〕李賦京，無論如何女子總是女子，國聞周報，1935，12（9）：45～48。

〔註 41〕許慧琦認爲，雖然北伐時期的婦運大致未超出革命建國的框架，但因爲當時國家力量尚未凝聚，社會動蕩而造成無政府狀態，以及西方自由婚戀思潮不斷輸入，使 1920 年代中葉的激情革命氛圍爲青年男女提供了公開討論並實驗新的兩性關係的寶貴時機。參加政黨、投入革命一度是當時新女性自期的出路，剪短髮、穿軍服，和男子一樣爲國家做貢獻的自信與喜悅展現在她們的行動上。然而北伐完成、國民黨清共的同時，也將自身的婦女政策與北伐時期的新女性特質加以區隔，爲求穩定政局與減少社會問題，基本上是限制多過於自由。參見：許慧琦，過新生活、做新女性——南京國民政府對時代女性形象的塑造，鄧小南、王政、游鑒明主編，中國婦女史讀本，北京：北京大學出版社，2010：341～344。

一方面確認了國民黨「於法律上、經濟上、教育上、社會上確認男女平等之原則，助女權之發展」爲婦女工作的基本準則，在與婦女有關的政策及立法方面，取得相當進展〔註 42〕；但另一方面，國民黨始終將「培養母性」作爲婦女政策的重點是，強調女子作爲「民族之母」，在「挽救種族衰亡之危險、奠國家社會堅實之基礎」上的作用。從國家利益出發，婦女的重要性體現在既是國家未來棟梁（兒童）的孕育和教養者，又是國家現在棟梁（男子）的支持者，因此在與婦女有關的決議案中，不斷地強調婦女對於家庭的責任〔註 43〕。在 1934 年國民黨開始自上而下推行新生活運動中體現得尤爲明顯。

新生活運動的發生，源於在國民黨的執政者們「以非常手段，謀社會更新」，也就是「去除不合理之生活，代之以合理之生活。」在蔣介石看來，中國人的生活「污穢、浪漫、懶惰、頹唐、野蠻」，是不合理的「鬼生活」〔註 44〕，尤其青年男女競相追逐西方浮誇虛華的物質文化，導致社會問題叢生。1934 年 2 月 19 日，蔣介石在江西省南昌市行營擴大紀念周上，宣佈發起新生活運動，其主旨是「以最簡易而最急切之方法，滌除我國民不合時代不適環境之習性，使趨向於適合時代與環境之生活。質言之，即求國民之生活合理化，而以中華民國固有之德性——「禮義廉恥」爲基準」〔註 45〕。通過群眾運動的方式，推行「整齊，清潔，簡單，樸素」，從而「使全國國民的生活能夠徹底軍事化」〔註 46〕。2 月 21 日，蔣介石自任會長的南昌新生活運動促進會正式成立，並迅速由國家政權的力量推向全國，1935 年全國成立省新運會的有

〔註 42〕國民政府對內政策第十二條修正案有「女子在政治上、社會上、法律上、經濟上與男子絕對平等」的規定；女子財產繼承權於 1930 年經立法院正式修正通過，於 1931 年 5 月 5 日起施行；職業開放，各政治機關陸續錄用女職員，南京立法院有少數女性被選爲委員；1930 年代開始，有關婚姻、納妾、夫妻關係、親子關係財產權等問題，在立法院通過的民法親屬篇上有明白規定；從首都南京開始，實行廢除娼妓的措施；頒佈保護女工法；刑法根據男女平等規則加以修改。參見：蔣逸霄，三十年來中國婦女運動的進展，國聞周報，1931，8（11）：1～6。

〔註 43〕洪宜嬪，中國國民黨婦女工作之研究（1924～1949），臺北：國史館印，2010：164。

〔註 44〕蔣介石，新生活的意義和目的（1934 年 3 月 19 日），蕭繼宗主編，新生活運動史料，革命文獻（第 68 輯），臺北：中央文物供應社，1975：31～34。

〔註 45〕中央宣傳部編，新生活運動言論集，正中書局，1938：127。

〔註 46〕蔣介石，新生活運動之要義，（1934 年 2 月 19 日），蕭繼宗主編，新生活運動史料，革命文獻（第 68 輯），臺北：中央文物供應社，1975：15～22。

19 個省，成立縣新運會的由 1132 個，此外加上院轄市、鐵路和華僑新運會，總計 1176 個。到 1937 年 5 月，全國已有 1543 個新運組織〔註 47〕。

新生活運動是的目標是要動員全社會各階層民眾參加，婦女也不例外。宋美齡強調婦女對於新生活運動的許多工作「等待著女性的效力，保持家庭清潔，贊助社會改革等等，都是婦女責無旁貸的任務。所以也可以說，復興民族的工作，女性是基本方面的切實服務者。」〔註 48〕因此，新生活運動一開始，中國婦女界即在宋美齡的領導下，成立「新生活運動婦女指導委員會」。參與新生活運動工作的婦女，被要求愛國、犧牲、守時、服務、用國貨，並被動員從事各類社會與婦孺慈善活動〔註 49〕。同時，在推行家庭新生活中，婦女作爲家庭生活的中心，被視爲責任重大，她們作爲國民之母，在改造家庭、教導兒女方面的作用被突出地加以強調。如 1935 年 5 月 11 日，南昌婦女生活改進會召開第二次全體會員大會，國民黨要人熊式輝特地作了「婦女生活之改進問題」的講演：

> 新生活運動自提倡以來，已風靡全國，這是一種社會運動，最注意改造家庭，以求社會的改進。所以就婦女本身而言，就國家而言，就新生活運動而言，家政講習會是極重要的。……現在國家正在從事復興大業，男子們都已氣象蓬勃地起來奮鬥，占民族百分之五十的婦女，也要起來擔負復興民族的任務，而且有一件特別重要的工作等著她們去做，就是教導她們的兒女，作爲復興民族的中堅。〔註 50〕

在 1936 年 3 月，時任上海市長的吳鐵城在基督教女青年會發表演說，也遵循同樣的邏輯來論述「賢妻良母」與民族國家復興的關係：「民族復興如何會成功呢？必要養成許多的賢妻良母……譬如戰國時的孟母教子、宋朝的岳母教子……婦女本身的責任，就是賢妻良母，最好大家要模仿岳飛和孟子的母親，

〔註 47〕夏蓉，婦女指導委員會與抗日戰爭，北京：人民出版社，2010：14。

〔註 48〕蔣宋美齡，新生活運動，蕭繼宗主編，新生活運動史料，革命文獻（第 68 輯），臺北：中央文物供應社，1975：108～109。

〔註 49〕如南京的新運促進會婦女工作委員會所推動的運動有：清潔整齊運動、家庭衛生運動、兒童保健運動、體育運動、提倡正當娛樂運動、節儉運動、破除迷信運動、提倡儲蓄運動、提倡服用國貨運動、救助老弱傷殘運動、扶顚持危拯溺救饑運動、推廣慈幼事業運動、擴大婦女識字運動等十三項。談社英，中國婦女運動通史，南京：婦女共鳴社，1936：281。

〔註 50〕夏蓉，婦女指導委員會與抗日戰爭，北京：人民出版社，2010：24。

來訓導我們的小國民。」〔註 51〕《申報・婦女專刊》主編周瘦鵑直言不諱地勸告女子：「社會和國家有事時，便當挺身而出，爲社會爲國家直接服務；社會和國家沒事時，那麼不妨退守在家庭中，做伊們的賢妻良母。……古人有言，治國必須齊家，家齊而後國治，這話實在是不錯的。」〔註 52〕

簡言之，1930 年代的「賢妻良母」話語召喚的是兼具現代民族國家意識和傳統婦女美德的女性主體。在倡導者們看來，女性的人生價值和存在感是通過服務於家庭和民族國家來體現的。因此，不但與母性精神牴觸的婦女表現——從外表的奇裝異服、裸腿裸足、剪髮燙髮，到男女自由交往，摩登浪漫等行爲——都會被各地執政者以新生活運動之名進行取締〔註 53〕；當經濟蕭條、國家有難之際，女性更理所應當地讓出在社會中的角色，回歸家庭以盡「賢妻良母」的本份，至於女性個體的自由意志和職業規劃，則成爲可被忽略與犧牲的部分。

三、「摩登女子」引發的爭議

摩登女子所引發的爭議，同樣是構成「新賢妻良母主義」之爭的重要背景。摩登女子又被音譯爲「摩登狗兒」（Modern Girl），是 1920 年代以降都市文化與消費主義盛行下的產物〔註 54〕。當時一般民眾對摩登的理解，有娛樂化與物質化的傾向，亦即在外表上追逐時尚、講究品位，尤其表現爲對西方生活、娛樂習慣、價値觀、日常用品、流行服飾等的追逐和對「黜奢崇儉」的傳統消費觀念的離棄〔註 55〕，從而邁入以揮霍、享受、需求、快感、富足等心態爲本質的現代消費主義，這一都市現代性在最早經受資本主義和西方文化洗禮的上海體現得淋漓盡致〔註 56〕。

〔註 51〕顧秀蓮主編，20 世紀中國婦女運動史（上），北京：中國婦女出版社，2008：378。

〔註 52〕周瘦鵑，發刊辭，申報・婦女專刊，1936 年 1 月 11 日，第 17 版。

〔註 53〕蔣委員長取締婦女奇裝異服，警高月刊，1934，(1)：194～195；理髮與厲行新生活，中央日報，1935 年 1 月 23 日；平市整頓風化，時事彙報，1934，(3)：35；取締婦女奇裝異服，中央日報，1935 年 2 月 26 日。

〔註 54〕Sarah Stevens,Figuring Modernity:The New Woman and the Modern Girl in Republican China,*NWSA Journal*,Vol.15,no.3,fall 2003:82～103.

〔註 55〕近代以前中國社會的消費理念主要表現爲：以實用爲消費品製造原則，溫飽爲社會消費目標，吃穿爲消費主要結構等，歐陽衛民，中國消費經濟思想史，北京：中央黨校出版社，1994：342～351。

〔註 56〕（美）李歐梵，上海摩登：一種新都市文化在中國（1930～1945），北京：北京大學出版社，2001。

在日常生活和人們的普遍認知中，摩登女子首先是從現代化的身體特徵和消費風格來界定的：「我們每次聽見人家說起摩登女子的時候，在我們面前總現出一位嬌妖的年青女郎，她的髮是曲的，蓬蓬的，她的唇是紅的，靨是笑的，腿是裸露的，鞋是高跟的，只覺得她透出一片形態上的誘惑……」〔註 57〕，而她們每天的工作除了裝點自己以外，便是「伴情人在公園裏談天玩笑」、「跳舞場裏摟抱擁舞」、「電影院裏狂吻陶醉」或是「在大馬路上行汽車兜風，顯現那摩登十足的神氣」〔註 58〕。

《聯益之友》美術旬刊，1931 年第 186 期

在二三十年代的上海，追逐時尚的摩登風尚幾乎影響了各個階層、職業與年齡段的女性，不僅富裕闊綽的太太小姐如此，年屆中年的棉紗廠女工也以裝束相炫耀〔註 59〕，農家女子受上海摩登風氣影響寧做舞女、不肯回鄉的新聞更是時有聽聞〔註 60〕。連大學殿堂也難逃奢侈炫耀的風氣，尤其家境不錯的女學生們沉醉於戀愛遊戲與打扮享樂，對「皇后」、「校花」一類的頭銜趨之若鶩。作爲「新式消費的追逐者」的「摩登女郎」，在被社會批評爲愛慕虛榮的同時，「又爲一般男性青年所追逐」〔註 61〕。同時代的男性在欣賞和追逐其美麗的同時，爲她們昂貴的消費能力所苦惱。《婦女共鳴》曾有記載，一男子月薪 300 元，在當時算不錯的收入，但摩登妻子每月在衣服上的費用就高達 200 元，令他不勝其苦〔註 62〕。

〔註 57〕孟斯根，中國「摩登」女子的危機，年華，1933，2（6）：7～10。
〔註 58〕紹光，我所知道的一位摩登女子，申報，1932 年 8 月 2 日，第 17 版。
〔註 59〕（美）艾米利．洪尼格，姐妹們與陌生人——上海棉紗廠女工，1919～1949，南京：江蘇人民出版社，2011：66。
〔註 60〕舟子之未婚妻，來滬後變爲摩登女，申報，1932 年 1 月 25 日，第 12 版。
〔註 61〕雲裳，論「摩登女郎」之所由產生，婦女共鳴，1933，2（6）：26～33。
〔註 62〕記者，摩登女子爲婦運之障礙，婦女共鳴，2（2）：63。

在國家有難之際，摩登女子重物質享受、好逸惡勞，成為人們共同批判的對象，其最為嚴重的罪名是不愛國，尤其她們在政府和民間大力倡導國貨運動之際仍熱衷於使用洋貨。1933 年已有人用數據說明國人消耗外貨數量驚人，其主要原因是年輕婦女好虛榮尚時髦，競相使用外貨〔註 63〕。這導致時人對摩登的反感不斷攀升，溫和者認為「摩登不妨，大大地推銷洋貨則不必」〔註 64〕，嚴厲者則開罵「摩登足以亡國」〔註 65〕，杭州還出現「摩登破壞鐵血團」，「用鏹水在各遊戲場所，密灑男子西裝、女子豔服」，以「提倡國貨、破壞摩登」〔註 66〕。1934 年因此被定為婦女國貨年，各界人士都希望婦女們能共體國艱、愛用國貨〔註 67〕。但在大眾媒體的大力倡導之下，來自海關的消息稱在該年的前八個月中，全國進口的香水脂粉共 1155117 元，較之去年反而增加了七萬餘元，僅上海一地就占全國的十分之七以上〔註 68〕。有論者推算，上海女人中每人每月消費化裝品在一元以上的當有二十萬人，尤以學校裏的皇后、機關中的花瓶、商店中做招牌的女店員，專事伴人跳舞的交際明星、達官貴人的姨太太等摩登女子為甚，同時使用雪花膏和香水的摩登男子也不在少數〔註 69〕。

在社會輿論對摩登女子的一片討伐聲中，儘管也有摩登女子的自我辯護〔註 70〕，和女性論者對於社會輿論「苛責女人」而偏袒同樣摩登化和消費洋貨的男子的不滿〔註 71〕。但總體而言，摩登女子的種種行為，被人們視為新

〔註 63〕楊燮理，婦女怎樣提倡國貨，申報，1933 年 10 月 26 日，第 17 版。

〔註 64〕有基，摩登與國貨，申報，1933 年 12 月 14 日，第 13 版。

〔註 65〕劉秉彝，摩登論，申報，1933 年 10 月 8 日，第 22 版。

〔註 66〕雅非，破壞摩登，申報，1934 年 3 月 31 日，第 19 版。

〔註 67〕仰莽，婦女國貨年之應有工作，申報，1934 年 1 月 11 日，第 13 版；馮雪英，婦女國貨年獻詞，女子月刊，1934，2（1）：1850～1851；李峙山，中國婦女無負民族——婦女國貨年意義之我見，婦女共鳴，1934，3（1）：1～4。

〔註 68〕驥，專用外國香水脂粉者聽著，婦女共鳴，1934，3（10）：43～45。

〔註 69〕雲裳，誰在推銷化裝品？申報・婦女園地，1934 年 8 月 26 日，第 17 版。

〔註 70〕一位筆名「傻二姐」的摩登女子對專在女人身上做文章的「商男」們反唇相譏，稱男子的重視外表不亞於女子，且女子之裝扮正是出於男子的要求，而時下輿論卻把亡國的責任推在女子的裝扮上。此文先是刊載於《大晚報》，被《女聲》主編王伊蔚轉載，參見：警告勿再在女人身上做文章，女聲，1934，2（22）：9～13。

〔註 71〕如她們都指出，婦女化妝品進口一百萬餘，但每年紙煙進口達三千萬元，居進口最多之棉貨、糖、米麥、煤油之後，且多為掌握話語權的男性所消費，但他們卻對女子「群相詆毀」。李峙山，中國婦女無負民族——婦女國貨年意義之我見，婦女共鳴，1934，3（1）：1～4；瑞，化裝品與紙煙，婦女共鳴，1934，3（9）：34。

女性「墮落」的象徵，不但爲本就懷疑甚至反對婦女解放的保守人士提供了憑證，即使堅信女子應走出家庭、服務社會的女權主義者，也因爲向來被視爲婦女解放的兩大途徑——教育和職業——中女子的日益摩登化而深感憂慮。如女作家、記者陳學昭曾痛心地指出，從五四以來的女子教育爲中國社會塑造出的，多半是些「會寫寫詩文、說幾句外國話、會上跳舞場」的摩登女子，到頭來還是男子的裝飾品，成爲不事生產的純粹消費者〔註 72〕。而她們之進入學堂，不是爲了將來能夠經濟自主與人格獨立，而是爲了以「文憑」爲嫁妝，以圖將來嫁入富貴之家，成爲「摩登」玩物。

更令人們憂慮的是，一些新興的女子職業「也陷入摩登的窠臼」。北平、上海、天津的一些飯館酒樓、百貨公司，爲招攬顧客紛紛聘用女招待、女店員爲「活招牌」，「爲迎合一般人的心理，以期他商業的發達」〔註 73〕。不但這些從事服務行業的女性競相追逐時尚，靠外表吸引顧客，成爲「公開的變形的供男子玩弄的娼妓」，甚至黨政機關的女職員也有了「花瓶」的稱號〔註 74〕。這些現象加劇了保守人士的不滿，認爲在「男女平等」、「提倡女權」等口號下的女子職業，不過是以妖嬈的打扮，做男子的玩物，騙男子的錢〔註 75〕。

如此看來，五四時期不願做父權與夫權統治下的「小鳥兒」而出奔的「娜拉」們，卻一頭撞進了資本主義的男權羅網，如批評者所說，「一樣地塗脂抹粉，一樣準備做男性玩物而裝飾著」，只不過從一個男人的玩物變成了辦公室所有男人的玩物，而她們所受的教育和知識，「不過是擡高價格的一種裝飾罷了」〔註 76〕。難怪乎連「娜拉」們自己都要悲歎：「今女子不可不謂解放，惟其解放，日趨於摩登之途，遂至誤盡蒼生，不特破壞家庭幸福，抑且阻礙女權發展」〔註 77〕。一位自稱進過洋學堂、罵過舊社會、研究過新文學的女士以「冉子」的筆名，表示寧願這些時髦密斯們回到家庭，將「賢妻良母」作爲第一要務〔註 78〕。

〔註 72〕陳學昭，時代婦女，上海：女子書店，1932：18～19。
〔註 73〕楊雪珍，「女招待」——「活招牌」，玲瓏，1931，1（25）：899～901。
〔註 74〕雲裳，論「摩登女郎」之所由產生，婦女共鳴，1933，2（6）：26～33。
〔註 75〕綿翼，從女招待說到女權運動，社會日報，1932 年 7 月 31 日。
〔註 76〕許藩，「娜拉」與「花瓶」，中華日報，1935 年 2 月 12 日，轉引自許慧琦，「娜拉」在中國：新女性形象的塑造及其演變（1900s～1930s），臺北：國立政治大學歷史學系，2003：255。
〔註 77〕記者，摩登女子爲婦運之障礙，婦女共鳴，2（2）：63。
〔註 78〕冉子，摩登婦女與賢妻良母，大公報，1931 年 7 月 29 日。

時髦派摩登女子的「華府麗都，趾高氣揚，觀其外貌，儼然一世家閨秀，實則胸羅有限，缺乏眞實才學，而其對於家事多鄙棄不願過問」，映襯出「知識高尚、舉止大方，能採擇新潮流之所長，補舊習慣之不足，治事負勝任之能，理家有督促之力」的新式「賢妻良母」的難能可貴〔註 79〕，使仍居正統的「賢妻良母主義」更加受到人們贊同，連帶增強了 1930 年代復古風潮的勢力。山東省主席韓復榘夫人高聖坤等，公然宣稱「女權愈發達，生活之墮落愈甚；文明愈進步，習尚之腐敗愈烈」，爲加以挽救，恢復舊道德，她們發起成立「婦女道德會」，將婦女「從道德方面，養成賢妻良母」，以響應新生活運動〔註 80〕。

第二節　「新賢良主義」：基於男女平等的「賢良」

在上述背景下，關於婦女回家和賢妻良母問題的論爭，從 1933 年底持續到 1937 年抗戰爆發才暫時平息，並在 1940 年代再度引起討論。值得注意的是，這場論戰中的主體大多是在五四運動中成長起來的第一代「娜拉」，經過十多年的奮鬥，她們中有的加入政黨組織，參與政策運作或推動立法；有的選擇從事自由出版業及其他專門職業，以教育婦女大眾，繼續傳播婦女解放思想，「成爲抵抗復古浪潮的中流砥柱」〔註 81〕。因此，在關涉到新女性在社會和家庭的恰當角色的界定和規範這一問題上，女性的主體言說尤其值得探討。

一、「男女平等」：《婦女共鳴》同人的終極目標

論爭是圍繞《婦女共鳴》雜誌推出的「新賢良問題」專號而展開的。該刊是李峙山、談社英等國民黨婦女運動家創辦的一份婦女雜誌。1928 年冬，時任上海特別市黨部執行委員兼婦女部長和國民黨中央黨部民眾訓練部幹事的李峙山與王孝英〔註 82〕、陳逸雲〔註 83〕、傅岩〔註 84〕、談社英共

〔註 79〕成翠，摩登婦女之分析，婦女共鳴 1931 年第 44 期。

〔註 80〕山東婦女道德會，申報，1935 年 10 月 10 日，第 13 版。

〔註 81〕許慧琦，一九三○年代「婦女回家」論戰的時代背景及其內容——兼論娜拉形象在其中扮演的角色，東華人文學報（臺灣），2002（7）：99～136。

〔註 82〕王孝英，1896～？福建閩侯人，畢業於北平女子高等師範學校，1922 年 8 月 13 日與萬璞發起北京女權運動同盟會，1923 年起歷任福建省立女子師範學校校長、上海無本女子中學和中國女子中學校長、上海婦孺教養院董事等職，1927 年 1 月國民黨福建政治委員會任命爲福建屏南縣縣長（未赴任），後擔任國民黨中央執行委員、港澳支部主任委員。1933～1949 年擔

同發起成立婦女共鳴社，以推動婦女運動。1929 年 3 月，由該社編輯和出版的《婦女共鳴》半月刊正式創刊，女界名流張默君和鄭毓秀題寫了刊名和發刊詞〔註 85〕。1931 年 2 月，《婦女共鳴》編輯部遷往南京，「為便作系統之記載，及深奧理論之探討」，從 1933 年 1 月起改為月刊，1937 年抗戰爆發後遷往重慶，1944 年 12 月停刊。

任立法院立法委員，1935 年 12 月與沈茲九、史良、胡子嬰、杜君慧、陳波兒等發起上海婦女界救國會。張憲文等主編，中華民國史大辭典，南京：江蘇古籍出版社，2001：161；全國婦聯婦女運動歷史研究室編，從「一二・九」運動看女性的人生價值，北京：中國婦女出版社，1988：365。

〔註 83〕陳逸雲（1906～1967），廣東東莞人，1927 年從廣東大學政治系畢業，任《國民日報》記者和國民黨中央青年部幹事，北伐期間投筆從戎，1928 年辭軍職，任國民黨南京市執行委員會委員兼婦女部長。1929 年任國民政府司法院薦任秘書。1932 年辭職考取官費留學，赴美國密西根大學就讀，1936 年獲市政管理碩士學位，歸國後任鐵道部專員。1938 年任婦女慰勞抗戰將士總會委員及戰時兒童保育會常務委員，1944 年再度入伍，1946 年退役，1948 年被選為立法委員，此後移居美國。

〔註 84〕傅岩（1903～？）河南南陽人，天津南開大學肄業、北京大學畢業。美國華盛頓州立大學法律系肄業，美國加利福尼亞州大學研究院政治系政治學碩士。在美國時擔任中國國民黨美西支部執行委員。回國後任國民黨中央宣傳部設計委員兼南京市市立救濟院院長。1937 年秋起任戰時兒童保育會理事，國民黨中央婦女運動會委員。1945 年曾當選為第六屆候補中央執行委員，1947 年 3 月任第四節立法院立法委員，此後赴臺仍為「立法院」立法委員。劉國銘主編，中國國民黨百年人物全書（下），北京：團結出版社，2005：2298。

〔註 85〕張默君（1883～1965），原名昭漢，湖南湘鄉人，1906 年加入同盟會，與秋瑾等在江浙一帶進行革命活動，1907 年畢業於務本女校。武昌起義爆發後，張默君與父親張伯純趕赴蘇州勸說江蘇巡撫程德全起義，並主辦《大漢報》響應辛亥革命。1912 年發起成立神州婦女協會，並創辦《神州日報》。此後擔任神州女校校長。1918 年赴歐美考察，入哥倫比亞大學攻讀教育，1920 年回國任江蘇第一女子師範學校校長，1927 年後被國民政府任命為中央政治會議上海分會教育委員兼杭州市教育局長，1929 年南京考試院成立，她出任考試院考選委員會專門委員。此後歷任國民政府立法委員、國民黨中央監察委員、常務委員、政治會議委員等職；鄭毓秀（1891～1959），廣東廣州人，1907 年留學日本，參加同盟會，從事革命活動，1914 年赴巴黎索邦大學（巴黎大學前身）攻讀法學，1924 年獲法學博士學位，是中國的第一個女博士、女律師，1927 年後，歷任國民黨上海市黨部委員、江蘇地方監察廳廳長、上海臨時法院院長，1928 年在南京國民政府中出任立法委員、建設委員會委員，並參與《民法》的起草。

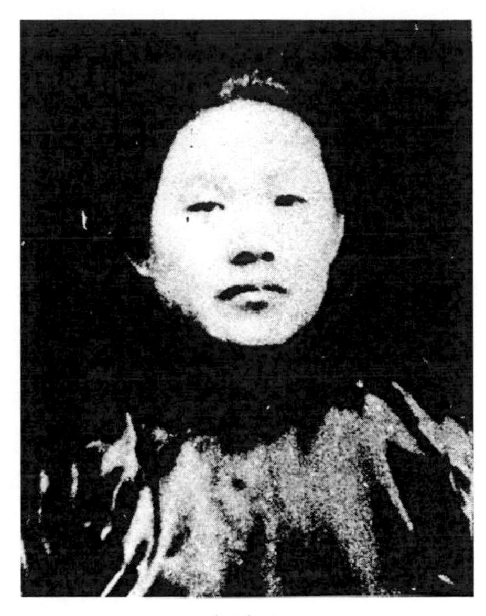
李峙山

自從1924年加入國民黨以來，李峙山和諶小岑夫婦就從事婦女運動與工人運動，過著飄泊無定的生活，期間曾從事過小學教員、中學訓育、黨官、機關職員、月刊半月刊旬刊日刊的編輯等職業，其中，以「黨官生活」最令她感到辛苦，而「編輯的職務最使我感到興味」〔註86〕，因此她對《婦女共鳴》傾注了大部分精力與熱情，成爲其實際上的總編輯。同樣熱心於《婦女共鳴》編務的還有出身於報人家庭的談社英。她的父親談長治，是清末革命派報人中的健將，「上海各大報，幾乎無不參與，如神州日報、民呼報、民吁報、民立報、新聞報、申報、中華新報等，多所策劃，或主筆政」，以在民立報時期「文章最爲時重」〔註87〕。因父親的關係，二十齣頭的談社英協助編輯了《民立報》的副刊，「是爲參加新聞記者生活之始」，同時她開始從事婦女運動，加入神州女界協濟社，負責編輯《神州女報》。「厥後幾盡以新聞記者爲職業，就中以從事中華新報之時間最久，初編文藝副刊，嗣主婦女與家庭欄，前後約有七八載之歷史」，直至1926年該報停刊。她相信「新聞記者與社會運動，有相互聯繫之關係，蓋新聞紙有製造輿論，轉移社會之權威，即如辛亥革命之易於推翻政體、改造共和，何者莫非輿論之力？」因此一直從事新聞工作與婦女運動〔註88〕。

《婦女共鳴》的創辦，是「茲此訓政時期，建設伊始，凡我女界，自非本知難行易之訓。協力猛進，以督促當局實行男女平等之政綱不爲功。」〔註89〕然而，北伐結束後的國民黨及國民政府，儘管在其黨綱和政綱上宣稱實行男女平等，但在政策的制定和執行上已逐步壓縮自主性婦女運動的言論和行動空間。如出於鞏固國家威權、強化黨政統治的動機，國民黨嚴格控制人民的

〔註86〕「社會人」自述・李峙山，申報・婦女園地，1934年12月30日。
〔註87〕談社英自傳，秦孝儀主編，革命人物志（第22集），臺北：中央文物供應社，1977：401～403。
〔註88〕「社會人」自述・談社英，申報・婦女園地，1935年1月27日。
〔註89〕發刊詞，婦女共鳴，1929，(1)：1。

言論、行動、出版等自由。如在1930年12月16日公佈的《出版法》中，命令規定出版物的登載不得出現以下情形：意圖破壞中國國民黨或三民主義者；意圖顛覆國民政府或損壞中華民國利益者；意圖破壞公共秩序者；妨礙善良風俗者〔註90〕。此後又進一步頒佈了《日報登記辦法》、《出版法施行細則》、《宣傳品審查標準》等文件，使國民黨對新聞界實行審查追懲制度越來越嚴。1933 年開始推行旨在事前預防的新聞檢查制度，直接干涉新聞媒體的業務工作〔註91〕。這些法案和制度都極大地限制了包括婦女報刊在內的出版物的言論空間，如 1934 年 10 月的《女聲》半月刊就「因受圖書雜誌檢查委員會檢查後抽去多量稿件」，待領回刪改再印時已經延期四天〔註92〕，1935 年以後此類狀況屢屢發生，稿件被肆意刪削，導致《女聲》的來稿急劇減少，常常脫期，不得不在年底停刊〔註93〕。

與此同時，國民黨在婦女運動的指導方針上強調「努力於教育事業、經濟事業、社會事業之運動」，「婦女團體不得於三民主義及法律規定之範圍以外爲政治運動」〔註94〕。因此，婦女組織一律納入各級國民黨黨部領導、管理和監督，導致婦女運動的自主性和活躍度都深受影響。如據談社英的描述，1927年各地國民黨婦女在政府的支持下成立婦女協會；因1930年1月中央頒佈的改良民眾團體方案，紛紛改組爲救濟會；1934年中央改頒婦女團體法令，又紛紛改組爲婦女會，「蓋屢次改組，均由中央法令之變更，換言之，實爲被動之改組也。」〔註95〕受黨和黨的意識形態所限制，婦女協會常常捲入各地黨派爭奪，成爲「黨派化」的婦女團體，難有獨立的婦女運動言論〔註96〕。連國民黨婦女運動家呂雲章都喟然感歎，「自民國十六年北伐完成，十九年黨部組織改變，婦女部取消後，轟轟烈烈、震動一時的婦女運動，逐漸冷靜而

〔註90〕出版法，國聞周報，1930年12月第7卷第48期。

〔註91〕方漢奇主編，中國新聞事業通史（第二卷），北京：中國人民大學出版社，1996：412。

〔註92〕特別啓事，女聲，1934，3（1）：2。

〔註93〕王伊蔚，回憶《女聲》雜誌，上海市文史館、上海市人民政府參事室文史資料工作委員會編，上海地方史資料（五），上海：上海人民出版社，1986：100～111。

〔註94〕國民黨中央第六十七次常務會議通過，婦女團體組織大綱，1930 年 1 月 23 日，中華全國婦女聯合會婦女研究所、中國第二歷史檔案館編，中國婦女運動歷史資料（民國政府卷上），北京：中國婦女出版社，2011：229。

〔註95〕談社英，中國婦女運動通史，南京：婦女共鳴社，1936：222～239。

〔註96〕毅韜，時事評論：痛苦沉悶與吶喊，婦女共鳴，1930，（28）：3～5

趨於消滅。降至民國二十年春，全國各地除尚有名存實亡的婦女團體，婦女機關外，切實從事婦女工作者，屈指可數。」〔註97〕在1934年1月召開的國民黨四屆四中全會中央民眾運動指導委員會的工作報告中，婦女工作者承認近年來在國民黨領導下的婦女運動，「事實上之表現，不但未見絲毫進展，且有消退之象。」〔註98〕

面對此種現狀，《婦女共鳴》的女編輯們持續對國民黨及國民政府不平等的性別政策提出批評，如創刊伊始，她們就批評國民黨第三次全國代表大會女代表名額太少〔註99〕，指出這次會議上通過的女子教育方針——「女子教育並須注重陶冶健全之德性，保持母性之特質，並建設良好之家庭生活」——不但承認一切束縛女子的舊禮教，還給女子加上了一道「新鎖銬」〔註100〕。此後，幾乎每次國民黨和國民政府出臺違反男女平等原則的法令和政策時都招致《婦女共鳴》的批評，如1934年底，立法院修訂刑法時通過了修正案第「二三九條」——「有夫之婦與人通姦者，處一年以下有期徒刑，其相奸者亦同」——這一隻懲罰「婦」而不懲罰「夫」的不平等法律條文引起了《婦女共鳴》社同人的極大憤怒，她們不僅用整整一期的篇幅聲討，也以實際行動參與南京婦女界的請願與抗爭，迫使立法院將「有夫之婦」改爲「有配偶者」〔註101〕。

除了在法律上致力於推動男女平等外，《婦女共鳴》強調要從觀念上破除「一般人對女子不平等」的觀念，以及推動女子在實際的學識和能力上做到與男子平等，致力於「重新確定正確的理論和強有力的主張，及合於實際的方式」〔註102〕。爲此，《婦女共鳴》除「時事評論」、「婦女消息」和少量的文藝作品外，主要刊載婦女運動的理論性文章，如對婦女運動歷史的總結、介紹國外婦女運動情況以及對當前婦女運動的方針和策略展開討論等。其稿件來源有社員撰稿、外來投稿和徵文三類。

〔註97〕呂雲章，婦女問題論文集，上海：女子書店，1933：16～17。

〔註98〕中國國民黨四屆四中全會中央民眾運動指導委員會工作報告中婦女工作概況，中華全國婦女聯合會婦女研究所、中國第二歷史檔案館編，中國婦女運動歷史資料（民國政府卷上），北京：中國婦女出版社，2011：301～304。

〔註99〕時事評論·我們這次失敗了，婦女共鳴，1929，(1)：2～3。

〔註100〕時事評論·三全會給與女子的新鎖銬，婦女共鳴，1929，(2)：1～3。

〔註101〕《婦女共鳴》1934年第3卷第11期詳細報導經過，關於這一事件的研究，參見：鮑家麟，民國二十三年婦女爭取男女平等科刑之經過——以通姦罪爲例，中國婦女史論集（第五卷），臺北：稻香出版社，2001：305～351。

〔註102〕本社同人，我們的主張，婦女共鳴，1929，(2)：5～10。

但是，這些嚴肅的理論文章似乎並未能有效地吸引讀者和作者。直到1935年，婦女共鳴社發展的社員僅12人，都是職業婦女，在八小時工作外還參加其他婦女團體的活動，所以能爲刊物寫稿的「僅三數人而已」〔註103〕；儘管《婦女共鳴》也積聚了如金石音、雲裳、陳鳳兮、金滿成、蜀龍等長期投稿人，但由於發行量低導致經費困難、稿費低廉，稿件匱乏的問題一直未能解決，主要編輯李峙山和談社英常常變換著署名爲之撰稿，有時一期上要登出四五篇之多。爲了吸引讀者，從1934年1月起，《婦女共鳴》減少長篇理論文章，增加「東鱗西爪」、「柏薇園隨筆」等有興味的軟性文字，以及「指導家庭生活之文字，以促進幸福家庭之實現」的生活經驗類文章〔註104〕。

與此同時，《婦女共鳴》增加了對社會上有違男女平等、女權進展的現象和話題的批評文章。毫無疑問，「摩登女子」及其對婦女運動所產生的負面影響正是她們所深感憂慮的社會不良現象之一。如李峙山對那些沒有工作能力，但靠臉蛋與打扮供職於行政機關、像裝飾品一樣起點綴的作用的「花瓶」，感到十分痛心：

> 國民黨提倡的男女平等，在革命軍北伐時，已達到最高點。北伐成功，就日漸低落下來。到現在可以說江河日下了。一般人的心坎裏，充滿了蔑視女子的心理，隨時隨地的流露出來。有使人不能忍受者，例如稱各機關的女職員爲『花瓶』，爲點綴品，對於少年無識，而裝束摩登、性情浪漫的少女，在表面上極爲歡迎，但骨子裏卻時常流露著嘲笑，玩弄與蔑視。各機關有用人之權的男子，多願拉攏此等角色點綴其辦公室，以滿足其玩弄女性之欲望。〔註105〕

她嚴厲地批評浪漫摩登的女子們「既不管家，也不讀書，更不從事職業，整日打扮的花枝招展的在社交中、學校裏、辦公室中鬼混」，缺乏奮鬥意識、甘爲玩物，給本就男性中心的統治者們以驅逐婦女回家的口實〔註106〕。更令她擔憂的是「一般無知婦女，誤認此等婦女爲時代之典型婦女，群起效尤」，且會造成類似「劣幣驅逐良幣」的不良後果，「浪漫女子既受歡迎，知能優秀的

〔註103〕本刊六週年紀念之回顧與前瞻，婦女共鳴，1935，4（3）：6～8。
〔註104〕山，編輯後談，婦女共鳴，1934，3（1）：55。
〔註105〕峙山，獻給南京市革命的姊妹們，婦女共鳴，1933，2（7）：6～13。
〔註106〕峙山，婦女應該回到家庭去嗎？婦女共鳴，1934，3（10）：12～15。

份子則不免向隅」，將使婦女解放的前途「開倒車」。事實上，李峙山的擔憂並非沒有道理，許多機關公司招考女職員時以貌取人，使得一些能力不佳但善於裝扮的摩登女子竟能擊敗衣著樸素的「女狀元」成功入職的現象時有發生〔註 107〕。

二、「新賢良主義」：生活上「男女平等」的嘗試

李峙山刊登《一對舊式婚姻中的模範夫妻》的初衷，是認爲與其讓那些不從事職業的中產階級家庭婦女「把光陰、精力、金錢……耗費在打牌看戲等享樂上面，而把家事育兒委於僕婦之手」，不如提倡她們傚仿張伯苓太太之相夫教子，對社會更爲有益。當《女聲》批評她是在鼓勵婦女回家時，她再三表明立場，試圖將「驅逐婦女回家」與「提倡賢妻良母」區別開來，同時強調與賢妻良母相對的概念——「賢夫良父」：

（一）驅逐已經跑到社會上來獨立生活的婦女回家庭是反對的；

（二）專責成婦女做賢妻良母而不責成男子做賢夫良父，或責成婦女們終身做賢妻良母也是反對的；

（三）努力於社會事業的改革，使家事社會化，把家庭的婦女拉出來，使之努力於生產工作，以營獨立生活是應該的；

（四）在理想的社會未實現以前，未受過教育的婦女，尤其是中產階級的婦女如張太太者，既無法使之跑出家庭來做一個社會人，則應在家庭中做一個賢妻良母。自然，男主人也應該是賢夫良父。〔註 108〕

基於男女平等的前提，「新賢良主義」圍繞夫妻雙方的賢良而展開。在 1935 年 11 月出版的《婦女共鳴》上，第一輯登載的是《婦女共鳴》社的意見，她們提出並論證她們的觀點，認爲在現代社會，只要是基於男女平等的原則，賢夫良父及賢妻良母都值得提倡；此外，她們也選錄了一些反對的意見，刊登在第二輯上，其觀點是賢夫良父在現有的社會根本不可能，因此應該根本性否認賢妻良母。

〔註 107〕珠，辦公室裏的花瓶，申報，1932 年 7 月 6 日，第 17 版。

〔註 108〕峙山，答宇晴君——婦女回家庭與賢妻良母的探討，婦女共鳴，1935，4（9）：48～50。

《婦女共鳴》「賢良問題專號」文章目錄

第一輯		第二輯	
標　題	作　者	標　題	作　者
新賢良主義的基本概念	蜀龍	「賢妻良母」的認識	集熙
賢夫賢妻的必要條件	峙山	賢夫賢妻存在愛的領域中	誼
新時代的賢夫賢妻	淡雲	中國式丈夫	雲裳
爲什麼應該作賢夫賢妻	葉輝		
賢妻良母之標準條件	社英		
從嫖妓說到賢夫良父	房龍		
賢良與女性生產	鳳兮		
怎樣使丈夫賢良	毅		

《婦女共鳴》的編者如何論證其觀點呢？李峙山從人的權利與義務對等的邏輯出發，指出在中國傳統倫理基礎的五倫中，每一倫都有對等的人和對等的責任，如君聖臣忠、父慈子孝、兄友弟悌、朋友以義，唯獨夫妻關係只強調妻子的賢惠，而對丈夫沒有任何要求，使其只享受權利而無義務，這種不平等的「舊賢妻良母論」應該被堅決地否認。但是對於激進的女子「索性否認『賢妻』這一說教，根本否認賢良二字對於女子有任何關聯」的態度，她也不贊成，認爲「賢良」仍是現代社會中建立美好家庭的基礎。因此，「新賢良主義」被置換爲主要是對丈夫和父親的要求：

> 妻母的賢良，我們不但不否認，而且要保存，但是須在賢夫良父的對等之下來行使我們賢良的行爲。如果夫與父不賢良，我們必須加以督促或監視，務使達於夫妻具賢、父母皆良的目的而後已。〔註 109〕

據此邏輯，蜀龍重新定義了「賢良」的內涵，「賢」指夫妻雙方相互的溫柔體貼、互助精神和高尚人格修養，「良」則是父母雙方對孩子採取負責任的態度、共同分擔教養孩子的責任。「新賢良主義」的基本概念是在承認家庭作爲社會的基本單位這一前提下，將賢良作爲維持家庭健全的基礎，同時堅持男女平等的原則，「我們必要男子做起賢夫良父來，不能單求女子作賢妻良母。」〔註 110〕

〔註 109〕編者，我們爲什麼出這個專號，婦女共鳴，1935，4（11）：6～8。
〔註 110〕蜀龍，新賢良主義的基本概念，婦女共鳴，1935，4（11）：9～14。

在贊同者看來，「新賢良主義」的意義有助於戀愛的昇華，以及個人獲得幸福的家庭生活，「假若是一對賢夫賢妻的話，夫妻倆當各從事於職業而回到家庭的時候，互相間都能得著精神上的慰安」，同時對於兒童的健康、幸福和品格完善也有極大的裨益〔註111〕。換言之，作爲一種道德規範的「新賢良主義」，其實踐場域主要是在家庭，至於夫妻雙方的社會生活則另當別論〔註112〕。因此，談社英強調提倡新賢良主義並不是在驅使婦女回歸家庭。她同樣使用民族主義話語來論證女性從事職業的必要性，即在「國事蜩螗、民族不振」之現時代，「革命政府」都承認男女平等爲基本原則，婦女只有更加努力地走向社會，「盡力於國家民族之責任」，才是一完全國民，否則「國民人格且不具，何能認爲賢良哉？」〔註113〕

通過建構新賢良主義爲基礎的家庭關係，《婦女共鳴》的編者希望打破由於傳統性別分工給職業女性帶來的困境，她們呼籲那些傳統上被視爲女性責任的家務勞動和育兒職責應由賢良夫妻共同承擔。爲了給讀者的生活實踐以更明確的指引，李峙山以一對自由戀愛、各有職業的新婚夫妻爲例，告誡妻子「從職業的辦公廳回來，入了家庭的辦公廳」後，千萬不要遵守「歷史上得來的賢妻良母的訓練」，包攬一切家務，養成丈夫頤指氣使的「主人氣派」。相反，應該時刻牢記平等、互助的原則，處理一切家庭瑣事時，都要「拉著你的丈夫共同操作」，久而久之方可使之步入「合理的賢良正軌」〔註114〕。

同樣，夫妻之間的經濟角色也不用再受限於男子外出掙錢、女子照顧家庭的傳統模式，陳鳳兮認爲賢良夫妻不妨做一個經濟生產能力的考量，在她的計算中，家務勞動每月所耗不過十五到二十五元，如果一個職業婦女的經濟所得在三十元以上，還讓她放棄工作做賢妻良母，則是不經濟的。相應的，如果男子的職業所得不到二十五元，那麼「他應該去抱抱孩子，燒燒菜洗洗衣服」〔註115〕。總而言之，新賢良主義提倡用一切實際的措施使夫妻雙方達到「地位同、學問同、人品同、享受同、操作同」，才能夠得上新時代的模範家庭〔註116〕。

〔註111〕葉輝，爲什麼應該做賢夫賢妻，婦女共鳴，1935，4（11）：24～26。

〔註112〕蜀龍，讀了「從賢妻良母到賢夫良父」以後——參看本年一月份的《婦女生活》，婦女共鳴，1936，5（2）：35～38。

〔註113〕社英，賢妻良母之標準條件，婦女共鳴，1935，4（11）：27～29。

〔註114〕毅，怎樣使丈夫賢良，婦女共鳴，1935，4（11）：40～43。

〔註115〕鳳兮，賢良與女性生產，婦女共鳴，1935，4（11）：35～36。

〔註116〕淡雲，新時代的賢夫賢妻，婦女共鳴，1935，4（11）：20～23。

作爲新賢良主義的主要倡導者，李峙山非常清楚的意識到，這種站在男女平等的立場上，發揚互諒、互愛、互慰、互助精神的夫妻關係，具有一定的階級局限性。那些既無知識且日夜爲生計而奔忙的勞動階級夫妻，丈夫能做到不打老婆、妻子能做到不胡鬧撒潑已算賢良，仍待經濟的改善和教育程度的提高；而富貴階級如政界要人、軍閥官僚、資本家、地主劣紳的夫妻是私有財產製度的罪惡執行者，「在現社會下幾乎是沒有辦法使其走上賢夫賢妻之路」。只有小資產階級的知識分子家庭，夫妻雙方都有知識、學問與職業，最有可能實踐「新賢良主義」〔註117〕。事實上，「新賢良主義」正是李峙山自身作爲小資產階級知識女性的日常生活經驗中得出來的解決之道，她曾痛陳「生活上的男女不平等」對自己的困擾：

> 在每天二十四小時的生活裏，男人呢，工作八小時、睡眠八小時、求知與交際娛樂又八小時。女人呢？工作八小時、柴米油鹽、縫紉補洗、牽兒抱女、奉親慰夫等等十小時，或十二小時，睡眠就只有六小時或四小時了。女人在這種不平等的生活下生活著，五年或十年之後，男人的智慧，地位可與日俱增，女人的智慧和地位確實日漸低落；這種不平等的生活，簡直是由平等邁進不平等的一條黑暗的途徑，無數的知識婦女整年整月的在這條黑暗的途徑行進著，這是如何的可怕呀！〔註118〕

正因如此，當時有人不無悲觀地認爲「按目前的事實看，要做一個職業的女性，就得放棄組織家庭的權利，否則只有終生做個賢明的主婦。可是前進的女性是絕對不願讓家務決定她們的一生的。於是，要得到經濟的獨立，要有個職業，便不得不孤獨地過苦楚的生活。」〔註119〕

職業婦女如何能夠兼顧家庭，一直是《婦女共鳴》所關心的話題，女編輯們也樂意於爲職業婦女提供建議和幫助，例如或倡導家庭生活協作、男女共同承擔家務〔註120〕，或分享自己在處理家事上的一些經驗，如何避孕、教育小孩、駕馭女僕等〔註121〕，李峙山等人還爲職業婦女籌辦了南京市第一個

〔註117〕峙山，賢夫賢妻的必要條件，婦女共鳴，1935，4（11）：15～19。

〔註118〕本刊徵文，婦女共鳴，1935，4（3）：21。

〔註119〕元，女性往何處去，申報，1934年2月25日，第17版。

〔註120〕峙山，家庭生活協作計劃，婦女共鳴，1934，3（9）：28～31。

〔註121〕社英，現代女子應負何種責任之問題，婦女共鳴，1929，（11）：5～8；社英，知識婦女界之家庭責任談，婦女共鳴，1930，（35）：3～4；峙山，介紹周期

托兒所〔註 122〕。

「新賢良問題探討專號」一方面是《婦女共鳴》對《女聲》批評的回應，另一方面也可看做《婦女共鳴》的編者就如何實現「生活上的平等」這一問題所提出的解決方案，即通過改變「賢良」的內涵和要求，來改造家庭中的性別角色配置、勞動分工和道德規範，以實現家庭領域中的男女平等，使婦女的家庭生活和職業生活能夠並行不悖。這種被《申報》記者黃寄萍稱爲「折衷」的路線在當時得到不少教育界、政治界知識女性的支持。

第三節　做「社會人」：反對一切形式的「賢妻良母」

但是，這種「折衷主義」的家庭改良路線，在更爲激進的婦女解放論者看來，則是一種「似是而非」主張，容易被「賢妻良母」的字面意義給蒙蔽，「在無形之中鑽入男子們的圈套裏面，只能永遠去做男子們的奴隸。」〔註 123〕在這些女編輯們看來，性別不平等的根本原因是私有制的經濟制度，只要私有制經濟存在，「家庭」這個被男性用以囚禁、束縛和壓迫婦女的「牢籠」就永遠不可能被打破，所謂「賢夫良父」也就只能是烏托邦的幻想。

一、《女聲》的態度：「反對一切賢妻良母」

《女聲》半月刊主編王伊蔚（1905～1993）正是一個堅定的反「賢妻良母」論者，爲此，她不惜與同爲創辦人和經濟支持者的劉王立明分道揚鑣〔註 124〕。

避妊法，婦女共鳴，1934，3（2）：29～32；毅，談談駕馭女僕的經驗，婦女共鳴，1934，3（3）：40～43。

〔註 122〕據諶小岑回憶，1934 年李峙山到南京後，與國民黨左派女青年曹孟君、鄧季惺等成立了南京婦女文化促進會，被推爲常務理事。該會後在南京市政府協助下辦了南京第一個托兒所，最初容納五十人，後擴充到八十到一百多人，李峙山悉心擘劃，事必躬親，因此而積勞成疾。托兒所一直辦到 1937 年七七事變後停辦，李峙山赴廣州養病。諶小岑，覺悟社及其成員，中國人民政治協商會議天津市委員會文史資料研究委員會編，天津文史資料選輯（第 15 輯），天津：天津人民出版社，1981：180。

〔註 123〕羅瓊，從「賢妻良母」至「賢夫良父」——讀《婦女共鳴》賢良問題專號以後，婦女生活，1936，2（1）：59～67。

〔註 124〕劉王立明（1896～1970），安徽太湖人，1920 年畢業於美國伊利諾伊州西北大學，1925 年，在世界婦女節制會創辦者美國福安斯·衛勒偉德的支持下，在上海成立中華婦女節制會，該會以節製煙、酒、賭博，提倡慈、孝、貞、

1932年，27歲的王伊蔚剛從復旦大學新聞系畢業，經在《晨報》副刊任婦女欄編輯的同學郭箴一邀請〔註125〕，成爲該欄的特約通訊員，採訪著名的婦女活動家。基督教中華婦女節制會主席劉王立明是她的第一個採訪對象，當她所寫的《劉王立明訪問記》見報後，劉王立明主動與她聯繫，邀請她共同創刊辦一份婦女刊物，王伊蔚欣然同意，兩人爲刊物命名《女聲》，以「婦女大眾的呼聲」自命〔註126〕。1932年10月1日，劉王立明任社長、王伊蔚主編的《女聲》半月刊正式出刊，主要內容有時事短評、論著、問題探討、勞工婦女情況報導、國內外著名婦女的生活和事業情況介紹，以及文藝、信箱等。該刊最初由中華婦女節制會機關出一半經費，另一半靠廣告和發行。王伊蔚在獨力承擔了撰稿、徵稿與編輯等全部編務以外，還通過自己在銀行界任職的親友爲《女聲》拉廣告，也經常到報攤推銷《女聲》，爲《女聲》傾注了全部的心血。

《女聲》面世後，以其短小明快，言論爽利，很快受到讀者歡迎，每期發行量在三千份以上，遠及日本和南洋〔註127〕；在編輯圈中也頗受好評，李峙山稱讚它有「時代的認識、活潑的姿態、幽默的面容、俏麗清脆的調子」〔註128〕。《申報》的《婦女園地》稱讚其「內容的充實、旨趣的純正，文字的流暢」，在現代婦女刊物中首屈一指，甚而在一般刊物中也是鳳毛麟角。「尤以婦女特殊性的解剖，兩性不平等關鍵的探究，最能領導婦女解放走向正確

儉和改善家庭生活爲宗旨，反對蓄婢、納妾，禁止纏足、束胸等各種惡習。王立明擔任總幹事、會長，主編《節制》月刊，創辦上海婦女教養院和女子公寓。1938年4月，其丈夫、滬江大學校長劉湛恩被日僞暗殺後，特意在名字前冠以夫姓。1946年與陶行知在上海組織中國人權保障委員會，1949年後，歷任全國政協常委、全國婦聯常委。熊月之主編，上海名人名事名物大觀，上海：上海人民出版社，2004：68。

〔註125〕郭箴一，生卒年不詳，湖北黃陂人，1931年畢業於復旦大學新聞系，後任上海市政府職員。1931年12月，她的畢業論文《上海報紙改革論》由復旦大學新聞學會出版。郭箴一後來易名宗錚，與潘蕙田結爲伉儷。1941年冬他們夫婦到延安，在中央研究院歷史研究所任職。1942年，受王實味一案牽連，被康生打成「五人反黨集團」之一。溫濟澤，王實味事件經過，朱鴻召編選，眾說紛紜話延安，廣州：廣東人民出版社，2001：126。

〔註126〕發刊詞，女聲，1932，1（1）：1。

〔註127〕王伊蔚，回憶《女聲》雜誌，上海市文史館、上海市人民政府參事室文史資料工作委員會編，上海地方史資料（五），上海：上海人民出版社，1986：100～111。

〔註128〕峙山，不算回嘴，婦女共鳴，1935，4（6）：1～2。

的道路。」且長期由「見解超卓、思想透徹」女編輯和女作家主持，尤爲難得。〔註 129〕

然而正在《女聲》日趨興盛之時，王伊蔚和劉王立明之間在編輯理念上的分歧日益明顯。據王伊蔚回憶，劉王立明把《女聲》當做中華婦女節制會的宣傳工具，總是要求她每期都要刊登節制會的活動消息，所提供的稿件也總帶有明顯的宗教色彩，這些都不能被王伊蔚接受，常常加以拒絕。更大的分歧在於劉王立明是「賢妻良母主義」的擁護者，主張每個婦女首先應該努力做個好妻子、好母親，盡力做到家庭與職業並重，如不能兩全，當視家庭工作爲間接的職業，以切合母性的要求〔註 130〕。而王伊蔚堅信「賢妻良母主義」是婦女解放的阻力，總是刊登一些反對母性論的稿件，引起劉王立明的不滿和反駁〔註 131〕。在王伊蔚看來，劉王立明是女權運動者、基督徒，而自己是馬克思主義者，她們之間是無法彼此認同的。

王伊蔚接受馬克思主義的婦女解放觀，與她的成長經歷和教育背景有關。1905 年，祖籍福建閩侯的王伊蔚出生於上海，父親早年入讀海軍學校，後來成爲北洋政府的高官，母親生育了七個孩子，卻只有三個女兒存活。爲了延續丈夫的香火，母親爲父親買了個小妾，生下了兒子，嫉妒而失意的母親開始吸鴉片、賭博、折磨小妾。在這樣的家庭環境中，王伊蔚意識到男女的不平等，對母親和姨娘的處境充滿同情，立志要爲所有女人爭光，要比男人更加強大和優秀。

讀書期間王伊蔚所表現出來的聰穎天資和刻苦勤奮令父母欣喜，他們希望她成爲「女狀元」，王伊蔚向父親表示不想結婚，請父親將置辦嫁妝的錢送她去讀書。1921 年，她入讀上海中西女學，雖然這所著名的教會學校濃重的宗教氣息讓她無法接受，但三年的學習給她奠定了良好的英文基礎，此後她隨父親到北京念中學，參加了一些學生團體和學生活動。1927 年，王伊蔚中學畢業，同年發生的北伐使父親失去了工作，她想要出國留學的願望落空，

〔註 129〕婦女刊物介紹，申報·婦女園地，1934 年 4 月 22 日，第 17 版。

〔註 130〕劉王立明，新的覺悟，女聲，1932，1（8）：7～8。

〔註 131〕如金石音刊文指出，強調母性使婦女容易放棄她們自身的創造性、潛能和欲望，婦女應該擺脱家庭和母性的束縛，解放她們的身體和頭腦，做自己命運的主人；而劉王立明反對金石音所提倡的婦女應該和男人同樣做事的觀點，認爲在追求解放的過程中，婦女不應該只追求平等權，也應該爲了人類的未來保護她們的女性特質。金石音，擺脱母性，女聲，1933，1（17）；王立明，母性應擺脱嗎？女聲，1933，1（17）。

只得考入燕京大學的護士專科，儘管畢業後可以獲得良好的薪資，但王伊蔚認爲這並不是她的理想，她寫信給在南京大學歷史系讀書的同學，後者建議她轉學。在南京大學歷史系短暫地學習了一段時間後，她從一位在復旦大學讀書的同學處獲悉該校新聞系第一次招收女生，她覺得與歷史相較，新聞系更能幫助她實現理想，於是她轉學到復旦大學，成爲新聞系首次招收的女生之一〔註 132〕。

此時的王伊蔚在眼見了姐妹和侄女們不幸的婚姻後，對性別不平等有更加切身的感知，她不相信男人，也不相信婚姻，抱獨身主義，同時希望能爲像母親和姐妹們同樣遭遇的婦女們爭取公正的待遇，但是她對婦女運動一無所知，以爲就是努力讀書，向冰心和廬隱那樣成爲女作家或者女教授。在復旦大學新聞系，她受到陳望道等馬克思主義者的影響，開始關注中國所面臨的危機，貧富之間的階級對立、以及婦女是如何處於壓迫的最底層，意識到要將自己的個人命運和民族的命運聯繫起來。因此，當她從學校畢業、開始編輯《女聲》時，就明確提出要動員勞動階級的婦女和一切愛國者參加到民族解放運動中。《女聲》所顯露的馬克思主義立場受到一些左翼作家的支持，夏衍曾到訪王伊蔚，將自己翻譯的《婦女與社會主義》（倍倍爾著）送給她，這本書使王伊蔚更加深信私有財產製度是婦女受壓迫的根源，婦女解放唯有在社會解放後才可能實現，因此她在《女聲》的編輯中只留下了少數空間討論婦女的處境，而用了更多的篇幅呼籲婦女衝破家庭的阻攔，投身社會革命〔註 133〕。

王伊蔚日益激進的編輯方針與劉王立明的創刊初衷相去甚遠，多次商討後，劉王立明同意《女聲》與節制會分手，她在名義上繼續擔任社長，一切編輯與經營事務由王伊蔚獨立承擔。因爲財力不足，王伊蔚與史伊凡、何萼梅，李文燦，金石音，郭箴一，黃養愚、陳鳳兮，淩集熙等《女聲》的長期撰稿人成立了編輯委員會，通過各種途徑籌措經費，以同人辦報的形式維持《女聲》的出版。1934 年 10 月 1 日，《女聲》出版兩週年的紀念號上，王伊蔚發表「獨立宣言」，表明自身反對「賢妻良母」論和狹義女權主義的立場：

〔註 132〕Wang,Z.*Women in the Chinese Enlightment:Oral and Textual Histories* . Berkely , Calif:University of California Prs s, 1999 : 227；復旦大學檔案館藏，歷年學生註冊人數統計表，ZH03～15；李建新，中國新聞教育史論，北京：新華出版社，2003：104。

〔註 133〕Wang,Z.*Women in the Chinese Enlightment:Oral and Textual Histories*. Berkely , Calif : University of California Prss, 1999 : 230.

> 我們相信，婦女問題是整個社會問題的一環，整個社會問題未解決前，婦女問題絕不能有徹底的辦法……目前中國婦女運動的傾向一方是提倡新賢妻良母主義，一方是進行狹義的女權主義。前者是部分男子藉以束縛女子的枷鎖，後者是少數投機分子藉以謀個人福利的工具。這兩者都不是爲大眾婦女謀出路，我們不但不應以合作，而且要堅決的反對。我們所需要的是深入群眾的婦女運動，從民族解放運動中達到全人類的解放。〔註 134〕

緊接著，《女聲》展開了對「賢妻良母」論的密集攻擊，幾乎每期都有批判文章。如在 10 月 15 日的第 3 卷第 2 期上，刊登了編委會成員金石音的文章，批評那種提倡婦女襄助丈夫、教養孩子的新「賢妻良母主義」是服務於男性中心社會論調〔註 135〕；1934 年 11 月 30 日，《女聲》刊登了署名「碧雲」的來稿，就《申報・婦女園地》圍繞「賢妻良母」的討論發表自己的看法，詳細闡明「賢妻良母」得以產生的經濟基礎，認爲和「忠臣、孝子、良民、節婦、義僕」等一樣是「虛僞、片面的道德範疇，同宗教一樣，同爲麻醉和毒殺被壓迫大眾的鴉片煙」，是維持封建社會制度和男子特權的有力工具〔註 136〕；12 月 1 日，王伊蔚辛辣地諷刺提倡「新賢妻良母」的上海婦女協進會和主張「發展婦女的母性」的北平婦女聯合會的太太小姐們是「『媚聖班昭』的徒子徒孫」，是爲了「借婦女運動的美名而達成其壓迫同性以掐媚男子擡高自己地位的目的」〔註 137〕。在 1935 年，《女聲》的編輯和作者對社會上所有提倡「婦女回家」或「賢妻良母」的言論更爲敏感，如批評《大晚報》刊載之《寫給已婚婦女們的婚姻十誡》是「班昭還魂」、「新女誡」〔註 138〕，抨擊婦女團體將「三八」紀念變成太太小姐們倡導「賢妻良母制」的遊園會〔註 139〕，指出李賦京提倡德國「賢妻良母」制的文章是老調重彈、開歷史的倒車〔註 140〕，對山東「婦女道德會」所倡導的「舊道德」，乾脆不客氣地斥之爲「媚物」維持舊社會殘骸的「奸細」行徑〔註 141〕。

〔註 134〕今後的女聲，女聲，1934，3（1）：1～2。
〔註 135〕金石音，又是新良妻賢母，女聲，1934，3（2）。
〔註 136〕碧雲，賢妻良母制之發生及其崩潰，女聲，1934，3（4）：2～3。
〔註 137〕伊蔚，肅清媚物，女聲，1934，3（5）：1。
〔註 138〕李蘭，還魂的班昭與新女誡十條，女聲，1935，3（9）：19～22。
〔註 139〕盧蘭，「三八」紀念的空前盛況，女聲，1935，3（10）：1。
〔註 140〕人一，叫女子回床鋪去的又一絕響，女聲，1935，3（12）：17～19。
〔註 141〕穎文，山東「媚物」又顯神通，女聲，1935，3（21～22）：22。

爲回應《婦女共鳴》所提出的「新賢良主義」，《女聲》社召開婦女問題座談會，討論「過渡時期的家庭婦女問題」，參與座談者有黃養愚、王韶英、羅以聞、陳碧雲、張淑儀、王承馨、毛宗蘭等《女聲》作者和讀者。她們用馬克思主義的話語，將家庭界定爲「私有財產製男性權威底下的一種以血統爲中心的一夫一妻制的家庭生活形態」，家庭婦女是「不參加一切社會生產事業，專以家事育兒爲唯一職務，在意識上是賢妻良母主義者，在生活上是處於依靠男子豢養的一種從屬地位」。以此爲基礎，她們認爲在「從現在走到未來理想社會的過渡階段」，家庭婦女被壓迫並需要解放，但由於她們缺乏覺悟、團結和奮鬥精神，因此要引導她們出來參加解放運動，首先要做的就是啓發她們的覺悟，讓她們瞭解家庭與私有財產製度的關係，明白「家庭既是婦女的牢籠，家庭不廢除，婦女就得不到解放」和「廢除家庭制度，就必需從廢除私有制度著手」的道理，投身社會革命。最後，王伊蔚批評李峙山是沒有認識到「賢妻良母」內涵的封建性，「離開經濟基礎而憑空地去提倡『賢夫良父』，不會產生任何影響，反而替男性欺騙和壓迫婦女〔註 142〕。

二、做一個「社會人」:《婦女生活》的召喚

《女聲》社同人共同信奉的觀點——性別不平等的根本原因是私有制的經濟制度，而家庭是男性囚禁、束縛和壓迫婦女的「牢籠」——源自五四後期以來一些知識分子受馬克思主義的影響，開始用歷史唯物主義來理解中國歷史，不僅希望創造一個歷史研究範式，也能爲他們當前的革命活動提供合法性〔註 143〕。儘管他們在革命模式的某些細節上不能彼此贊同，但大部分左翼知識分子相信一個合理的社會制度終將實現。在他們構想的理想社會中，家庭制度一定會被廢除，這樣婦女才能和男子一樣從事社會生產，獲得平等的社會地位，從而實現婦女解放。這種期待其實在蜀龍和李峙山的論述同樣存在，不同的是，她們認爲在實現理想社會之前的過渡時期，與其讓家庭婦女過著「打牌聽戲等嬉戲的生活」，不如以「新賢良主義」來改良家庭。

但是，馬克思主義的婦女解放論者——她們中既有共產黨人、國民黨左

〔註 142〕婦女問題座談會・過渡時期的家庭婦女問題，女聲，1935，3（21～22）：17～20。

〔註 143〕Lien Lingling，Searching for the 'New Womanhood':Career Women in Shanghai , 1912～45，PhD diss.,University of California , Irvine , 2001.

派，也有無黨派人士——則堅定的相信，所謂「過渡時期」是不存在的。事實上，在1934年8月至9月，在沈茲九、杜君慧主編的《申報》專刊《婦女園地》上，曾圍繞要不要提倡賢妻良母，以及做「人」和做「賢妻良母」是否矛盾的辯論〔註144〕，也引起了許多讀者的興趣，紛紛投書《婦女園地》參與討論。讀者潘伊紅來信希望作者們能在兒童公育等無法解決的「過渡時期」，對「賢母良妻的善後」再做討論，即是以具體的態度和方法，指導女子們解決家庭和事業的關係〔註145〕。但對這一問題，署名「齊連」的作者從歷史唯物主義的觀點出發加以反駁：

> 歷史的發展，並不像『舊官已去，新官尚未上任』那樣的一個空著的時期。歷史的發展，是舊的在新的面前逐漸地消滅下去，新的在舊的裏面發生與發展起來。這是一個聯繫的整個的並且是一個動的關係！我們絕不能機械地把歷史的發展切成一段一段，而以爲從這一段到那一段之間是有著一個過渡時期的存在……而在這樣的一個動的關係之中的我們的任務便是：怎樣把舊的推翻，消滅，而又怎樣使新的發展與確立。卻並不需要造出一個過渡時期，來做一個維持現狀的妥協的辦法，妥協的辦法是一個拙劣的辦法，無助於實際問題的解決。〔註146〕

此後，杜君慧以德國所推行的「賢妻良母制」和蘇聯外交官在國聯大會上提出婦女權利的保障做對比，認爲德蘇兩國政治領袖對於婦女問題這一相反的主張，正是婦女運動的「黑暗面」和「光明面」，讀者的論爭也正是體現這兩種理論之間的爭奪，明確地表明了編者對於反賢妻良母論者的支持，也爲這場論爭畫上句號〔註147〕，潘伊紅提出來的問題並沒有得到回應和討論。

在1930年代中期，以《申報‧婦女園地》（1934.2.18～1935.10.27）和《婦女生活》（1935.7.1～1941）爲中心，積聚了這樣一批傾向於馬克思主義婦女

〔註144〕芸綺，談談「賢母良妻」制，申報‧婦女園地，1934年8月26日，第17版；梨瑚，我也來談談賢母良妻制，申報‧婦女園地，1934年9月2日，第21版；究竟誰是向歷史開倒車的呢——敬質梨瑚君，申報‧婦女園地，1934年9月9日，第18版。

〔註145〕潘伊紅，過渡時期中應該怎樣？申報‧婦女園地，1934年9月19日，第19版。

〔註146〕齊連，過渡時期是沒有的！申報‧婦女園地，1934年9月23日，第19版。

〔註147〕君慧，兩種不同的理論，申報‧婦女園地，1934年9月30日，第19版。

解放論的編輯、作家和讀者群，沈茲九（1898～1989）是其中的核心。她的人生經歷堪稱婦女解放的一個生動的寫照：沈茲九原名沈慕蘭，出生於浙江德清的一個富裕家庭，從小被父母代訂婚約，十七歲時尚在浙江女子師範學校一年級就讀時，就依照父母之命出嫁，十八歲時生了一個女兒，二十一歲丈夫得了急病去世，她成了寡婦。師範畢業後，她在小學任教，由於與丈夫的朋友來往，遭到周圍人的詰難，同是書香門第的夫家要求她守節，特意在花園裏闢了間精緻幽靜的屋子，每月給她一百元零用錢，要她常年居住在裏面，閉戶誦佛、精心參禪，過尼姑一樣的日子。然而對於接受過新思想薰染的沈茲九來說，這種冷酷無理的封建枷鎖加劇了她反抗的決心，「他們要我犧牲了終生的幸福，去換的一塊光耀門楣的貞節牌坊，我偏不遂了他們的心願，我偏要摧毀這些毒害女人的牌坊。」〔註 148〕

沈茲九

1921 年秋，沈茲九在父親的暗中幫助下，帶著所有私蓄的金錢和首飾，離開了牢獄一樣的家庭，隻身赴日，入東京女子高等師範的美術科學習。畢業後，她收到了浙江女子師範學校的邀請信，於 1926 年下半年回到杭州。當時社會上依然視她爲一個年輕寡婦，對她總是另眼相看、多方指謫。此後她又再度結婚，隨丈夫到南京過起了「官太太」的生活，但在這「玩偶」般的家庭生活中，她和丈夫在精神生活上的分歧日益突出，1931 年九一八事變之際，丈夫提出回鄉宣傳孔子之道，兩人終於分道揚鑣，沈茲九回到杭州的娘家。任教不到一年，父親和朋友合夥開設的絲綢公司破產，她開始注意到民族工業興衰中女工的淒慘生活，「當公司鼎盛的時候，她們是在哭裏笑裏掙得些許生活費，公司跟著世界經濟恐慌、帝國主義的搶佔市場，以及內戰天災而站不住腳的時候，她們一批批被裁去，終至一個也不留。她們往哪裏去呢？在這誰也無路可走的當兒，是不難想像的，我

〔註 148〕逸霄，女作家印象記——《婦女生活》主編沈茲九，上海婦女，1939，2（7）：28～30。

慢慢注意到了社會問題」〔註 149〕。

此後，沈茲九來到上海，在中山文化教育館上海分館的《時事類編》任助理編輯，經人介紹認識了《申報》主人史量才，史量才同意將《申報》副刊《自由談》星期日的版面給她辦《婦女園地》。1934 年 2 月 18 日，《婦女園地》正式創刊，在發刊詞中，沈茲九表示了對婦女解放運動現狀的不滿意，認爲已經解放到社會上的婦女：

> 大多數都隨著時代的駭浪，捲入了摩登之途，參加什麼『時裝大會』，布置華美的新家庭，只知迎頭趕上西方的文明，因此做了帝國主義商品的好主顧；不但做了承銷外國貨的奴隸，且又做了摩登玩物。另有一部分知識婦女醉心於戀愛至上主義、藝術至上主義，做著「愛」「美」的迷夢。至於農村婦女依舊過著困苦的牛馬生活，都會裏工廠中的女工，更是渡著無知無識的勞苦生涯。我們現在開闢了這小小的園地，希望同胞們合力來灌溉，努力來耕耘，書寫你們所要的主張，訴說你們的一切苦難，我們更接受男同胞們的一切好意的指示。〔註 150〕

與《婦女共鳴》面向中上層婦女不同，《婦女園地》一開始就把它的視線對準了中下階層尤其是勞動婦女的生活境況。第一期出版後，中共地下黨員杜君慧主動找到沈茲九〔註 151〕，毛遂自薦爲《婦女園地》的一名園丁，將她用馬列主義論述婦女解放的近十萬字長文《婦女問題講話》交由《婦女園地》連載。此後，《婦女園地》對如刑法二三九條等不平等的法律法規、虐待婦女等封建習俗、賢妻良母的女子教育方針、借新生活運動之名對婦女的各種規

〔註 149〕娜拉座談，婦女生活，1936，2（1）：104～120。

〔註 150〕編者，發刊詞，申報・婦女園地，1934 年 2 月 18 日，第 20 版。

〔註 151〕杜君慧（1904～1981），廣東廣州人，1924 年考入廣東大學（1926 年改稱中山大學），是廣東第一批女大學生之一。1928 年赴日本留學，在東京參加留學生社會科學研究社，接觸馬列主義和第三國際。同年回國，於 8 月加入中國共產黨。1930 年加入左翼作家聯盟。1934 年後與沈茲九共同編輯《婦女園地》和《婦女生活》，1935 年參與組織上海婦女救國會，任組織部長、中共黨團書記，並任全國各界婦女聯合會理事會理事。1938 年在武漢發起組織戰時兒童保育會，任常務理事，同年底在四川瀘州創辦第七保育員。1944 年到重慶創辦和主編《職業婦女》，1949 年除夕全國第一屆婦女代表大會及全國政協第一次會議，參與起草共同綱領。建國後任北京市女子第二中學及第六中學校長，當選爲第一屆全國婦聯候補執行委員。廣州市地方志編纂委員會編，廣州市志（卷 19・人物志），廣州：廣州出版社，1996：125。

訓和限制的政策條文展開了批判，同時鼓勵婦女參加抗日救亡運動。其進步立場受到史量才的重視和認可，版面很快從半個版擴展到整版。但在 1934 年 11 月 13 日史量才被刺身亡後，《婦女園地》的版面遭到壓縮，沈茲九被館方告知希望「字眼上能更斟酌一些、不致過火」〔註 152〕。

面對這一情勢，杜君慧提醒沈茲九需抓緊籌辦自己的刊物，不要再依附於《申報》。她們通過在《申報》圖書館工作的李公樸，與上海書局聯繫，於 1935 年 7 月 1 日出版了新刊物《婦女生活》，此後又改爲生活書店出版，沈茲九任主編，她在江蘇松江女中教過的學生彭子岡和季洪先後協助編輯〔註 153〕。不久後，《婦女園地》果然被停刊，但此時在沈茲九和《婦女生活》的周圍，已經積聚了一批觀點相近的作者群，既有如金仲華、章錫琛、曹聚仁、高士其、鄒韜奮、張天翼、陶行知、郭沫若、茅盾等男性，也有如羅瓊〔註 154〕、杜君慧、關露〔註 155〕、白薇〔註 156〕、黃碧遙〔註 157〕等

〔註 152〕讀者園地·婦女園地爲什麼停刊了？婦女生活，1935，1（6）：128～131。

〔註 153〕黃景鈞，風雲歲月——沈茲九與《婦女生活》，新觀察，1983 年第 18 期。

〔註 154〕羅瓊（1911～2006），原名徐壽娟，江蘇江陰人，1926 年到 1932 年在江蘇省立蘇州女子師範學校讀書，1931 年，九一八事變後在學校組織抗日救亡運動。畢業後在青浦黃渡村等地當小學教員，1934 年參加中共領導的學術團體中國農村經濟研究會，1935 年參與籌建上海各界婦女救國會，同時長期爲《婦女生活》撰稿，1938 年 5 月加入共產黨，同年 8 月投筆從戎參加新四軍。1940 年赴延安，任《解放日報》副刊《中國婦女》編輯主任。1945 年參加七大，後派山東解放區婦聯宣傳部長，1948 年任中央婦委委員，1949 年籌備並參加中國婦女第一次全國代表大會，當選爲全國婦聯第一屆執委、常委。參見，羅瓊，七大教育，銘刻於心，中共中央黨史研究室第一研究部編，七大代表憶七大，上海：上海人民出版社，2006：1025；中華人民共和國年鑒編輯部，中華人民共和國年鑒（2007）：1212。

〔註 155〕關露（1907～1982），河北宣化人，本名胡壽楣。1931 年南京中央大學畢業後到上海，1932 年參加工人運動，同年加入中國共產黨和左翼作家聯盟，編輯《新詩歌》。1934 年負責《中華日報》「動向」詩歌副刊編輯。1936 年左聯解散後加入中國文藝家協會，編輯《生活知識》，出版詩集《太平洋上的歌聲》，1937 年參加編輯詩刊《高射炮》，1939 年冬打入敵僞機構從事情報工作，與日本女作家佐藤俊子共同編輯《女聲》月刊。1949 年後因受潘漢年冤案牽連，兩度入獄，1982 年 3 月平反、5 月去世。熊月之，上海名人名事名物大觀，上海：上海人民出版社，2004：69。

〔註 156〕白薇（1894～1987）原名黃彰，湖南資興人，16 歲被迫出嫁，受盡婆婆侮辱與折磨，後逃離家庭到衡陽和長沙求學，又在父親威逼下逃亡日本，靠打工謀生，期間曾入讀東京女子高等師範理科。1926 年回國，從事革命文學創作，著有話劇《打出幽靈塔》等，刊載於魯迅編輯的《奔流》雜誌，加入左翼作家聯盟，是當時是與丁玲齊名的左翼女作家。李長欽，我所知道的女作家白

女作家。據沈茲九回憶，當時讀書會是組稿的重要途徑，在左聯成員杜君慧和錢俊瑞的領導下〔註 158〕，組織大家閱讀進步的書籍和文章，由參加者提供稿件，沈茲九負責審稿。此外，《婦女生活》還經常召開各種專題座談會，作者也向周圍的人推介《婦女生活》〔註 159〕。這些舉措保障刊物的充足稿源，也擴大了《婦女生活》的影響力，發行量最高時達到 2 萬多份〔註 160〕。1935 年 12 月，婦女生活社與中華婦女同盟會等婦女文化團體發起婦女救國會，推舉史良、王孝英、沈茲九等七人爲主席，《婦女生活》成爲救國會的會刊。抗戰爆發後，《婦女生活》一度遷往武漢，後又遷至重慶出版，由曹孟君（1903～1967）任主編，1941 年 1 月停刊。

《婦女生活》是在「婦女回家」、「賢妻良母」盛極一時的 1935 年 5 月創刊的，在其發刊詞上，沈茲九旗幟鮮明地指出，「婦女也是『人』，同樣是形成社會的一粒細胞，組織社會的一個成員，既不是男子的所有物，也不是附屬於任何人的『人』，而是整個社會的一份子。」她們強調婦女的角色是「可參加一切社會的活動、享受社會一切的權利，同樣也可擔當社會上發生的一切禍患」的「社會人」。這並不是衛道士們對「三從四德」的「主張」和「高唱」就可以恢復的，因爲在半殖民地條件下生活的婦女們已經不得不拋棄家庭到社會上去尋找活路，而《婦女生活》要做的，就是給這些困惑於「我們

薇，中國人民政治協商會議湖南省委員會文史資料研究委員會編，湖南文史資料（第 34 輯），長沙：湖南文史雜誌社，1989：125。

〔註 157〕黃碧遙（1900～？），又名九如，白薇之妹，1930 年代畢業於日本東京女子高等師範學校文科，歸國後在浙江省立女中、省立高中、江蘇松江女中、上海麥倫中學等學校任教。課餘從事寫作。全國婦聯婦女運動歷史研究室編，從「一二・九」運動看女性的人生價值，北京：中國婦女出版社，1988：366。

〔註 158〕錢俊瑞（1908～1985），江蘇無錫人，1927 年畢業於江蘇省第三師範學校，1928 年進無錫民眾教育學院，1935 年加入中國共產黨，曾擔任中共中央文委委員，「左翼文化總同盟」宣傳委員。1938 年後歷任第五戰區司令長官部文化工作委員會主任、中共中央華中局文委書記、新四軍政治部宣傳部長等職。1946 年任新華社北平分社社長兼總編輯，同年赴延安，歷任《解放日報》和新華社社論委員會主任。1947 年後任華北大學教務長。建國後是著名的農村經濟和世界經濟學家、教育家，中國科學院院士。施正一主編，當代中國著名經濟學家百人小傳，北京：中央民族大學出版社，2004：49。

〔註 159〕沈茲九，有關《婦女園地》、《婦女生活》刊物的情況回憶，全國婦聯婦女運動歷史研究室編，從「一二・九」運動看女性的人生價值，北京：中國婦女出版社，1988：373。

〔註 160〕沈茲九，上海婦女志・人物，上海婦女志出版委員會，上海婦女志，上海：上海社會科學院出版社，2000。

怎樣做人」的婦女們以先導和指南，「使你知道怎樣脫去重壓，怎樣做人，怎樣做社會人，怎樣攜手走上光明大道。」〔註 161〕

做一個「社會人」，也是《婦女生活》編者和作者群體共同的自我期許。因此，當《婦女共鳴》的「新賢良問題」專號出刊後，1936 年 1 月，《婦女生活》刊登了羅瓊的回應文章，她開宗明義地指出，除了爲妻爲母以外，婦女更重要的「天職」是參加社會生產工作、促成不合理的社會制度的改革。她認爲賢妻良母主義不是一個生理或倫理的問題，而是社會制度下的產物，即只有在私有財產製度的男性中心社會，男子利用婦女「爲妻爲母」的特性把婦女束縛在家庭中。她反駁蜀龍對「賢良」定義的重新詮釋，「賢妻良母主義的眞意義，絕不能從字面上去追求，因爲這是有權力的男子籠絡婦女欺騙婦女的藉口，誰從字面上去解釋賢妻良母問題，那麼誰就在無形之中鑽入男子們的圈套裏面，只能永遠去做男子們的奴隸。」因此像《婦女共鳴》的編者那樣，妄圖在不打破私有財產製的前提下使男女躋身平等之列，不過是「烏托邦的夢想」罷了〔註 162〕。

沈茲九和杜君慧同樣召開了一次「婦女問題座談會」，其主題定爲「娜拉座談」，討論「中國的娜拉現今究竟在哪兒？她們怎樣在掙扎呢？」等問題。參與者都是《婦女生活》的編輯和長期撰稿人：沈茲九、杜君慧、羅瓊、伊凡〔註 163〕、白薇和黃碧遙。她們分別講述了自己如何衝破那「牢獄似的家庭」、「玩偶似的家庭」以及在社會上奮鬥的現狀。雖然她們都承認社會對於「娜拉」們施予了過重的刁難和污蔑，自己的內心也承擔了極大的恐慌和猶疑，但她們在最艱難的時候也沒有想過退回家庭。屢遭挫折的黃碧遙把孩子視爲支撐自己活下去的精神支柱，但即便如此，她也認爲在現階段非但沒有必要提倡賢妻良母，而且「最好是設法使母性愛減少」，這是因爲

> 一向女性是家庭的附屬物，她因經濟的環境的事業的種種關係，將母性愛看得過分嚴重。人類固然不能違反育兒的本能，但更要緊的是人類應該是社會的動物，人類對於兒女的愛不能超過他對

〔註 161〕發刊辭，婦女生活，1935，1（1）：1。

〔註 162〕羅瓊，從「賢妻良母」至「賢夫良父」——讀《婦女共鳴》賢良問題專號以後，婦女生活，1936，2（1）：59～67。

〔註 163〕史伊凡，生卒年等不詳，曾參加過北伐，與史良、沈茲九、王孝英、杜君慧等十一人擔任上海婦女救國聯合會理事，中國人民政治協商會議上海市委員會資料工作委員會編，抗日風雲錄（下），上海：上海人民出版社，1985：248。

於社會的愛。現在我們所常見的女性，就是母性愛太重，因此她常常爲兒女做牛馬，犧牲她自己的自由，犧牲她自己的工作，犧牲她自己的前程，犧牲她所處社會的福利。〔註164〕

本章小結

在既往研究中，「婦女回家」與「賢妻良母」通常被視爲同一問題加以討論和批判〔註165〕，但如若仔細分析《婦女共鳴》發起「新賢良問題」討論的經過及主要內容，不難發現在她們的論述中，「婦女回家」和「賢妻良母」並不是一回事。

作爲五四學生運動和婦女解放運動中成長起來的婦女運動家，李峙山、談社英等女編輯和女作者們堅信並始終以婦女解放和男女平等爲人生事業，她們反對社會上驅逐職業婦女回家的復古風潮，批評有違男女平等原則的政策法案和社會現象。與此同時，她們又爲「摩登女子」等妨礙女權進展的現象憂心忡忡，對職業婦女所承擔的雙重負擔充滿同情。總體而言，作爲國民黨黨員的她們是國民黨黨國體制的維護者，希望在體制內實現性別平等，她們所倡導的「新賢良主義」，既是女權主義者與國家政策相協商的結果，同時也可以視爲五四時期家庭改良議題的一次回歸〔註166〕。女編輯們通過爲「賢良」注入新的時代內涵，將話題轉向男女平等、相互尊重和共同承擔家庭責任，以此來減輕職業婦女的家庭負擔；並著力塑造「賢良」的傳統美德與「獨立」的現代精神兼具的女性形象，以減緩「摩登女子」、「花瓶」等現象導致的人們對婦女解放和女子職業的質疑。但是，《婦女共鳴》對家庭中平等性別關係的構想帶有極大的階級局限性，李峙山自己也承認，這種理想只有在同樣接受現代教育、都擁有獨立職業的都市知識分子家庭才有實踐的可能性。

〔註164〕娜拉座談，婦女生活，1936，2（1）：104～120。

〔註165〕呂美頤，評中國近代關於賢妻良母主義的論爭，天津社會科學，1995（5）：73～79；夏蓉，20世紀30年代中期關於「婦女回家」與「賢妻良母」的論爭，華南師範大學學報（社會科學版），2004（6）：39～46；如范紅霞，20世紀以來關於「婦女回家」的論爭，山西師大學報（社會科學版），2011（11）：8～12。

〔註166〕Lien Lingling. *"Searching for the 'New Womanhood':Career Women in Shanghai , 1912～1945"* PhD diss.,University of California,Irvine,2001.

這一改良主義的思路並未得到當時所有女編輯的認同，由於政治立場、成長經歷、生活經驗、交往網絡和自我認知的差異，她們對婦女解放的路徑持有迥異的看法。與國民黨婦女運動家在維護黨國體制的前提下構想性別平等不同，持馬克思主義婦女解放觀的女編輯們堅信私有制經濟才是對婦女造成壓迫的根源，任何形式的「賢妻良母主義」都是對這一制度的維護，必須堅決地予以反對。她們強調婦女只有走出家庭、以「社會人」的姿態投入到爭取民族解放運動的鬥爭中，推動社會變革，建立起廢除私有制和家庭制度的合理社會，才能眞正實現婦女解放。在她們爲女性建構起來的角色想像中，「家庭」常常意味著對女性主體性的束縛和壓迫，帶有明顯的貶義色彩；同時隨家庭而來的爲妻爲母的家庭職務或是被她們堅決否認，或是寄希望於由國家和社會開辦的公共服務機構——如托兒所、公共食堂等——來履行。

仔細考察雙方的爭論，不難發現女編輯們其實基於一個共同的起點，即五四時期勾勒的婦女解放的理想藍圖，「做一個人」仍是她們傾心追求的目標。但是，五四時期啓蒙知識分子所建構的「人」，實際上是一個基於人道主義的主體概念，正如巴特勒所指出的，這個主體有一個未曾區分性別的「內核」，即理念的「人」，「代表一種普遍的理性、道德思辨或語言的能力」，這個邏各斯中心主義體系對靈魂與身體做了本體論上的區分，「精神不但征服了身體，還不時做著完全逃離肉身具化的幻想」〔註 167〕。五四時期男性知識分子把女性從傳統父權觀念下解脫出來，同時又使她們墮入這樣一個從語言和認識論上，以男人是「人」，女人只是作爲男人的「他者」的樊籠裏〔註 168〕。追求解放的女性只能以男性爲做「人」的參照物，但是在經過十來年婦女解放的實踐後，她們的女性身體不可避免地帶來了新的問題，例如作爲男性凝視的對象被物化和商品化，「母性」的生理功能和社會文化意義被凸顯和強調等。

面對這些問題，三十年代的女編輯們試圖通過報刊展開的公共討論中，來重新界定女性在家庭和社會中的恰當角色。在她們的討論中，不難發現政治意識形態發揮了重要的作用，從而設計出不同的解決出路，塑造出不同的性別主體認同，不論是力圖將傳統的賢良道德與現代的獨立人格相結合的改

〔註 167〕（美）朱迪思·巴特勒，性別麻煩——女性主義與身體的顚覆，上海：上海三聯書店，2010：14～17。

〔註 168〕江勇振，男人是「人」、女人只是「他者」：《婦女雜誌》的性別論述，近代中國婦女史研究，2004（12）：39～67。

良主義者，還是將母職神話置於私有財產製度框架下加以批判的馬克思主義者，她們的共通之處是都將民族解放、國家強盛、社會革命等「大我」的利益置於女性個體「小我」的需求、欲望和選擇之前。因此，掌握話語權的女編輯們，同樣對那些不符合「大我」利益的同性（如摩登女子、家庭婦女）施以規訓與動員，試圖將其納入到她們所建構的新的性別認同中。

第五章　「無冕女皇」還是「交際花」：女記者的媒介形象與自我認同

1946 年 7 月 3 日，在《中央日報》（上海版）的副刊「文綜」上，刊載了署名「徐翊」所寫的《女記者》一文，一開篇，作者便無不悵惘地歎息：「可憐的中國，我們眞不知道要爲它悲哀，還是應該替它歡喜；在和我離開遙遠的昔日，那時節所不曾有過的，現在她們出現了。……在起初，我們很想捐獻幾個笨拙而粗率的字眼，表示敬頌這種新的人物的產生。」這種「新的人物」正是被作者稱爲「無冕女皇」的女記者。可是，「當半年餘的光陰在我們眼底消逝，我們往昔所有的好心情，卻已經爲日子付給我們的經驗所撲滅了。在今天，當我們重新再拿起筆，我們是如何的抱歉呀，我們的筆已經變成非常吝嗇和膽怯，它無復有勇氣爲這些好人物稱頌了」。

究竟是怎樣的「經驗」讓作者非但不能爲「女記者」稱頌，反而悲歎起中國的可憐呢？因爲「當我們想起她，我們就只覺得除了一隻花蝴蝶在空中亂穿亂飛一陣之外，別得就什麼也沒有了。」接著，作者詳細列舉了女記者的種種行爲：每天，她的工作都是拜會名人和參加各種新聞招待會；在招待會上，她吃得很少，但有時也吃得很多；然而無論怎樣，遲到和早退是必然的，當她遲到的時候，「她跑進會場，眼睛像一顆流動的烏珠，拼著姓名似的向四周掃射了一下，接著她瞧見了許多數人，於是她不斷地和他們打招呼，務使人把聽演講的注意力都移集到她身上來，那時她便笑了一笑，但立刻又把臉板了下來，表示她是嫵媚和莊嚴，兼而有之的」。

訪問名人是她的另一種本領，「那些名人們，看到她的卡片上嬌滴滴的名字，照例是偷閒接見。於是她便和他纏了許多時候，才互相道別；但在道別之前，留影紀念必不可少。於是人們在第二天報上，就有福氣看到雙雙『倩影』，旁邊注著『本報記者××與×××合影』等字樣。這照片當然不是她自己拍拍攝的，她攝影的技術並不高明，雖然照相機她有時也掛在胸前。」她常去的地方還有公務機關的「新聞處」，去獲得一些諸如「嚴禁囤積」、「取締投機」、「整飭市容」等「最重要、也是最不重要的新聞」。她們在做了「無冕女皇」以後，當然不屑於走進下層社會去，因此「她從來不知道除了高樓大廈之外，還有其他產生新聞的地方。她只在名人之間跳動著，她的卡片像雪片一樣在冷氣間裏飛舞」。

她們的履歷也是五花八門，「她也許是新聞學校畢業，做練習記者出身；但也許她是什麼教會大學的高材生；更可能的是，她做過運動員，或者是出名的什麼選手；再不然，做過話劇，哼得一口道地的京腔兒」。但不管怎樣，採訪主任或是編輯先生，對她這種人很容易另眼相看，原因是「她在大場面上能夠引人注意，因此報館在外面也得賴之出一些風頭」〔註 1〕。

該文的作者徐翊，本名徐開壘（1922～2012），浙江寧波人，1937 年底舉家遷往上海，1938 年 6 月開始在《文匯報》等發表文章。此後他一邊念大學，一邊在柯靈主編的《萬象》雜誌擔任助理編輯，抗戰結束後他隨柯靈到《中央日報》的上海版工作，協助編輯「黑白」、「文綜」等副刊，同時擔任該報外勤記者。作爲記者圈內人，徐翊相信自己的文章雖然帶有「文藝性速寫」的味道，但也是根據親眼所見的事實「有感而發」〔註 2〕。但不管怎樣，這篇文章就像一枚炸彈，在上海的記者圈中引起轟動，女記者們尤其憤怒，有消息稱她們聯名向《中央日報》提出抗議，也有消息稱她們正在秘密結社商討對策，想寫些正面報導挽回形象〔註 3〕。

面對這場風波，7 月 15 日的《中央日報》又刊登了《關於女記者的題外話》的專題，編者說明「文綜」是一個文藝副刊，文藝作品中所寫的人物，讀者不必「把它看得這麼落實」，只要「有所會心、有所警惕，也就夠了」〔註 4〕。然而在署名「足徵」的女記者看來，這篇文章卻讓她「難受得流淚了」，一邊以阿 Q 精神告慰自己這些批評是「責之愈深、愛之愈切」，一邊忍不住質問「尙

〔註 1〕徐翊，女記者，中央日報（上海版），1946 年 7 月 3 日。
〔註 2〕以上資料來自筆者對徐開壘的採訪記錄，2011 年 9 月 20 日。
〔註 3〕毛世，無冕女皇帝也團結一番——女記者秘密結社，上海灘，1946（16）。
〔註 4〕編者贅言，中央日報（上海版），1946 年 7 月 15 日。

爲男性們主持著的報館，爲什麼要任用這些『花蝴蝶』來充記者？」她講述了一個身邊的故事，一位「從上海一所嚴格的教會學校畢業、中英文都很有功底、工作能力也很強」的女記者，因爲「做人態度很嚴肅」，卻被報館裏的同事們批評爲「太有才幹了，是一個男子氣概的女人，這種女人不是爲男人們要欣賞的」，因而每當要出席招待會時，報館便派「花蝴蝶」出去訪問，這種現象不正是「因爲這些身爲文化工作的編輯先生、採訪主任同那些有聲望的名人之流，對女記者的認識還不正確？」〔註5〕對此，徐翊的答覆是希望女記者不要再滿足於在招待會和新聞處充當「交際花」，而應該像一個眞正的記者那樣深入群眾尋找新聞和眞相〔註6〕。

雖然此後《中央日報》上海版上再未出現關於女記者的論爭，但上海報刊對女記者的報導和談論卻從未停歇，而且愈演愈烈，如從 8 月起《海濤》周報還特地開闢了一個署名「圈內人」的專欄「海上女記者群像」，連載四十多期，向讀者一一介紹上海的女記者，《海燕》周報和《今報》副刊「女人圈」都推出介紹女記者的專頁，其他如《東南風》、《上海灘》、《風光》、《大觀園周報》、《一周間》、《大光》、《中美周報》等社會休閒類周刊和小報也熱衷於報導女記者。據不完全統計，1945～1949 年間在上海報刊中曾以女記者名義被報導過的女性有六十人之多〔註7〕。報導所指涉的女記者涵蓋了報社和通訊社的內勤（編輯）與外勤（記者），但其焦點主要集中在如中央社的陳香梅、《申報》的謝寶珠、《新聞報》的嚴洵、《商報》的池廷熹、《正言報》的李青來、《新民晚報》的高汾和周光楣、《聯合報》的姚芳藻、《世界晨報》的邵瓊等從事外勤採訪的女記者身上。

在四十年代中後期的上海，女記者這一服務於新聞媒體中的報導主體，何以變成新聞媒體報導的對象？她們的哪些特質受到人們的格外關注？其公共形象如何在報刊上呈現？而作爲傳播的主體，她們是如何運用話語權對自我形象加以重新塑造？要回答上述問題，首先需要理解從 1930 年代到 1940 年代期間，女記者進入公眾視野的歷程。

〔註 5〕足徵，從讀「女記者」想起，中央日報（上海版），1946 年 7 月 15 日。
〔註 6〕徐翊，答足徵先生，中央日報（上海版），1946 年 7 月 15 日。
〔註 7〕謝美霞，舊上海女記者的花邊新聞，文史精華，2006 年（10）：48～54。

第一節　進入男性世界：從婦女新聞到全面報導

正如如前三章所顯示的，自五四以來，女記者們或是創辦和主編婦女刊物，建構女權話語，聯絡女權同志，推動婦女運動的進展；或是在綜合性的大報中主持婦女專欄，採寫婦女新聞，調查和報導婦女的生存狀況，她們都在保護婦女權益、提高婦女地位上做出了不懈的努力。儘管這期間也有女性從事一些非婦女新聞的報導和編輯——如在二十年代，李昭實隨丈夫王一之漫遊歐美時曾爲《時報》、《申報》等撰寫國外通訊、陳學昭留學巴黎期間也曾兼任《大公報》駐法特約記者——但在國內，新聞業基本上仍是純男性的領域。如中國第一個法學女博士鄭毓秀鑒於巴黎和會期間中國在對外宣傳上的被動局面，曾致力於對外宣傳，並自辦「巴黎通訊社」向國內各報發稿。回國後她曾計劃在上海籌辦日報和國際通訊社，「以謀與各國互通聲氣」，但由於「阻力太多、幫手太少」都沒有實現，新聞學家任白濤一語道破個中原因：「在男性中心社會，女性從事新聞事業，只有辦個以『女』或『女子』、『婦女』這種字眼做冠詞的什麼刊物，要想辦成一般性刊物——特別是注重國際宣傳——的日刊報紙，這算是對男性的僭越舉動，是很少有成功的希望的」。〔註 8〕

將女記者的職業範圍界限於婦女與家庭等領域之內，這並非中國新聞界所獨有。在同時代的美國，新聞業也被看做「純男性的事業」，雖然每年都有成百成千的女青年懷抱新聞理想到紐約新聞界謀職，但絕大多數都被拒絕。即便是幸運地進入報社，她們也常常被限制在主筆們「輕蔑地談論」的所謂「女人的材料」的搜集上，「總是關於兒童、關於婦女（暗殺除外）的每件瑣事，以及關於男子的一半事情——那便是家庭健康、道德、宗教、藝術、音樂、教育、施惠、時裝以及改良。無論哪一個男性演說者，從州長最近的獎金競賽者或國際聞名的外科醫生，如果他是在對一個婦女的集團演說，那就是女記者的大好材料了。」〔註 9〕當她們獲得一定的職業成績後，能夠繼續上昇的職業通道也主要是報紙的婦女欄，「伊可以做時裝欄的編輯，或者做有關女性旨趣的全面的指導工作，統率飲食部、兒童心理部、糊牆花紙部和洗滌機器部的專家們。」〔註 10〕在 1930 年代的日本，雖然女記者在人數上超過中

〔註 8〕任白濤，綜合新聞學，上海：上海書店，1941：505。

〔註 9〕Emma Bugbee 著，胡青譯，美國婦女在新聞界，婦女共鳴，1936，5（9）：13～21。

〔註 10〕Emma Bugbee 著，胡青譯，美國婦女在新聞界，婦女共鳴，1936，5（9）：13～21。

國，她們的職業範圍也主要是「關於家庭的、流行的和醫學方面的」，扮演著婦女和家庭生活的指導者角色〔註11〕。

和美國的情況相似，隨著二三十年代報業的發展，記者職業在社會中的地位得以提升，吸引了更多的女性從事新聞業。尤其是1929年國民政府將新聞記者納入到自由職業群體進行管理以後，記者「和律師、醫師、會計師一樣的已成了一種合法的自由職業」〔註12〕，「無冕帝王」成爲當時人們指稱記者的「普通的習語」〔註13〕，而與男記者的「帝王」相對，女記者就被賦予了一個極富羅曼蒂克色彩的頭銜——「無冕女皇」或「無冕皇后」，令女學生和女青年頗爲嚮往。如據1931年4月天津《北洋畫報》載：

> 成舍我之新聞專科學校招收職業班新生，原定取四十名，報名者達六百人。原定招考年齡最高不超過十八，竟有兩鬢花白，仍稱只十八歲而來投考者。原只希望初中資格，但竟有高中大學生亦投考。曾與顧曼俠合演茶花女之某中學花王林女士（即《城南舊事》作者林海音），且曾參加。報名截止後統計，女性約占男性二分之一，女性之漸注意新聞事業，由此可見。〔註14〕

1937年，僑商胡文虎所創辦的廣州《星粵日報》曾公開招考女記者，擬定十二項錄取標準：「一：體格健美，二：面貌端正，三：年齡在十八到二十五之間，四：高中以上畢業，五：文理清楚，六：思想前進，七：常識豐富，八：態度活潑性情溫和，九：口齒清楚能說國語粵語及淺近英語，十：曾在社會服務一年以上，十一：有志於新聞事業，十二：熟悉廣州情形。」儘管要求嚴苛，仍有一千餘名女性報名參加初試，經初試和復試後錄取了二十二名〔註15〕。

正如《大公報》聘請蔣逸霄的初衷一樣，新聞業對女記者的重視，「爲的是，由一個女性來採訪婦女新聞，較爲方便罷了。因此，開頭她們一天到晚只在東家太太門進，西家夫人公館裏出，打聽一些開會、總務、服裝、保育的事情，她們的採訪範圍，始終沒有跳出娘兒、小姐、夫人、孩子們的圈子。」

〔註11〕碧泉，日本女記者體驗談，婦女生活，1937，4（4）：19。
〔註12〕劉濤天，外勤記者的職業生活，教育與職業，1937，（184）：329～339。
〔註13〕無冕帝王，良友，1934，（98）：22。
〔註14〕記成舍我之新聞專科學校，北洋畫報，1931年4月16日。
〔註15〕《星粵日報》之標準女記者，天文臺半周評論，1937（58）。

〔註 16〕但女記者自身並不願意局限在婦女新聞之內，而是不斷地嘗試著突破性別陳規、擴大自己的採訪範圍，進入政治、經濟、軍事、外交等通常爲男記者所壟斷的領域，以此來證明自己的採訪和寫作能力。如早在 1920 年代，廣州某報的外勤記者鄭澗雲，被分配採訪「要人和富人的家庭」，但她常常留心從要人眷屬們的談話中探聽政治新聞，因此而得到報館經理和主筆們的讚許〔註 17〕。筆名「KY 女士」的女記者，中學時代就有從事新聞業的志願，當親戚得知她的理想，介紹她進上海某通信社時，即使薪水比洋行更少，她也欣然答應。一進通信社，她就試圖採訪政治新聞，但作爲生手的她常常無功而返，「社會新聞是有許多前輩的男記者搶在前面，競爭不過」，不得已她只有轉向到女青年會、婦女協會、濟良所等地採訪婦女消息，「新聞採訪是不難，除了一部分關心婦女運動、婦女生活者之外，也不大有人注意」。因此她認爲有負於自己想當「無冕之王」的理想和人們對她的尊重〔註 18〕。

即便如此，在二三十年代如北京、上海、廣州等報業發達的中心城市，從事新聞採訪的女性仍可以算得上鳳毛麟角、屈指可數〔註 19〕。這一狀況在 1937 年 7 月 7 日抗日戰爭全面爆發後發生了極大的變化。在全民抗戰的熱潮下，女編輯和女記者們投入到抗日救亡運動中，積極創辦、組織和參加各種救亡團體和婦女組織，從事戰地宣傳、救護、慰勞、動員民眾等抗日救亡工作，其活動範圍得以拓展〔註 20〕。同時，作爲動員婦女參加抗戰

〔註 16〕南京的女記者，中央日報，1946 年 9 月 19 日。

〔註 17〕澗雲，女記者，讀書月刊，1935，(2)：70～73。作者鄭澗雲，廣東新會人，生長和受教育皆在南洋，1921 年返國，次年署名「梅友」在當地報紙的副刊上發表小說一類的文章，1924 年開始從事實際的採訪生活。不久，她到上海，幫助任白濤工作，一面繼續從事寫作。參見：任白濤，綜合新聞學，上海：上海書店，1941：518。

〔註 18〕KY 女士，一位女記者的自白：我當了「無冕之王」的滋味，玲瓏，1937 年第 12 期。

〔註 19〕據彭子岡 1935 年的調查，北京「報館是輕易不用女職員的，有也只是當校對書記」，參見：子岡，北平的職業婦女，女聲，1935，3 (7)：7～8；廣州報界只有女性 1 人，見須予，廣州婦女的職業問題，女聲，1933，1 (12)；而在上海，1937 年，「單單以本市一埠而論，國人所主要的大小各報，已不下三四十家，而外人所開辦者，最多也不出五六家，可是我國婦女插身新聞記者中，猶如鳳毛麟角。」童子龍，大公報女記者：上海職業婦女訪問之一，婦女月刊，1937，3 (4)：33～36。

〔註 20〕如 1935 年 12 月 21 日，沈茲九參與和發起成立上海婦女救國聯合會，其主編的《婦女生活》成爲上海婦女界救國會的機關刊物，宣傳全民抗戰；1937 年

的重要宣傳媒介，各婦女組織和團體所創辦婦女刊物如雨後春筍、急劇增加，據統計，抗戰時期全國出版的婦女期刊，包括不定期或定期的周刊、半月刊、月刊、季刊或專刊，有 105 種左右，附於報紙出版的婦女專欄，也有 53 種之多〔註 21〕。親歷殘酷的戰爭、參加抗戰後援團體、以及從事抗戰宣傳的經驗使許多女記者跨越了性別的分界，開始涉足政治、經濟、外交甚至是戰地新聞的報導。

在抗戰期間享有盛名的《大公報》著名女記者「兩剛（岡）」——楊剛和彭子岡——的經歷頗能說明這種轉變是如何實現的：楊剛（原名楊季徵，又名楊繽，1905～1957）是著名的紅色才女，1928 年考入燕京大學英國語言文學系讀書時，她就加入了中國共產黨，1930 年因組織遊行示威被捕入獄，1932 年底，和新婚的丈夫鄭侃一道來到上海，次年加入左翼作家聯盟，1933 年秋應燕京大學新聞系美籍教師埃德加・斯諾的邀請重返北平，與蕭乾一起協助他編譯中國現代短篇小說選《活的中國》，楊剛以一個懷孕的女革命者爲敘述主體、描寫革命者悲壯生涯的《日記拾遺》也收人其中。1935 年該小說譯爲中文後易名《肉刑》發表在《國聞周報》上，成爲她的小說代表作，此後她陸續創作發表了《殉》、《母難》、《翁媳》等短篇小說。1936 年，楊剛與鄭侃一起參加了由顧頡剛主持的《大眾知識》雜誌的編輯工作。抗戰爆發後，楊剛南下上海參加抗戰救亡，從 1938 年初到 1939 年 8 月間，以蘇聯塔斯社上海分社雇員的身份從事黨的地下工作〔註 22〕。

---

7 月 22 日，該會改組爲中國婦女抗敵後援會，何香凝任主席，沈茲九和《婦女共鳴》的主編王孝英等 21 人被選爲理事；8 月，時在延安抗日軍政大學的丁玲與吳奚如提議組織戰地記者團，開赴抗日前線進行戰地採訪報導，隨後該團擴展成由 30 多名男女青年組成的西北戰地服務團奔赴前線，展開歷時近一年的抗戰宣傳和報導。見丁玲著，我在霞村的時候，西安：陝西人民教育出版社，1999：39；作家丁玲史沫特萊等組織西北戰地服務團出發前線，新中華報，1937 年 8 月 10 日。

〔註 21〕呂芳上統計期刊六十三種，報紙專刊十七種，呂芳上，抗戰時期中國的婦運工作，中華文化復興運動推行委員會編，中國史學論文集（第 3 輯），臺北：幼獅文化事業公司，1983：791～798；據洪宜嫃增補至期刊九十種，報紙專刊 51 種，洪宜嫃，中國國民黨婦女工作之研究（1924～1949），臺北：國史館，2010：296～305；筆者結合《上海婦女志》的記載，期刊共計 104 種，報紙專刊 53 種，參見：上海婦女志出版委員會，上海婦女志，上海：上海社會科學院出版社，2000。

〔註 22〕謝國明，試論楊剛新聞活動的風格，新聞與傳播研究，1987（3）：49～64。

楊剛

1939 年 9 月，楊剛應邀接替蕭乾出任《大公報》香港版「文藝」副刊主編，開始了長達十年的新聞生涯。甫一上任，楊剛就表明要讓副刊「披上戰袍，環上甲胄」，成為「民族生活的一個關節，帥字旗下的一名小兵」，為祖國的抗戰宣傳服務〔註 23〕。她一面編發宣傳抗戰的作品，同時自己也寫下了沸騰著強烈愛國主義情感的作品，以「浩烈之徒」、「陽剛女傑」的「外號」馳名香港文藝界。1941 年 12 月太平洋戰爭爆發、香港淪陷後，她輾轉來到桂林，繼續編輯《大公報》桂林版的《文藝》副刊。1943 年秋，她作為《大公報》的戰地旅行記者，與一名澳大利亞籍的記者同行，到江西、浙江前線與福建戰區採訪，為《大公報》發回大量戰地通訊，向讀者報告前線滿目焦土、遍野屍骨的慘狀。此後楊剛來到重慶，負責編輯渝、桂兩地《大公報》的《文藝》副刊，同時兼任外交記者，「同美國駐華使館人員和美國記者聯繫，做了卓有成效的工作。她精通英語、才華橫溢、議論風生，贏得了國外有識之士的欽佩」〔註 24〕。1944 年夏，楊剛到美國哈佛大學女子學院留學，兼任《大公報》駐美國特派記者，是第一位出席美國總統杜魯門的記者招待會的中國女記者，她採寫的美國通訊成為《大公報》馳名的專欄，吸引了許多讀者〔註 25〕。

彭子岡（原名彭雪珍，1914～1988），江蘇蘇州人，父親是植物學家，但她自小喜歡文學，中學時代就因向開明書局出版的《中學生》投稿而受到主編葉聖陶的讚賞，並因此結識後來的丈夫徐盈。二十歲時她入北平中國大學學習，期間仍向《大公報》、《女聲》等刊物投稿，1936 年尚未畢業就接受中學老師沈茲九的邀請，到上海協助編輯《婦女生活》，同時採訪了如冰心、史良、王孝英等許多女性名人。1937 年，新婚的彭子岡隨在《大公報》擔任

〔註 23〕楊剛，重申《文藝》意旨，大公報（香港），1939 年 9 月 4 日。
〔註 24〕侯傑、秦方，楊剛的陽剛之氣，人民政協報，2003 年 1 月 30 日。
〔註 25〕蘇振蘭、夏明星，紅色才女楊剛的一生，文史精華，2008（9）：36～42。

採訪的丈夫徐盈來到武漢，此時《大公報》漢口版正處於「員額不足，人手殘缺的狀態」，她因此而擔任該報的外勤記者。雖然「資歷甚淺」，但長期創作積累的文學修養使彭子岡的新聞特寫別具一格，很快就在新聞界嶄露頭角〔註26〕。隨著1938年日軍向武漢發起大轟炸，「敵機過後，許多新聞記者冒了酷暑奔走於武昌漢陽」，彭子岡也是其中之一，「沒有估計篇幅，沒有估計到讀者可願意看，每天計劃了採訪日程，跑了回來伏案就寫」〔註27〕，如《煙火中的漢陽》、《武昌被炸區域之慘象》、《難民在端午》等都是這一時期她初試戰地報導的代表作：

> 那時候民情相當活躍，救亡團體成十成百，傷兵醫院，難民收容所，保育院，軍服工廠，社團與集會……便成了我的活動場所，大轟炸更成了在後方唯一帶些煙火味的新聞資料。電線杆上的一條腿，成堆的焦炭一樣的屍身，瓦礫堆中爬起來的石灰人。這些激勵了我，也激動了讀者。如果說別人是在以血肉作戰，我就是以感情作戰，我在以一個愛國者的澎湃情緒在筆底下戰鬥。〔註28〕

武漢淪陷後，彭子岡隨報館撤到重慶。當時各個報社之間的新聞競爭很激烈，同時因戰爭導致的物資艱難，人員非常緊湊，「一個報館有三五位『外勤』人員，已算充實，好多財力較薄弱的報館，一個記者連踢帶打，任何新聞總攬一身的，也所在多有。」〔註29〕這種情況下，外勤記者的路線分工已蕩然無存，編輯部也不給題目，全靠記者自己找新聞。戰時的重慶整日警報大作，山城小路又是「無風三尺浪，有雨滿街泥」，彭子岡和《新民報》女記者浦熙修結伴，奔走於「跑新聞」的路途上，「山城上下，有多少階梯，我們不搭任何交通工具，都是徒步，且說且走，頗不氣悶。有時警報來了，便躲進臨近的一個防空洞。」〔註30〕彭子岡的採訪範圍，上至宋氏三姐妹，下至難民兒童；國民黨開參政會議，她藏在會議廳的大鏡子後作記錄；警察局秘密逮捕進步人士，她千方百計調查眞相；多次出入監獄、舞場、貧民窟、難民所和妓女雲集的小街暗

〔註26〕陳紀瀅，記徐盈子岡——三十年代作家直接印象記之六，傳記文學（臺灣），第37卷第5期。

〔註27〕子岡，自愧與自勉——一個記者的自述，女作家自傳選集，上海：耕耘出版社，1945：1～7。

〔註28〕子岡，採訪雜憶：當了一名愛國的女記者，讀書與生活，1946，(1)：11。

〔註29〕陳紀瀅，記徐盈子岡——三十年代作家直接印象記之六，傳記文學（臺灣），37（5）：89～98。

〔註30〕彭子岡，熙修和我，子岡文選，北京：新華出版社，1984：339～340。

巷去採訪社會新聞〔註31〕，其採訪能力也被時人所津津樂道：

> 重慶最著名的人物，當推《大公報》的彭子岡和《新民報》的浦熙修這一對「雙擋」。彭小姐的外子就是《大公報》的採訪主任、名作家徐盈，他倆同以新文藝作家的身份「下海」，子岡不僅筆下「來得」，新聞感也特別敏銳，陪都一有什麼大事，彭小姐一定首先趕到。她來，浦熙修一定同行，所以有「聯合採訪」之號；浦女士人頭熱，腳步勤，以女性而能擔當《新民報》採訪部主任重任，其本領如何，亦可想見……她們聯合採訪的時候，發問有如連珠，尖銳迅速，而又善於旁敲側擊之法，所以要人們常常上當，被她們問出本來不想說的話。彭子岡見了孔祥熙會問到孔二小姐的口紅賬目，見了吳鐵城會問張群與他和政學系的關係，對於此種不意襲擊，雖老練如吳鐵老者，亦常期期艾艾，無以爲答也。〔註32〕

浦熙修（1910～1970）是江蘇嘉定人，十歲全家遷往北京，六口人靠在交通部任職員的父親一人養活，經濟拮据，加之父親「總說女孩子讀書沒有用，並且常爲此和母親吵架」，她念完高一就輟學了，一邊在小學代課一邊學習畫畫，17歲就實現了經濟獨立。1929年她考入北京女子師範大學中國文學系，仍一邊上學一邊教書，養活自己、資助弟妹。期間她與袁子英結婚，育有一子一女，畢業後她在中學教書，工作與家庭的雙重負擔使她「體力日漸不支」，才於 1936 年春隨丈夫來到南京。但不甘心做家庭主婦的浦熙修覺得「沒有工作就覺得不能活」，幾經波折得以進《新民報》發行科工作〔註33〕。有一次因報社臨時接到新聞線索，但記者都出去了，只得臨時派她去「救場」，浦熙修不辱使命，「文筆洗練流暢」頗受社長陳銘德的讚許，被調去做記者，從而成爲《新民報》第一位女記者〔註34〕。

1939年春，將兩個孩子交由婆母照顧的浦熙修獨自住進《新民報》的宿舍，開始奔走於山城的大街小巷採訪新聞，在嚴格的戰時新聞檢查制度下，「一般的外勤，都集中於採訪社會新聞」，直到抗戰勝利、新聞檢查制

〔註31〕楊曉霞，女記者彭子岡，新聞戰線，1981（10）：39～42。
〔註32〕巴客，重慶女記者南北分飛，新婦女月刊，1946（4）：28。
〔註33〕浦熙修，浦熙修自傳，袁冬林、袁士傑編，浦熙修記者生涯尋蹤，上海：文匯出版社，2000：726～728。
〔註34〕袁冬林，浦熙修：此生蒼茫無限，鄭州：大象出版社，2002：14。

度取消後，才得以短暫地採訪政治新聞。因此在她十年的採訪生涯中，大部分時間都消磨在社會新聞中，除了機關法院、工廠學校、各種展覽、演講和公共集會以外，浦熙修還另闢蹊徑尋找新聞線索。太平洋戰爭爆發，香港緊急疏散時，浦熙修意識到飛機場必有新聞，一大清早就去飛機場等候，「果然看見孫夫人、孔夫人都聯袂而來，王雲五先生也在仰望他將要淪陷的家屬。想不到幾進幾齣，人沒有到，忽然飛機上下來了幾條洋狗。」這條「好消息」讓她如獲至寶，可在嚴厲的檢查制度下，如何才能刊發呢？她「採用點滴的方式，一條一條的寫，先寫孫、孔夫人來渝的消息，又寫王雲五先生接眷未成的消息。接著又寫重慶忽然多了幾條吃牛奶的洋狗的消息。」分著送去檢查，通過後再拼起來發表，「飛機載洋狗」的點滴新聞轟動全國〔註 35〕。出衆的新聞採寫能力，使浦熙修成爲當時各報社唯一的女性採訪主任，和她關係密切的彭子岡這樣描述她作爲採訪主任的生活：

> 浦熙修在《新民報》的職務是採訪主任，既是主任，擔子就重一點。當年重慶是戰時『陪都』，麻雀雖小，五臟俱全。在她麾下，有各式各樣的記者，背景頗不簡單。且《新民報》的版面只有當時各大報的一半，記者們的稿子不可能都排上。缺了誰的，也不會對主任滿意。於是浦熙修只好每晚鼓起勇氣，爲編排稿件乃至權衡人事而「戰鬥」一番。經過這一番搏鬥，熙修從編輯部所在的七星崗步行回到猶莊，時間多過午夜。爲了迅速擺脫方才一番搏鬥對心境的紛擾，吃安眠藥入睡便成了習慣。〔註 36〕

在抗戰期間的重慶新聞界，像楊剛、彭子岡、浦熙修這樣奔走於採訪第一線的女記者成爲一道引人注目的風景。1940 年《婦女生活》還專門介紹了當時活躍於陪都新聞戰線的「無冕女王」們。她們都具備良好的教育背景、文字功底和語言能力，不少人都曾有過採訪和編輯等報刊從業經驗，爲她們從事新聞工作奠定了良好的基礎〔註 37〕：

〔註 35〕浦熙修，採訪十年，新民報，1947 年 9 月 9 日；1941 年 12 月 10 日這條新聞發表，12 月 22 日《大公報》的社評中以此舉例，說「譬如最近太平洋戰事爆發，逃難的飛機竟裝來了箱籠老媽與洋狗，而多少應該內渡的人尚危懸海外。」此文引起昆明西南聯大學生罷課遊行示威。朱正，從「新聞記者」到「舊聞記者」——浦熙修小傳，書屋，2001（6）：7～33。

〔註 36〕彭子岡，熙修和我，子岡文選，北京：新華出版社，1984：340。

〔註 37〕記者，新都無冕女王，婦女生活，1940 年 8 卷 10 期。

姓　名	工作單位	家庭情況	教育經歷	職業經歷	工作詳情
張郁廉	蘇聯塔斯社	哈爾濱人，家有俄國保姆和俄國家庭教師，俄語流利	哈爾濱女子中學、燕京大學教育科	學生時代參加學生運動，大學剛畢業時正逢七七事變發生，加入塔斯社	收集和翻譯中國抗戰宣傳的材料、隨蘇聯記者考察並擔任翻譯
趙敏淑	英國路透社重慶分社		上海中西女塾	女青年會學生部教師、南京國民政府財政部圖書管理員，抗戰後經友人介紹入路透社	負責商業新聞，如資源委員會、四川絲業公司等
黃薇	新加坡星洲日報、星中日報、香港星島日報	南洋華僑的女兒，生長於新加坡，表兄係新加坡星中日報前總編輯	日本明治大學政治經濟科	七七事變後返回新加坡，以星中日報特派戰地記者之職，赴戰場實地考察，參加徐州會戰的採訪報導	駐渝特派記者，從事戰地採訪，著有《徐州突圍記》等，同時參加重慶婦女工作
封禾子	中央日報		上海復旦大學中文系	曾擔任上海《女子月刊》編輯，後到日本研究戲劇，七七事變後歸國，在桂林從事抗戰話劇，1939 年夏進桂林中央日報分社，同年冬到重慶	協助梁實秋編輯《中央日報》副刊，兼任學藝記者和文化記者，同時參演電影
彭子岡	大公報	已婚，丈夫徐盈爲同事	北平中國大學外國語科	曾擔任《婦女生活》助理編輯，1938 年在漢口加入《大公報》	外勤採訪
浦熙修	新民報	已婚，獨自住在報社	北平女子師範大學文學系畢業	先是在新民報任職員，後轉爲外勤	外勤採訪，該報採訪部主任
楊慧琳	新華日報	已婚，丈夫吳敏爲新華日報第四版編輯	上海正風中學	曾從事婦女工作，組織上海婦女俱樂部，在漢口參加新華日報，任外勤採訪	內勤編輯，資料室資料搜集工作，同時參加婦女活動

吳全衡	新華日報	已婚，孩子不在身邊	蘇州女子師範學校	曾在生活書店任校對和編輯，參加上海救國會，1939 年入《新華日報》	該報第四版「婦女之路」助理編輯，兼任外勤記者
馮若斯	時事新報	獨身	成都華西大學社會學科	曾擔任四川彭縣女子中學英語教師	外勤採訪
熊獄蘭	時事新報		上海復旦大學新聞科	七七事變前擔任上海立報的記者	外勤採訪
張志淵	新蜀報	已婚，兩個女兒，家庭瑣事很煩累	留學法國司塔市堡大學，研究文學	曾在上海江灣立達學院教數學和法文，後任職南昌「婦女生活改進會」總幹事	外勤採訪，同時創作和翻譯童話、爲中學生、教育雜誌等刊物撰稿

1941 年以後，隨著太平洋戰爭的爆發，越來越多來自淪陷區的女記者輾轉來到重慶，如 1938 年加入廣州《救亡日報》和 1941 年服務於香港文藝通訊社的高汾（江蘇江陰人，1920～），在香港淪陷後先是在江西贛州《正氣日報》擔任編輯，不久後到重慶，加入《新民報》，成爲該報外勤記者之一〔註 38〕。據 1943 年 1 月至 11 月新運婦女指導委員會文化事業組對重慶市職業婦女所做的調查顯示，接受調查的四家報社中，聘用的女職員有 23 人，占職員總數的 8.55%〔註 39〕。到抗戰勝利時，重慶新聞界「僅新民報一家，就有五位女記者之多。其他各報如《大公報》、《中央日報》、《掃蕩報》、《時事新報》、《新華日報》、《國民公報》、《新蜀報》、《益世報》、《世界日報》、《大公晚報》、《新民晚報》幾乎家家都有女記者，而且有的不止一個，而且地位相當高，能力也強，有幾個頗使鬚眉遜色。」〔註 40〕

抗戰期間，除重慶以外，昆明、桂林、成都、福州都是重要的新聞發源地，也積聚中許多新聞媒體，這些城市的女記者雖然從數量上少於重慶，但她們竭盡全力突破性別壁壘的努力不亞於重慶的女記者。戰時曾服務於福建《民報》的女記者沈嫄璋，「每天至少要跑八個機關」，甚至有病也不停歇，「福建省第一次臨時參議會，我代表三個報紙參加，還要做採訪工作，白天

〔註 38〕張寶林著，各具生花筆一枝——高集與高汾，武漢：湖北人民出版社，2010。
〔註 39〕陪都職業婦女調查，婦女新運，1943（10）。
〔註 40〕崔萬秋，重慶的文化女戰士，女聲，1946，3（23）：6。

大家都疏散了，我一個人留在死寂的城裏發新聞稿，肚子餓也找不到東西吃。」〔註 41〕1944 年，陳香梅（1925～）從嶺南大學畢業，考入中央社昆明分社擔任助理編輯，彼時該社「還有不用女記者的不成文規定」。她的工作是譯稿，將電訊號碼轉換成文字並加上標題，這對於自小熟讀四書五經、中學和大學期間一直負責編輯校刊的她來說可謂「駕輕就熟」，所擬的標題都能得到編輯的讚賞。試用期後，因爲出眾的英語交流能力，她被破格提升到採訪部外事組採訪美國援華美軍的工作，第一次採訪的對象就是「飛虎將軍」陳納德。儘管毫無經驗的她「除了傾聽和注視外，什麼問題也想不出來」，但採訪帶給她的「這種激動的心情，美妙的感受，非筆墨所能描繪」，爲此她還拒絕了父親接她去美國的提議，決心繼續從事新聞採訪的工作〔註 42〕。1944 年成都各報社、通訊社及外部派駐的 173 名新聞記者組成新聞記者公會，該市僅有的五位女記者積極參加，增強與同業之間的交流和聯絡〔註 43〕。

抗戰取得勝利後，隨著國民政府還都南京，原來內遷的各大報社、通訊社、雜誌社等紛紛遷回南京、上海、北平等中心城市，女記者也隨著各自報社的工作安排離開內地，如彭子岡和丈夫回到《大公報》北平辦事處，陳香梅到中央社上海分社、高汾和浦熙修隨《新民報》遷回南京等。較之戰前屈指可數從事新聞採訪的女記者，戰後幾個主要城市中的女記者數量和比例都已大幅提升，如 1946 年 8 月成立的南京新聞記者公會，第一屆 534 個會員中，女性 41 人，占 7.6%，負責外勤採訪的有 19 個〔註 44〕。

南京市新聞記者公會第一屆女會員名錄（1946.8）

姓名	籍貫	年齡	教育經歷	工作單位及性質	從業經歷
王文漪	江蘇江都	29	金陵大學文學士	新加坡南洋商報特派員、南洋公報撰述	外交部書記官；昆明朝報副刊編輯；外交部昆明辦事處科員；北婆羅洲詩亞敦化中學及光華中學教務長

〔註 41〕沈嫄璋，當記者：一條崎嶇的路，浙江婦女，1940,2（3）：31～32。

〔註 42〕陳香梅，陳香梅自傳，濟南：山東人民出版社，2003：64～65，79～83。

〔註 43〕成都市新聞記者公會成立大會紀念刊，1944 年 9 月，出版地不詳。

〔註 44〕首都新聞記者公會總務組編印，首都新聞記者公會會員名錄，1946 年 12 月，方漢奇、王潤澤主編，民國時期新聞史料彙編（10），國家圖書館出版社，2011：621～690。

王愛雲	安徽桐城	27	燕京大學新聞系肄業、浙江大學史地系、浙江大學研究院文科研究所史地研究所	大剛報外勤記者	浙江大學史地研究所編輯；婦女慰勞總會幹事
白淑慧	河北交河	26	聖約翰大學	中央社助理編輯	
江平	江蘇鎮江	23	聖約翰大學	和平日報助理編輯	正誼周報記者
李正玉	安徽蕪湖	25	徽州女中	中國日報資料室幹事	安徽省黨部皖南辦事處助理幹事
汪健	江蘇江寧	27	金陵女子大學文學院	大道報外勤記者	經緯出版社編輯
汪惠吉	江蘇武進	27	中央政治學校新聞系	中央社編譯	中央社英文部助理編輯；編譯部助理編輯
何健民	南京市	25	重慶民治新聞專科學校	中國日報外勤	
周華瓊	湖南湘鄉	28	國立社會教育學院社會教育行政系	中央通訊社徵集室助理幹事	新生活運動婦女指導委員會鄉村服務隊隊長；四川榮昌親仁中學教員
武月卿	雲南石屏	27	中央政治學校大學部新聞系	中央日報編輯	中央設總社編譯；廣西中央日報資料組主任
馬均權	浙江平陽	24	國立暨南大學史地系	中央日報編輯	
胡列貞	廣東新會	35	國立暨南大學文學院	中央廣播電臺廣播評論員	南洋馬來西亞吉隆坡坤成女子學校及州立學校任教職五年；中央廣播電臺任職十四年
拱德明	南京市	25	齊魯大學政經系	中央日報外勤記者	四川省參政會新縣制考查團秘書；黨軍日報主編
徐壽臻	江蘇江陰	26	無錫國學專修館		青年日報記者；副刊編輯；言論月刊編輯；南京女青年寫作協會理事
高汾	江蘇江陰	26		大公報駐京辦事處外勤記者	
浦熙修	江蘇嘉定	35	國立北平師大	新民報採訪部主任	北平志成中學國文教員；新民報記者

張志民	湖南長沙	32	安徽大學	軍事新聞通訊社編輯	湖南南天日報記者、編輯
張明	江蘇南通	32	中央政治學校新聞專修班	申報駐京記者	中央日報外勤記者、特派員、副刊編輯、資料室編審、研究室研究員；渝中央日報採訪
張淑臣	南京市	22	南京私立鍾英中學、私立惠利打字傳習所	中國日報資料室幹事	
陳君婉	廣東東莞	30	國立北平大學女子文理學院文科	中央通訊社徵集室幹事	北平培根女子中學教員；廣東東莞縣立師範學校教員；柳州婦女協會文書股股長；教育部音樂委員會幹事；重慶廣益中學教員
陳楷	江蘇常熟	28	中央政治學校新聞科	中央日報採訪記者	中宣部國際宣傳處科員；中宣部新聞處幹事
黃兆曾	湖南長沙	26	國立西南聯大	中央社外勤記者	昆明昆華女子職業學校；昆明建設中學
黃漢華	廣西桂平	25	中央政治學校新聞專修科	中央日報外勤記者	重慶中興日報
陸慧年	江蘇太倉	32	國立暨南大學	上海聯合日報駐京特派員	新運婦女指導委員會股長及振濟委員會視察
郭瑞新	河北安坎	35	北平師大畢業	中央社外勤記者	
崇啓	安徽天長	34	日本明治大學政經部	湖南力報駐京特派員	
程淑英	安徽歙縣	35	金陵女子大學附屬中學	中央日報編譯	
屠潔	江蘇武進	25	南京師範學校文史專科	和平日報校對	
游漱泉	湖北蒲圻	29	北平中國學院肄業	大道報記者	中華文化服務社編輯
章行健	山東蓬萊	27	無錫國學專科學校	眞理新聞社記者	扶輪小學教員；重慶小時報記者
楊雁冰	江蘇常熟	29	大夏大學	大同新聞社記者	中央日報記者；商務日報記者；朝報記者
鄭琳玲	廣西賓陽	23	中央大學	軍事新聞通訊社外勤記者	

蒲立德	湖南永明	29	中央大學中國文學系	和平日報記者	中國青年編輯；中國女青年月刊總編輯兼副社長
鄭敏	福建閩侯	26	西南聯合大學哲學系	中央社編譯部助理編譯	
鄭賓燕	廣東番禺	24	中央政治學校新聞專修科第一期	中央廣播電臺播音員	
劉宗煒	湖北武昌	23		南京人報助理編輯	成都南京早報晚刊校對主任
鄧季惺	四川奉節	39	北平朝陽大學	南京新民報經理	重慶、成都新民報經理；四川省參議員
魯昭燕	安徽當塗	25	國立四川大學	大剛報資料員	成都東方周報資料員
戴谷城	南京市	24		中央日報助理經濟記者	
薛邦珩	江蘇無錫	21	模範女子中學	和平日報資料員	
魏瓊芝	湖南長沙	28	中央大學	軍事新聞通訊社編輯	

在南京的女記者中，很多都接受過大學新聞系的專業訓練，已有數年的編採經驗，在新聞採訪上的「努力和修養，已漸漸爲許多人所見識」，因此南京的女記者無不驕傲地表明，「在目前，跑政治、經濟、軍事、外交，我們的女記者，活躍極了，她們在工作中所表現的，有時比男記者還要合適」〔註 45〕。和南京的情形相仿，1946 年 12 月對北平新聞記者的調查結果顯示，各報社、通訊社在北平的記者、編輯、主筆總共 204 人，其中女性 13 人，占全體記者總數的 6.3%。〔註 46〕

北平女記者名錄（1946.12）

姓名	籍貫	年齡	學歷	工作單位	任職經歷
劉洵	湖北漢川	25	輔仁大學	華北日報記者	
徐晶	北平	26	復旦大學	華北日報記者	貴陽中央日報；北平社會局兒童訓育主任

〔註 45〕南京的女記者，中央日報，1946 年 9 月 19 日。

〔註 46〕第十一戰區長官部政治部編印，北平市新聞記者調查表，1946 年 12 月，方漢奇、王潤澤主編，民國時期新聞史料彙編（11），國家圖書館出版社，2011：589～632。

王岑	北平	25	新聞專科學校	世界日報記者	
徐仙瀛	山東	25	輔仁大學	北方日報記者	
毛思麗	英國	40	坎拿大哈弗哥大學	英文北平時事日報社編輯	
史鐸民	安徽桐城	31	北平中法大學	中央社北平分社編輯	北平民興日報編輯
韓志仁	北平	27	中國大學	西北通訊社北平分社記者	市政府科員
張桐華	樂亭	24	輔仁大學	西北通訊社北平分社記者	
田芳	北平	20	瀋陽市立女二中	新平通訊社記者	
徐舜顏	唐山	23	北京大學文學院	亞光新聞社記者	中國新聞社記者
陳佩文	北平	30	中國大學	亞光新聞社記者	華報社編輯；遊藝報記者
蘇祺	安徽太平	23		南京首都晚報駐北平記者	
彭子岡	北平	32	中國大學	重慶大公報北平記者	

第二節　「花蝴蝶」與「交際花」：媒介中的上海女記者形象

而在新聞業向來繁榮的上海，女記者不論從數量還是活躍度上都更為引人注目，據 1946 年的報導，「平均每張報紙有兩位女記者，加之通訊社的女記者與其他，加之有五十人左右」〔註 47〕，有人以「多得駭人聽聞」來加以形容〔註 48〕，甚至索性將該年稱為「女記者年」〔註 49〕。女記者的增多，與此時上海報業的激烈競爭有極大的關係，戰後上海各報如「雨後春筍」般紛紛恢復或出版，老牌大報如《申報》、《新聞報》、《大公報》紛紛擴充版面、革新機器，「競爭之烈，可說是空前未有」，小型報如《前線日報》、《立報》、《辛報》、《世界晨報》，均有其獨特的風格，《新民晚報》的出版，「更引起小型報劇烈的競爭」，將趣味化及尖銳化推向極致。而因為戰爭一度在市面上銷

〔註 47〕毛世，無冕女皇帝也團結一番——女記者秘密結社，上海灘，1946（16）。
〔註 48〕貝林，上海第一個女記者，上海灘，1946（6）。
〔註 49〕女記者義結玉蘭，上海特寫，1946（26）：1。

聲匿迹的小報也相繼面世，各種「十二開本的小周刊，亦是五花八門，層出不窮」，因大多數格調低下被政府取締而停辦，但「其印刷之精美，編排之活潑，的確較之戰前有著飛躍的進步」，這類周刊曾風靡一時，銷量好的時候達到三萬份之多〔註50〕。

新聞競爭的加劇使得報社和通訊社紛紛錄用女記者，她們中有的是從內地新聞界到上海尋求職業和發展的，如戰時在昆明《雲南日報》做外勤記者的方丹，來到上海後加入《正言報》，多跑美軍方面的消息，而這正是她在昆明時常和陳香梅一道跑的路線〔註51〕。邵瓊在重慶《民主報》任外勤記者時，就以「肯跑肯寫，特寫頗見功夫」聞名，一到上海就被《世界晨報》羅致去擔任採訪〔註52〕；也有剛從大學畢業、因對新聞記者生涯充滿好奇而入行，或是進入新聞專科學校進修後，從報社、通訊社的實習生做起的，如「從小就憧憬著記者的美夢」的蔣友梅，本在復旦大學經濟系就讀，1946年上海新聞專科學校成立後，她轉入該校研究科學習，並加入《中華時報》，實現了她的記者夢〔註53〕。她的同學姚芳藻，本在華東大學文學系就讀，從報上看到該校的招生簡章後，「我想當記者可以到處跑跑，也可以寫文章」，就去投考，經過研究班半年的學習後，經同學介紹先到《前線日報》劇影版實習，後轉入剛創刊的《聯合晚報》〔註54〕。從該校畢業進入報界的還有法國通訊社上海分社內勤記者徐觀雲、南京《大剛報》外勤記者王文蔚、上海《前線日報》記者蔣蘊薇、上海《商報》外勤記者池廷熹、上海《新夜報》外勤記者管長志、上海《中華時報》外勤記者張厚茜、上海《神州日報》外勤記者范思珍、上海民國日報外勤記者韓企民等〔註55〕。此外，上海女記者中還有不少是來自演藝界和體育界，如話劇或電影演員出身的女記者就有《文匯報》的陳霞飛，《正言報》的李青來和大公社袁鶴薇〔註56〕，以及曾在1933年第五屆全國運動會囊括游泳項目全部金牌、并參加過1936年柏林奧運會的「美人魚」楊秀瓊。

〔註50〕溪，勝利後上海新聞事業，周播，1946（9）：3。
〔註51〕娜飛，女記者的號外新聞都是有趣的，風光，1946（12）：3。
〔註52〕巴客，重慶女記者南北分飛，消息，1946年5月5日。
〔註53〕蔣友梅，我跑了六個月，中華時報，1946年10月15日，中國新聞專科學校貼報簿，上海檔案館，Q431～1～389。
〔註54〕姚芳藻口述記錄，2011年9月24日。
〔註55〕校友記者調查錄，《中國新專》校刊（第1期），上海檔案館，Q431～1～389。
〔註56〕上海女人特輯・女記者，東南風，1946（19）：7。

女記者

話劇演員出身

方辰

正言報女記者李青來，最近時常在各種宴會集會上出現，頗受人注意，她生得很美麗，據說已經結過婚了！她在四五年前，是一個最早的話劇演員，早在中法戲劇學校攻讀過，與喬奇，孫企英等都是同學，也都是同學，也都是許幸之的高足。她曾參加上海劇藝社（辣斐劇場時期）演出，許幸之編的「阿Q正傳小的中」尼姑，就是她扮飾的，所以當時後台都喊她「小尼姑」，還有武則天，她也演過。總之，這位李女士，是多才多藝的（李青來武則天）

《海濤》，1946 年第 16 期

這些活躍於公共場所的女記者，正是徐翊文中所寫到的「新人物」，她們的一言一行，在當時頗受關注，一些社會休閒類周刊和小報更是以各種獵奇的筆調，報導和談論這些「無冕女皇」們，使得 1946～1947 年間各報社和通訊社的女記者大出風頭，「宛似坤伶、女明星，或女歌手、紅舞女一樣特別注意」〔註 57〕。這股「捧」女記者的風氣又加劇了各大報社、通訊社任用女記者來提升自己的知名度。由上海大同出版公司 1946 年 7 月開始出版的《海濤》周報，署名「圈內人」的作者稱讚「她們不僅專業好，口才好，精神好，而且跑出來的賣相也好，採訪新聞的技巧更好，對於這些小姐的活躍成績，不可無文點綴，爰寫『女記者群像』，以實史乘」，從第三期開始，「圈內人」向讀者一一介紹他／她所瞭解的女記者〔註 58〕。這些資料雖不詳盡全面，卻有助於我們瞭解當時上海女記者一些個人情況。

〔註 57〕太記者，蔣夫人籌組全國女記者協會，上海灘，1947（1）：5。
〔註 58〕圈內人，海上女記者群像．嚴洵：小記者的掌上珠，海濤，1946（3）：6。

《海濤》周報「海上女記者群像」

姓名	單位	家庭背景	教育經歷	職業經歷	採訪路線
謝寶珠	申報	富商家庭，與該報採訪主任吳嘉棠結婚	聖約翰大學	曾在重慶中央社英文部服務	市政新聞
池廷熹	大英夜報		聖約翰大學；中國新聞專科學校	從該報實習生到正式錄用	社會新聞、商業新聞
楊惠	和平日報	其兄是該報編輯	聖約翰大學經濟系	同時在聖約翰大學任助教	學校特寫、要人專訪等
陳偉	立報			曾在社會日報擔任外勤	影戲新聞
韓海	民國日報		中國新聞專科學校		經濟新聞、社會新聞
楊秀瓊	僑聲報			游泳運動員	國際新聞
許瑾	香港國民日報	丈夫是《辛報》編輯	復旦大學	兼任《辛報》特約外勤記者	社會新聞
蔣蘊薇	前線日報		中國新聞專科學校	兼做練習律師	法院新聞
麥少楣	時事新報	廣東人			市政、社會新聞
邵瓊	世界晨報	左翼作家碧野的太太			人物專訪
蔣友梅	中華時報		復旦大學經濟系；中國新聞專科學校		政治、外交經濟新聞
張厚茜	中華時報		聖約翰大學；中國新聞專科學校		社會新聞
舒澤淞	大眾夜報	中華書局總編舒新城之女，劇作家司馬英才遺孀	音樂專科學校		淞滬警備司令部
吳秀英	大眾夜報		復旦大學	曾在美國新聞處擔任翻譯	社會新聞
張蔚文	大晚報			曾在《前線日報》服務	影劇新聞、美軍消息

徐錫琪	大眾夜報		中國新聞專科學校	實習性質，不取報酬	社會新聞
袁鶴薇	大公社				社會新聞
姚芳藻	聯合晚報		中國新聞專科學校	曾在《前線日報》實習	市政法院、社會新聞
顧毅	大晚報		中國新聞專科學校	曾學習法律	法院新聞
周光楣	新民晚報		復旦大學新聞系		市政新聞
范思珍	神州日報		中國新聞專科學校		
拱平	大公報			南京中央日報副刊編輯	教育和文化新聞
陳香梅	中央社	廣東人，父親是外交官，丈夫工程師	嶺南大學	曾在中央社昆明分社任職採訪	國際政治軍事
李青來	正言報	已婚，育有二子	中法戲劇學校	話劇演員，曾任社會局職員	市政新聞
陳霞飛	文匯報		成都華西大學中國文學系	曾參演戲劇和電影，同時兼時事新報特約記者	婦女團體
張蕙琳	天津《益世報》上海版				
方丹	正言報			曾服務於申報資料室	市政新聞
俞昭明	正言報			三青團成員，協助李青來發稿	
嚴洵	新聞報	嚴諤聲之女	上海交通大學理化科；聖約翰大學經濟系		市政新聞

一、美麗的女記者

不論是如《中央日報》之斥之以「花蝴蝶」，還是一干小報捧之為「交際花」，一個「花」字凸顯出女記者最引人關注和談論的地方在於她們的長相與打扮。雖然有人先是違心的說女記者的產生，將使中國的新聞界加速進步，是因為她們的談話不像男記者的易於使被訪者感到厭煩，但又坦白地承認，

「漂亮」未嘗不是女記者得以執業的最主要條件之一〔註 59〕。女記者如果不美的話，「非特無功於採訪，抑且有過於外勤」，因為在論者看來，不美的女記者非但不能「取悅」於人，反而給人「惡劣之印象」，反倒阻塞了新聞的來源〔註 60〕。

那麼誰是上海灘最美的女記者呢？為著這頗難回答的問題，人們展開了爭論：有人力捧《申報》的「當家花旦」謝寶珠，因為她是甜美活潑的天之驕女，天生麗質，白皙可愛，「豆蔻年華，曼妙多姿，回頭一笑，百媚橫生」〔註 61〕，「近看像洋囡，遠看像夜巴黎中的明星」，毫無疑問應當是「海上女記者中最豔麗的一朵花」〔註 62〕。但有人對此不以為然，說謝寶珠胖胖矮矮的，不及無錫《人報》女記者孫方中的明眸皓齒、體態婀娜，風度不錯，又討人喜歡，才是標準的時代新女性〔註 63〕。蘇州高等法院公審陳公博時，孫方中正在速記，「只見她戴上了無邊的托立克眼鏡，全神貫注的用大皮夾做了白紙的墊，最新流線型的愛釜沈鋼筆，握在那一隻『美得要命』的玉手裏」，中央電影製片廠拍攝新聞片的攝影師就看中了這一個角度，將這隻「動人的玉手」攝入鏡頭，惹得小報記者喟歎，「美哉！女記者的玉手！」〔註 64〕

女記者孫方中之十三特點

歷史的教訓

《新上海》，1946 年第 13 期

也有人認為話劇演員出身、曾出演過武則天的《正言報》女記者李青來，「用二十世紀最新進步的口吻來歌頌」，可以稱得上是「不長不短，不胖不

〔註 59〕子飛，女記者中無美人，一周間，1946（1）：5。
〔註 60〕女記者，大觀園周報，1946（4）：2。
〔註 61〕太記者，謝寶珠另有出路，上海灘，1947（1）：2。
〔註 62〕圈外人，海上女記者群・申報謝寶珠，海濤，1946（5）：6。
〔註 63〕怡紅，女記者：謝寶珠與孫方中，大觀園，1946（5）：6。
〔註 64〕梁溪河，孫方中初登銀幕：美哉！女記者的玉手，萬花筒，1946（6）：2。

瘦，恰合尺度的標準美人」，雖然牙齒長得並不整齊，但也不失爲一種缺陷美〔註65〕。及至《民國日報》的女記者韓海一現身，立馬就有人吹捧她爲「今日諸女記者中最漂亮的一位」，其「賣相與線條，則雖十幾個謝寶珠亦抵不上半個韓海小姐」，她的美貌，甚至爲母校中國新聞專科學校「增其光輝」，因爲該校「歷屆之畢業女同學，無一漂亮面孔也」〔註66〕。這一盛讚似乎不假，與此同時的另一位小報論者也爲她的美貌而傾倒：「論風度，稱得起風流翩翩，面孔算是眞美，而且有魅力，尤其一雙眼睛看起來似笑非笑，可上鏡頭。身腰好，舞也跳得好，文章寫得更好，英文也許還要好，有人說她心更好，恕我不知。」〔註67〕

正應了那句「人靠衣裝馬靠鞍」的老話，在小報論者看來，光是臉蛋生的好看是遠遠不夠的，女記者的著裝、打扮、氣派也頂重要，若是加上這些，無人能及得上謝寶珠的風度，「常是十指尖尖染得紅紅的，拍粉搽胭脂外，有時撒點『夜巴黎』之類，她比別的女記者更多一種特點，也抽香煙，而且抽的是美國煙，一個漂亮的女人，有時用血紅的指頭，夾著一支香煙，微微吐出煙圈時，那是屬於一種非常神秘的美。」〔註68〕但若論著裝之豔麗，當屬大公社女記者袁鶴薇，無論到什麼地方跑新聞，她總是穿上薄紗的蝴蝶衣，又戴上最新穎的草帽，眞像「花蝴蝶」般豔麗、刺激、惹人注目，「使人一望之下，不得不引起特別的注意力。」〔註69〕

每當有集會需要採訪時，各報社女記者們無不各展其能，「氣象極爲旖旎」，幾乎成了「時裝大競賽」〔註70〕。8月13日的上海市參議會成立大會上，出席四十二名記者中，每隔一二男記者便有一位女記者，這些正是「芳華年代」的女記者各自穿了什麼顏色、款式及質地的旗袍，都被小報記者不厭其煩一一加以報導〔註71〕。若是女記者用上了什麼新鮮玩意兒，如美國進口貨「玻璃」，更是被眼尖的小報記者發現，經過一番「調查」之後，他盡職負責地告訴讀者：《大英夜報》池廷熹穿的黑玻璃皮鞋和「小雨衣」質料的奶白式雨衣，總共價值十三萬金；中央社陳香梅小姐的皮包，提手部分是用玻璃製

〔註65〕圈外人，海上女記者群・正言報李青來，海濤，1946（14）：7。
〔註66〕夏威夷，漂亮的女記者，海濤，1946（28）：9。
〔註67〕男記者，論韓海，海燕，1946（1）：6。
〔註68〕圈外人，海上女記者群・時事新報麥少楣，海濤，1946（12）：6。
〔註69〕圈外人，海上女記者群・大公社袁鶴薇，海濤，1946（25）：5。
〔註70〕清之，女記者時裝大競賽，東南風，1946（9）：8。
〔註71〕尖記者，市參議會中女記者的衣服大觀，星光，1946（新7）：5。

成，價格不詳；而李青來小姐也以七千元代價購得玻璃木梳和玻璃牙刷，趕上了這股潮流。〔註72〕

謝寶珠

彼時上海各報記者的平均待遇，也就在二三十萬元左右。女記者中工資最高的是老牌大報《申報》的謝寶珠和《新聞報》的嚴洵，可以拿六十多萬元一個月，池廷熹兼《大英夜報》和《商報》兩份工作，總共能拿到五十萬，其次就是《正言報》李青來和方丹，每月在三十萬元左右。儘管她們的收入在記者群中屬於中間偏上，但她們賺來的錢全部「用在翻行頭上面還不夠」〔註73〕。池廷熹的「大衣，旗袍，皮鞋，幾乎是每天調換一次」，謝寶珠更甚，有時上午和下午穿的衣服都不一樣，論者對此半是同情半是嘲諷地說：「爲了整潔，爲了體面，跑新聞有時也確實需要『行頭』」〔註74〕。

當然也不是所有女記者都敢於像謝寶珠、陳香梅、池廷熹那樣不惜血本地翻「行頭」，她們優渥的家庭背景也早被小報記者們翻了個底朝天，有人乾脆以「閨閣名媛派」命之，稱她們是女記者中的高貴階級，有怎樣的特點呢：

> 其風度與他人有顯著之不同，蓋渾身打扮，全部高而貴之，花綢旗袍外，更加白嗶吱短大衣，手提白皮包，鼻架黑眼鏡，著玻璃之絲襪，穿高跟之皮鞋，蓋此輩跑新聞不用仰仗雙腿，因有要人汽車或三輪車可坐，穿高跟皮鞋者，不過便利「派對」時之跳舞也。國語既是流利，英語亦屬不差，面貌既然漂亮，態度更是大方，活動範圍在「中」「美」高貴階級之間，風頭之健，其他女記者不能與之相比也。

在小報記者眼中，女記者的著裝與她們跑新聞的路線和風格息息相關，

〔註72〕一知，海上女記者三鼎甲，月入六十萬金，新聞周報，1946（5）：9。
〔註73〕承海，女記者的世面，吉普，1946（32）：4。
〔註74〕圈外人，海上女記者群・時事新報麥少楣，海濤，1946（12）：6。

如不脫女學生本色的「黃毛丫頭派」，雖然在「賣相」上非但不及閨閣名媛派的華貴，甚至不及普通上海女人之善於打扮，因而出入「高貴」場所不免寒酸，但她們「採訪文化消息，自有其獨特之處，蓋性之好近，當易討好。」而那些「不論已婚未婚，衣服形容均近於少婦」的「徐娘少婦派」女記者，與男子在言談之間，「亦不必多所顧忌，也不必裝腔作勢」，以採訪社會新聞爲多，「任何案件，均可一手包辦」；還有一種「第八流交際花派」則完全不具備記者之能力，「打起一口半生不熟之京片，又喜跳兩腳非驢非馬之狐步舞，如有人邀請吃咖啡，看電影，無有不準時而至，言之可笑」。女記者中最多的，論者用蘇州方言中的「賣魚娘娘黨」稱之，謂其特點「均是一派粗線條風格，或面目黧黑，或身材肥矮，或氣度狹窄，但工作能力極強，誠如俗語謂『好貨無賣相』者也」〔註 75〕。

二、失職的女記者

儘管欣賞女記者美麗的外表與時髦的裝扮，但許多小報論者也如《中央日報》記者「徐翊」一樣，對那些如「花蝴蝶」般飛來飛去卻不盡記者之責的女記者頗多非議。有人毫不留情的說，有幾位名氣相當大的女記者，「對於採訪新聞和寫新聞並不感興趣，對於交際應酬，反而特別起勁。」輪到向報館老闆交差的時候，就打電話讓男記者代筆，簡直是在「偷新聞」。而其寫作能力自然是可以想像的了，「編輯先生改她的稿子，有如替小學生改作文，足以花一個小時，令人頭痛得不得了。」〔註 76〕連帶著女記者的母校——中國新聞專科學校也受到質疑，說從那裡出來的女記者，「寫一段不滿四百字的新聞便耗足了一個小時以上」，還算是其中表現優良的了〔註 77〕。

要說明女記者沒有職業能力，「美人魚」楊秀瓊都算得上最佳例證了。楊秀瓊（1918～1982）是廣東東莞人，從小隨當游泳教練的父親學習游泳，14 歲就獲得香港游泳比賽冠軍，在 1933 年 10 月第五屆全國運動會上囊括了女子游泳項目的全部金牌，現場觀看的蔣介石夫人宋美齡當即認她當「乾女兒」，此後她便頻頻受邀表演游泳、演講、剪綵或參加各種社交活動，成爲大小報紙、雜誌競相追逐的對象，是 30 年代著名的「交際花」。在當時南京

〔註 75〕畢銘，上海女記者黨派調查錄：閨閣名媛風頭最健、賣魚娘娘能力頂強，周播，1946（14）：11。

〔註 76〕六喬，女記者偷新聞，東南風，1947（47）：7。

〔註 77〕貝林，上海第一個女記者，上海灘，1946（6）：3。

記者的筆下，她「風度雍容華貴、雙眸明亮、性格爽朗」，當她穿著玉色衣服，赤腳穿高跟拖鞋時，「遠望如希臘女戰士」〔註 78〕。抗戰期間，楊秀瓊被迫當了四川軍閥范紹增的第 18 房姨太太。抗戰勝利後她來到上海，受《華僑聲報》之邀做該報記者，這個「過去是新聞記者的採訪對象」的「美人魚」現在來充當新聞記者，成了新聞界轟動一時的新聞。但有內行人一眼看出《華僑聲報》當局的別有用意，「因爲《華僑聲報》是華僑辦的報紙，海上粵人很多，需要一位廣東小姐如楊秀瓊來聯絡關係。聯絡者也，只不過活動活動而已，所以，即便楊小姐不懂得寫新聞，也是無妨的。何況她是女人，只要捉刀有人就得了。」〔註 79〕因此儘管她的才能不及一個實習生，但報紙當局要「藉重她的大名，籍以宣傳，同刊登廣告，差不多性質」，因此給了她最優厚的薪水，「特借汽車一輛，專供美人魚採訪新聞」，還預定在夏天將臨的時候，發行由「美人魚」主編的游泳特輯，可以說得上對她進行全方位的包裝了。〔註 80〕

和楊秀瓊有相似，歌手姚玲、話劇演員白雲等轉行做記者，也引起眾多議論，質疑報館當局的用心。這些報導似乎都印證了「足徵」所言，報館的編輯先生們是故意任用「花蝴蝶」們來達到「爲報館出風頭」的目的〔註 81〕。甚至一度有傳言稱謝寶珠之進《申報》，也是因當局某大亨因謝之豔麗而加以延聘，有迹近「花瓶」之疑。雖然作者爲謝寶珠辯護，盛讚她發表在《申報》上的新聞、專訪、特寫，「已使萬千讀者傾倒」，堪稱「才貌雙全」〔註 82〕。但在一些人看來，謝寶珠能成爲新聞界明星，還是因爲其「照會」漂亮、交際手腕高明，因而「每日按時有人自動打電話來報告，故而《申報》有許多消息爲獨得之秘，爲他報沒有，是謝寶珠色、香、美採訪得來。」〔註 83〕

既然在時人眼中，女記者的主要用途是「花瓶」和「交際花」，那麼她們的職業能力差也就理所當然了。難怪有人在論及《民國日報》女記者韓海時，一邊力捧她的美麗動人，也稱讚她「以擅長寫長篇累牘之報告文學著稱」，但

〔註 78〕關於楊秀瓊的報導，參見：王劍鳴，美人魚楊秀瓊，上海：光華書局，1935。
〔註 79〕報花，游泳皇后討價還價：楊秀瓊做記者有問題，快活林，1946（12）：1。
〔註 80〕圈外人，海上女記者群・美人魚楊秀瓊，海濤，1946（10）：5。
〔註 81〕足徵，從讀「女記者」想起，中央日報（上海版），1946 年 7 月 15 日。
〔註 82〕圈外人，海上女記者群・申報謝寶珠，海濤，1946（5）：6。
〔註 83〕太記者，謝寶珠另有出路，上海灘，1947（1）。

又立即將其寫作能力歸因爲「當韓求學時代，寫情書亦頗擅長，今乃學以致用，蓋此中實有淵源也。」〔註 84〕在他們看來，女記者的工作能力或許不弱於一般男記者，但她們之所以能得到男記者得不到的內幕新聞，不過是「利用她們的有利條件，如面貌之美、聲音之嗲，功夫之軟」而已〔註 85〕。所以在上海擔任外勤的幾十個女記者中，眞正有採訪能力的「僅寥寥數人而已」，其餘的都是「打扮得花枝招展，利用門面，博取所欲獲得的消息，回頭叫男記者捉刀交卷而已」，反而鬧得「豔史秘聞，層出不窮，訪問編撰，笑話百出」，徒然成爲新聞界之一大新聞來源〔註 86〕。

的確，女記者在工作中的失誤之處大多都被小報記者當做新聞大書特書。但平心而論，上海女記者雖然人數頗多，但都比較年輕，從十七八歲到二十五六不等〔註 87〕。她們中的大多數是剛出校門，有的甚至是一邊讀書一邊實習，缺乏採訪經驗和寫作訓練也是顯而易見的。如果說《新聞報》嚴洵因聽錯一字發表失實新聞遭到周恩來的訓斥還算得上咎由自取的話〔註 88〕，那麼上海市政府新聞處處長朱虛白因謝寶珠對市政改組消息「盤根究底」而加以「痛斥」、蔣介石行轅秘書長張道藩因池廷熹緊追不捨的提問而「正顏厲色的呵斥」，則完全是她們職業精神使然，但也被小報記者們看做女記者「受窘」的笑話而津津樂道〔註 89〕，就有點有失同業之間的道義了。而無錫女記者孫方中在特稿《訪問美國同盟軍》中的一句話——「和盟軍交歡暢談」——則被小報記者肢解爲「和盟軍交歡」，並刻意加以強調，甚至稱其爲「最引人入勝的妙句」、「一時傳爲美談」等，其侮辱之意表露無遺〔註 90〕。

總而言之，在小報記者看來，女記者的「交際」才能無疑是最受矚目的，她們以「這樣的靈活手腕」，混迹於記者圈，目的無非是利用記者身份接近達官貴人，釣個金龜婿，便可以「飛黃騰達」了〔註 91〕。如一則看上去極爲中性的新聞《女記者孫方中出洋》中，作者用理所當然的口氣揣度說，「孫方中

〔註 84〕夏威夷，漂亮的女記者，海濤，1946（28）：9。
〔註 85〕蔣夫人籌組全國女記者協會，上海灘，1947（1）。
〔註 86〕銅兄，各報擬停用女記者，秋海棠，1946（17）：7。
〔註 87〕尖記者，市參議會中女記者的衣服大觀，星光，1946（新 7）：5。
〔註 88〕鐵爐，女記者嚴洵遭周恩來駁斥，揚子江，1946，1（2）：10。
〔註 89〕馬利，朱虛白遷怒女記者，七日談，1946（32）；張道藩教訓女記者，群言，1946（復 1）：24。
〔註 90〕圓翁，與「盟軍交換」傳爲美談的無錫女記者孫方中，萬象，1946（2）：2。
〔註 91〕若冰，參政會忙煞女記者，新上海，1947（71）：1。

以女記者身份，活躍於京、滬、錫之間，引起了軍、政、商界注意以後，好多人加以推測，認爲這位女記者再紅一些時候將發紫，紫了以後一定會博得貴人相助，而親善，訂立終身大事，果然在今日孫方中是宣告離開新聞界，準備去美國留學了。」〔註92〕

至於女記者的工作能力，毫無疑問是要打上一個大大的問號，本著這種懷疑的態度，有小報作者創作了不同的兩支「十字曲」，來描寫男女記者的生活。男記者的生活是：「一有新聞，二腳奔波，三餐無心，四面四訪，五指忙寫，六神無主，七暈八素（俗稱忙亂），八面玲瓏（還須具備靈活手段），九個鐘點（工作時間），十分受苦。」而女記者則是：「一隻皮包（式樣繁多），二枝鋼筆（翻新），三人同行（搭檔），四方交際（周到），五光十色（翻行頭），六神無主（指被訪問者），七暈八素（混陶陶），八仙陣圖（迷），九九歸一，十分發嗲！」〔註93〕其中的褒貶高下，一目了然。

三、危險的女記者

儘管在論者的筆下，美貌而無能的「花蝴蝶」、「交際花」幾乎成了女記者的標簽，但才貌雙全而又忠於職守的女記者們也常常被視爲威脅到男記者飯碗的「危險人物」。因爲相比男記者而言，女記者的優勢是顯而易見的，如更容易得到男性採訪對象的重視，「男記者請參政員簽名介紹旁聽，碰了釘子，女記者請參政員簽名介紹旁聽，毫不費力，怎不令人羨煞？」〔註94〕而她們在與女性採訪對象交往上的優勢更是得天獨厚。如謝寶珠在蔣介石夫婦戰後第一次到上海的採訪中，就以其良好的英文、時髦的美式派頭、微笑可掬的面孔獲得宋美齡的另眼相看，幾度交談後成爲蔣公館的座上賓，獲邀和宋美齡共進午餐，「這是其他記者沒有的交情」〔註95〕。1946年夏天，因國內時局的錯綜複雜和美國參與國共調停等原因，廬山會議受到全國民眾的關注，大批記者湧上廬山，展開了一場激烈的新聞戰，謝寶珠和中央社的陳香梅是當時廬山上僅有的兩位女記者，憑藉著傑出的交際手腕，四處採訪，最爲活躍，常能得到其他男記者探聽不到的消息。正因如此，報館當局也樂意

〔註92〕轉引自謝美霞，舊上海最有能力女記者：陳香梅還是謝寶珠？，文史精華，2006年第10期。

〔註93〕沉香，十字曲，海濤，1946（13）：7。

〔註94〕若冰，參政會忙煞女記者，新上海，1947（71）：1。

〔註95〕非記者，申報女記者謝寶珠與蔣夫人關係密切，快活林，1946（24）：2。

於派遣女記者外出活動、刺探新聞〔註 96〕。當這些「年輕貌美、舉止活潑、談吐流利、態度大方」的女記者們出現在公共場所時，常常令人眼前一亮，「幾乎使採訪部的男性同事在種種方面都相形見拙，黯然失色」〔註 97〕。

在光鮮亮麗的外表之下，女記者在採訪中表現出來的那種「無孔不入的毅力，確實十分感人」〔註 98〕，她們爲工作所做出的犧牲就更値得稱道了。1946 年，上海攤販包圍黃埔分局時，《聯合夜報》的姚芳藻深入一線採訪，混亂中被打得頭破血流，這種不惜一切採訪新聞的精神被時人大爲稱讚，說她是「無冕帝皇」中不讓鬚眉的「女英雄」〔註 99〕。以致於小報論者都語重心長地勸告男記者：「眼看女記者一天天地多起來，男記者們如果再不趕緊努力，則很有可能被淘汰呢！」〔註 100〕

雖然數量多了，但若論才能出眾到威脅男記者飯碗的女記者畢竟是極少數，但女記者的第二重「危險性」還在於對男記者的情感誘惑。如任白濤曾援用一段外勤記者所寫「消閒錄」來說明在上海新聞界中的一幕尷尬情景：

> 昨夜我蒙同事關尾先生之請赴梁園應酬。途中忽碰到一位很久不見的密斯，我就不客氣自得其樂同往老饕，自居一桌入席。誰知道來客絡繹不絕。其實團團圍坐，已告客滿。擠的我兩手難動，且賓主之目光，互相集中於這位密斯，頃刻兩頰如暢飲的通紅。雖其中都是同事者，然使並肩而坐之我，亦覺不安。腹中宣告戒嚴，但欲退不能；直至散席，終未得飽。〔註 101〕

尤其年紀尚輕而又單身未婚的女記者總是容易招來男記者的青睞，如有「好婆記者」之稱的池廷熹同時被五位男記者所拼命追求，主動爲她提供新聞線索，甚至代她寫稿。在冠生園舉辦的中秋節園遊會上，這五位男記者不但始終追隨她左右，還把摸到的獎品全部贈送，使得池廷熹「月餅可以吃到大年夜」，被小報引爲笑談〔註 102〕。美貌動人的無錫女記者孫方中，「同業中垂涎追求者，頗不乏人」，據說「有某雜誌編輯與報館記者之兩棲人物，即往來護

〔註 96〕圈外人，海上女記者群・大眾夜報徐錫琪，海濤，1946（28）：4。
〔註 97〕區區，白崇禧將軍身邊的兩位女記者，滬光，1946（1）。
〔註 98〕尖記者，草帽女記者・黑牡丹記者，海濤，1946（25）：5。
〔註 99〕圈外人，海上女記者群・戰場記者姚芳藻，海濤，1946（40）：2。
〔註 100〕圈外人，海上女記者群・新民晚報周光楣，海濤，1946（30）：4。
〔註 101〕任白濤，綜合新聞學，上海：上海書店，1941：488。
〔註 102〕周王，女記者有人捉刀，海濤，1946（28）：3。

送於無錫，極力追求，終告失敗」〔註 103〕。在這些爲女記者傾倒的男記者中，報界聞人包天笑之子包可華，爲了追求作爲同事的邵瓊，甚至搭上了自己的職業前途：

> 原因是邵瓊是一個交際頗廣的女記者，她因爲善於跑新聞，所以結識的人極多，她對每一個人都有一些熱情和誠摯，而人長得小巧玲瓏和天眞，因之男記者均對他有好感，不過她已是有了丈夫的，這丈夫是左翼作家碧野。不過包可華卻不死心，對她表示其愛戀，每日舉動瘋瘋癲癲，不知如何以來，被邵瓊一口拒絕了，他非常傷心，發了神經病，把《世界晨報》第一版的題目也做錯了，館方囑其修養病軀，於是第一版也由他人代勞。〔註 104〕

但是也有人勸告那些爲女記者癡狂的男同胞們，說「與女記者做朋友倒是不錯，因爲只認識了十幾分鐘，便是好像很熟悉了，她們會無所不談，那樣爽直、熱情、隨便、大方，倒是處處夠朋友的。」但是娶女記者卻是頗難：「爲了她們見識頗廣，軋的朋友不少，你要被她『屛開雀選』，似乎是不容易的事情」。即便是成功地得到女記者青眼相看，喜結良緣，可婚後的她仍得出去交際，「一出去跑新聞的時候就在外吃飯，使你自己燒菜獨酌，豈不是莫大的悲哀？」更爲可怕的是，女記者「今天碰到某師長，明天碰到某局長，你丈夫的地位也將動搖了。」〔註 105〕可見在論者心目中，女記者不但不能盡賢妻良母之職照顧家庭，更有可能因爲往來於達官貴人之間而危及婚姻中丈夫的強勢地位。

女記者的危險性不僅是給男記者帶來情感上的挫敗感和婚姻中的潛在危機，更令時人不安的是女記者對新聞業內既有生態的破壞性影響。爲女記者的美麗和魅力所傾倒，男採訪主任和本埠編輯們爲她們的報導大開綠燈，男記者們心甘情願地爲她們提供新聞素材、甚至代筆捉刀的消息時有傳出。甚至有人將各報的消息「傾向於一元化」，缺乏獨家報導的原因也歸結爲女記者，「她和他們爲了職務上的友好關係，就不免有點牽絲攀藤的相互交換報導」，所以爲了「喚起各男記者的注意工作」，同時「避免走漏獨得的消息」，有報館乾脆主張停用女記者〔註 106〕。

〔註 103〕尖記者，孫方中出閣之喜，星光，1946（新 5）：5。
〔註 104〕吳冕，追求邵瓊，包可華發神經，海濤，1946（20）：6。
〔註 105〕易宛，女記者難娶，東南風，1946（15）。
〔註 106〕銅兄，各報擬停用女記者，秋海棠，1946（17）：7。

第三節　「無冕女皇」服務社會：重塑自我認同

面對來自他人的懷疑與批評，女記者們在感到尷尬難堪之餘，也運用作爲傳播主體的話語權力，紛紛撰文反對這種「花蝴蝶」、「交際花」的標簽，並使用各種話語策略，來重塑自我形象。她們所投書的媒體或是自身工作的大報，如《中央日報》副刊，或《婦女月刊》、《女聲》、《現代婦女》、《家》、《婦女文化》等婦女期刊，或《文藝先鋒》、《讀者》（半月刊）、《新聞天地》等文藝性、綜合性期刊。她們常常以《我的記者生活》、《我是一個女記者》、《在上海做女記者》等標題，寫下自己從事新聞採訪的動機、經歷和感悟，並再三強調自身作爲「無冕女皇」的職業角色，承擔著重要的社會功能，在工作態度和採寫能力上並不亞於男記者，以此來與污名化的標簽劃清界限，捍衛自身的職業權力。

如《中央日報》副刊上登載的《南京的女記者》一文中，作者承認女記者中是有一些在報館坐等新聞的所謂「記者之花」，但她強調說這是少數現象，而且她們也被「女記者同業所棄」。她舉出身邊女同業的種種證據，表明女記者在工作能力上絲毫不比男記者遜色。〔註107〕女記者段奇珷投書《讀者》半月刊，對社會上對女記者的過分關注和惡意揣度表示不滿。她開篇即談新聞事業對於民主進程、公理正義的作用，指出女記者們本是平常的新聞從業員，「負責對社會正確報導的任務」。因此，「善於社交的面孔」不過是和「機警謹細和堅定的意志」、「敏銳的聽覺」、「兩雙奔跑的腿」一樣必備的職業素養，但由於社會上往往給予女記者以兩種極端的批評——讚譽或輕視——將她們塑造成專注交際的「交際花」。使得「新聞集團裏的少數的幾個女記者常常感到被人批評的麻煩，甚至於她們的行動態度，言談面部的表情，也因受異樣的待遇而不安」。因此，她大聲疾呼，希望得到人們對女記者的理解：

> 女記者在過著緊張的生活，過著每天不同節目的生活，昨天走過的路今天或者不必重複，她同男記者們樣能會晤著一般人不能會著的人，她優先目睹奇異事物，她負責對社會正確報導的任務，她不願意人們將她與男子們在裝束上去吸引好奇與評斷，她寧可用一支有力的筆，去激起人們對女記者的認識和熟悉。她是願意與人爲友的，先認識對新聞正視的朋友。〔註108〕

〔註107〕南京的女記者，中央日報，1946年9月19日。
〔註108〕段奇珷，我是一個女記者，讀者，1945（4）：21～22。

《和平日報》女記者楊惠在其自述文章中一針見血地指出：「不懂爲什麼許多人對女記者都是另眼相看，覺得她們是屬於一種特殊的『型』，甚至還有些小報文人專以女記者爲譏誚的對象。對此我只有一個解釋：過去中國人一向以爲新聞記者只是男人的玩意兒，女人不配也不會做，如今，上海女記者活躍，就感到了新奇。」但這種新奇和對女記者長相的評論在她看來是幼稚可笑的，她強調評價記者是否稱職，其標準不應是社交能力，而是寫作能力。而在這方面，男記者和女記者根本沒有分別：「你能在報紙上分得出哪一篇是出於小姐塗著蔻丹的手嗎？你既愛讀她們的作品，就應該批評她們的文章是『美』還是『醜』，和臉有什麼關係呢？」她希望社會能夠將女記者看成「普通的工作者」。〔註 109〕

女記者們非常清楚，正是因爲採訪工作需要出入公共場所、周旋於男性世界之中，美麗的長相和時髦的裝扮成爲她們職業生涯中的一柄雙刃劍，在給她們的採訪帶來便利的同時，也容易使人從外表而不是工作能力來對她們加以評價。換言之，對女記者而言，作爲女性的「色」與作爲記者的「才」常常交織在一起卻又存在著矛盾與張力。誠然有一些女記者善於發揮自己的美色來爭取工作中的種種便利〔註 110〕，但也有女記者刻意淡化「色」而突出「才」，以避免成爲人們眼中的「交際花」。如《中華新報》的蔣友梅在學生時代酷愛打扮，經常穿得花花綠綠拍照留影。但當她從業以後，卻「總以樸素的姿態出現採訪新聞，衣服非黑即藍，短襪的跑路鞋，頭髮雖燙的長長的，但毫不修飾，總是很自然的梳著」。以致於昔日的同學都問她：「你怎麼現在如此不修邊幅了？」她回答是因爲做了新聞記者，與各方面人都認識了，尤其是採訪政治新聞，如果穿得五顏六色，豈非成了交際花？「如果人家拿不嚴肅的眼光來看我，我是受不了的。」〔註 111〕

而在《和平日報》的陸晶清和《中央日報》的徐鍾佩看來，女記者的「色」與「才」之間非但不矛盾，還應該統一起來。作爲歐洲特派記者，她們在採訪巴黎和會時與來自世界各國的男女記者相處的過程中，意識到才華、體力、裝飾和精神狀態對於女記者的工作是同等重要的。在陸晶清眼中，作爲參照對象的歐美女記者們不但才能出眾，「尤其是我佩服的是她們力大如牛，放佛永遠不會感覺疲倦，並且不會因工作緊張而忘了修飾，都打扮著花

〔註 109〕楊惠，在上海做女記者，家，1946（4）：13～14。
〔註 110〕麥香珠，女記者的日記，上海灘，1946（21）；（24）；（25）。
〔註 111〕藍羽，蔣友梅如是說，海燕，1946（1）：6。

枝招展。天天坐在我旁邊的塔布衣夫人年紀超過了六十，可是她的工作精神比我好，而且她從頭到腳都是極考究的打扮著，今天我們兩個中國女人還在說笑佩服她每天不忘在衣襟上插一朵白色鮮花。」〔註 112〕相比之下，徐鍾佩也爲自己身材矮小、不結實，總是寫完稿就頭昏眼花，「上床時有如死人」，不能「會後公餘，打扮得一身整齊，天天換衣服的婀娜多姿」而自愧「不配做女記者」，對那些「白天聽會、晚上跳舞，每天都精神百倍」的歐美女記者無盡豔羨〔註 113〕。

蔣友玫如是說

她不修邊幅
穿得很乾淨

藍羽

《海燕》，1946 年第 1 期

但是在性別規範相對保守的國內，不論是抗戰時期相對偏遠的內地〔註 114〕，還是抗戰結束後較爲現代的都市，作爲女性的性別身份往往給女記者的採訪實踐帶來許多的麻煩，遭遇好奇與關注的目光、引發種種猜測和談論是女記者們常常經歷的事。上海《立報》記者陳偉自述「每一次參加什麼

〔註 112〕陸晶清，巴黎來鴻，婦女月刊，1946，5（1）：17～18。
〔註 113〕徐鍾佩，我不配做女記者，婦女月刊，1947，6（4）：12～14。
〔註 114〕浦熙修，新聞記者的生活，現代婦女，1944（2）：9～10。

會議的時候，總感到有一陣密集的眼光掃向自己來，窘得難以形容」〔註 115〕。筆名「莫非」的女記者不無委屈的講述她從業經歷中遭受的莫名壓力：人們總是認爲女記者的能力和體力都不如男記者，她們做錯了一點事就會遭來笑罵，即便是得到了一些較好的新聞，「則必有人設法去研究一下，是否另有來頭。」長得漂亮的女記者總是要被男同行諷刺「一定做不長」。總之，女記者的工作是屬於有所企圖的「過分活動」，在一般人眼中，「女性過分活動是件可怕的事，這可怕將會發展到不可思議」。〔註 116〕正如米德所說，「個體對自身的經驗是從同一社會群體個體或一般的觀點來看自我」〔註 117〕，他人的態度有如一面鏡子，女記者們從中反觀自身，爲自己的身份感到緊張，甚至於她們的行動態度也因受異樣的待遇而不安。

筆名「戈兒」的女記者在從業之前，對「無冕女皇」的工作有著美好的憧憬，「海闊天空、社會之大，記者可以任意翱翔，這該是多麼自由、愉快的工作啊！」所以當朋友介紹她到某報當外勤記者時，「我眞是高興得神經也顫抖了，我是懷著如此興奮的心情，接受這陌生的工作」。在工作了九個月後，她深深的體會到新聞記者的辛苦，除了和男記者一樣不論酷暑嚴寒都要跑新聞、不論高興與否都與人周旋、在嘈亂的環境和截稿時間的高壓下抓緊寫稿、因新聞檢查而被撤稿以外，最使她感到痛苦的是女記者被視爲「新聞圈裏的花瓶」和「報紙的活招牌」所遭遇的歧視，許多采訪對象不願意和女記者談話，「甚至看你是女記者，要你在外邊死等，或者不接見」。在男女交往依然界限分明的中國，女記者也很難像男記者一樣，和掌握權勢的男性採訪對象建立廣泛的友誼，即使建立了聯繫，在態度儀容方面也要特別小心，「因爲女記者是特別容易被人指謫的」。〔註 118〕幾乎所有的女記者都講述過和徐鍾佩相似的尷尬經歷：去採訪某位男性要人時，被當做他的太太或者女朋友〔註 119〕；或者被一些官員們在口頭上「占小便宜、吃吃豆腐」，說什麼「女記者的生活很自由，談戀愛也一定很……」或者是「女記者也要有丈夫……」面對這種情形，沈嫄璋告誡所有的女同業，要「和男人一樣大方工作，在工作上建立信譽和尊嚴」，如果對方太過分，

〔註 115〕海兒，我的記者生活，女聲，1945，3（24）：21～22。

〔註 116〕莫非，女記者在一些人眼中，時代婦女，1946（3）：13。

〔註 117〕喬治・H・米德，心靈、自我與社會，上海：上海譯文出版社，2008：124。

〔註 118〕戈兒，我當記者的生活，廣西婦女，1941（17～18）：41～42。

〔註 119〕徐鍾佩，我，也做了四年記者，報學雜誌，1948 試刊號：28～29。

「只有用最嚴肅的話來警告他們，或者用記者的面孔來對付」。〔註 120〕

儘管女記者都坦誠自己在從業的過程中遭遇了這些懷疑與輕視，但她們無不強調自己職業的「艱苦」、「神聖」與職業技能的高要求，以及自己為了盡職工作而做出的努力：筆名「清荷」的女記者從公務員轉行到新聞界，兩個月的記者經歷使她充分意識到「新聞記者的採訪，並不是一件容易的事」，必須具備「豐富的學識，敏銳的眼光，冷靜的頭腦，強健的記憶力，精細的觀察力，以及百折不撓的刻苦的精神」，才能服務群眾與社會，「對任何事情的記載與批評要有明確的分析和正當的判斷」，她表示無論有多少阻礙和困難，自己都將和其他的記者們同樣的「以不折不撓的、刻苦耐勞的精神去克服一切的一切」。〔註 121〕段奇珷則如是描述新聞工作帶給她的價值感：「一點一點的墨迹一頁一頁的翻過塗寫過的紙面，馬上我就將完成一篇五分鐘在這宇宙中發生的一件有意義的、有趣味的事實記載。」而讓萬千讀者明晰和瞭解他所生存的世界中的某一事實，被她視為記者職業最重要的使命。〔註 122〕楊惠總結自己的記者經歷時強調，一個成功的記者不但要有文學的修養，而且要有淵博的知識，或至少各方面豐富的常識，「才能觀察和分析這個錯綜複雜的現實，才能善於尋找適當的材料而寫出深刻動人的作品」。她為自己的知識修養不夠而慚愧，並勉勵自己和同業：「一個不斷努力的記者，應當工作與學習並重，不僅在外面跑，而且也要靜下來多讀一些書，多做一些研究工作。」〔註 123〕《中央日報》女記者蒲立德成長於富有的教授家庭，母親曾多次痛哭流涕地勸說她放棄新聞記者這個「苦工」，她卻以「貢獻我的一生給文化工作」自勉，「當訪問到那樣不為人重視的可憐人，聽他的訴苦，在報上替他們呼籲，那就更能使自己快樂和安慰，許多痛苦是容易忘掉的了。」〔註 124〕

相對於單身的女記者而言，已婚已育的女記者則面臨著更多實際的困難，育兒是橫亙在她們職業之路上一道艱難的關卡。筆名「藍葉」的女記者即將臨盆時被解雇，陷入失業的恐慌，生產之後找工作卻頻頻碰壁，只得謊稱未婚，才找到了一份採訪的工作，白天穿行於大小機關尋找線索，晚上還得到編輯部寫稿，常常不能準時回家給孩子哺乳，「然而一股工作的狂熱在

〔註 120〕沈嫄璋，當記者：一條崎嶇的路，浙江婦女，1940,2（3）：31～32。

〔註 121〕清荷，記者生活，今日婦女，1946（2）：16～17。

〔註 122〕段奇珷，我是一個女記者，讀者，1945（4）：21～22。

〔註 123〕海兒，我的記者生活，女聲，1945，3（24）：21～22。

〔註 124〕蒲立德，我是一個女記者，中央日報，1946 年 6 月 20 日。

支持著我」，有一次爲調查救濟難民的工賑隊伙食和衣服被剋扣的眞相，她在外跑了一整天，回到家時孩子已經整整七個小時沒有吃一點東西，爲此遭到丈夫和母親的責備。她不由感歎自己身爲記者，每天在報紙上替機關小公務員申訴著痛苦，可是「他們的薪金每月至少有二三十萬元，還有一點服裝費和家屬福利，而我們的薪金連車馬費一共十五萬元，三天破雙襪，半月破雙鞋，風雪天，別人烤火爐，我們還要滿街跑，我在外面餓肚子，孩子在家餓得哭，沒有星期天，也沒有特別假，誰又會同情我們，爲我們也申訴一點痛苦呢？」儘管如此，她依然熱愛自己的工作，爲幫助別人而自豪，「當別人苦著臉向我們訴委屈的時候，我們已經完全忘記了自己在人類中所受的不平的待遇了」〔註125〕。

《民國評論日報》的陶冰同樣也是少數身兼母職的女記者之一，爲了證明「一個已婚的、身兼乳母的婦女能和男子一樣履行職務」，她把剛出生兩個月的孩子託付給母親，重返工作崗位：

> 爲了進一步表示已婚婦女能和男子同樣的工作，我自動地去採訪——被人認爲是不適於女子跑的新聞。企圖打破男子頭腦中對於女子能力的一種可怕的藐視的估計。最低級與最下流的地方我都曾去過。桃色新聞集中的地方，以及那些穢氣塞鼻的夫子廟廣場，也曾供給我很多新聞。我常到警察局以及辦理刑事案件的地方法院，因此，我有機會同著法院的法醫，一道到發生命案的地方去驗屍。對這些事情，我不懂爲什麼女子不適於採訪這些新聞。

正因爲從不把自己當做「女」記者，她也不認爲女記者在採訪婦女團體或婦女集會時有什麼性別優勢，反而是男記者們處處沒有忘記自己的性別，所以他們常感到不方便，「若是他們忽略了自己的性別，只知道自己是新聞記者的話，那麼，女記者這僅有的一點便利，也會失去的。」她堅信新聞只有價值大小的區別，而沒有適宜男記者或女記者的性別差異。〔註126〕

和陶冰的想法類似，楊惠也認爲外勤記者的職業要求女性拋棄從前所受的「保守」和「被動」的性別教導，養成獨立、自動、領導的習慣，「一旦當了新聞記者，就得忘掉自己是女性。例如你必須去找不認識的人談話，問

〔註125〕藍葉，我做了女記者，文藝先鋒，1947，10（6）：20～28。
〔註126〕陶冰，女記者生活一葉，婦女文化，1947，2（3）：30～31。

上一連串的問題；你會去到各種做夢也想不到會去的地方，像審判罪犯的法庭、大人物的雞尾酒會、白俄妓女的豔窟、川沙鄉間的茅屋、主席私邸的門前等等；你的態度要和善自若，你必須小心注意別人的顏色和心境，在『不使人討厭』的空氣下索取你所需要的材料。」她講述自己跑新聞的經驗，不但要比別人跑得快，還要學會爭分奪秒的寫稿和發稿，「不然新聞就不稀奇」〔註 127〕。爭搶重要新聞、獨家新聞被很多女記者作爲自身職業成就的體現。如姚芳藻剛進上海《聯合晚報》做外勤記者時，報社本是派她去採訪市政新聞，但她不滿足於在市政府新聞發佈處抄寫新聞通稿，「總想跑出點名堂，想要獨家新聞」，就主動去採訪向來由男記者們把持的警察局，從採訪小科長到處長直到局長，「到最後，我是去採訪市長吳國禎，每個月都去，提問題讓他回答。跑新聞我要比人家跑得好呀，要出頭，一般的新聞我是不要的，我要自己提問的獨家新聞。」正因如此，在 1946 年的警管區制和 1947 年的攤販事件中，她的獨家報導都受到同業之間的肯定，這成爲她短暫的職業生涯中最難以忘記的事件。〔註 128〕

總而言之，在女記者的自敘性文本中，塑造了一個個與小報記者筆下的「花蝴蝶」和「交際花」截然不同的「無冕女皇」形象：她們自覺擔負起報導新聞、揭露眞相、代表輿論等職業要求，克服了因性別身份而導致的種種困難（來自他人的歧視與侮辱、自身體力的不支以及家事育兒的牽絆等），以勤奮、敬業、不斷學習的職業精神，和同樣的工作能力與男記者展開競爭。

本章小結

從總體上而言，抗戰以前的新聞業仍是由男性主控的行業，即使有女性能夠進入報館和通訊社從事新聞的採訪和編輯工作，也主要是憑藉其性別特質，被局限在婦女、兒童、家庭等軟新聞領域。然而，女記者自身並不願意局限在「女界事務」之內，早在二十年代就有女記者嘗試突破性別陳規，擴大職業活動範圍，但成績甚微。戰爭所導致的特殊時局——婦女投身全民抗戰的時代氛圍、報館人員和物資的相對匱乏、外勤記者分工路線的打破——爲女記者進入政治、經濟、軍事、外交等硬新聞領域提供了機會和途徑，她

〔註 127〕海兒，我的記者生活，女聲，1945，3（24）：21～22。

〔註 128〕筆者與姚芳藻的訪談記錄，2011 年 9 月 30 日。

們以良好的教育背景、流利的外語能力、紮實的文字功底和勤奮的工作表現獲得新聞業內的認可。隨著戰後上海、南京和北京等地新聞競爭的加劇，報館和通訊社紛紛錄用女性從事各條線路的採訪，女性在外勤記者中的比例較之戰前有了顯著的提升。

然而，這些活躍於公共場所的女記者們，究竟是專注社交、愛出風頭的「交際花」？還是報導新聞、服務社會的「無冕女皇」？本章通過對四十年代上海女記者形象的他人建構和自我建構的眾多文本的分析，來揭示在女記者的性別認同和職業認同中所蘊含的矛盾。女記者之所以引起諸多關注和討論，主要是人們從「性別」的角度來評價她們的工作，這一點可以從其他女性職業的比較可以看出來。如女教師和女護士在民國時期的數量都持續增加，但她們卻未被描述為「花瓶」或「交際花」。究其原因，一般人認為女護士和女教師「生性溫柔謹慎」，較能明白病人及兒童的心理及需求，是女性的「母性」特質的延伸。甚至同樣是報社內的工作，編輯工作因能發揮「心細，整理力強」或是「天然之文藝性質與想像力」等女性特質，早就被社會人士所認可和提倡。但女性從事採訪卻一直倍受爭議，不但因為體質上的差異，更隱含著在男性社會中拋頭露面「恐易於喪失婦女之尊嚴」的擔憂，在論者看來，這是「天然之缺陷，非人力所能補救也。」〔註 129〕

正如鄧小南所指出的，在中國傳統社會的性別格局與性別規範中，性別上的內、外之分不僅是單純的空間位置範圍和社會分工現象，也涉及到觀念的判別，彰顯出道德文化的含義〔註 130〕。女記者的湧現打破了性別空間的內外區隔，而她們周旋於男性世界的職業行為，更加引發了對貞靜、柔順、恭儉等女性美德可能淪喪的擔憂。因此，「善於交際」這種公認的作為記者必備的職業技能〔註 131〕，卻在女記者的採訪實踐中被污名化為可怕的「過分活動」的體現。此時商業利益的驅動，使得眾多媒體也在女記者們的「性別」意義上大做文章，將女記者置於被觀賞和被消費的位置，更加深了人們對於性別角色和性別關係重新定義的焦慮和緊張。

〔註 129〕如楊崇皐，女子職業指導，婦女月報，婦女月報，1935，1（8）：3～6；伍超，新聞學大綱，上海：商務印書館發行，1925：69。

〔註 130〕鄧小南，「內外」之際與「秩序」格局：宋代婦女，杜芳琴、王政主編，中國歷史中的婦女與性別，天津：天津人民出版社，2004：267。

〔註 131〕張靜廬，中國的新聞記者，上海：光華書局，1928：36；黃天鵬，怎樣做一個新聞記者，上海：上海聯合書店，1931：17～18。

這就可以解釋何以女記者在修正和重構自我形象時，要淡化性別色彩，強調自己和男記者具備同樣的人格地位，相同的工作能力，和嚴肅認眞的職業態度對社會做出了重要的貢獻的「職業記者」。在這種自我認同中，一些女記者甚至完全抹煞性別差異來證明自己，並非她們沒有性別意識，或者甘做「雄化」的女人，而是因爲在「男女平等」尚未完全建立的職場中，她們希望以性別中立的職業身份來獲得社會的認可與接受。

結　論

本書從性別和職業兩個維度考察了民國時期女性新聞從業者身份認同的塑造，以及她們的自我認同與報刊實踐的關係。首先描述了女記者得以登臺的歷史場景：五四時期的婦女解放是新文化論者從思想文化上改造國民、從而實現民族國家的現代化的基礎性環節。在男性啓蒙知識分子爲婦女設計的「接受教育——從事職業——經濟獨立——人格解放」的解放路徑中，女子職業獲得空前的合法性。新聞記者也是其中之一，儘管它所需要的獨立、自主與冒險精神契合了知識分子對自立、自信、自強的新女性氣質的想像，但新聞工作同時也意味著對傳統性別規範更爲激進和革命性的突破。因而在提倡女性從事新聞業的男性話語中，仍然強調的是新聞業與傳統女性氣質——內部的、細緻的、文藝的——相契合的內容，內勤編輯因而成爲最適宜女性的職業角色，贊同女性從事採訪的話語也將其採訪範圍設定在婦女兒童和家庭事務中。

那麼在作爲實踐者的女記者那裡，她們又是如何理解、期待和設定自身與新聞業的關係呢？由於這是一個在具體的歷史階段和場景中展開並不斷變化的歷史過程，受到不同時代政治經濟和文化氛圍、新聞業的職業化進程以及戰爭等突發性事件的影響，女性在新聞業內的職業角色、性質和活動範圍也呈現出階段性特點。因此，本書以個案研究的方式，講述了四個具有時代典型性的女記者的職業故事：女星社的故事發生在五四後期，是受五四解放思潮激蕩而覺醒的一批女記者團體中的典型代表，她們以「婦女啓蒙者」的自我期待，從男性手中接過婦女解放的話語主導權，並從女性的生活體驗出發爲婦女解放提出具體可行的路徑。報刊被她們視爲張揚女權話語、構建女權同盟、助推女權運動的最佳平臺。

《大公報》女記者蔣逸霄的故事發生在1920年代末，此時中國的現代女子教育已見成效，城市中聚集了大批愛好文藝的女學生和女教師，她們逐漸成爲報刊長期而固定的讀者、作者與編者，與新聞業結下不解之緣，蔣逸霄正是如此。國民革命帶動的婦女運動高潮和《大公報》對婦女新聞的重視使她有機會採訪婦女新聞，在耳聞目睹婦女的苦痛遭遇後，蔣逸霄萌生女權意識，投身婦女運動。作爲職業記者和「婦女代言人」，蔣逸霄重視事實的調查和揭露，不論是對紗廠女工的調查報導，還是職業婦女訪問記，她對於「客觀態度」、「忠實記錄」的癡迷，讓沉默者開口，替無聲者發言，從而使婦女生活進入到公眾的視野中。

三十年代中期，在國內外復古思潮的衝擊下，婦女解放和女子職業遭到質疑，保守人士借機提倡婦女回歸家庭。儘管婦女報刊的言論空間和婦女運動的自主空間都大受限制，但婦女報刊的女編輯、女作者們依然秉持性別平等與婦女解放的五四理想，借助報刊對國家政策提出批評和協商。「新賢良主義」的論爭顯示女記者群體的內部差異性：儘管她們都抱持婦女運動者這一共同的自我期待，但政治意識形態的差異使她們爲婦女解放設計出不同的實現路徑，塑造出不同的性別主體認同，導致了她們在界定恰當的性別角色和性別關係上出現分歧。

在抗戰的特殊時局中，新聞業中的女性開始突破性別局限，不但從事外勤採訪者日益增多，她們的採訪範圍也從二三十年代的婦女兒童家庭，拓展到政治、經濟、軍事、外交等傳統上由男性壟斷的領域。圍繞戰後上海女記者的媒介形象引發的爭議，本書在最後一章中討論了這一類職業實踐爲女記者的身份認同帶來的困境：正是由於周旋於男性世界的職業行爲引發對性別角色和性別關係重新定義的焦慮，女記者的性別身份被刻意凸顯和污名化，招致對其職業能力的懷疑。作爲傳播的主體，她們努力塑造性別中立的自我形象，爲自身的職業權力而抗爭。

通過這四個故事的講述，我們可以發現在女記者身份認同上的兩種類型：性別意識主導的女記者和職業意識主導的女記者。這裡所指的「性別意識」一詞是從當代女性主義話語中借用而來，或稱「社會性別意識」，即對女性成爲社會政治經濟生活主體的有意識的追求、對社會體制結構中阻礙女性發展的因素保持警醒等〔註1〕。性別意識主導的女記者通常抱持婦女解放的政

〔註1〕王政對當代語境中常被替換著使用的「女性意識」和「性別意識」進行了辨

治訴求，不論她們最終爲實現婦女解放而選擇的路徑有怎樣的區別，但她們都關心婦女問題，把尋求自身解放和幫助其他女性實現解放作爲人生價值的終極體現。在這一自我身份期待中，從事新聞業是她們實現理想的途徑，而不是目的。因此，她們的報刊實踐通常帶有明顯的賦權目的和強烈的行動導向，如召喚女性獨立自覺的主體意識、團結和組織女權同盟展開行動、報導女性的生活處境以尋求救助、批評違反性別平等的政策法規和性別觀念、從女性經驗出發倡導合理的性別關係等。

和性別意識導向的女記者不同，職業意識主導的女記者幾乎沒有明確的女權訴求，也很少主動參與到與婦女問題有關的討論和行動中去，而是傾向於把自己的身份表述爲職業記者。她們或是出於經濟目的，或是基於個人興趣而從事新聞業，有的還接受過專業的新聞學教育和培訓，參加新聞職業團體的活動，對新聞業的職業化有從性別角度提出的獨到見解。職業意識主導的女記者認可和接受的是新聞業內被普遍接受的職業規範和評價標準——如客觀地報導事實、爭搶獨家新聞、服務（不限於女性的）社會公眾等——並把這些與自我價值的實現相關聯，因此，她們希望能得到和男記者相同的對待與評價。

這兩種類型是筆者基於經驗性材料的歸納而出的「理想類型」，「是研究者從某種特定的視界出發，對現實世界的某些因素（不是全部）進行綜合與概括，然後加以強調或突出，使之抽象化的結果。」〔註2〕事實上，女記者身

析，指出自然「女性意識」，如女人對美的追求，對自身魅力的意識等，是在八十年代對「男女都一樣」的社會性別觀念進行否定的結果。而造成「男女都一樣」的社會性別觀正是本世紀初開始的婦女解放歷程的結果——五四啓蒙運動在引進「人」的概念時，照搬了歐洲啓蒙運動所塑造的男性文化的主體，儘管將女性包括進啓蒙運動中，卻隱含著「以男性價值準則來要求自己，同男人一樣在社會領域裏運作」的內在邏輯，被二十世紀初渴望做人的中國知識女性所深深服膺，「同男人一樣因此成了婦女自己也認同的婦女解放目標」。然而這一以男性爲準則的男女平等抹殺和掩蓋了傳統性別分工對女性的要求，使她們承擔嚴重的雙重負擔。1980 年代自然「女性意識」是對生理性別的自我發現，而缺乏對社會性別形塑的反思。帶有對社會性別作爲一種制度、一種社會關係加以反思的「性別意識」的出現，是 1990 年代世界婦女大會以後婦女研究者和婦聯引入和推動的結果。準確的來講，她認爲應該譯爲社會性別意識。參見王政，「女性意識」、「社會性別意識」辯異，婦女研究論叢，1997（1）：14～20。

〔註 2〕張廣智、張廣勇，史學：文化中的文化，上海：上海社會科學院出版社，2003：276

份認同的塑造是一個複雜、細微和多變的過程，性別意識和職業意識往往交織在一起，並隨著其職業或其他社會實踐的展開而發生變化（如第二章蔣逸霄的故事所顯示的那樣）。而且除了性別和職業的維度以外，階層、民族、意識形態、宗教信仰等因素都有可能參與女記者的認同塑造，有時發揮著更爲巨大的作用（如第三章中政治意識形態對自我認同的影響）。

通過上述考察，本書嘗試著與以下四個方面的既有研究成果對話：

（一）婦女解放與女性的主體性：王政認爲，在由政黨書寫的婦女史中，沿襲的是婦女作爲封建傳統的「受害者」被男性知識分子和政黨所「解放」的敘述邏輯〔註3〕。在後現代、後殖民主義和女性主義理論的影響下，這一敘述邏輯遭遇挑戰，探尋女性主體性成爲婦女史研究的熱門，「目前的發展顯示出一種向既有的先驗性客觀理論挑戰的強烈意識，要求尊重本土婦女的實際生活體驗和感受，以發掘或恢復其身份認同和自覺意識，並重建其主體性和自我肯定的歷史。」〔註4〕

本書研究發現，儘管在女記者主體意識啓蒙的過程中，不同程度地受到男性知識精英的引導和幫助，但基於女性的生活體驗，使她們對於婦女解放的目的、意義和方式的理解，並未局限在男性話語之中。如五四後期的女星社成員並不完全相信男性知識分子所提出的解放路徑，因爲就親身經歷的新女性悲劇來看，她們更強調女性自我意識、反抗精神和相互協作的重要性。因此，她們在政黨組織婦女運動之前，就已經積極構建女權話語，並聯絡和組織同志投身爲女權而抗爭的實際行動中去；蔣逸霄充分運用大眾傳媒的力量，將婦女的職業、家庭和社會生活帶入公眾的視野和討論中；即便是後來加入不同政黨領導的婦女運動，女編輯們並未放棄性別平等的五四理想，堅決反對驅逐職業婦女回家的復古論調，批評有違男女平等原則的政策法案和社會現象，通過對家庭性別關係的重新界定，或強調婦女作爲「社會人」的身份認同，賦權女性參與政治、社會和文化的變遷。

美國歷史學者馬育新（Ma Yuxin）在 Women Journalists and Feminism in China,1898～1937 一書中對性別意識導向的女記者及其女權議題多有探討，但卻略過了職業的新聞工作者。本書的研究發現，較之性別意識主導的女記者，

〔註 3〕Wang Zheng. *Women in the Chinese Enlightment：Oral and Textual Histories*. Berkely，Calif：University of California Prss, 1999 : 13.

〔註 4〕葉漢明，主體的追尋——中國婦女史研究析論，香港：香港教育圖書公司，1999：8。

職業意識主導的女記者不滿足於對婦女新聞的採訪和報導，也很少介入到女權活動之中，而是以職業共同體認可的職業成就標準——報導重要新聞——爲自己努力奮鬥的目標，看上去似乎是她們摒棄了自己的性別身份，背離了婦女解放的政治訴求。然而，這一「去性別化」的職業身份認同，未嘗不是婦女解放所最終想要實現的目的——女性不但可以獲得受教育和從事職業的權利，同時在職場中能夠以職業技能、而不是性別特質被平等公正地對待和評價。儘管在種種歧視、懷疑、消遣和否定的男性話語中，她們捍衛自身職業權力的話語顯得微弱和模糊，但同樣能夠體現出女記者的主體性。

總之，不論是作爲女權話語的建構者、女權運動的行動者、婦女生活的代言人還是婦女解放的實踐者，女記者在中國現代婦女解放的進程中都留下了清晰而堅實的足迹。可以說，中國的婦女解放是包括女記者在內的所有婦女行動者共同努力的結果，她們如何一步一步爲女性爭取權利和解放的歷程不應當被遺忘。從這個意義上說，本書豐富了對現代中國婦女解放和女性主體性的研究。

（二）職業婦女研究：除了女權話語的建構者之外，作爲婦女解放的實踐者，女記者和五四以後其他類型的職業婦女一樣，都經歷著從傳統性別身份期待——孝順的女兒、賢惠的妻子和慈祥的母親等家內角色——向家外的、公共的、現代的職業身份轉換這一歷史過程。因此，女記者和民國時期的其他職業類型的女性有著許多相同之處：從其產生的時代背景來看，是資本主義經濟發展、生產組織方式和職業分工，和婦女解放的話語和實踐（如女子教育、女子參政等）等因素共同作用的結果；同時，隨其職業實踐的展開，她們也不同程度地遭遇了爲母爲妻的家庭角色與自我實現的社會角色之間的矛盾衝突，承受著「魚和熊掌不可兼得」的心理壓力；此外，和教師、醫師、護士等職業一樣，新聞業中的內勤編輯、婦女新聞採訪者等職業角色，因與傳統女性氣質（耐心、細緻、便於接觸婦女兒童）的高度吻合而被時人大力推薦。然而當女記者跨越性別界限，與男性共事、或與男性顧客（採訪對象）密切往來時，卻因挑戰傳統的性別秩序和性別規範，和女店職員、女招待等同樣承受著社會的種種非議，致使她們的職業認同與性別認同之間產生緊張。通過對女記者的研究，本書再一次檢視了民國時期職業婦女身上所體現出來的現代性與性別規範之間的矛盾與張力。

然而，較之其他職業婦女類型，女記者又有一些特殊之處，值得加以討論。首先，正如連玲玲（Lie Ling-ling）所指出的那樣，接受現代教育和從事獨立職業的經歷持續地塑造著民國時期職業婦女的性別認同，以及由國家和社會所期待的恰當的婦女角色。在這一過程中，職業婦女不僅是性別角色重新定義中的客體，也積極地參加到關於什麼是恰當的女性氣質的討論中〔註5〕。女記者借助報刊這一公共話語平臺，在對性別角色、性別氣質和性別關係的討論、協商和界定中發揮了更爲突出的作用。但和同樣掌握話語權的女作家、女政治活動家不同，女記者（如蔣逸霄、彭子岡等）不僅自己發聲，也幫助那些社會底層的「屬下婦女」開口說話，使她們的的生命故事和生存處境得到公開表達的機會〔註6〕。

其次，從事有償職業一直被視爲婦女社會地位提升的經濟前提，但艾米莉·洪尼格對上海棉紗廠女工的研究中指出婦女的有償工作並未能改變勞動市場的性別結構，也很難從根本上改變社會建構的性別等級關係〔註7〕。本書對女記者的研究發現有償職業和婦女社會地位之間存在更爲複雜的關係：對於從事新聞業、尤其是自己創辦婦女報刊的女性而言，即便新聞工作並不是她們穩定的收入來源，也不能夠帶來個人經濟狀況的明顯改善和提升——如李峙山以教師的收入所得來「補貼」無酬的編輯工作，王伊蔚向親友借錢出版《女聲》等——但這絲毫不影響她們對自身作爲編輯的職業認同。相反，正是在從事新聞業的過程中，她們有更多機會表達政治和女權主張、接觸到社會生活和各階層人群、介入國家與社會公共事務的討論，並在其中構建自我的公共交往網絡，這些都有助於她們更好的尋找和界定自己在社會中的角色和地位，實現自我價值。

（三）新聞業的職業化：從性別的維度來看，女記者在職業實踐的方式和職業認同等方面，和男性新聞從業者有很大的差異：首先，基於特殊的生

〔註5〕Lien Lingling（2001）. Searching for the “New Womanhood”:Career Women in Shanghai,1912～1945.University of California,Irvine.

〔註6〕所謂「屬下」，被葛蘭西用以指代那些被壓迫、被剝削但又不擁有一般「階級意識」的團體。後殖民主義理論家斯皮瓦克通過分析印度歷史對印度寡婦殉教的敘述，指出「屬下婦女」的聲音被不同的利益團體所敘述和代言。（美）斯皮瓦克，屬下能說話嗎？羅崗、劉象愚主編，後殖民主義文化理論，北京：中國社會科學出版社，1999：138～157。

〔註7〕（美）艾米莉·洪尼格，韓慈譯，姐妹們與陌生人：上海棉紗廠女工（1919～1949），南京：江蘇人民出版社，2011。

命歷程和性別角色期待（以家庭爲主），能夠如邵飄萍等男記者一樣「全時的」、「終生的」從事新聞業的女性可謂鳳毛麟角，只有如蔣逸霄、沈茲九、楊剛、浦熙修等人，因爲保持了單身狀態（未婚、喪偶或離異）才可能較長時間地服務於新聞記者的職業。因此，如果要把「以這個職業爲全時」作爲職業行爲的最基本的特徵和前提，毫無疑問許多女記者將被排除在職業記者的範疇之外。Kinnebrock Susanne 對學術界對「職業記者」的界定方式也曾提出過類似的質疑。她通過對 19 世紀末德語地區爲雜誌女作家的文化、社會和工作網絡的進行分析的基礎，揭示出以男性爲參照建立的職業定義（如全職、有酬勞、有固定的媒介歸屬）、新聞定義（新聞與文學的嚴格區別），以及建立在這些定義基礎上的新聞學術話語，是如何使女性系統性地被排除在什麼是新聞以及新聞記者實際做什麼的主導性概念之外〔註 8〕。因此，在我們檢視中國新聞業職業化歷程的過程中，同樣應避免對「職業」概念做出表面客觀中立實際隱藏性別偏見的預先設定。

其次，二三十年代由男性主導的新聞業的職業化歷程在給予女性進入新聞界機會的同時，也對她們構成了某種限制。如邵飄萍、成舍我等主持的新聞教育機構吸納女學生接受專業教育、上海新聞記者聯歡會等新聞記者職業團體聽取女性對發展新聞業的意見、《大公報》當局重視婦女新聞、任白濤強調女性視角在新聞採訪中的重要性等，都表現出他們對女性從事新聞業的歡迎，以及客觀公正地呈現婦女生活的自覺追求。換言之，積極主動將女記者納入職業共同體之內的男性報紙經營者、從業者和新聞學家，看重的正是她們身爲女性的性別優勢和獨特視角對於新聞業職業化的作用。

的確如他們所預期，女記者的職業實踐也給報紙帶來了新聞採編視角和題材內容上的豐富，如蔣逸霄對職業婦女的同情式報導，在一定程度上有助於改善婦女在新聞中再現匱乏和負面再現等問題。但是，不可否認新聞業內評價職業成就的「中立標準」並未因這些女記者的加入而改變，重大的政治要聞、軍事機密、外交紛爭等仍然被視爲更具有新聞價值，獲得這些新聞的人也更容易在獲得業內同行的認可。正如塔奇曼所指出的那樣，新聞業內對於政治、權力、階層等新聞的重視，恰恰「表現出男性對於重要新聞事件的

〔註 8〕Kinnebrock, Susanne（2009），Revisiting journalism as a profession in the 19th century: Empirical findings on women journalists in Central Europe〔J〕，*Communications*. 34（2）：107～124.

判斷」〔註 9〕，當它們被內化到女記者的職業意識中時，她們不再滿足於局限在傳統上被視爲女性的那些領域，有的甚至輕視婦女新聞的價值，如 KY 女士因爲自己報導婦女新聞而有愧於人們對「無冕之王」的期待，這可能同樣導致她們性別意識的弱化，從而固化新聞業中的性別等級關係。

此外，正如本書第五章所顯示的，在爭取和捍衛自身職業合法性和職業權力的過程中，女記者不僅和男記者面臨同樣的外部限制（如新聞管制等），更要應對來自社會性別規範的重重束縛，承擔雙重角色扮演所帶來的心理壓力，以及職業領域中來自男性同行和被採訪對象的性別歧視甚至性騷擾，這些議題在目前新聞職業化的相關研究中同樣隱匿不顯。因此，本書將女性在新聞業中的主體經驗置於考察的中心，從性別的角度豐富了目前對民國時期新聞業的職業化歷程和新聞從業者職業認同的研究。

（四）當代婦女替代性媒介（婦女另類媒介，alternative media）研究：1995 年，聯合國第四屆世界婦女大會在北京召開，中國正式簽署了聯合國女性主義文件《行動綱領》和《北京宣言》。《行動綱領》強調了媒體在提高婦女地位上的作用，尤其是媒介對於人們社會性別觀念的塑造與反映功能〔註 10〕。此後，「社會性別主流化」、「社會性別視角」、「社會性別敏感性」等女性主義概念進入傳播學界，「性別與傳播」研究日益引起研究者的興趣〔註 11〕。隨著九十年代後中國傳媒業的市場化改革的推進，有研究者考察國家、市場和女性主義對女性新聞生產的影響，女性傳播者在市場化媒體中的角色與地位，以及新聞業中的性別不平等問題〔註 12〕。在此期間，卜衛引入了國際婦女運動對兩種類型婦女媒介的區分：主流婦女媒介常由大財團或公司所辦，追求商業利益和市場邏輯，將婦女商品化，或帶有性別歧視和性別刻板印象，以迎合男性主流意識形態；婦女替代性媒介則是由婦女個人或組織控制、經營，

〔註 9〕（美）塔奇曼著，麻爭旗、劉笑盈、徐揚譯，做新聞，北京：華夏出版社，2008：128。

〔註 10〕如姜紅，大眾傳媒與社會性別，新聞與傳播研究，2000（3）：15～22。

〔註 11〕陳陽，性別與傳播，國際新聞界，2001（1）：59～64。

〔註 12〕劉利群，媒體職業女性的困境，婦女研究論叢，2003（5）：18～22；李蘭青，中國女性記者的兩難境地，湖南大眾傳媒職業技術學院學報，2004（4）：78～80；陳陽，協商女性新聞的碎片：20 世紀 90 年代以來中國媒體裏的國家市場和女性主義，西安，陝西人民出版社，2006；王海燕，對媒體商業化環境下「新聞業女性化」的質疑——探究女性新聞工作者追求性別平等的障礙，新聞記者，2012（12）：26～33。

帶有非盈利性和反商業化的特點，會有意識地報導與婦女權利有關的問題，如生育健康、工作權利等。因此，發展婦女替代性媒介被認為是為婦女賦權、建立性別平等的文化和將社會性別意識納入決策主流的重要途徑〔註 13〕。通過對西方女性主義運動中的婦女替代性媒介的介紹，曹晉強調婦女替代性媒介在女性主義運動中所起到的社會動員作用〔註 14〕。

本書所考察的幾份婦女報刊——《女星》、《婦女日報》、《女聲》、《婦女共鳴》、《婦女生活》——表現出當代婦女替代性媒介的一些主要特徵，如由婦女團體或個人所創辦，非商業化運作和不以盈利為目的，旨在幫助婦女認識到自身的主體價值，建構和傳播性別平等的社會意識，以及為婦女提供行動、計劃和網絡信息等〔註 15〕。對於作為行動者的女記者而言，報刊構築了她們與男女讀者、女權同志之間的聯絡平臺與交往空間，在彼此溝通、相互協商、共同決策以及參與行動的過程中，她們團結、合作、締結友情，塑造集體身份認同，共同致力於女權運動。如女星社同人試圖通過《婦女日報》搭建跨地域的女權網絡，「全國婦女運動者的意見和婦女運動的消息的彙集地」；希望這個網絡能同時發揮組織和宣傳的功能，「婦女運動者的聯絡機關」和「做些帶刺激性的鼓吹」；同時，她們批評男性掌握的報紙不能深刻描寫婦女痛苦，並賦予《婦女日報》作為「婦女訴苦的機關」的正當性，從而確立自身在婦女運動中的獨特地位〔註 16〕。因此，本書對中國歷史上女性、報刊與女權運動的回溯，對發展當代中國婦女替代性媒介、推動社會性別主流化同樣有借鑒意義。

〔註 13〕卜衛：媒介與性別，南京：江蘇人民出版社，2001。

〔註 14〕曹晉，媒介與社會性別研究：理論與實例，上海：上海三聯書店，2008：81～85。

〔註 15〕劉利群，社會性別視野下的女性媒介研究，荒林主編，中國女性主義（12），桂林：廣西師範大學出版社，2011：248～249。

〔註 16〕發刊詞，婦女日報，1924 年 1 月 1 日。

參考文獻

一、中文參考文獻

（一）報刊史料：

1.《婦女時報》
2.《婦女雜誌》
3.《新民意報・女星》
4.《婦女日報》
5.《京報・婦女周刊》
6.《新女性》
7.《大公報》
8.《良友》
9.《讀者》
10.《北洋畫報》
11.《玲瓏》
12.《文藝先鋒》
13.《申報》
14.《申報・婦女園地》
15.《申報・婦女專刊》
16.《女聲》
17.《女子月刊》
18.《婦女月報》

19.《婦女共鳴》
20.《婦女生活》
21.《上海婦女》
22.《福建婦女》
23.《廣西婦女》
24.《浙江婦女》
25.《婦女新運》
26.《職業婦女》
27.《今日婦女》
28.《婦女月刊》
29.《婦女文化》
30.《現代婦女》
31.《新青年》
32.《國聞周報》
33.《教育與職業》
34.《民國日報・覺悟》
35.《東方雜誌》
36.《中央日報》
37.《記者周報》
38.《新聞學刊》
39.《報學月刊》
40.《戰時記者》
41.《中央日報》
42.《中央日報・報學雙周刊》
43.《報學雜誌》
44.《新聞周報》
45.《上海灘》
46.《新上海》
47.《揚子江》
48.《上海特寫》
49.《群言》
50.《周播》

51.《風光》
52.《消息》
53.《東南風》
54.《海濤》
55.《一周間》
56.《大觀園周報》
57.《萬花筒》
58.《星光》
59.《快活林》
60.《滬光》
61.《秋海棠》
62.《萬象》
62.《海燕》

（二）史料彙編

1. 中國人民政治協商會議天津市委員會文史資料研究委員會編，天津文史資料選輯（第15輯）〔M〕，天津：天津人民出版社，1981。
2. 中共天津市委黨史資料徵集委員會、天津市婦女聯合會編，天津女星社（婦女運動史資料選編）〔M〕，北京：中共黨史資料出版社，1985。
3. 上海市文史館、上海市人民政府參事室文史資料工作委員會編，上海地方史資料（五）〔M〕，上海：上海人民出版社，1986。
4. 中華全國婦女聯合會婦女運動歷史研究室編，中國婦女運動歷史資料（1921～1927）〔M〕，北京：人民出版社，1986。
5. 中共天津市委黨史資料徵集委員會、天津市婦女聯合會編，鄧穎超與天津早期婦女運動〔M〕，北京：中國婦女出版社，1987。
6. 中國婦女管理幹部學院編，中國婦女運動文獻資料彙編（1918～1949）〔M〕，北京：中國婦女出版社，1987。
7. 全國婦聯婦女運動歷史研究室編，從「一二・九」運動看女性的人生價值〔M〕，北京：中國婦女出版社，1988。
8. 王文俊編，南開大學校史資料選（1919～1949）〔M〕，天津：南開大學出版社，1989。
9. 中華全國婦女聯合會婦女運動歷史研究室編〔M〕，中國婦女運動歷史資料（1840～1918），北京：中國婦女出版社，1991。
10. 中華全國婦女聯合會婦女運動歷史研究室編，中國婦女運動歷史資料（1927～1937）〔M〕，北京：中國婦女出版社，1991。

11. 中華全國婦女聯合會婦女運動歷史研究室編，中國婦女運動歷史資料（1937～1945）〔M〕，北京：中國婦女出版社，1991。
12. 中華全國婦女聯合會婦女運動歷史研究室編，中國婦女運動歷史資料（1945～1949）〔M〕，北京：中國婦女出版社，1991。
13. 中華全國婦女聯合會、黃埔軍校同學會編.大革命洪流中的女兵〔M〕，北京：中國婦女出版社，1991。
14. 孫競宇等主編，津門史綴〔M〕，上海：上海書店出版社，1992。
15. 李又寧、張玉法主編，近代中國女權運動史料（1842～1911）〔M〕，臺北：龍文出版社股份有限公司，1995。
16. 上海婦女志出版委員會，上海婦女志〔M〕，上海：上海社會科學院出版社，2000。
17. 中國人民政治協商會議天津市委員會文史資料委員會編.天津文史資料選輯（第103輯）〔M〕，天津：天津人民出版社，2004。
18. 中共中央文獻研究室周恩來研究組編著，周恩來（1898～1976）〔M〕，四川人民出版社，2009。
19. 中華全國婦女聯合會婦女研究所、中國第二歷史檔案館編，中國婦女運動歷史資料．民國政府卷〔M〕，北京：中國婦女出版社，2011。
20. 方漢奇、王潤澤主編，民國時期新聞史料彙編（1～16）〔M〕，北京：國家圖書館出版社，2011。

（三）回憶錄、傳記、文集等

1. 彭子岡等，女作家自傳選集〔M〕，上海：耕耘出版社，1945。
2. 談社英自傳，秦孝儀主編，革命人物志（第22集）〔M〕，臺北：中央文物供應社，1977。
3. 向警予，向警予文集〔M〕，長沙：湖南人民出版社，1980。
4. 徐鑄成，報海舊聞〔M〕，上海：上海人民出版社，1981。
5. 張友漁，報人生涯三十年〔M〕，重慶：重慶出版社，1982。
6.《新聞界人物》編輯委員會編，新聞界人物（1～10輯）〔M〕，北京：新華出版社，1983～1987。
7. 彭子岡，子岡文選〔M〕，北京：新華出版社，1984。
8. 楊剛，楊剛文集〔M〕，北京：人民文學出版社，1984。
9. 陶菊隱，記者生活三十年〔M〕，北京：中華書局，1984。
10. 王知伊等，編輯記者一百人〔M〕，北京：學林出版社，1985。
11. 徐鍾佩，我在臺北及其他〔M〕，臺灣：純文學出版社，1986。
12. 夏衍，白頭記者話當年〔M〕，重慶：重慶出版社，1986。

13.《中國女記者》編輯委員會，中國女記者（1～6）〔M〕，北京：新華出版社，1989。
14. 孔昭愷，舊大公報坐科記〔M〕，北京：中國文史出版社，1991。
15. 周雨，大公報人憶舊〔M〕，北京：中國文史出版社，1991。
16. 董邊，女界文化戰士沈茲九〔M〕，北京：中國婦女出版社，1991。
17. 吳德才，金箭女神——楊剛傳記〔M〕，北京：中共黨史出版社，1992。
18. 戈焰，炮火中的女記者〔M〕，重慶：重慶出版社，1993。
19. 楊在道編，張若名研究資料〔M〕，北京：中國婦女出版社，1995。
20. 金鳳，鄧穎超〔M〕，杭州：浙江人民出版社，1996。
21. 劉納編著，呂碧城〔M〕，北京：中國文史出版社，1998。
22. 陳學昭，陳學昭文集・天涯歸客〔M〕，杭州：浙江文藝出版社，1998。
23. 石評梅，石評梅文集〔M〕，北京：燕山出版社，1998。
24. 袁冬林、袁士傑編，浦熙修記者生涯尋蹤〔M〕，上海：文匯出版社，2000。
25.〔美〕舒衡哲著，李紹明譯，張申府訪談錄〔M〕，北京：北京圖書館出版社，2001。
26. 侯傑等，大公報歷史人物〔M〕，香港：香港大公報出版有限公司，2002。
27. 大公報一百週年報慶叢書編委會編，大公報一百週年報慶叢書・我與大公報〔M〕，上海：復旦大學出版社，2002。
28. 王士權、王世欣，愛國女作家陸晶清傳〔M〕，南昌：江西人民出版社，2002。
29. 袁冬林，浦熙修：此生蒼茫無限〔M〕，鄭州：大象出版社，2002。
30. 陳香梅，陳香梅自傳〔M〕，濟南：山東人民出版社，2003。
31. 李小江主編，讓女人説話・獨立的歷程〔M〕，北京：生活・讀書・新知三聯書店，2003。
32. 李小江主編，讓女人説話・民族敘事〔M〕，北京：生活・讀書・新知三聯書店，2003。
33. 李小江主編，讓女人説話・親歷戰爭〔M〕，北京：生活・讀書・新知三聯書店，2003。
34. 龔陶怡編著，黃薇紀念集〔M〕，北京：中國致公出版社，2004。
35. 散木，亂世飄萍：邵飄萍和他的時代〔M〕，廣州：南方日報出版社，2006。
36. 洛蔚，激情歲月：一位新華社女記者的東北日記〔M〕，北京：新華出版社，2007。
37. 曹聚仁，天一閣人物談〔M〕，北京：三聯書店，2007。

38.〔美〕哈雷特・阿班，民國採訪戰——《紐約時報》駐華首席記者阿班回憶錄〔M〕，桂林：廣西師範大學出版社，2008。
39. 包天笑，釧影樓回憶錄〔M〕，北京：中國大百科全書出版社，2009。
40. 張寶林著，各具生花筆一枝——高集與高汾〔M〕，武漢：湖北人民出版社，2010。
41. 徐鑄成，徐鑄成回憶錄（修訂版）〔M〕，北京：生活・讀書・新知三聯書店，2010。
42.〔美〕鮑威爾，我在中國二十五年——《密勒氏評論報》主編鮑威爾回憶錄〔M〕，上海：上海書店出版社，2010。

（四）專著

1. 易家鉞，婦女職業問題〔M〕，上海：泰東圖書局，1922。
2. 沈鈞儒，家庭新論〔M〕，上海：商務印書館，1922。
3. 黃炎培，最近五十年〔M〕，上海：上海申報館，1922 年。
4. 邵振青，實際應用新聞學〔M〕，北京：京報館，1923。
5. 梅生編，中國婦女問題討論集〔M〕，上海：新文化書社，1923。
6. 伍超，新聞學大綱〔M〕，上海：商務印書館，1925。
7. 姚公鶴，上海閒話〔M〕，上海：商務印書館，1925。
8. 任白濤輯譯，近代戀愛名論〔M〕，上海：亞東圖書館，1927。
9. 任白濤，應用新聞學〔M〕，上海：亞東圖書館，1928。
10. 陳東原，中國婦女生活史〔M〕，上海：商務印書館，1928。
11. 張靜盧，中國的新聞記者〔M〕，上海：光華書局，1928。
12. 陳綬蓀編，社會問題辭典〔M〕，上海：民智書局，1929。
13. 黃天鵬，中國新聞事業〔M〕，上海：上海聯合書店，1930。
14. 黃天鵬編，新聞學刊全集〔M〕，上海：光華書局，1930。
15. 黃天鵬編，新聞學名論集（第 2 版）〔M〕，上海：聯合書店，1930。
16. 黃天鵬，報學叢刊〔M〕，上海：光華書局，1930。
17. 黃天鵬，新聞記者外史〔M〕，上海：光華書局，1931。
18. 黃粱夢（黃天鵬），新聞記者的故事〔M〕，上海：上海聯合書店，1931。
19. 黃天鵬，怎樣做一個新聞記者〔M〕，上海：上海聯合書店，1931。
20. 張靜盧，中國的新聞記者和新聞紙〔M〕，上海：現代書局，1932。
21. 陳學昭，時代婦女〔M〕，上海：女子書店，1932。
22. 呂雲章，婦女問題論文集〔M〕，上海：女子書店，1933。
23. 劉王立明，中國婦女運動〔M〕，上海：商務印書館，1933。

24. 孫懷仁編，新聞學概論〔M〕，上海申報新聞函授學校（1931～1936）講義，出版信息不詳。
25. 杜君慧，婦女問題講話〔M〕，上海：新知書店，1936。
26. 談社英，中國婦女運動通史〔M〕，南京：婦女共鳴社，1936。
27. 程謫凡，中國現代女子教育史〔M〕，上海：中華書局，1936。
28. 許晚成，全國報館刊社調查錄〔M〕，上海：龍文書局，1936。
29. 王文彬，報人之路〔M〕，上海：三江書店，1938。
30. 趙君豪，中國近代之新聞事業〔M〕，上海：申報館，1938。
31. 任白濤，綜合新聞學〔M〕，上海：商務印書館，1941。
32. 趙君豪，上海報人的奮鬥〔M〕，重慶：爾雅書店，1944。
33. 魯迅，魯迅全集（第一卷）〔M〕，北京：人民文學出版社，1956。
34. 朱傳譽，報人・報史・報學〔M〕，臺灣：商務印書館，1967。
35. 賴光臨，中國新聞傳播史〔M〕，臺灣：三民書局，1978。
36. 賴光臨，新聞史〔M〕，臺灣：允晨文化實業公司，1984。
37. 戈公振，中國報學史〔M〕，北京：中國新聞出版社，1985。
38.〔法〕西蒙・波伏娃，桑竹影、南珊譯，第二性：女人〔M〕，長沙：湖南文藝出版社，1986。
39.〔美〕M・米德著，宋正純等譯，性別與氣質〔M〕，北京：光明日報出版社，1988。
40. 中華全國婦女聯合會編，中國婦女運動史〔M〕，北京：春秋出版社，1989。
41. 姜緯堂、劉寧元主編，北京婦女報刊考（1905～1949）〔M〕，北京：光明日報出版社，1990。
42. 呂美頤、鄭永福，中國婦女運動（1840～1921）〔M〕，鄭州：河南人民出版社，1990。
43. 方漢奇，報史與報人〔M〕，北京：新華出版社，1991。
44. 夏曉虹，晚清女性與近代中國〔M〕，北京：北京大學出版社，1994。
45.〔美〕費正清編，劍橋中國史・劍橋中華民國史〔M〕，北京：中國社會科學出版社，1994。
46. 杜學元，中國女子教育通史〔M〕，貴陽：貴州教育出版社，1995。
47. 羅蘇文，女性與近代中國社會〔M〕，上海：上海人民出版社，1996。
48. 方漢奇主編，中國新聞事業通史（第二卷）〔M〕，北京：中國人民大學出版社，1996。
49. 馬光仁主編，上海新聞史〔M〕，上海：復旦大學出版社，1996。

50. 李銀河主編，婦女：最漫長的革命——當代西方女權主義理論精選〔M〕，北京：三聯書店，1997。
51. 梁啓超，新民說〔M〕，鄭州：中州古籍出版社，1998。
52. 〔英〕安東尼·吉登斯，趙旭東、方文譯，現代性與自我認同〔M〕，北京：生活·讀書·新知三聯書店，1998。
53. 〔英〕安東尼·吉登斯，李康、李猛譯，社會的構成〔M〕，北京：生活·讀書·新知三聯書店，1998。
54. 杜芳琴，中國社會性別的歷史文化尋蹤〔M〕，天津：天津社會科學院出版社，1998。
55. 〔美〕埃里克·H·埃里克森，孫名之譯，同一性：青少年與危機〔M〕，杭州：浙江教育出版社，1998。
56. 葉漢明，主體的追尋——中國婦女史研究析論〔M〕，香港：香港教育圖書公司，1999。
57. 羅鋼主編，文化研究讀本〔M〕，北京：中國社會科學出版社，2000。
58. 林芳玫等著，顧燕翎主編，女性主義理論與流派〔M〕，臺北：女書文化事業有限公司，2000。
59. 黃瑚，中國新聞事業發展史〔M〕，上海：復旦大學出版社，2001。
60. 〔美〕李歐梵，毛尖譯，上海摩登：一種新都市文化在中國（1930～1945）〔M〕，北京：北京大學出版社，2001。
61. 卜衛，媒介與性別〔M〕，南京：江蘇人民出版社，2001。
62. 〔美〕羅斯瑪麗·帕特南·童，艾曉明等譯，女性主義思潮導論〔M〕，武漢：華中師範大學出版社，2002。
63. 吳廷俊，新記《大公報》史稿〔M〕，武漢：武漢出版社，2002。
64. 〔法〕米歇爾·福柯，佘碧平譯，性經驗史（增訂版）〔M〕，上海：上海世紀出版集團，2002。
65. 杜芳琴，婦女學與婦女史的本土探索：社會性別和跨學科視野〔M〕，天津：天津人民出版社，2002。
66. 李伯重，多視角看江南經濟史〔M〕，北京：生活·讀書·新知三聯書店，2003。
67. 李建新，中國新聞教育史論〔M〕，北京：新華出版社，2003。
68. 〔法〕米歇爾·福柯，劉北成譯，規訓與懲罰〔M〕，北京：生活·讀書·新知三聯書店，2003。
69. 〔美〕R·W·康奈爾著，柳莉等譯，男性氣質〔M〕，北京：社會科學文獻出版社，2003。

70. 李宏圖、王加豐選編，表象的敘述：新社會文化史〔M〕，上海：上海三聯書店，2003。
71.〔英〕諾曼·費爾克拉夫，殷曉蓉譯，話語與社會變遷〔M〕，北京：華夏出版社，2003。
72.〔美〕賀蕭，韓敏中、盛寧譯，危險的愉悅：20 世紀上海的娼妓問題與現代性〔M〕，南京：江蘇人民出版社，2003。
73. 張廣智、張廣勇，史學：文化中的文化〔M〕，上海：上海社會科學院出版社，2003。
74. 陳文聯，沖決男權傳統的落網——五四時期婦女解放思潮研究〔M〕，長沙：中南大學出版社，2003。
75. 許慧琦，「娜拉」在中國：新女性形象的塑造及其演變（1900s～1930s）〔M〕，臺北：國立政治大學歷史學系，2003。
76. 杜芳琴、王政主編，中國歷史中的婦女與性別〔M〕，天津：天津人民出版社，2004。
77. 王緋，空前之迹——中國婦女思想與文學發展史論（1851～1930）〔M〕，北京：商務印書館，2004。
78. 〔美〕曼素恩，定宜莊、顏宜葳譯，綴珍錄：十八世紀及其前後的中國婦女〔M〕，南京：江蘇人民出版社，2004。
79. 王政，越界：跨文化女權實踐〔M〕，天津：天津人民出版社，2004。
80. 李秀雲，中國新聞學術史（1834～1949）〔M〕，北京：新華出版社，2004。
81. 劉利群，社會性別與媒介傳播〔M〕，北京：中國傳媒大學出版社，2004。
82.〔加〕查爾斯·泰勒，韓震等譯，自我的根源：現代認同的形成〔M〕，南京：譯林出版社，2004。
83.〔美〕貝蒂·弗里丹，程錫麟、朱徽、王曉路譯，女性的奧秘〔M〕，廣州：廣東經濟出版社，2005。
84. 沈奕斐，被建構的女性：當代社會性別理論〔M〕，上海：上海人民出版社，2005。
85. 李小江，女性／性別的學術問題〔M〕，濟南：山東人民出版社，2005。
86. 王政、陳雁主編，百年中國女權思潮研究〔M〕，上海：復旦大學出版社，2005。
87.〔美〕朱麗亞·T，伍德，徐俊、尚文鵬譯，性別化的人生：傳播、性別與文化（第六版）〔M〕，廣州：暨南大學出版社，2005。
88.〔美〕周策縱，周子平譯，五四運動：現代中國的思想革命〔M〕，南京：江蘇人民出版社，2005。
89. 劉慧英編著，遭遇解放：1890～1930 年代的中國女性〔M〕，北京：中央編譯出版社，2005。
90. 〔美〕高彥頤，李志生譯，閨塾師：明末清初江南的才女文化〔M〕，南京：江蘇人民出版社，2005。
91. 〔美〕羅麗莎，黃新譯，另類的現代性：改革開放時代中國性別化的渴望〔M〕，南京：江蘇人民出版社，2006。
92. 〔美〕丹尼斯・麥奎爾，崔保國、李琨譯，麥奎爾大眾傳播理論〔M〕，北京：清華大學出版社，2006。
93. 李楠，晚清民國時期的上海小報〔M〕，北京：人民文學出版社，2006。
94. 陳陽，協商女性新聞的碎片：20 世紀 90 年代以來中國媒體裏的國家市場和女性主義〔M〕，西安，陝西人民出版社，2006。
95. 宋素紅，女性媒介：歷史與傳統〔M〕，北京：中國傳媒大學出版社，2006。
96. 張蓮波，中國近代婦女解放思想的歷程（1840～1921）〔M〕，鄭州：河南大學出版社，2006。
97. 〔英〕Richard Jenkins，王志弘、許妍飛譯，社會認同〔M〕，臺北：巨流圖書有限公司，2006。
98. 蘇紅軍、柏棣主編，西方後學語境中的女權主義〔M〕，桂林：廣西師範大學出版社，2006。
99. 張靜編，身份認同研究：觀念、態度、理據〔M〕，上海：上海人民出版社，2006。
100. 祝平燕、夏玉珍主編，性別社會學〔M〕，武漢：華中師範大學出版社，2007。
101. 汪民安主編，文化研究關鍵詞〔M〕，南京：江蘇人民出版社，2007。
102. 陳昌鳳，中國新聞傳播史：媒介社會學的視角〔M〕，北京：北京大學出版社，2007。
103. 李彬，中國新聞社會史〔M〕，上海：上海交通大學出版社，2007。
104. 〔荷〕凡・祖倫（Zoonen，L.V.），女性主義媒介研究〔M〕，曹晉、曹茂譯，桂林：廣西師大出版社，2007。
105. 〔美〕徐小群，民國時期的國家與社會：自由職業團體在上海的興起（1912～1937）〔M〕，北京：新星出版社，2007。
106. 王翠豔，女子高等教育與中國現代女性文學的發生〔M〕，北京：文化藝術出版社，2007。
107. 曹晉，媒介與社會性別研究：理論與實例〔M〕，上海：上海三聯書店，2008。
108. 〔美〕喬治・H・米德，趙月瑟譯，心靈、自我與社會〔M〕，上海：上海譯文出版社，2008。

109. 林語堂，王海、何洪亮譯，中國新聞輿論史〔M〕，北京：中國人民大學出版社，2008。
110. 王敏，上海報人社會生活（1872～1949）〔M〕，上海：上海辭書出版社，2008。
111. 程麗紅，清代報人研究〔M〕，北京：社會科學文獻出版社，2008。
112. 李曉虹，女性的聲音——民國時期上海知識女性與大眾傳媒〔M〕，上海：學林出版社，2008。
113. 李金銓主編，文人論政：知識分子與報刊〔M〕，桂林：廣西師範大學出版社，2008。
114.〔美〕塔奇曼，麻爭旗、劉笑盈、徐揚譯，做新聞〔M〕，北京：華夏出版社，2008。
115. 許紀霖等，近代中國知識分子的公共交往〔M〕，上海：上海人民出版社，2008。
116. 蔣美華，20世紀中國女性角色變遷〔M〕，天津：天津人民出版社，2008。
117. 趙建國，分解與重構：清末民初的報界團體〔M〕，北京：生活・讀書・新知三聯書店，2008。
118. 侯豔興，上海女性自殺問題研究（1927～1937）〔M〕，上海：上海辭書出版社，2008。
119. 何黎萍，西方浪潮影響下的民國婦女權利〔M〕，北京：九州出版社，2009。
120. 余華林，女性的「重塑」：民國城市婦女婚姻問題研究〔M〕，上海：商務印書館，2009。
121. 李秀雲，留學生與中國新聞學〔M〕，天津：南開大學出版社，2009。
122.〔美〕彼得・伯格、托馬斯・盧克曼，汪湧譯，現實的社會建構〔M〕，北京：北京大學出版社，2009。
123. 周巍，技藝與性別：晚清以來江南女彈詞研究〔M〕，上海：上海人民出版社，2010。
124. 夏蓉，婦女指導委員會與抗日戰爭〔M〕，北京：人民出版社，2010。
125. 洪宜嫃，中國國民黨婦女工作之研究（1924～1949）〔M〕，臺北：國史館印，2010。
126.〔美〕伊沛霞，胡志宏譯，內闈——宋代的婚姻和婦女生活〔M〕，南京：江蘇人民出版社，2010。
127.〔日〕須藤瑞代，姚毅譯，中國「女權」概念的變遷：清末民初的人權和社會性別〔M〕，北京：社會科學文獻出版社，2010。
128. 鄧小南、王政、游鑒明主編，中國婦女史讀本〔M〕，北京：北京大學出版社，2010。

129. 劉建中、孫中欣、邱曉露主編，社會性別概論〔M〕，上海：復旦大學出版社，2010。
130. 〔美〕朱迪思·巴特勒，宋素鳳譯，性別麻煩——女性主義與身體的顛覆〔M〕，上海：上海三聯書店，2010。
131. 王潤澤，北洋政府時期的新聞業及其現代化（1916～1928）〔M〕，北京：中國人民大學出版社，2010。
132. 〔美〕季家珍，楊可譯，歷史寶筏：過去、西方與中國婦女問題〔M〕，南京：江蘇人民出版社，2011。
133. 〔美〕艾米莉·洪尼格，韓慈譯，姐妹們與陌生人：上海棉紗廠女工（1919～1949）〔M〕南京：江蘇人民出版社，2011。
134. 〔美〕林郁沁，陳湘靜譯，施劍翹復仇案：民國時期公眾同情的興起與影響〔M〕，南京：江蘇人民出版社，2011。
135. 劉人鋒，中國婦女報刊史研究〔M〕，北京：中國社會科學出版社，2012。
136. 〔美〕湯尼·白露，沈齊齊譯，中國女性主義思想史中的婦女問題〔M〕，上海：上海人民出版社，2012。
137. 〔法〕皮埃爾·布爾迪厄，劉暉譯，男性統治〔M〕，北京：中國人民大學出版社，2012。

（五）論文

（1）期刊論文

1. 楊曉霞，女記者彭子岡〔J〕，新聞戰線，1981，（10）：39～42。
2. 謝國明，試論楊剛新聞活動的風格〔J〕，新聞與傳播研究，1987，（3）：49～64。
3. 〔澳〕特里·納里莫，中國新聞業的職業化歷程——觀念轉換與商業化過程〔J〕，新聞研究資料，1992，（9）：178～190。
4. 呂美頤，評中國近代關於賢妻良母主義的論爭〔J〕，天津社會科學，1995，（5）：73～79。
5. 謝長法，清末的留日女學生及其活動與影響〔J〕，近代中國婦女史研究，1996，（4）：63～79。
6. 張德偉、徐蕾，日本儒教的賢妻良母主義女子教育觀及其影響〔J〕，東北師大學報（哲學社會科學版），1996，（4）：88～92。
7. 王政，「女性意識」、「社會性別意識」辯異〔J〕，婦女研究論叢，1997，（1）：14～20。
8. 王政，國外學者對中國婦女和社會性別研究的現狀〔J〕，山西師範大學學報（社會科學版），1997，（10）：47～51。

9. 邵寧寧，牢籠抑或舟船——20世紀中國文學中「家」的形象演變，西北師大學報（社會科學版）〔J〕，1999，（9）：75～79。
10. 黃旦，五四前後新聞思想的再認識〔J〕，浙江大學學報（人文社會科學版），2000（8）：5～13。
11. 姜紅，大眾傳媒與社會性別〔J〕，新聞與傳播研究，2000，（3）：15～22。
12. 朱正，從新聞記者到「舊聞記者」——浦熙修小傳〔J〕，書屋，2001，（6）：7～33。
13. 蔣婷薇，民國元年的婦女參政運動〔J〕，江海學刊，2001，（4）：136～141。
14. 陳陽，性別與傳播〔J〕，國際新聞界，2001，（1）：59～64。
15. 李卓，中國的賢妻良母觀及其與日本良妻賢母觀的比較〔J〕，天津社會科學，2002，（3）：102～125。
16. 許慧琦，一九三〇年代「婦女回家」論戰的時代背景及其內容——兼論娜拉形象在其中扮演的角色〔J〕，東華人文學報，2002，（7）：99～136。
17. 陸曄、潘忠黨，成名的想像——中國社會轉型過程中新聞從業者的專業主義話語建構〔J〕，新聞學研究，2002，（71）：17～59。
18. 何黎萍，抗戰以前國統區婦女職業狀況研究〔J〕，文史哲，2002，（5）：163～168。
19. 何黎萍，解放戰爭時期婦女職業狀況考察〔J〕，史學月刊，2003，（1）：107～112。
20. 劉利群，媒體職業女性的困境〔J〕，婦女研究論叢，2003，（5）：18～22。
21. 李蘭青，中國女性記者的兩難境地〔J〕，湖南大眾傳媒職業技術學院學報，2004，（4）：78～80。
22. 江勇振，男人是「人」、女人只是「他者」：《婦女雜誌》的性別論述〔J〕，近代中國婦女史研究，2004，（12）：39～67。
23. 陶家俊，身份認同導論〔J〕，外國文學，2004，（2）：37～44。
24. 夏蓉，20世紀30年代中期關於「婦女回家」與「賢妻良母」的論爭〔J〕，華南師範大學學報（社會科學版），2004，（6）：39～46。
25. 宋暉，早期記者的職業意識和精神危機〔J〕，國際新聞界，2004，（5）：76～80。
26.〔加〕查爾斯·泰勒，現代認同：在自我中尋找人的本性〔J〕，求是學刊，2005，（5）：13～20。
27. 游鑑明，是補充歷史抑或改寫歷史？——近廿五年來臺灣地區的近代中國與臺灣婦女史研究〔J〕，近代中國婦女史研究，2005，（13）：65～105。
28. 侯傑、秦方，近代知識女性的雙重角色：以《大公報》著名女編輯、記者爲中心的考察〔J〕，廣東社會科學，2005，（1）：110～116。

29. 王翠豔，女高師校園文學活動與現代女性文學的發生〔J〕，中國現代文學研究叢刊，2005，（5）：178～196。
30. 侯傑、曾秋雲，二十世紀二三十年代天津女性生活狀態解讀——以蔣逸霄《津市職業的婦女生活》系列採訪爲中心的探討〔J〕，南方論叢，2006，（2）：62～74。
31. 何黎萍，抗日戰爭時期國統區婦女職業活動研究〔J〕，婦女研究論叢，2006，（1）：51～55。
32. 連玲玲，「追求獨立」或「崇尚摩登」？近代上海女店職員的出現及其形象塑造〔J〕，近代中國婦女史研究，2006，（14）：1～50。
33. 孫慧敏，民國時期上海的女律師研究（1927～1949）〔J〕，近代中國婦女史研究，2006，（14）：51～88。
34. 謝美霞，舊上海女記者的花邊新聞〔J〕，文史精華，2006，（10）：48～54。
35. 黃旦，報刊的歷史與歷史的報刊〔J〕，新聞大學，2007，（1）：51～55。
36. 賀蕭、王政，中國歷史：社會性別分析的一個有用的範疇〔J〕，社會科學，2008，（12）：141～154。
37. 王秀田，民初知識女性的角色認同——以胡彬夏爲個案〔J〕，山西師大學報（社會科學版），2008，（4）：37～39。
38. 鄧紹根，「記者」一詞在中國的源流演變歷史〔J〕，新聞與傳播研究，2008，（1）：37～46。
39. 王瑩，身份認同與身份建構研究評析〔J〕，河南師範大學學報（哲學社會科學版），2008，（1）：50～54。
40. 趙建國、朱穎，上海新聞記者聯歡會與近代新聞業的職業化〔J〕，新聞與傳播研究，2009，（3）：33～41。
41. 楊聯芬，新倫理與舊角色：五四新女性身份認同的困境〔J〕，中國社會科學，2010，（5）：206～219。
42. 夏一雪，現代知識女性的角色困境與突圍策略——以陳衡哲、袁昌英、林徽因爲例〔J〕，婦女研究論叢，2010，（7）：80～86。
43. 田中初，規範協商與職業認同：以阮玲玉事件中的新聞記者爲觀點〔J〕，新聞與傳播研究，2010，（2）：11～22。
44. 蕭海英，賢妻良母主義：近代中國女子教育主流〔J〕，社會科學家，2011，（8）：41～47。
45. 侯傑、傅懿，女性主體性的媒體言說——對20世紀30年代《世界日報》專刊《婦女界》的解讀〔J〕，安徽大學學報（哲學社會科學版），2010，（4）：103～109。

46. 范紅霞，20 世紀以來關於「婦女回家」的論爭〔J〕，山西師大學報（社會科學版），2011，(11)：8～12。
47. 李淨昉，公共空間的性別構建——以 20 世紀 20 年代天津《女星》爲中心的探討〔J〕，鄭州大學學報（哲學社會科學版），2011，(9)：101～109。
48. 韓愛平，由抗日救亡雜誌《彈花》看趙清閣的戰時編輯理念〔J〕，中國出版，2011，(11)：66～68。
49. 靖鳴、張雷，抗戰時期《大公報》（桂林版）楊剛的「戰地通訊」特色〔J〕，新聞與寫作，2011，(9)：69～72。
50. 靖鳴、張雷，抗戰時期《大公報》（桂林版）彭子岡的「重慶航訊」特色〔J〕，新聞與寫作，2011，(8)：79～81。
51. 王潤澤、孫婉露，中共的陽剛女記者——楊剛〔J〕，新聞界，2012，(16)：77～78。
52. 王海燕，對媒體商業化環境下「新聞業女性化」的質疑——探究女性新聞工作者追求性別平等的障礙〔J〕，新聞記者，2012，(12)：26～33。

（2）專著中析出的論文

1. 呂芳上，抗戰時期中國的婦運工作〔A〕，中華文化復興運動推行委員會編，中國史學論文集（第 3 輯）〔M〕，臺北：幼獅文化事業公司，1983：779～813。
2. 甘陽，自由的理念：「五四」傳統之闕失面——爲「五四」七十週年而作〔A〕，劉青峰編，歷史的反響〔M〕，香港：三聯書店有限公司，1990：135～153。
3. 鮑家麟，民國二十三年婦女爭取男女平等科刑之經過——以通姦罪爲例〔A〕，中國婦女史論集（第五卷）〔M〕，臺北：稻香出版社，2001：305～351。
4. 海青，傷逝：對民國初年新女性形象的一種解讀〔A〕，楊念群主編，新史學（第一卷）：感覺・圖像・敘事〔M〕，北京：中華書局，2007：58～111。
5. 李仁淵，晚清傳播媒體與知識分子：以江南爲例〔A〕，許紀霖主編，公共空間中的知識分子〔M〕，南京：江蘇人民出版社，2007：245～262。
6. 付翠蓮，社會性別概念再詮釋〔A〕，荒林主編，中國女性主義（8），桂林：廣西師範大學出版社，2007：146～153。
7. 馬育新，李峙山 20 世紀 20 年代在天津的女權活動〔A〕，張樂天、邱曉露、沈奕雯主編，女性與社會發展——復旦大學第三屆社會性別與發展論壇論文集〔M〕，上海：上海社會科學院出版社，2008：75～87。

8. 馬釗，女性與職業：近代中國「職業」概念的社會透視〔A〕，黃興濤編，新史學（第三卷）：文化史研究的再出發〔M〕，北京：中華書局，2009：21～56。
9. 劉利群，社會性別視野下的女性媒介研究〔A〕，荒林主編，中國女性主義（12）〔M〕，桂林：廣西師範大學出版社，2011：247～260。

（3）學位論文

1. 游鑒明，日據時期臺灣的職業婦女〔D〕，臺北：國立臺灣師範大學歷史研究所博士論文，1995。
2. 宋暉，中國記者職業群體的誕生和初步崛起（19世紀晚期～1927年）〔D〕，北京：中國人民大學博士學位論文，2004。
3. 韓曉，新記《大公報》的職業化理論與實踐〔D〕，武漢：武漢大學碩士學位論文，2005。
4. 張金芹，另類的摩登：上海的舞女研究（1927～1945）〔D〕，上海：華東師範大學碩士論文，2007。
5. 周婷婷，中國新聞教育的初曙——以北京大學新聞研究會爲中心的考察〔D〕，上海：復旦大學新聞學院博士學位論文，2008。
6. 樊亞平，發現記者：中國新聞從業者職業認同研究（1815～1927）〔D〕，北京：中國人民大學博士學位論文，2009。
7. 劉麗，中國報業採訪的形成——以《申報》（1872～1895）爲例〔D〕，上海：復旦大學博士學位論文，2009。
8. 夏一雪，「文」「學」會通——現代學者型女作家研究〔D〕，濟南：山東大學博士學位論文，2010。
9. 郭恩強，重塑新聞共同體——新記《大公報》職業意識研究〔D〕，上海：復旦大學博士學位論文，2012。

二、英文參考文獻

（一）專著

1. Anthony P.Cohen（1985）.*The Symbolic Construction of Communication*〔M〕. London : Tavistock.
2. Zelizer,B(1992).*Covering the body :the Kennedy assassination,the media,and the shaping of collective memory*〔M〕.Chicago : University of Chicago Press.
3. Christina K.Gilmartin(1995).*Engendering the Chinese Revolution:Radical Women,Communist Politics,and Mass Movements in the 1920s* Wang Zheng（1999）.*Women in the Chinese Enlightment:Oral and Textual Histories*〔M〕.Berkely,Calif:University of California Prss.

4. Barbara Mittler（2004）*.A Newspaper for China? Power,Identity,and Change in Shanghai's News Media,1872～1912*.Cambridge : Harvard University Press.

5. Ma Yuxin（2010）. *Women Journalists and Feminism in China（1898～1937）*〔M〕.Amherst , NY : Cambria Press.

6. Zelizer, B（1992）. *Covering the body : the Kennedy ass assination. the media, and the shaping of collec tive memory*〔M〕.Berkeley : Universtiy of California Press.

（二）論文

1. Eason,D.（1986）.On Journalistic Authority : the Janet Cooke ScandalJ〕.*Critical Studies in Mass Communication.*（3）：429～447.

2. Chang-Tai Hung（1991）.Paper Bullets:Fan Changjang and New Journalism in Wartime China〔J〕.*Modern China.*（17）：427～468.

3. Hall，S.（1991）."The Question of Cultural Identity"〔A〕.S. Hall, D. Held and T.McCrew（eds.）.*Modernity and Its Future*〔M〕.Cambridge: Polity Press.

4. Elisabeth A.van Zoonen（1992）.The Women's Movement and the Media:Constructing a Public Identity〔J〕.*European Journal of Communication.*（7）:453～476.

5. Zelizer，B（1993）.Journalists as Interpretive Communities〔J〕.*Critical Studies in Mass Communication.*（10）:219～237.

6. Stephen R. Mackinnon（1997）.Toward a History of the Chinese Press in the Republican Period〔J〕.*Modern China.*（23）:3～32.

7. Louise Edwards（2000）.Policing the Modern Women in Republican China〔J〕.*Modern China*.26（2）:115～135.

8. Beasley,M.（2001）.Recent Directions for the Study of Women's History in American Journalism〔J〕.*Journalism Studies*,2（2）,197～220.

9. Joan Judge（2001）.Talent,Virtue,and the Nation:Chinese Nationalisms and Female Subjectivities in the Early Twentieth Century〔J〕.*The American Historical Review*.106（3）:765～803.

10. Carolyn Kitch（2002）.Women in Journalism〔J〕.*American Journalism.* https://mcfarlandbooks.com/excerpts/0-7864-1371-9.Chapter9.pdf. 下載時間2013.1.15.

11. De Burgh.H（2003）.Kings without Crowns? The Re-Emergence of Investigative Journalism in China〔J〕.*Media ,Culture & Society*,（25）：801～820.

12. Terry Narramore（2003）.Illusions of Autonomy? Journalism,Commerce and the State in Republican China〔A〕.Billy K.L.So,John Fitzgerald,Huang

Jianli,James K.Chin（ed.）, *Power and identity in the Chinese world order: Festschrift in honour of professor Wang Gungwu*〔M〕.HongKong：HongKong University Press.

13. Joe Saltzman（2003）.Sob Sisters:The Image of The Female Journalist in Popular Culture〔J〕. http://www.ijpc.org/uploads/files/sobsessay.pdf，下載時間 2012.9.12.
14. Nanxiu Qian（2003）."Revitalizing the Xianyuan（Worthy Ladies）Tradition : Women in the 1898 Reforms"〔J〕.*Modern China*. 29（4）:399～454.
15. Sarah Stevens（2003）.Figuring Modernity:The New Woman and the Modern Girl in Republican China〔J〕.*NWSA Journal*.15（3）:82～103.
16. Angelina Y.Chin（2006）.Labor Stratification and Gendered Subjectivities in the Service Industuries of South China in the 1920s and 1930s:The Case of Nv Zhaodai〔J〕.近代中國婦女史研究.（14）：125～177.
17. Zhang Yong（2007）.Going public through writing:women journalists and gendered journalistic space in China,1890s～1920s〔J〕.*Media,Culture & Society*.29（3）:469～489.
18. Kinnebrock Susanne（2009）.Revisiting journalism as a profession in the 19th century: Empirical findings on women journalists in Central Europe〔J〕.*Communications*. 34（2）：107～124.
19. Kimbrley Mangun（2011）.Should She,or Shouldn't She , Pursue a Career in Journalism? True Womanhood and the Debate about Women in the Newsroom,1887～1930〔J〕.*Journalism History*.37（2）：66～79.
20. Kinnebrock Susanne（2009）.Revisiting Journalism as a Profession in the 19th Century: Empirical Findings on Women Journalists in Central Europe〔J〕.*Communications*. 34（2）：107～124.
21. Lien Lingling（2001）. Searching for the "New Womanhood":Career Women in Shanghai,1912～1945〔D〕.University of California,Irvine.
22. Fakazis，E.（2002）.Janet Malcolm ：Constructing a Journalist's identity〔D〕.University of Indiana.
23. Zhang,Yong（2006）.Transplanting modernity: Cross-cultural networks and the rise of modern journalism in China, 1890s～1930s.〔D〕University of Minnesota.
24. Amanda Marie Rossie（2009）.Beauty,Brains,and Bylines:Comparing the Female Journalist in the Fiction of Sherryl Woods and Sarah Shankman〔D〕.University of Southern Califorina.

致　謝

本書是在我的博士論文基礎上修改而成，付梓之際，首先由衷地感激我的導師、復旦大學新聞學院陸曄教授。還記得第一次讀《成名的想像》，驚豔萬分，對陸老師的傾慕之心油然而生。來到復旦後，每次到陸老師辦公室聚坐閒聊，都折服於她的美麗妖嬈與率性十足。對學生，陸老師給予最大的自由空間，又秉持極高標準與嚴格要求。攻讀博士學位期間，記不清有多少次，當我為了讀書、課程、論文向陸老師請教，總是得到她耐心指點；在博士論文開題和寫作過程中，每每遇到挫折，陸老師總是以肯定和激勵的態度，幫助我重塑信心，繼而以她淵博的學識和敏銳的洞見，為我指出突破的方向，這些對我非常重要。雖然陸老師的為人堪稱不可複製的傳奇，但我仍希望以她為榜樣，成為一個自由、獨立、理性而博學的人。

我還要感謝新聞學院另一位嚴師黃旦教授。從上課到答辯，黃老師對「問題意識」、「邏輯起點」冷峻而尖銳的發問始終縈繞於耳，讓我既期待又害怕，時時警醒著我對學術的敬畏之心。此外，在論文的選題、寫作與修改過程中，我還深深受益於復旦大學歷史系馮筱才教授、新聞學院殷曉蓉教授、呂新雨教授、黃芝曉教授以及童兵教授的指點，在此一併感謝。作為我的評審專家和答辯委員，上海社會科學院新聞研究所的馬光仁教授、清華大學新聞與傳播學院李彬教授、南京大學新聞傳播學院段京肅教授，以及復旦大學新聞學院黃旦教授、秦紹德教授和謝靜教授都給予了許多寶貴的意見和建議，謝謝你們！感謝一直關心我學業的碩士導師、四川大學文學與新聞學院的李苓教授。

將最深沉的感激與愛，獻給我的家人和朋友。爸爸媽媽、公公婆婆、弟弟妹妹，你們永遠是我的心靈港灣與精神支柱。感謝我的先生張勇，你的包容、理解和督促，永遠是我前進的力量源泉；感謝我的寶貝兒子張子瑞，是你讓媽媽的生命變得如此美好！感謝 2010 級博士班的所有同學們，我們一起爲博士論文奮鬥的時光，是我終身難忘的美好記憶；還有在求學路上陪伴我的朋友們，謝謝你們的支持與鼓勵，願我們的友誼地久天長！

最後要感謝的是臺灣花木蘭文化出版社的各位編輯和評審專家們，謝謝你們的理解、認可以及爲本書所付出的辛勤勞動！

馮劍俠

2014 年 3 月 4 日